Carol O'Connell

Née en 1947, Carol O'Connell a étudié l'art en Californie et en Arizona avant de s'installer à New York. Après *Meurtres à Gramercy Park* (1995) et *L'homme qui mentait aux femmes* (1996), son troisième roman, *L'assassin n'aime pas la critique* (1998), a fait de Kathy Mallory, cette si étrange héroïne, une incontournable personnalité de la littérature policière.

Avec *Coupe-gorge*, son dernier ouvrage, publié aux Éditions Fleuve Noir en 2006, Carol O'Connell livre la huitième enquête de Kathy Mallory, inspecteur à la Brigade criminelle spéciale de Manhattan.

VERDICT ASSASSIN

DU MÊME AUTEUR
CHEZ POCKET

MEURTRES À GRAMERCY PARK
L'HOMME QUI MENTAIT AUX FEMMES
L'ASSASSIN N'AIME PAS LA CRITIQUE
LES LARMES DE L'ANGE
L'APPÂT INVISIBLE
L'ÉCOLE DU CRIME
MEURTRE EN DIRECT

CAROL O'CONNELL

VERDICT ASSASSIN

Traduit de l'anglais
par Elizabeth Luc

FLEUVE NOIR

Titre original :
THE JURY MUST DIE

Publié par Hutchinson,
London.

ISBN : 2-266-15282-3

Remerciements

Je tiens à remercier Dianne Burke, assistante ô combien efficace, pour son soutien logistique sans faille ; Bill Lambert, spécialiste des armes à feu, de l'Arizona ; Richard Hughes, qui m'a fourni des renseignements précieux sur les troubles psychologiques ; le personnel des stations de radio de tout le pays ; l'hôtel Chelsea ; l'institut des armes à feu du FBI. Une mention particulière pour le FBI qui s'est montré beau joueur. Jamais ils ne m'ont envoyé de lettres incendiaires pour le sort que je leur avais infligé dans mes romans précédents. Cette fois, dans un souci d'équité, je m'en prends également aux médias et à l'American Civil Liberties Union. En tant que membre de cette institution de défense des droits de l'homme, je serais fière de recevoir des lettres incendiaires de sa part. Toutefois, je pense qu'ils sont tout aussi blasés face à la satire.

Je dédie ce roman aux écorchés en marche dans toute la ville, en uniforme ou en civil, et à ceux qui sont venus de loin pour nous prêter main-forte. Bien que la ville de New York soit le personnage principal de mes romans, les événements du 11 septembre 2001 n'apparaissent pas dans ces pages. Il n'y est même pas fait allusion. Certains lecteurs trouveront cela étrange, car ces événements ont transformé le paysage, mais il n'est pas nécessaire de dépeindre une tragédie pour y puiser son inspiration. Certains New-Yorkais lèvent encore les yeux en entendant le bruit d'un avion, puis ils poursuivent aussitôt leur chemin. La vie continue. C'est une ville solide, indestructible.

PROLOGUE

Johanna entendait les pattes du chat marteler frénétiquement la porte de la salle de bains. L'animal poussait des hurlements presque humains tant il était effrayé. À moins que ce ne soit simplement la faim ? Elle se rappelait avoir nourri la pauvre bête, mais il y a combien de temps ? Peu importait. Les cris du chat s'atténuèrent, comme si le salon de sa suite d'hôtel s'était envolé et flottait en apesanteur.

Avait-elle perdu la notion du temps ?

Johanna avait passé la journée perchée sur le bord d'une chaise en bois, drapée dans son peignoir. Le soleil se déplaçait lentement par la fenêtre. Les ombres se mouvaient dans la pièce avec une lenteur que seul un œil paranoïaque pouvait suivre. L'une de ces ombres était la sienne. La longue silhouette sombre s'étalait sur le papier peint, centimètre par centimètre, soulignant sa difformité à l'extrême.

Dans son esprit résonnait le refrain d'une chanson rock d'une autre époque. *Gimme me Shelter*, scandaient les Rolling Stones. Comme toujours, elle chassa ce mantra de son esprit, car on n'était à l'abri nulle part.

Une heure de plus s'était écoulée, peut-être trois. Elle ignorait quand la nuit était tombée. Johanna décrispa ses mains et observa la lettre froissée, comme si, dans l'obscurité totale, elle pouvait en lire le post-scriptum : *Seul un monstre peut jouer à ce jeu.*

CHAPITRE 1

La camionnette noire ne portait aucune inscription susceptible d'expliquer sa présence dans cette rue bordée de hautes maisons en grès brun, par un après-midi de novembre. Quelques riverains avaient écarté leurs rideaux et scrutaient sa conductrice d'un œil curieux. Elle sortait de l'ordinaire, même selon les critères new-yorkais.

Johanna Apollo avait une peau très pâle héritée d'ancêtres maternels suédois. De loin, pourtant, en la voyant descendre du véhicule et s'accroupir au sol, on aurait dit une énorme araignée sombre vêtue de jean. Ses gants de cuir et ses grosses bottes étaient marron foncé, de même que ses longs cheveux, qui pendaient dans son dos étrangement courbé. Son torse penché en avant donnait à son corps la forme d'un point d'interrogation. Son visage tourné vers le bas était dissimulé à la vue de ses observateurs, qui ne virent jamais ses grands yeux noirs, sa beauté sauvage. Ils la suivirent du regard tandis qu'elle cheminait d'une démarche souple et délicate sur ses longues pattes d'araignée, faisant craquer et tournoyer les feuilles mortes à chaque pas. Comment un être aussi difforme pouvait-il avoir tant de grâce ? C'est l'impression que garderaient les riverains de cet instant, plus tard dans la journée. Elle semblait presque danser, diraient-ils.

Nul ne remarqua la petite voiture marron qui remontait la 84e Rue avec la discrétion d'un félin. Elle s'arrêta au coin de la rue, où un autre véhicule venait de se garer dans la dernière place disponible.

Laissant tourner le moteur, la jeune conductrice de la voiture marron descendit en pleine rue. Elle n'avait en rien l'apparence d'une fonctionnaire : la coupe de son jean de créateur et son long manteau en cuir noir sentaient plutôt l'argent. Ses chaussures de sport hors de prix lui permirent de se mouvoir en silence en direction du break. Elle se pencha et frappa à la vitre du côté conducteur. L'homme rondelet assis au volant lui adressa un sourire radieux. Elle était de ces grandes blondes superbes avec lesquelles il n'avait aucun espoir de sortir un jour. Flatté, il abaissa vivement sa vitre.

Quelle chance !

— J'ai besoin de votre place, annonça-t-elle sans préambule, d'un ton très professionnel, sans un salut, sans un sourire, rien.

Le sourire de l'automobiliste s'estompa. Était-ce une plaisanterie ? À Manhattan, aucun homme digne de ce nom ne céderait une place de stationnement, pas même à une femme nue. Elle devait être folle. Aussi reprit-il aussitôt une attitude de New-Yorkais.

— Pour ça, ma belle, il faudra me passer sur le corps !

Elle arqua un sourcil, comme si elle envisageait cette solution. Ses yeux en amande étaient d'un vert inhabituel, d'une froideur rare. Sa main d'un blanc laiteux était posée sur la portière de sa voiture. Ses longs ongles rouges tapotaient nerveusement le métal, encore et encore, rappelant le tic-tac d'une bombe. L'homme songea que ces ongles pouvaient se révéler dangereux.

Et merde !

La jeune femme porta une main à sa hanche pour entrouvrir un pan de son manteau. Il eut un aperçu de ce qu'elle cachait dans son holster d'épaule : plus qu'un pistolet, c'était un vrai canon.

— Dégage, ordonna-t-elle.

Il lui obéit.

Kathy Mallory possédait un insigne d'inspecteur de police, mais elle s'en servait rarement avec les civils. Elle n'avait pas de temps à perdre à écouter d'interminables diatribes sur les abus de pouvoir dont se rendait coupable la police. L'intimidation était plus efficace. Elle gara la voiture marron à la place libérée à la hâte et éteignit le moteur, sans même jeter un coup d'œil à la camionnette noire.

En ce jour de repos, une surveillance discrète était ce qu'elle pouvait espérer de mieux en matière de détente.

La conductrice de la camionnette procédait toujours de la même façon. Mallory se préparait à une longue attente, quand une imposante Lincoln blanche, manifestement de location, tourna au coin de la rue. Moins entreprenant, le nouveau venu se gara en double file, en face du véhicule qui intéressait tant Mallory, du moins jusqu'alors. Dès qu'il tourna la tête pour vérifier la plaque de la camionnette, le conducteur de la Lincoln devint aussitôt la nouvelle cible de la jeune femme. En scrutant la rue, il discerna enfin la silhouette difforme de Johanna Apollo, qui longeait le trottoir en direction de Columbus Avenue.

Mallory sourit, car cet homme venait de s'identifier comme un protagoniste de plus du jeu suprême.

L'uniforme de l'entreprise était rangé dans le sac fourre-tout de Johanna Apollo, avec ses autres affaires. Elle ne l'enfilait jamais avant de venir à la rencontre de ses clients. La combinaison les troublait bien davantage que l'apparition soudaine d'une bossue sur le pas de leur porte.

Un homme de son âge, un peu moins de quarante ans, l'attendait sur le seuil d'un bâtiment en grès brun du XIXe siècle. Il portait un peignoir léger sur son pyjama et, bien que pieds nus, ne semblait pas avoir froid. Quand Johanna leva la tête pour le saluer, il eut d'abord l'air troublé, puis il esquissa un sourire. Elle devinait ses pensées. Il se disait : *Tiens, c'est normal*, *finalement*, tant il était heureux de découvrir le visage humain et banal de Johanna. Il rajusta ses lunettes pour mieux plonger dans son regard brun et chaleureux, rassuré même avant qu'elle ne dise :

— J'aurai terminé dans une heure. Ensuite, vous pourrez retrouver votre vie habituelle.

C'était tout ce qu'il voulait entendre. Soulagé, il soupira et acquiesça d'un signe de tête. L'heure n'était pas aux bavardages futiles, pas plus qu'aux concerts de condoléances pleins de fausses notes de la part d'une inconnue.

Johanna le suivit dans la maison, puis dans le salon. Ornée de meubles anciens, la pièce était maculée des traces du sang d'un intrus. Sur le mur, les éclaboussures présentaient le schéma caractéristique d'un coup de couteau dans le dos. Le contour dessiné à la craie, sur le tapis, était celui d'une victime svelte et de petite taille. Elle était morte rapidement, même si son sang dispersé dans toute la pièce suggérait que l'agression avait duré une éternité. Quelqu'un avait-il informé le mari que sa femme n'avait pas beaucoup souffert ? Johanna se tourna vers l'homme atterré qui se tenait près d'elle. Elle avait le don de mettre les gens à l'aise. Pour cela, elle avait recours aux infusions.

— Rien ne vous oblige à me regarder, lui dit-elle. Si vous m'attendiez à la cuisine ?

Elle sortit de la poche de sa veste en jean un petit sachet de tisane.

— Tenez, c'est très apaisant.

Le client prit le sachet et l'examina, comme si le mode d'emploi indiquant de verser de l'eau bouillante dessus était difficile à comprendre. Puis il esquissa un geste de la main pour lui signifier qu'il était un peu en perdition, ce jour-là.

— En général, c'est ma femme qui se sert de…

Accablé, il baissa la tête. Sa femme avait toujours géré les problèmes. Comment avait-il pu oublier qu'elle était morte ? Il crispa les poings. Johanna comprit qu'il s'en voulait de cet étrange écart de conduite.

Le meurtre était récent. Elle l'aurait deviné même sans consulter la paperasse relative à la scène de crime. À en juger par la barbe naissante du veuf, quelques jours à peine s'étaient écoulés depuis la mort de sa femme. Mal rasé, pas lavé, il évoluait dans une odeur rance commune aux endeuillés et aux grabataires. La tête toujours penchée, il s'éloigna dans un couloir étroit. En ouvrant une porte, il leva la tête, comme s'il s'attendait à trouver sa femme dans la cuisine, pour lui demander de lui préparer une infusion.

Johanna s'agenouilla et ouvrit sa sacoche. Elle effleura son masque, qui ne lui serait d'aucune utilité, et sortit une combinaison de protection et des gants. À l'ère du sida, manipuler des produits sanguins était risqué, même le sang des enfants, des religieuses et autres vierges. Son employeur lui avait inculqué le vocabulaire de base du métier : fluides, solides et déchets dangereux, même si elle n'avait jamais considéré les lambeaux de cerveau, les os fracassés, les matières fécales et l'urine comme autre chose que des restes humains. On lui avait aussi recommandé d'écarter toute photographie de la victime avant de se mettre au travail. Un moyen supplémentaire de déshumaniser la tâche. Johanna ne retourna pas la photo de mariage accrochée au mur. La mariée au sourire timide baissait les yeux sur le contour tracé à la craie de son propre cadavre.

Johanna épongea les éclaboussures du mur couleur crème et avança progressivement dans la pièce, tel le cambrioleur passant d'un tiroir ouvert à l'autre. Elle savait où il se tenait lorsqu'un policier avait tiré à travers la porte. La balle avait été extraite du mur, mais l'orifice demeurait. Le cambrioleur avait sans doute son couteau à la main face à un agent de police très jeune, peu aguerri et nerveux.

Elle boucha l'orifice avec un enduit tout prêt. Un petit pinceau et quelques retouches de teinture suffirent à uniformiser le tout. Sous cette tache se trouvaient quelques gouttes rouges : empreintes du meurtrier. D'un coup de chiffon humide, Johanna effaça sa présence. Nul ne le saurait jamais, mais elle glissa le chiffon dans un sac séparé, pour que le sang de cette femme innocente ne se mêle pas au sien. Ensuite, elle remit en place le contenu des tiroirs, avant de s'attaquer au problème d'un abat-jour déchiré, qu'elle répara à l'aide d'un ruban adhésif spécial. Enfin, elle sortit un sèche-cheveux qu'elle passa sur les zones mouillées du tapis, du canapé et des rideaux, là où elle avait nettoyé les taches. Parfois, elle allait au-delà de ce qu'exigeait son travail, mais elle voulait que le veuf ne trouve plus aucune trace du meurtre. La moindre ombre humide d'une tache disparue risquerait de réveiller de douloureux souvenirs.

Comme promis, elle eut terminé en moins d'une heure. Le client inspecta le résultat. Son regard apeuré chercha en vain l'impact de balle, dans le mur. Apparemment, il avait oublié l'emplacement exact de cette plaie dans le plâtre et de la silhouette de sa femme, sur le sol. La pièce semblait normale, comme si aucune violence n'y avait eu lieu, comme si sa femme n'était pas morte. C'est en tout cas ce que suggérait l'esquisse d'un sourire sur ses lèvres, tandis qu'il remplissait son chèque.

Quatre mois auparavant, dans une autre ville, la première scène de crime de Johanna avait exigé moins de travail, et elle avait été sa propre cliente pour cette mission non rémunérée. Le fauteuil avait absorbé la majeure partie du sang de l'agent du FBI. Il lui avait suffi de se débarrasser du meuble après avoir épongé la mare de sang, par terre, et les éclaboussures rouges sur les murs. La mort avait été longue à venir, car Timothy Kidd ne s'était pas suffisamment débattu pour perdre tout son sang d'un coup. Il avait eu largement le temps d'avoir peur.

Cet événement s'était produit dans une vie antérieure, vécue par une autre version d'elle-même, même si le défunt la hantait constamment. Il n'y avait donc rien d'étrange ni de fortuit à ce qu'elle pense à Timothy en émergeant du bâtiment pour se trouver face à une réminiscence fort déplaisante de sa mort.

Marvin Argus l'attendait sur le trottoir. Les pans de son trench-coat battaient au vent, révélant un costume gris foncé plutôt froissé. Il avait dû prendre le premier vol de Chicago pour New York sans avoir eu le temps de se changer après l'atterrissage. Sa coquetterie légendaire n'était peut-être plus ce qu'elle était. Ou alors il avait ressenti le besoin urgent de la voir, ce jour-là.

Non, ce n'était pas cela.

Argus avait trouvé le temps de coiffer avec soin ses cheveux bruns clairsemés : pas une mèche ne dépassait de la frange pleine de gel qu'il plaquait sur son front dégarni. Le résultat, aux allures par trop juvéniles, jurait avec son visage de quarante ans.

— Salut, Johanna.

Il sourit, révélant une dentition parfaite, comme si cette rencontre était le fruit d'un heureux hasard et non une embuscade ou une violation du jugement du tribunal qui voulait qu'il se tienne à distance de Johanna.

Semblait-il un peu nerveux, sur le point d'être agité d'un tic ? Le regardant sans le voir, elle le croisa pour rejoindre sa camionnette noire.

Il marcha à ses côtés, gardant ce ton léger, cherchant à maîtriser les fausses notes qui trahissaient son angoisse.

— Vous avez l'air en forme.

— Toujours vivante, vous voulez dire, et vous vous demandez pourquoi.

— Non, sérieusement. Je trouve que le travail physique vous fait du bien, dit-il. Mais je suppose que cette nouvelle activité est l'idée que vous vous faites d'une pénitence.

Cette petite pique maladroite en disait long. Sans doute annonçait-elle quelque situation désespérée. Grâce à sa posture courbée, Johanna était une spécialiste des chaussures. Celles d'Argus étaient plus éloquentes que ses paroles. Comme toujours, le cuir noir était astiqué de façon obsessionnelle, mais les lacets avaient craqué et il les avait réparés d'un simple nœud. Il commençait à se laisser aller.

Tant mieux.

Elle leva la tête vers lui sans masquer son mépris.

— Vous n'avez pas l'air bien, Argus. Vous me semblez un peu agité, aujourd'hui. Stressé, peut-être ?

Allait-il y voir du sarcasme, une forme de revanche ? Elle l'espérait.

— Et vous avez maigri.

— Je travaille trop, répondit-il avec un geste désinvolte.

Il redressa les épaules pour sembler plus grand et moins aux abois. Les sourcils arqués, il croisa les bras, dans une posture condescendante. Il émanait de lui une arrogance qui invitait tous les passants à lui mettre leur poing dans la figure.

— J'ai rencontré votre patron, aujourd'hui, annonça Argus avant de se taire pour ménager un petit effet. Nous avons longuement parlé de vous.

— Vraiment ?

C'était peu probable, car Riker n'était pas du genre loquace. Elle en conclut que ce mensonge était une menace à peine voilée. Argus voulait qu'elle s'inquiète de ce qu'il avait pu raconter à son employeur. Elle le dévisagea, se demandant à quel point il avait peur.

— Ce Riker, il picole pas mal, non ? reprit Argus. C'est flagrant. Il a les yeux injectés de sang.

Il insistait sur ce qu'il croyait être un avantage sur elle. Quelques secondes de silence s'écoulèrent avant qu'il ne se rende compte qu'elle n'était en rien impressionnée. De plus, elle n'était pas d'humeur à échanger des propos futiles. Argus leva les yeux vers le ciel pour ne plus croiser le regard de Johanna.

— Riker a essayé de me faire parler de votre passé, raconta-t-il d'une voix où perçait à nouveau son emphase coutumière. À sa façon de poser des questions, on voit que c'est un ancien flic. Ces gens-là ne perdent jamais leurs habitudes. Qu'ils soient ou non en service, ils sont incapables de mener une conversation normale. Je suppose qu'il ignore tout de vous, Johanna. Ou alors vous lui avez raconté des bobards, et il le sait.

Argus sourit, attendant des compliments pour sa clairvoyance. En vain. Il ôta une poussière imaginaire de son manteau.

— Naturellement, je ne lui ai rien révélé. Ni qui j'étais, ni ce que…

— Alors vous lui avez menti. Vous croyez vraiment que Riker a tout gobé ?

Elle se hissa sur le siège du conducteur et s'enfonça dans le dossier qui accueillit sa bosse comme une paume ouverte face au pare-brise.

— Votre patron est-il au courant que… ? demanda vivement Argus.

— J'ai dit à Riker que mon passé ne le regardait en rien, rétorqua-t-elle avant de claquer la portière et de démarrer.

Argus agrippa la poignée, comme s'il pouvait empêcher le véhicule de rouler.

— Johanna ! cria-t-il pour se faire entendre derrière la vitre fermée. À propos de Timothy ! Vous le croyiez… Quand il était encore en vie ?

S'il n'avait pas lâché prise, il aurait eu la main arrachée. Johanna appuya sur l'accélérateur et s'éloigna en direction de l'avenue. Au bout de la rue, elle grilla un feu rouge, provoquant des crissements de pneus et s'attirant les insultes d'un chauffeur de taxi.

Dans son rétroviseur, Marvin Argus était de plus en plus petit. Quand elle tourna au coin de la rue, il était à peine plus gros qu'un insecte.

La jeune inspectrice de police se recroquevilla derrière le volant de sa voiture marron et regarda la camionnette noire s'éloigner à vive allure. Son dispositif d'écoute diffusait une conversation très claire entre sa conductrice et la réceptionniste de la société de nettoyage de scènes de crime de « Ned ». Le véhicule regagnait le parking de l'entreprise, dans Greenwich Village.

Mallory tendit la main vers son petit appareil photo argenté, posé sur le tableau de bord. Elle avait pris des clichés de l'entrevue de la bossue avec le conducteur de la Lincoln blanche et chargé les images dans son ordinateur portable. Elle admira la série sur l'écran. Il n'existait dans les archives aucun portrait aussi clair de Johanna Apollo. Celle-ci avait saboté la photo un peu floue de son permis de conduite délivré à Chicago en bougeant au mauvais moment. Mallory n'avait rien trouvé dans les albums des écoles et collèges. La bossue fuyait les objectifs. Elle était toujours absente, le jour de la photo.

Grâce à un coup de vent providentiel qui avait soulevé ses cheveux, le dernier cliché était le meilleur de tous. D'un ongle rouge, Mallory traça le contour de la bosse qui courbait sa colonne vertébrale, l'obligeant à se tenir tête baissée. C'était son point faible.

Mallory sourit.

En tapotant sur son clavier, elle ouvrit un autre dossier et découvrit un portrait officiel de l'homme à la Lincoln garée en double file. Elle ne s'était pas contentée de lancer une recherche d'après la plaque de location pour obtenir la facturation du véhicule. Depuis une heure, elle montait un dossier sur le locataire de la voiture, Marvin Argus, de Chicago, qui lui souriait désormais sur l'écran de l'ordinateur. Son front était caché sous une frange ridicule, mais elle trouvait le blazer croisé et la cravate à son goût.

Argus était le lien concret qu'elle attendait, la preuve vivante.

L'inspecteur referma son ordinateur qu'elle posa sur le siège du passager, là où son coéquipier avait coutume de s'asseoir. Riker faisait partie de sa vie depuis qu'elle avait dix ans, mais il l'appelait plus qu'il ne venait la voir. Quand elle frappait à sa porte, histoire de lui dire deux mots en privé, il n'était jamais là. Tout allait changer quand il aurait lu son rapport sur la bossue. Kathy

Mallory se moquait éperdument que ce dossier soit du ressort des fédéraux et non d'une flic de New York. Il s'agissait d'un concours à l'échelon national. Il suffisait d'avoir des tripes pour tenter sa chance cinq soirs par semaine à la radio.

Marvin Argus se glissa derrière le volant de sa Lincoln blanche de location et démarra. Le véhicule de l'inspecteur Mallory suivit l'homme du FBI à distance, lorsqu'il s'engagea dans la circulation qui se dirigeait vers le sud, sur Central Park West.

Comme toujours, les yeux gris de Riker étaient voilés, plissés, ce qui lui donnait l'air soupçonneux en permanence. Il avait pourtant la posture et l'attitude d'un homme décontracté qui semblait dire : *Je sais que vous me mentez, mais je m'en fous.*

Le responsable de l'entreprise de nettoyage de scènes de crime ne s'appelait pas Ned. Ned, c'était son frère. Riker avait un prénom et même un titre : sergent-détective, mais cela faisait six mois que personne ne l'avait appelé ainsi, pas depuis qu'il arborait les cicatrices de quatre blessures par balle. Il avait passé la majeure partie de son congé maladie à la tête d'un service de nettoyage renommé. Son frère, sa belle-sœur et sa nièce étaient partis pour un long séjour dans leur Allemagne d'origine. Ils ne comptaient pas s'absenter aussi longtemps, mais leurs cousins éloignés les retenaient en otage à coups de croisières sur le Rhin, de visites de châteaux en Bavière et autres pièges à touristes. Pauvre Ned. Pendant ce temps, Riker dirigeait la petite entreprise, tout en réfléchissant à la proposition de son frère de faire de lui son associé.

Il ne se voyait pas en train de remplir des formulaires pour rompre avec la police de New York, même si cela arrivait souvent aux flics ayant atteint l'âge de cinquante-cinq ans. Son frère cadet avait quitté la police trois ans plus tôt. Peut-être le moment était-il venu pour Riker d'en faire autant. Il avait l'impression d'avoir les cheveux plus gris, depuis sa sortie de l'hôpital. Et il décelait plus d'un signe indiquant que le bon temps était terminé. Chaque fois qu'il pleuvait, ses blessures se réveillaient, comme l'arthrite de son père.

Riker planta les coudes sur les papiers qui jonchaient le bureau. La couche supérieure de paperasses tomba à terre en avalanche. Par la fenêtre, il ne voyait que des briques grises, une parcelle de ciel et un parking ceint d'une clôture. Était-ce un avant-goût de ce qui l'attendait ? Pouvait-il vraiment gagner sa vie ainsi ?

Au moins, il n'était plus obligé de porter un costume et une cravate. C'était déjà cela.

Il était vêtu d'un jean et d'une chemise à carreaux, comme un ouvrier, même s'il ne se déplaçait plus avec les équipes de nettoyage. La dernière fois qu'il avait accompagné une stagiaire, il avait failli détruire une camionnette. C'était le jour où il avait découvert sa dernière infirmité en date, un petit secret regrettable qu'il avait choisi de ne pas confier aux médecins.

Il passait le plus clair de son temps dans ce bureau, où il se laissait ronger peu à peu par les formulaires, qu'ils soient fédéraux, nationaux ou locaux, le traitement des déchets à risque, les taxes à régler par trimestre, les cotisations salariales et autres formalités pénibles. Il écoutait un scanner de la police sous prétexte d'être informé des morts violentes, sources de clients potentiels. À midi, il suivait l'habitude qu'avait son frère d'inviter à déjeuner des flics de la criminelle, une vraie mine pour la clientèle. Ce jour-là, il avait même déjeuné deux fois, d'abord à Brooklyn, puis dans le Bronx. Ainsi, il avait raté la bossue, quand elle était passée prendre son travail. Jo lui manquait toujours quand elle n'était pas là.

En reconnaissant le bruit du moteur du plus délabré de leurs trois véhicules, il gagna la fenêtre et posa les mains sur le rebord. Il fit la grimace en voyant la camionnette arriver sur le parking avec un pneu à plat. Encore de l'argent gaspillé.

La femme qu'il connaissait sous le nom de Josephine Richards coupa le moteur et descendit.

Tu en as de longues jambes, ma belle.

Ces jambes interminables faisaient l'objet de bien des ragots, au bureau. En l'embauchant, Riker avait vu en elle une danseuse de Las Vegas mâtinée de monstre de carnaval. Au cours des quatre derniers mois, il s'était habitué à son apparence, surtout à son visage. C'était grâce à ses grands yeux marron, des yeux de velours, très chaleureux, qu'elle attirait l'attention des hommes. Et à sa bouche, aussi. Certains la jugeraient trop grande, trop large, mais lui la trouvait généreuse. Étrangement, de tous ses employés, c'était elle qu'il trouvait la plus agréable à regarder. D'ailleurs, il ne serait pas vraiment un homme s'il n'imaginait pas de temps en temps ses jambes, sous son jean. Elles déambulaient, nues et gracieuses, dans ses fantasmes, au moins une fois par jour.

En traversant le parking, courbée en deux, les yeux rivés au sol, Jo semblait très fatiguée.

Il aurait pu lui faciliter la tâche en lui confiant les clients les plus faciles, mais il ne se laissait jamais influencer par son handicap. Cela aurait anéanti sa nouvelle philosophie : on disait qu'il était si méchant qu'il faudrait des balles en argent pour l'abattre, le plomb traditionnel n'étant pas suffisant. Selon la légende, au cours des sept heures qu'il avait passées sur la table d'opération, les chirurgiens lui avaient ôté ce qui lui tenait lieu de cœur, une petite chose dure qu'ils avaient prise pour un noyau de pruneau. On racontait également qu'il avait un jour donné un coup de pied au chat de Jo et l'avait fait voler à travers la pièce. Il aurait bien envoyé la pauvre bête par la fenêtre, mais il n'était pas en forme, ce jour-là.

C'est Riker lui-même qui avait lancé ces rumeurs. Aucune n'avait tenu la route. Les employés s'évertuaient à voir en lui un type bien, sympa, qui n'avait rien d'un tueur de chats. En réalité, il avait tendu la main vers le chat de Jo pour le caresser. Il ne s'était jamais vengé des coups de griffes qu'il avait reçus en échange. Riker était d'une nature si gentille qu'il ne manquait pas de demander des nouvelles de l'animal chaque fois que Jo franchissait le seuil, comme en cet instant.

— Alors, toujours pas crevé, ton taré de sac à puces ?

— Pas encore ! lança Jo depuis la réception en déclenchant la sonnerie installée sous le paillasson.

Quelques instants plus tard, elle se présenta sur le seuil du bureau de Riker.

— Mugs va bien, dit-elle.

Il secoua la tête pour exprimer ses regrets, puis s'installa derrière son bureau et farfouilla dans une pile de documents.

— J'ai un message, déclara-t-il, un nom et un numéro de téléphone. Un type qui est passé aujourd'hui. Il était bizarre.

— Marvin Argus ? demanda-t-elle sans demander de plus amples détails. Je n'ai pas besoin de son numéro.

Elle jeta ses clés sur le bureau.

— En revanche, la camionnette a besoin d'un pneu neuf, reprit-elle.

Naturellement, elle faisait preuve de sarcasme. Ils savaient tous les deux que la camionnette avait besoin d'être changée entièrement. Jo signa le registre et consulta sa montre avant de mentionner l'heure, 17 h 30. Enfin, elle lui tendit deux chèques d'un montant total de mille dollars.

— Pas mal, Jo, pour moins d'une demi-journée. Tu peux prendre plus de boulot, si tu veux.

— Ne commence pas.

Les yeux rivés sur le bloc-notes, elle nota les fournitures qu'elle avait utilisées et les conteneurs de déchets à risque qu'il fallait jeter. Ainsi penchée sur son travail, elle avait presque l'air normal. Il s'attendait à la voir se redresser à tout moment.

— Jo, essaie pendant une semaine ou deux. Où est le problème ?

Elle croisa son regard, lui signifiant tacitement qu'elle en avait assez de cette discussion.

— Je n'ai pas besoin de faire davantage d'heures, déclara-t-elle.

Elle ne travaillait que sur les scènes de meurtre. Nettoyer les restes de locataires décédés de mort naturelle pour des propriétaires ne l'intéressait pas. Ces cadavres dégageaient une puanteur qui dépassait la sensibilité des services de nettoyage traditionnels. Au départ, Riker s'était interrogé sur le penchant de cette femme pour les meurtres. Il n'avait jamais réussi à s'insinuer dans son esprit. Il ne pouvait chasser l'idée que Jo avait passé de nombreuses heures à parler avec d'autres flics. Il se demandait aussi pourquoi elle payait un prix faramineux pour vivre à l'hôtel, au lieu de trouver une adresse plus permanente et moins coûteuse. Il lui aurait fallu une heure de travail pour lancer une recherche sur son passé, mais où était le plaisir ?

— Reste un instant, lui dit-il en lui faisant signe de s'asseoir.

Quand Jo s'installait avec Riker dans son bureau, en fin de journée, il avait toujours l'impression de se livrer à une sorte d'examen rituel. Il aurait juré que ses grands yeux marron voyaient à l'intérieur de lui, qu'ils fouillaient ses entrailles, son cerveau, pour s'assurer que tout était en place et fonctionnait bien. Ensuite venait son esquisse de sourire qui lui attribuait une bonne note. Il se sentait si bien, dans les yeux de Jo. Quand elle ne travaillait pas, la journée de Riker était fichue.

Jo se pencha en avant, les avant-bras sur ses cuisses. Dans cette position, elle n'avait rien de difforme. Elle semblait simplement fatiguée. Elle inclina la tête, soudain méfiante, en voyant Riker ouvrir un tiroir. Il en sortit un mets de choix : une bouteille de bourbon bon marché au lieu des habituelles canettes de bière. Elle s'étonnait également des tasses propres, si rares à cette heure de la journée, car Mlle Byrd, la réceptionniste chargée de la vaisselle, ne travaillait que le matin. Ah ! Le plat de résistance : du fromage de chèvre. En dehors du travail, leur seul point commun était cette dépendance étrange au fromage, héritée de mères d'origine nordique. Avec cette offrande, il tentait en fait de l'amadouer.

— Tu as réfléchi à cette émission de radio ? demanda-t-il en lui tendant une tasse.

Elle avait maintes fois refusé d'aller citer l'entreprise de son frère dans une émission de radio qui cartonnait à l'échelon national. Riker avait même renoncé à la perspective de cette publicité providentielle, mais la requête de l'animateur vedette avait soulevé des questions intéressantes.

— Je sais que ce Zachary est un beau parleur. Même moi, je me laisserais certainement balader lors d'une interview avec lui, admit-il avec un sourire. Mais tu es plus futée que moi.

Était-elle dupe de ses flatteries ?

Non. Elle prenait ses propos comme un fait avéré, à juste titre, d'ailleurs.

Riker versa du bourbon dans sa tasse.

— Il te suffit de citer trois fois le nom de la boîte, puis de t'en aller. Il n'y a rien de plus facile.

Il déballa le fromage et le poussa vers Johanna. Il était rien que pour elle. Riker était décidément le plus généreux des patrons.

— Non, dit-elle en se servant à l'aide d'un coupe-papier qui faisait office de couteau en dehors des heures de bureau. Trouve quelqu'un d'autre.

— J'ai essayé. J'ai expliqué au producteur que j'avais cinq types ayant plus d'expérience que toi. Alors Ian Zachary m'a appelé en personne. C'est toi qu'il veut, et personne d'autre. Moi, je trouve ça bizarre.

Ce n'était pas à cause de sa bosse qu'il tenait à sa présence. C'était de la radio, pas de la télévision.

— Ce type veut une femme chargée du nettoyage des scènes de crime, mais il n'a pas encore contacté la concurrence. Pourtant, il y trouverait davantage de nanas que chez nous. Je n'ai jamais entendu son émission. Tu l'écoutes, toi ?

— Tous les soirs, répondit-elle.

Il fut surpris de l'entendre admettre qu'elle écoutait une émission interactive et provocatrice. Cela dit, il l'avait toujours soupçonnée d'être honnête jusqu'à la moelle, même s'il avait la quasi-certitude qu'elle avait menti lors de son entretien d'embauche. Cela ne faisait que renforcer le côté mystérieux de Jo et lui rappelait un peu la police, son seul vrai métier, le seul qui ait jamais compté.

Un courant d'air entra par la fenêtre et vint agiter les papiers qui jonchaient le bureau. Riker se crispa et porta la main où se trouvait naguère son holster d'épaule. Ce début de panique n'était pas incongru, cette fois, car l'intrus de la pièce voisine avait visiblement foulé le paillasson en prenant soin de ne pas déclencher la sonnerie dissimulée dessous, et qui signalait bruyamment chaque entrée ou sortie.

La paranoïa étant contagieuse, Jo fixa la porte du bureau.

Kathy Mallory apparut sur le seuil. Avec son long manteau noir, dans la meilleure tradition du Far West, le jeune inspecteur ressemblait à une sorte de flingueur qui serait abonné au magazine *Vogue*.

Tu m'as fait peur, petite.

Riker sourit, toujours ravi de voir sa coéquipière, les rares fois qu'elle faisait un saut au bureau, avant de se rendre compte qu'ils n'avaient plus rien à se dire. Elle lui avait beaucoup manqué, mais il espérait qu'elle ne reviendrait plus jamais.

La pauvre Jo eut si peur qu'elle en renversa sa tasse. La saisissante Mallory, grande et bien droite, produisait toujours sur elle un effet néfaste. Que ce soit fortuit ou délibéré, sa coéquipière débarquait lorsque Jo se trouvait dans son bureau, et c'était regrettable. Johanna vivait presque comme une agression la présence de Mallory dans la même pièce qu'elle.

Jo se leva, la bouche pleine, et bredouilla des excuses. Pas question de passer une seconde de plus en compagnie de la jeune femme. C'était peut-être sa façon de la regarder avec un œil de prédateur affamé. Quand la porte du bureau se fut refermée doucement, Mallory guetta la sonnerie et le bruit de la porte extérieure. Puis elle se tourna vers Riker.

— Salut, Kathy.

Il croisa un regard froid qui le rappela à l'ordre : depuis qu'elle faisait partie de la police de New York, il n'avait plus le droit de l'appeler Kathy. C'était Mallory. Comme s'il pouvait oublier l'enfant qu'elle avait été. Car il avait vu Kathy grandir, même si la fille adoptive de son ami n'avait jamais connu l'innocence de l'enfance. Quand on avait vécu dans la rue, à se nourrir dans les poubelles, on perdait définitivement son enfance.

Mais Riker avait veillé, à sa manière, à ce qu'elle n'ait plus jamais faim. Il gardait notamment le souvenir d'un jour où il avait emmené Kathy à un match de baseball, lorsqu'elle avait onze ans. Il l'avait gavée de hot-dogs et de soda à la rendre malade.

La nourriture, c'est de l'amour.

Dans le même esprit, il poussa le reste de fromage de chèvre dans sa direction. C'était tout ce qu'il avait à lui offrir.

— Mallory, corrigea-t-il. Tu as faim ?

Elle se pencha et posa une feuille sur la montagne de paperasses, de formulaires et de factures. Sans même regarder le document, Riker devina qu'il s'agissait d'un dossier sur le passé de Jo.

— Elle ne s'appelle pas Josephine Richards, dit Mallory. C'est un pseudo.

— Ouais, ça ne m'étonne pas vraiment, répondit Riker en saisissant le document qu'il froissa sans même le lire. Tu l'auras peut-être remarqué…

Il lança la boulette de papier dans la corbeille.

— J'ai déjà assez de paperasse comme ça, aujourd'hui. Mais merci quand même.

Elle fixa les documents qui jonchaient le bureau, ceux qui étaient tombés par terre, et qui semblaient sur le point d'enterrer Riker vivant. Elle mourait d'envie de mettre un peu d'ordre dans ce chaos, d'aligner feuilles et enveloppes, trombones et stylos. Mallory était une obsessionnelle de l'ordre, et c'était là le moindre de ses défauts.

Changeant de stratégie, elle s'installa sur une chaise. Elle inclina la tête sur le côté et plissa ses yeux verts avec langueur. Riker avait vu le chat de Jo en faire autant. C'était une feinte visant à lui faire croire qu'il ne risquait rien.

— Tu n'as pas ouvert ton courrier personnel, déclara-t-elle. Tu te demandes comment je le sais, je parie.

N'aimant pas se répéter, Riker se contenta d'un geste désinvolte de la main. Depuis des mois, les lettres provenant du quartier général de la police s'accumulaient dans son nouvel appartement de SoHo sans qu'il en ait ouvert une seule. Il devinait que la plupart étaient importantes. Pour preuve, les enveloppes du mois précédent étaient couvertes de tampons rouges en lettres capitales, l'invitant à les ouvrir immédiatement. La plus lourde avait été glissée sous sa porte et portait une mention plus précise, de la main de Mallory, avec sa calligraphie parfaite : ouvre tout de suite cette lettre, enfoiré !

— Eh bien, je ne lis pas beaucoup, répondit-il. Cela fait six mois que je n'ai pas ouvert un journal.

Riker préférait passer son temps à traînasser en compagnie d'un barman silencieux.

— Mais j'ouvre certaines de mes lettres, ajouta-t-il en tendant les mains vers elle. Tu vois ? J'ai les doigts pleins de coupures dues au papier.

Voilà ce qui arrivait quand on manipulait des factures dangereuses, le soir, sans lumière, car l'électricité était coupée pour défaut de paiement, lui-même dû à une profonde apathie.

Sa coéquipière n'était guère amusée. Comment lui en vouloir ? Elle méritait de meilleures explications au fait qu'il l'ait abandonnée. Quelles que soient les circonstances, elle prenait chaque désertion comme une attaque personnelle. Elle n'avait pas encore pardonné à ses parents adoptifs d'être morts. Helen Markowitz était entrée en salle d'opération, mais n'en était pas ressortie vivante. Une mort injuste. Quant à Lou Markowitz, le plus vieil ami de Riker, il avait été tué en service. Kathy Mallory ne supporterait pas un abandon de plus.

— Ton arrêt maladie est terminé, déclara-t-elle d'une

voix un peu irritée, comme le chat de Jo qui agiterait la queue. Tu ne t'es pas présenté à la visite médicale, ni à l'entretien avec le psy.

C'était une accusation.

— Ils t'ont rayé du personnel pour raisons médicales.

Elle se pencha en avant pour mieux lui sauter à la gorge.

— Si tu avais pris la peine d'ouvrir ton maudit courrier, tu saurais qu'ils t'ont mis à la retraite.

Elle frappa un grand coup sur le bureau. Plusieurs papiers s'envolèrent.

— C'est ce que tu voulais ?

Riker haussa les épaules comme si cela n'avait aucune importance. Alors que c'était tout le contraire.

Mallory brandit une enveloppe. Vu son épaisseur, elle contenait la même chose que celle qui était posée sur la table de sa cuisine.

— C'est le formulaire qui te permet de faire appel de cette décision. J'ai obtenu la signature du lieutenant Coffey. Maintenant, il me faut la tienne.

Elle sortit les feuilles, les déplia et désigna une croix rouge si énorme qu'il trouva l'endroit où il devait signer sans ses lunettes à double foyer, qu'il ne portait jamais en public. Mallory lui avait souvent répété que son refus de porter des lunettes était d'une vanité absurde pour un homme aux vêtements miteux, aux chaussures usées et aux cheveux mal coupés. Et elle lui disait cela pour son bien.

Elle lui tendit l'imposant document.

— Signe, ordonna-t-elle. Ensuite, je te prendrai d'autres rendez-vous pour tes examens.

Il ne parvint même pas à toucher le document.

— Je le lirai ce soir, d'accord ?

Non, elle n'était manifestement pas d'accord. Mais elle laissa la liasse tomber sur le bureau. Puis elle alla chercher la boulette de papier qu'il avait jetée dans la corbeille.

— À présent, revenons-en à ta bossue, Johanna Apollo.

C'était donc ainsi qu'elle s'appelait.

Mallory lui lança le document qu'il rattrapa d'une main. Était-elle en train de mettre ses réflexes à l'épreuve ? Allait-il réussir les tests d'aptitude physique de la police ? Ou avait-elle deviné qu'il appréhendait surtout l'expertise psychiatrique ?

— Tu m'écoutes ?

— Oui, je t'entends, répondit-il.

Elle se leva, posa les deux mains à plat sur le bureau et toisa Riker, exigeant toute son attention.

— Mais tu n'écoutes jamais la radio, hein, Riker ?

CHAPITRE 2

Les yeux baissés, Johanna Apollo traversa l'avenue en direction de la maison de style italianisant qui bordait St Luke's Place. Au contraire de nombreux bossus, elle n'avait pas le cou cambré, car elle relevait rarement la tête pour affronter le regard des autres. En revanche, elle observait leurs pieds et jugeait ses congénères dotés d'une colonne vertébrale bien droite grâce à sa science des chaussures. Un taxi s'arrêta devant elle. Les mocassins branchés d'un yuppie sans âme foulèrent le trottoir pour croiser les bottes poussiéreuses d'un ouvrier n'ayant pas les moyens de payer les loyers en vigueur dans ce secteur de Greenwich Village. Dans une autre vie, elle aurait dû fréquenter des fétichistes du pied. Ils auraient eu bien plus de choses à se raconter.

Derrière elle, elle entendit les cliquetis hésitants des hauts talons d'une femme en proie au dilemme du piéton cherchant à rester politiquement correct : comment croiser une infirme sur un trottoir encombré par des poubelles ? L'impatience l'emporta. Les chaussures d'une employée de bureau vinrent au-devant d'elle, pressées de croiser cette bossue qui lambinait. Sans lever la tête, Johanna devina qu'il s'agissait d'une jeune femme. Elle portait les talons aiguilles redoutables d'une chasseuse d'hommes en pleine action, en quête de plaisir ou cherchant de l'aide auprès du sexe opposé. Les chaussures étaient d'un style provocant, léger, pas du tout conçues pour une fuite, comme en cet instant. Deux rats surgirent de la montagne de sacs-poubelles qu'ils avaient déchiquetés de leurs petites dents acérées. Les pieds de l'employée de bureau sursautèrent et firent un écart. Avec une exclamation de surprise, la femme heurta une poubelle et la renversa.

— Tournez au coin de la rue, lui dit Johanna en levant les yeux vers son visage. Sinon vous croiserez pire que ces rats.

Elle désigna l'homme déguenillé qui se tenait en plein milieu du trottoir, un peu plus loin.

Ayant trouvé un public, le mendiant leva lentement les bras et les agita de haut en bas comme s'il pompait. Il se faisait appeler Bunny, mais Johanna connaissait les autres noms dont on l'affublait dans la rue : clodo, cinglé et sale enfoiré. Il attendait son aumône, mais avant, il voulait s'amuser un peu, lui faire peur.

Obéissante, l'employée de bureau tourna au coin de la rue pour emprunter un autre itinéraire en direction de la station de métro. Pas Johanna. En s'approchant du SDF, elle leva à nouveau la tête et poussa un soupir, résignée à affronter l'épreuve qui l'attendait.

Derrière une frange de cheveux gras, l'homme avait le nez camus et le sourire innocent d'un enfant. Le visage de Bunny démentait l'affirmation selon laquelle une vie de sans-abri vieillissait les gens prématurément. Bien qu'il eût plus de trente ans, elle le voyait encore comme un gamin. De plus près, Johanna aperçut sa cheville noircie. Il était trop tard pour sauver son pied. Bientôt, sa peau allait fondre et Bunny mourrait d'une infection généralisée. Ses chaussures en disaient bien plus long. Le froid glacial s'y insinuait. La semelle fatiguée laissait entrevoir le bout de ses orteils nus et rongés par la gangrène. Rien qu'en voyant ses chaussures, Johanna savait qu'il avait perdu deux grandes batailles chères aux Grecs de l'Antiquité : l'homme contre la nature et l'homme contre lui-même. Il empestait la maladie et les sous-vêtements souillés.

La main de Bunny fendit l'air à quelques centimètres du visage de Johanna. Elle avait amorti le premier coup et esquivé adroitement le deuxième. Pourtant, elle se sentait tomber. Ses pieds dérapaient sur les billes que Bunny faisait tomber en pluie sur le trottoir. Elle s'écroula et se fit mal au coude en heurtant le bitume. Très agité, le sans-abri se tint au-dessus d'elle, remuant toujours les bras, sans être vraiment effrayant. Ses mains rongées par l'arthrite ressemblaient à des griffes. Il avait passé trop d'hivers sans gants. Il parvenait à peine à crisper un poing, de sorte qu'il risquait de se faire surtout mal à lui-même en frappant quelqu'un. Néanmoins, Johanna leva les bras en signe de reddition.

— J'ai de l'argent, lui dit-elle.

Comme toujours, ces paroles rituelles eurent le don de l'apaiser.

Elle se releva et veilla à ne pas trébucher sur les autres billes. Il fallait qu'elle empêche Bunny de bouger, maintenant, car il risquait de chuter à son tour et de se rompre un os. La moindre fracture serait fatale pour un homme de santé si fragile vivant dans ces conditions précaires. Elle lui tendit un billet de dix dollars, le même tarif qu'à chacune de leurs rencontres.

— Alors, Bunny, je vois que tu as un nouveau truc, ce soir. Le coup des billes. C'est très futé.

Il avait enfin trouvé un moyen d'empêcher les gens de s'enfuir en courant dès le premier signe de folie. Mais elle savait que ce stratagème allait bien au-delà de ses capacités de raisonnement. C'était aussi une plaisanterie d'un goût douteux. De perdre les billes à perdre la boule, il n'y avait qu'un pas. Qui pouvait bien avoir un humour aussi cruel ? Était-ce un gosse du quartier qui lui avait enseigné cette astuce ? Peu importait. Bunny aurait tout oublié d'ici quelques heures. Il avait toujours eu des problèmes de mémoire à court terme.

— Il dit que vous êtes vive, déclara Bunny en se tapant la tête d'un air entendu avant de regarder les billes d'un air rusé. C'est lui qui me les a données. Il dit qu'il faut jouer serré pour choper… Ah, ah, ah !

Très agité, il rit en se dandinant nerveusement.

— J'ai un message pour vous, reprit-il, les yeux fermés, les dents serrées, en grande concentration.

Dès que la mémoire lui revint, il rouvrit les yeux.

— C'est un message de Timothy Kidd. Il vous dit qu'il fait vraiment froid en enfer et que c'est vraiment une surprise.

Johanna murmura un « non ».

— Où as-tu entendu prononcer ce nom ?

Sa voix devait ressembler à une sirène d'alarme. Elle était bien trop stridente pour la perception limitée de Bunny, qui n'avait aucune empathie pour les peurs des autres.

— Dis-le-moi ! Où as-tu entendu prononcer ce nom ?

Bunny se cessait de se frapper la tête.

— Là-dedans. Il vit avec moi.

Inutile de poursuivre cette horreur : distinguer les personnes réelles et imaginaires qui peuplaient l'esprit de Bunny était impossible. Mais elle savait que le messager était un être humain vivant, quelqu'un qui avait passé pas mal de temps avec le sans-abri. Seul un bourrage de crâne inlassable avait pu graver cette phrase dans son esprit. Il y avait tant de choses, dans la tête de Bunny, trop de gens qui lui parlaient en même temps.

Johanna sortit un journal d'une poubelle et s'en servit pour déblayer le trottoir, afin qu'il ne risque pas de se faire mal en dérapant sur une bille. Devait-elle appeler la police ? Pour leur dire quoi ? De leur point de vue, c'était plutôt les citoyens qui avaient besoin d'être protégés de Bunny. Elle secoua la tête et abandonna l'idée de leur demander de s'occuper d'un sans-abri. Dorénavant, elle changerait d'itinéraire pour rentrer de son travail. Cela éviterait peut-être des ennuis à Bunny. Tandis que la dernière bille roulait vers le bord du trottoir, elle sentait la douleur de son coude meurtri. Et ce n'était que le début de son calvaire. Au terme de son odyssée, elle devait encore affronter le chat.

À la station de métro de la 4e Rue ouest, elle monta à bord d'une rame bondée de passagers qui s'écartèrent pour lui faire de la place. Johanna était l'une des rares à qui les hommes, les femmes et, plus humiliant, les enfants, cédaient leur place assise. Durant le court trajet, elle observa cette réunion égalitaire de chaussures, en cuir ou en synthétique, baskets ou oxfords.

Fatiguée et endolorie, elle quitta le métro et descendit la 23e Rue en direction de son hôtel. Le Chelsea était une sorte de bâtisse hybride qui tenait à la fois du style victorien et gothique, bordée de longs balcons en fer forgé et couronnée, au douzième étage, de hautes cheminées, avec un toit gris et pointu percé de lucarnes. Ce géant en briques rouges possédait pas moins de deux cents fenêtres donnant sur la rue. Ce n'était pas le plus haut bâtiment de ce quartier peu intéressant sur le plan architectural, mais c'était certainement le plus somptueux.

Toute grandeur disparut dès que Johanna franchit le seuil.

Le vestibule était bordé de spots des années 1950 autour d'un lustre en cristal plus ancien. Du haut plafond pendait également la statue d'une grosse femme rose sur une balançoire. Des sculptures abstraites parsemaient le sol en marbre, parmi les meubles contemporains et anciens, et les murs étaient tapissés de grandes toiles, un genre d'exposition temporaire de peinture. Cet éclectisme était si extrême que rien, pas même un éléphant vivant, n'aurait pu sembler incongru en ces lieux. Sans oublier les résidents, permanents ou de passage. Paradis des créateurs, artistes de tous poils et autres, le Chelsea se targuait d'un passé riche en suicides et en meurtres. Au cours de ses quatre derniers mois de séjour, Johanna n'avait croisé aucun fantôme, à part ceux avec lesquels elle était arrivée. Ils étaient dix, dont Timothy Kidd.

Elle foula la moquette sombre, les yeux rivés sur un défilé de bagages à roulettes et les chaussures étrangères des visiteurs. Une seule paire, noire et étincelante, lui parut familière, à cause des lacets cassés et rafistolés, à dix pas au-devant d'elle. Elle leva la tête pour voir Marvin Argus, l'agent du FBI, s'approcher de la réception. Johanna fit signe à l'employé, l'implorant de ne pas la trahir, tandis qu'elle tournait au coin du couloir pour appeler l'ascenseur. Dès que les portes s'ouvrirent, elle se glissa à l'intérieur.

Tout déplacement au sein du Chelsea relevait du périple à travers le temps et vers d'autres contrées. Johanna se trouvait à bord d'une cabine au décor de station-service des années 1950. Au sixième étage, le palier et son escalier ouvragé lui rappelaient ses années d'étudiante à Paris. Sur sa gauche, elle ouvrit une porte anti-incendie en verre et en bois et longea un couloir silencieux en direction de sa suite, située dans le fond, et dont les hautes fenêtres étaient dotées de volets dignes d'une plantation sudiste. L'ultime épreuve de la journée l'attendait. À peine avait-elle entrouvert la porte que surgit une patte blanche, toutes griffes dehors, impatiente de se jeter sur tout nouvel arrivant pour le lacérer jusqu'au sang.

Johanna vivait avec l'unique chat d'attaque de New York.

La suite avait été nettoyée en fin de journée, car Mugs était encore furieux et prêt à en découdre. La redoutable femme de chambre se présentait toujours armée d'un pistolet à eau pour éloigner l'animal. Johanna ne possédait pas de telles armes de défense. Seule la toile de son jean protégeait ses jambes des griffes acérées du félin. Elle contourna Mugs qui la suivit dans le petit couloir menant au vaste salon. Devant la cheminée, le fauteuil semblait lui faire des signes. Toutefois, avant d'ôter son manteau, elle gagna vite la cuisine. Le chat devait avoir faim. Un peu de nourriture procurerait un moment de répit à sa maîtresse. Les jours où elle se sentait vulnérable, elle enfermait le chat dans la salle de bains. Mais la plupart du temps, il vagabondait en toute liberté. Il venait se frotter contre ses jambes en ronronnant, avant de la griffer dès qu'il ne supportait plus ce contact. Bien avant que Johanna ne le recueille, il s'était endommagé un nerf du dos, de sorte que le moindre contact lui infligeait une douleur atroce. Pourtant, chaque fois que sa maîtresse entrait dans une pièce, il venait quémander un peu d'amour.

Pendant qu'il était occupé par sa gamelle de pâtée pour chats gourmets, Johanna inspecta les portes de l'armoire en érable, l'un des rares meubles qu'elle avait transportés depuis Chicago. Les poils de chat disposés dans la serrure n'avaient pas été arrachés en son absence. Les portes s'ouvrirent sur des étagères, des casiers, ainsi qu'un bureau tapissé de coupures de journaux sur des hommes et femmes morts dans la violence et dans la peur et sur ceux qui faisaient encore partie du jeu. Le journal de Johanna était ouvert sur une page blanche. Elle rédigea quelques lignes sur le message que lui avait transmis Bunny de la part de Timothy Kidd. Puis elle rangea son bureau et tria des papiers sur les jurés survivants. Les documents relatifs aux morts étaient consignés dans les tiroirs. Timothy en avait un pour lui tout seul.

Elle se sentait vraiment en phase avec lui, ce soir. C'était presque de la paranoïa. Johanna se retourna lentement et scruta la pièce dans son ensemble. Tout était en ordre, pas un objet ne manquait, pas la moindre trace d'effraction. L'unique élément nouveau était une pile de courrier gisant à terre. Sans doute la vengeance du chat contre la femme de chambre et son pistolet à eau. Tout était normal, mais elle ne pouvait se défaire d'un pressentiment de chute imminente. Même dans le silence absolu de ces murs épais, la paix était une denrée rare. Elle vivait chaque jour dans un état d'attente, prête à tout.

Mugs s'éloigna de sa gamelle vide pour se diriger vers son panier, non sans marquer une pause pour s'étirer. Sur son coussin rouge, il tourna trois fois sur lui-même, pas un tour de plus, pas un de moins, puis se recroquevilla pour faire une petite sieste digestive. Il ferma les yeux, ce qui lui donna un air doux. Quiconque ne le connaissait pas aurait pu avoir l'impression erronée de pouvoir le caresser. Johanna s'installa dans son fauteuil. Elle avala des cachets contre la douleur sans eau et regarda le journal télévisé.

Toutes les grandes chaînes évoquaient la macabre série meurtrière sous la forme d'une mini-série, sans oublier une musique originale dès qu'il s'agissait du faucheur. Le tueur en série, qui ne faisait pas confiance aux journalistes de la presse à scandale pour diffuser sa renommée, s'était baptisé lui-même en esquissant une faux grossière sur les murs de chaque scène de crime à l'aide du sang de ses victimes. Il avait aussi pour habitude de marquer le score en inscrivant en lettres de sang le nombre de jurés déjà éliminés. Dans son dernier message, le compte à rebours était à neuf.

— Il en reste trois, déclara le journaliste, tout sourires.

Son invité du jour était un juge fédéral en retraite qui s'en prenait à l'incompétence du FBI à gérer cette attaque en règle contre le système judiciaire américain.

— Si nous ne pouvons pas assurer la sécurité de tous les jurés, la Loi devient impuissante…

L'affaire commençait à s'essouffler. Le programme du soir ne fournit aucune information nouvelle à Johanna. Tout cela n'était que du réchauffé, avec les mêmes témoignages d'amis et de parents endeuillés. Certaines de ces personnes avaient, malgré elles, joué un rôle essentiel en donnant des indices sur l'endroit où se trouvaient les jurés en cavale. D'autres avaient exigé de l'argent en échange de ces renseignements. Depuis six mois, plusieurs proches se contentaient d'un peu de célébrité, en devenant de véritables personnalités médiatiques, dont les interviews pourraient toujours servir, les jours où les journaux manquaient de nouvelles fraîches.

Fatiguée, Johanna ferma les yeux pour faire un somme, un luxe très sous-estimé, dans la vie. Bientôt, elle serait libérée de toute angoisse et de toute douleur. Son idée du paradis n'était pas un lieu de repos éternel, mais une petite fenêtre dans le temps, quelques moments paisibles entre conscience et sommeil, un sommeil béni.

Le cadeau de Mallory sous le bras, Riker passa devant le club des vieux messieurs, un petit groupe d'hommes qui se retrouvaient sur le parking de Ned tous les soirs. Quatre petits vieux avec leurs fauteuils pliants, assis en cercle, avec un pichet de vin, pour supporter le froid. Ils le saluèrent d'un signe de tête, puis augmentèrent le volume de leur radio et se balancèrent au rythme d'une musique hispanique. Riker avait les pieds de plus en plus légers. Puis il ne les sentit même plus à mesure qu'ils le ramenaient vers une saison plus douce.

L'été de ses dix-sept ans, Riker avait quitté la maison de son père pour parcourir plus de trois mille kilomètres. Il était allé jusqu'au Mexique, loin des pièges à touristes de la frontière, pour descendre vers le sud, le long de routes sans nom ni pancartes, rien que des dunes où la vieille camionnette Volkswagen s'ensablait. Il l'avait achetée pour trois fois rien. C'était une dépense nécessaire : à l'époque, il ne pouvait se déplacer sans les énormes haut-parleurs de sa guitare électrique. Tous les quinze kilomètres, il devait dégager les roues, et cela jusqu'à Cholla Bay. Il était arrivé sous un ciel parsemé de millions d'étoiles scintillantes. Avant ce jour, il ignorait leur présence, au-dessus de sa tête. En ville, les étoiles étaient rares. À la fin de cet été, le gosse de Brooklyn, bronzé et pieds nus, avait élargi son vocabulaire. C'était un autre genre de musique qui coulait dans ses veines, vers son cœur, attendant un jour comme celui-là.

Riker avait passé la majeure partie de sa vie à essayer d'oublier cet endroit, ou cette époque, où il avait été heureux. Il avançait en rêvant du Mexique, sachant qu'il ne retournerait jamais à Cholla Bay. Le bonheur ne figurait pas dans la liste de ses priorités lorsqu'il avait décidé de devenir flic.

Pourrait-il un jour réintégrer les forces de police ?

Laissant le rythme latino du club des petits vieux plusieurs blocs derrière lui, il s'arrêta pour regarder le ciel.

Pas une étoile.

Il tourna à gauche au lieu de tourner à droite, pour emprunter un itinéraire différent jusque chez lui. Il passerait devant un bar où il boirait toute la nuit, histoire de se vider la tête de cette musique.

Quelques secondes à peine parurent s'écouler avant que Johanna Apollo ne se réveille en sursaut. Les pattes antérieures de Mugs lui labouraient la poitrine tandis sa langue râpeuse lui léchait le visage. Elle regarda la pendule posée sur la cheminée. Tout ce temps perdu, des heures et des heures… En se levant pour éteindre le téléviseur, elle fit tomber Mugs à terre. Profondément offusqué, le chat regagna son panier, la queue dressée.

Johanna tendit le bras vers la radio, près de son fauteuil, et l'alluma pour entendre la voix familière de Ian Zachary. Le maître du jeu était en train d'évoquer la vie et la mort douloureuses de douze êtres humains. Les jurés survivants avaient fui Chicago, où ils avaient rendu un verdict si impopulaire que trois d'entre eux avaient été exécutés dans la ville même. Les autres s'étaient éloignés des gardes du corps que leur avait fournis le gouvernement après la mort d'un quatrième juré, pourtant sous la protection du FBI. Le cinquième meurtre était survenu dans une ferme isolée du Kansas. D'autres jurés étaient allés se réfugier chez des parents, dans de petites villes. Les trois survivants étaient en fuite. Un auditeur de l'émission avait aperçu un juré vivant à San Francisco, mais il n'avait remporté aucun prix pour ce renseignement, faute de preuve photographique à l'appui. Les règles du jeu étaient strictes.

— Au suivant ! lança Ian Zachary, un Britannique que ses fans appelaient Zack.

Il avait une voix gutturale et charmeuse.

— Allons, les enfants, mes petits tarés, parlez-moi. Papa vous aime.

En entrant dans son appartement, Riker alluma la lumière et piétina les messages laissés sous sa porte par des personnes bien intentionnées qui n'arrivaient jamais à le trouver chez lui ou dans son bar à flics favori. Il passait ses soirées à subventionner un autre établissement, dans un quartier où il ne risquait pas de croiser les inspecteurs de la Brigade Criminelle Spéciale. Par terre, il trouva une invitation rédigée de la main de Charles Butler. Son nouveau propriétaire, un vieil ami, n'avait pas encore saisi que Riker préférait boire seul en guise de dîner, quitte à paraître ingrat.

Ce vaste appartement de SoHo était au-dessus de ses moyens. Charles insistait pour ne lui prendre que la moitié du loyer normal. Conscient qu'il ne méritait pas cet endroit, Riker compensait en le transformant en dépotoir. Son linge sale traînait un peu partout, parmi les cendriers qui débordaient.

Sa cuisine était si spacieuse que l'on pouvait y manger. C'est là qu'il jetait tout son courrier sans l'ouvrir. Cette pièce ne lui servait qu'à entreposer les emballages vides de plats chinois à emporter, boîtes de pizzas, canettes de bière écrasées et autres bouteilles. D'une main, il écarta une pile d'enveloppes, puis posa le cadeau de Mallory sur la table : un poste de radio. Elle avait deviné que le sien était en panne depuis des années et qu'il ne l'avait jamais réparé. Son téléviseur aussi était cassé, du moins le supposait-il, car l'écran était percé d'un impact de balle. Il l'avait laissé dans son ancien appartement de Brooklyn, là où il était resté allongé, tremblant, à se vider de son sang, en écoutant les sirènes, au loin, persuadé qu'il allait mourir. Il le croyait encore, même si tous les trous qui perçaient son corps avaient été bouchés et recousus.

Riker alluma la lumière dans toutes les pièces.

Il n'était pas encore minuit. Il pouvait écouter les

vingt dernières minutes de l'émission de Ian Zachary. Il regagna la cuisine et disposa l'antenne selon les conseils de Mallory. Elle avait déjà sélectionné la bonne station et, la traîtresse, avait bloqué le bouton de réglage avec du ruban adhésif. C'était un appareil rudimentaire qui seyait mal au goût de la jeune femme pour la haute technologie. Il n'y avait que quelques boutons à tourner. Mallory avait manifestement beaucoup réfléchi au choix de ce modèle. Elle cherchait sans doute quelque chose de facile à manipuler par un ivrogne. Il eut toutefois des problèmes à la brancher. Sa main hésita plusieurs fois devant la prise. Finalement, il y parvint. En allumant le poste, il reconnut la voix d'un Anglais expatrié s'essayant à l'argot américain. C'était l'homme qui lui avait téléphoné six fois pour solliciter un entretien avec Jo.

— Réfléchis, pauvre débile ! hurla l'animateur, le faucheur ne s'est pas échappé d'un hôpital psychiatrique ! Il ne tue que le week-end, ce qui signifie que c'est un honnête travailleur, avec un emploi stable. Et durant son temps libre, il est épris de justice.

— De meurtre, tu veux dire ! rétorqua la voix avec un fort accent de Brooklyn. Moi, je te dis que ce type est un dingue. Alors je...

— Le faucheur n'est pas fou, protesta Ian Zachary. C'est un homme qui a pour mission d'éliminer les personnes en coma dépassé du système judiciaire. Ton opinion à la noix, je m'en fous, pauvre imbécile. Ce que je veux, c'est des informations, des faits et des preuves !

Zachary appuya sur un bouton pour couper l'entretien puis baissa d'un ton pour s'adresser à son public.

— D'accord, c'est de ma faute. J'emploie des mots trop compliqués pour vous. Je vais répéter les règles, les gars. Pendant la prochaine page de pub, prenez un crayon. Ensuite, notez.

Il leva les yeux vers la vitre qui séparait son studio plongé dans la pénombre de la régie bien éclairée. Une jeune femme lui fit signe qu'il n'était plus à l'antenne.

Son regard passa à la cabine suivante, là où la lumière n'était jamais allumée, même s'il ignorait pourquoi il n'y avait jamais personne. Son producteur, d'une lâcheté immonde, ne se montrait jamais, mais cela ne signifiait pas qu'il ne gardait pas un œil sur l'émission de temps à autre. Zachary utilisait le verre teinté réfléchissant comme miroir. Il repoussa en arrière ses longues mèches noires, exposant le V que formaient ses cheveux en haut du front. D'après sa grand-mère, c'était le signe de la magie noire. Ses oreilles étaient dépourvues de lobe, encore un signe que son petit-fils allait mal tourner. Pourtant, il se prenait pour Dieu le père. Le directeur de la station de radio le lui répétait chaque jour quand il répondait à chaque appel d'auditeur par : Mon Dieu, c'est toi ! Seigneur !

Mais les femmes aimaient.

Ses lèvres charnues et son sourire de mauvais garçon promettaient aux filles un moment d'aventure. Les femmes étaient aussi attirées par ses yeux noisette qui changeaient de couleur en fonction de la lumière ambiante ou de son humeur : sombres comme des impacts de balles quand il était en colère, d'un vert mordoré quand il était simplement sardonique. Le soleil y faisait apparaître des touches de bleu, même s'il n'était réveillé dans la journée que pour les réunions et les interviews enregistrées. Ian Zachary préférait les horaires de vampire. Sa pâleur rappelait le teint d'un détenu. Avachi dans son fauteuil, mince et apathique, il posa ses bottes de cow-boy sur la console. Son jean et sa chemise noirs avaient l'élégance d'une grande marque et moulaient son corps comme une seconde peau. Il était de ces nouvelles créatures qu'on pouvait qualifier de gothique cool.

Tout le contraire de la petite bonne femme qui se tenait dans la régie. Manifestement, elle s'était coupé les cheveux elle-même et ses vêtements informes se prêtaient davantage à sa campagne natale. Cette jeune femme sympathique aux chevilles épaisses et aux lèvres pincées lui servait à la fois d'ingénieur du son qui filtrait les appels, d'assistante et de souffre-douleur. Zachary l'avait sélectionnée parmi des crétines moins laides et plus expérimentées. Il avait trouvé sa personnalité fragile… attirante.

Son nouvel animal de compagnie était assis dans une cage de verre et d'acier, d'électronique et de boutons rouges qui clignotaient. Chaque voyant rouge représentait un imbécile persuadé d'avoir une chance de passer à l'antenne. Un seul y arriverait au cours de la dernière partie de l'émission. De son côté de la vitre, dans ce qui ressemblait plutôt à une grotte, seule la lueur de son panneau de contrôle et de l'écran de son ordinateur portable scintillait dans la pénombre. Dans la pièce voisine, l'assistante était pétrifiée sous les lampes fluorescentes qui atténuaient ses taches de rousseur et son teint de fille de ferme saine. Après avoir été ridiculisée pendant des heures à l'antenne, elle n'avait plus le regard aussi vif. Son sourire enthousiaste avait disparu pour de bon dès le premier jour de son nouvel emploi.

Zachary consulta l'horloge digitale qui égrenait les secondes restant avant l'antenne. La coupure de publicité était presque terminée.

— Mon chou ?

C'était ainsi qu'il appelait les employés des deux sexes. À quoi bon retenir des prénoms alors que tant s'en allaient avant même la fin d'une émission ?

— Prépare-moi le prochain auditeur. On va prendre ce crétin qui a un cheveu sur la langue.

Elle baissa les yeux vers sa console, soudain effrayée,

puis secoua la tête pour lui indiquer que la lumière du type au cheveu sur la langue s'était éteinte. Zachary se leva et s'approcha de la vitre.

— Ah non ! Ne me dis pas que tu l'as perdu, celui-là !

C'était pourtant le cas. L'incompétence était le prix à payer quand on engageait des cas sociaux. Il retourna vérifier son écran, en quête des défauts les plus évidents de ses fans.

— Très bien, alors on va prendre le suivant, ce type qui chouine comme une gonzesse.

Si l'auditeur ne chouinait pas comme il le souhaitait, il virerait son assistante en fin d'émission, histoire de finir en beauté.

Il s'installa dans son fauteuil et la foudroya du regard, jusqu'à ce qu'elle lui fasse signe de prendre la ligne six. La page de publicité était terminée. Il appuya sur le bouton et déclara :

— On retrouve maintenant Randy, de SoHo.

— Salut, fit une petite voix fluette qui semblait perdue dans le noir. Je voulais parler à Zack.

— Tu es en train de me parler, pauvre imbécile. Si tu entends ma voix, c'est que tu es à l'antenne. Ma crétine d'assistante ne te l'avait pas dit ?

Zack l'entendit retenir son souffle, puis ce fut le silence de la part du malheureux Randy de Soho.

— N'aie pas peur, reprit l'animateur. Papa t'aime bien, pauvre demeuré. Qu'est-ce que tu as de beau à me raconter ? J'espère que c'est intéressant, parce que, si tu es aussi nase que le précédent, je vire la fille qui t'a sélectionné.

Il imaginait ses mains moites, crispées sur le combiné.

— Tu as compris, mon vieux. Son boulot ne dépend plus que de toi. Randy ? Tu es encore là ? Oui, je t'entends respirer. Et maintenant, pour le plaisir de mes chers auditeurs, je vais décrire la réaction de mon assistante face à la perspective du chômage. Le compte à rebours va commencer. Si Randy n'arrive pas à dresser sa petite bite à temps pour la sauver, elle est virée. Dix. J'ai précisé qu'elle était jeune ? Eh oui, elle débarque tout droit de sa cambrousse. Une paumée qui se retrouve à mille cinq cents kilomètres de chez elle. Neuf. Elle porte des chaussures vernies toutes neuves et une tenue qu'elle a achetée spécialement pour son premier voyage à New York. Elle devait croire que toutes les filles s'habillent comme des écolières catho, en ville.

Il pivota pour faire face à la vitre.

— Elle est assise, immobile et pâle. Si fragile. Vous l'imaginez ? Sa chair de poule, sa cellulite. Oh, et cette touffe de poils, sur son genou. Elle a sans doute oublié de la raser, ce matin. Huit. Elle est calme en apparence, mais vous savez bien que, dans sa tête, c'est la panique.

Les épaules de la jeune fille s'affaissèrent, comme si elle mourait un peu. Elles réagissaient toutes ainsi. Elle se demandait sans doute si elle pouvait se permettre un rire nerveux. Pouvait-elle prendre le risque de ne pas rire ? Et s'il était sérieux ? Zack devinait tout ce qui lui passait par la tête.

— Eh bien, chers amis, on ne peut pas dire qu'on s'amuse beaucoup, jusqu'à présent. Elle a autant de pêche qu'un cadavre.

Ce qu'elle peut être tarte, cette connasse.

— Sept. Randy ? Tu crois que ses parents écoutent l'émission, ce soir ? Bien sûr qu'ils écoutent ! Six. Elle a dû dire à toute sa famille et à ses amis d'allumer la radio pour assister à ses débuts dans le show-business. Plus que cinq secondes. Notre héros, au bout du fil, va-t-il réussir, cette fois ? Quatre. La gamine va-t-elle perdre son emploi et retourner à la ferme par le prochain car ?

Elle craqua.

Enfin.

— Notre gamine n'est pas encore morte. Son siège est en train de tourner, de tourner. Elle fixe le plafond, le regard voilé, cherchant les anges, peut-être ? Son siège vient de s'arrêter. Elle a la tête qui tourne un peu. Oh, on dirait vraiment une scène tirée d'un film d'horreur. Elle a les yeux exorbités. Elle est en train de me lâcher. Elle brandit un poing, le majeur est dressé. Elle me suggère de m'infliger à moi-même un acte sexuel impossible. Attendez, il y a autre chose. Elle aurait pu en rester là, s'en tenir à ce geste élégant qui en dit long. Mais elle vient de mimer un mot désignant l'orifice anal. Je suppose que c'est là mon nouveau nom. C'est ça, ma belle ?

Elle lui dit d'aller se faire foutre.

Il aimait cela. Il aimait beaucoup. Et maintenant, des larmes de colère. Elle se mit à déchirer toutes les notes qu'elle avait prises avec soin au début de la journée, faisant des confettis de pages rédigées d'une écriture scolaire.

— Heu… Zack ? fit le timide Randy qui avait retrouvé l'usage de la parole. J'ai la photo d'un juré vivant, ici, à Manhattan. Alors… qu'est-ce que j'ai gagné ?

CHAPITRE 3

En flânant vers Bleecker Street, Johanna Apollo leva le visage vers le soleil encore bas. Le fond de l'air était frais, mais seuls les lève-tôt parvenaient à obtenir une camionnette de société dotée de quatre pneus en bon état. C'était le bon côté de son changement d'horaire et d'itinéraire pour éviter de croiser Bunny, qui sortait plutôt le soir et occupait le trottoir d'un autre bloc.

Toutes les boutiques de Greenwich Village étaient encore fermées et protégées par des devantures anti-effraction, sauf le vendeur de *bagels* de Father Demo Square. Elle s'y arrêta pour acheter un café. Elle préférait ne pas goûter le breuvage servi au bureau de peur que Riker ne l'ait filtré dans ses vieilles chaussettes par souci d'économie. En quittant la boutique, un gobelet en carton fumant à la main, elle s'engagea dans Bleecker Street. Au milieu du bloc, elle aperçut une chaussure au bord du trottoir. Une chaussure appartenant à Bunny. Il n'y avait pas de méprise possible face au cuir fatigué et difforme. Un piéton croisa Johanna, un vrai New-Yorkais, qui ignora les signes manifestes de violence, une tache de sang dessinant l'empreinte d'un pied nu, et une traînée de sang, plus loin, sur le trottoir. Les traces de pas, assez larges, étaient celles d'un homme qui courait. Accélérant le pas, Johanna suivit la traînée sanglante, de plus en plus vite. En chemin, elle perdit son gobelet de café. Essoufflée et abasourdie, elle s'arrêta devant la grille ouverte d'une aire de jeux.

Elle s'arrêta net.

Le dos tourné vers la grille, Bunny était assis sur une balançoire en bois pour enfants. De loin, il aurait pu avoir l'air de se reposer. Johanna se dirigea vers lui. En contournant la balançoire, elle ralentit, sous le choc. Le visage de Bunny était pâle et figé. Un maillon défait de la chaîne était coincé dans la manche de son manteau, empêchant le cadavre de s'affaisser. Il avait la gorge tranchée et la poitrine inondée de sang.

Comment avait-il pu arriver jusque-là malgré cette plaie béante ?

Il avait dû puiser en lui-même une volonté dont elle ne l'aurait jamais cru capable, et de la concentration, et toutes ses forces. Des mouches voletaient sur la plaie grossière. D'autres se promenaient sur ses yeux fermés. Il avait les mains croisées sur ses genoux.

Bunny, tu as prié ?

Qu'est-ce qui l'avait attiré là ? Elle savait que sa maladie s'était déclarée alors qu'il était encore très jeune. Un terrain de jeux était peut-être pour lui l'ultime souvenir de joie, il lui rappelait peut-être l'époque où sa mère l'aimait encore. Lors de ses appels téléphoniques à la mère de Bunny, Johanna n'avait entendu que la voix d'un robot, une femme desséchée par le terrible labeur d'avoir élevé un enfant qui avait perdu la raison très jeune.

Sa blessure la plus pitoyable était son pied nu noirci par la maladie et le manque de protection. À d'autres égards, elle avait l'impression de revoir le cadavre de Timothy Kidd. Il ne faisait aucun doute que ce sans-abri avait été tué parce qu'il avait rencontré le messager, celui qui avait pris tant de peine à imprimer dans l'esprit malade de Bunny le nom de Timothy Kidd. Elle écarta les cheveux sales de ses yeux, chassant une nuée de grosses mouches. Prise de sueurs froides, Johanna sentait son petit déjeuner lui remonter dans la gorge. Elle tomba à genoux.

Cette mort était un message personnel. Sinon, à quoi bon massacrer ce pauvre fou ? Bunny aurait été incapable de participer à une identification de la police : il n'aurait jamais pu distinguer un homme d'un caddie de supermarché. Le tueur n'avait pu deviner que ce serait elle qui retrouverait le cadavre. En revanche, après des mois de rencontres tapageuses en pleine rue, il était plus qu'envisageable que la police, avec la seule description d'une bossue, viendrait frapper à sa porte.

Johanna observa un reflet métallique, près des pieds de la victime. Ce n'était pas Bunny qui avait fait tomber ce couteau ensanglanté et tranchant comme la lame d'un rasoir. Son arthrite lui interdisait de manipuler de petits objets. Seule la mort avait rendu ses doigts assez souples pour se poser sur le métal. Le meurtrier de Bunny avait dû l'accompagner au cours de cette marche macabre, un peu à l'écart pour éviter toute éclaboussure de sang.

Que lui avait-il raconté ?

Oh, de quoi effrayer le sans-abri tandis qu'il claudiquait jusqu'à l'aire de jeux. Comment le malheureux avait-il réussi à tenir debout jusque-là ? Peut-être était-il venu à la rencontre d'une mère perdue de vue depuis des lustres, celle qui l'appelait son Bunny d'amour. Avait-il cru que l'amour maternel allait refermer sa plaie béante et apaiser les battements effrénés de son cœur ? Comme il avait dû être déçu en découvrant qu'elle n'était pas là.

Bunny, tu as pleuré ?

Johanna leva les yeux vers son visage et murmura :

— Je suis désolée.

Elle regrettait que sa vie ait été un enfer, qu'il soit mort dans la douleur et en compagnie d'un être effrayant, désolée de ne pas l'avoir protégé. Ayant perdu toute notion du temps, Johanna s'agenouilla dans la poussière et bredouilla des excuses à un cadavre ensanglanté. Elle perçut alors des petits pas, des chaussures plus grandes de mamans et des rires qui s'approchaient de l'aire de jeux. Les enfants arrivaient.

Riker refusait de se souvenir de ses rêves. Mieux valait ignorer ces contrées trop effrayantes. Ce matin, il s'était fait avoir par un faux réveil, un rêve dans le rêve. Il ouvrait les yeux pour voir ce garçon effrayant à califourchon sur sa poitrine, qui le chevauchait comme un cheval à bascule, pesant sur lui de toutes ses forces. Puis il ressentit une impression de légèreté due à une hémorragie massive, et au traumatisme imposé à son corps et à son esprit.

Il se réveilla à l'agonie.

Puis survint son véritable réveil. La sonnerie du téléphone mit à rude épreuve ses nerfs déjà à fleur de peau. Pourtant, le bruit provenait de loin, du salon. Cela faisait longtemps qu'il avait cassé le téléphone posé sur sa table de chevet, délibérément et violemment. Il ouvrit les yeux. Peut-être était-ce Mlle Byrd qui l'appelait pour le réveiller ? Dans ce cas, il allait se retourner et se rendormir, car la réceptionniste ne laissait sonner que deux fois. Il attendit toutefois la sonnerie suivante, puis cinq autres.

Ce n'était pas Mlle Byrd.

La correspondante la plus tenace de Riker était Mallory. Pour le punir de ses longs silences, elle laissait toujours sonner vingt fois. Riker repoussa les couvertures. En posant les pieds par terre, il se rendit compte qu'il portait encore ses chaussettes de la veille et une seule chaussure. Il avait parfois du mal avec les lacets. Quand il était ivre mort ou en proie à la gueule de bois, défaire un nœud constituait une épreuve au-delà de ses forces. Parfois, pendant une semaine entière, il n'enlevait ses chaussures que pour prendre une douche et se raser.

Le téléphone sonnait encore tandis qu'il se rendait à la cuisine, où il se prépara un café plus qu'instantané à l'aide du robinet d'eau chaude. Alternant gorgées de breuvage noir et bouffées de cigarette, il compta la vingtième sonnerie. Enfin, le silence. Il attendit que caféine et nicotine fassent effet. À présent, son cœur battait plus vite. La pompe était en marche. La journée avait commencé.

Le téléphone se remit à sonner.

D'un geste rageur, Riker le projeta contre le mur. Le combiné se fracassa à terre. Une voix familière, pas celle de Mallory, hurlait, alarmée, comme si le correspondant avait été blessé dans la chute de l'appareil.

— Qu'est-ce qui se passe, Riker ? Réponds ! Parle !

Au moment où il ramassa le combiné, la voix lui demanda :

— Ça va ?

Non, non, ça n'allait pas.

Le plus ancien employé de la société de nettoyage de scènes de crimes de Ned était une enseignante à la retraite adepte des bonnes vieilles méthodes : coups de règle sur les doigts et autorité. Ses collègues l'appelaient Mlle Byrd, jamais Frances. Nul n'osait lui manquer de respect à ce point. Ils en avaient peur, car ils avaient tous eu affaire au moins une fois à une Mlle Byrd au cours de leur scolarité.

Arquant délicatement ses sourcils gris, elle foudroya la porte d'entrée du regard. Elle n'était pas fermée à clé. Encore un signe de la négligence de Riker ! Il ne lui vint même pas à l'esprit qu'il ait pu venir travailler plus tôt : le frère de Ned n'était pas matinal. Elle le soupçonnait depuis longtemps de boire de l'alcool pendant le travail. Elle en avait même la preuve. Il en arrivait à oublier de verrouiller la porte. À la réception, elle compta les machines, fit l'inventaire des équipements, du matériel. Tout était normal. Pas un signe de cambriolage. Et ce n'était pas grâce à Riker. La porte de son bureau personnel était entrouverte. Consciencieuse, elle franchit le seuil et se figea.

C'était *inadmissible*.

La jeune amie de Riker, cette policière si grossière, la seule à ignorer les injonctions de Mlle Byrd quand celle-ci tentait de l'empêcher d'entrer sans être annoncée, était assise derrière le bureau. Une ravissante enfant, certes, mais aux yeux féroces et dénuée de tout respect pour ses aînés.

Pour remettre les gens à leur place, Mlle Byrd les interpellait par le diminutif de leur prénom, comme à la maternelle. Riker lui donnait du fil à retordre, car seule son initiale figurait dans les fichiers du personnel. Ce n'était pas le cas de cette jeune femme, dont on parlait beaucoup, dans l'équipe.

— Kathy ! Qu'est-ce que vous faites là ? demanda-t-elle d'un ton suggérant qu'elle ferait bien d'arrêter tout de suite. Kathy, vous m'entendez ?

— Mallory, corrigea la jeune femme. Inspecteur Mallory.

Elle posa sur la réceptionniste un regard soupçonneux et reprit :

— Vous êtes trop bien payée, Frances.

Mlle Byrd retint son souffle, étonnée d'entendre quelqu'un prononcer son prénom à voix haute. Elle devinait plus ou moins ce qui l'attendait. La montagne de documents de la veille était désormais classée en piles bien nettes, sur les bords du bureau, tandis que le livre de comptes était fièrement ouvert sur le sous-main.

Mallory glissa un ongle rouge le long des colonnes de salaires.

— Riker croit que vous êtes employée à temps partiel. C'est ce que vous lui avez affirmé, n'est-ce pas, Frances ? Avant que son frère ne parte pour l'Europe, vous faisiez des journées de huit heures. Mais à présent, vous touchez le même salaire pour une demi-journée. Intéressant, non ? Asseyez-vous, Frances.

Elle désigna une chaise.

L'inspecteur feuilleta avec soin quelques liasses de formulaires, de factures et de lettres, en prenant tout son temps, tandis que la réceptionniste retenait son souffle.

— Bizarrement, Riker est persuadé que vous êtes réceptionniste, reprit Mallory. Personne ne lui a dit que vous étiez en fait la directrice de ce bureau. Il croit que c'est à lui de s'occuper de toutes ces paperasses.

Elle referma le lourd registre avec un bruit qui fit sursauter Mlle Byrd. Sans élever le ton, elle reprit :

— Ce type d'escroquerie au salaire est un délit grave, Frances.

Soudain, Mlle Byrd eut la gorge sèche. Elle ne s'était jamais souciée des bavardages éventuels de l'équipe de nettoyage sur ses magouilles, car elle connaissait tous les vices cachés de chaque employé. Cette fois, elle était en mauvaise posture.

— Vous n'allez pas le dire à Riker, n'est-ce pas ? demanda-t-elle d'une voix brisée.

— Tout dépend de vous, Frances. Son frère Ned rentre lundi. Cela ne vous laisse guère de temps pour réparer les dégâts. Je vous suggère de déjeuner d'un sandwich, et d'en faire autant pour le dîner, car vous n'allez pas beaucoup sortir, dans les jours à venir.

Mallory déplaça une pile de documents pour révéler

une boîte en fer habituellement rangée dans un tiroir fermé à clé du bureau de Mlle Byrd.

— Encore un élément bizarre, dit la jeune femme. Riker n'était pas au courant de la caisse noire. Pour trouver des clients, il a invité à déjeuner des flics de la criminelle de sa propre poche. Il faudra rétablir cette injustice sur son dernier bulletin de paie.

La tête de Mlle Byrd remua faiblement en signe d'acquiescement.

L'inspecteur poussa le registre vers elle.

— Vous allez effectuer une semaine de quatre-vingts heures gratuitement. Je passerai vous surveiller. Et je tiens à ce qu'il n'y ait aucune irrégularité dans la comptabilité. Je veux que tout corresponde aux relevés bancaires et…

— Je n'ai jamais volé dans la caisse. J'ai toujours été honnête avec…

— Avec son frère ? Oui, je sais. J'ai vérifié les comptes. Mais Riker est nul en gestion. Vous avez du pain sur la planche. Les relevés bancaires ne correspondent pas aux versements et retraits. Toutes les cotisations salariales sont erronées, des mois d'erreurs se sont accumulés. Bref, il a tout foiré. Encore du travail en perspective. J'ai dit quatre-vingts heures ? Vous allez peut-être être obligée de dormir ici tous les soirs. Pendant la journée, vous serez occupée à répartir les tâches au sein de l'équipe.

— Mais c'est le travail de Riker…

— Effectivement, Frances. C'est vous qui allez diriger la boutique, en faisant votre travail en plus de celui de Riker. Il a besoin d'un peu de temps libre pour travailler pour la police. Cela ne vous pose pas de problème, j'espère ? Non ? Tant mieux. Et faites un peu le ménage. C'est vraiment le foutoir, ici.

Après le départ de l'inspecteur, Mlle Byrd poussa un

long soupir, soudain abattue. Son cœur fit un bond lorsqu'elle sentit une main se poser sur son épaule, de longs doigts froids comme du métal. La main de Mallory.

L'inspecteur tendit son autre main et passa un doigt sur la vitre sale, sur le logo de la société.

— Vous nettoyez les carreaux, Frances ?

— Maintenant, oui, répondit Mlle Byrd.

Au bord du trottoir, un inspecteur du commissariat de Greenwich Village prenait des notes auprès d'un agent en patrouille. Flynn était bien le fils de sa mère : grand, la peau noire, les traits africains. Seules les dix taches de rousseur qui parsemaient son nez étaient un héritage de son père irlandais. En voyant son ancien compagnon de beuverie s'approcher de lui, il sourit.

— Salut ! Tu as l'air en grande forme, mon vieux !

C'était faux. Riker ne s'était pas rasé. Il n'avait même pas pris la peine de choisir ses vêtements les moins sales dans sa garde-robe de chemises à carreaux et de jeans délavés. Sa veste en cuir ouverte exposait la plupart de ses taches. En proie à la gueule de bois, Riker se traînait. Il s'arrêta pour remercier Flynn de lui avoir signalé qu'une de ses employées avait peut-être besoin d'aide.

Riker se dirigea ensuite vers l'aire de jeux, à l'autre bout du bloc. Il ne se trouvait pas dans son secteur, mais n'eut aucun mal à obtenir des agents en faction qu'ils le laissent entrer. Ils s'écartèrent sur son passage. Ce fut tout juste s'ils ne se mirent pas au garde-à-vous. On le traitait comme un prince depuis qu'il avait reçu toutes ces balles dans la peau. Ces hommes devaient ignorer qu'il s'était séparé de la police de New York grâce à une pile de courrier jamais ouvert. Même le légiste vint lui taper dans le dos en marmonnant de vagues salutations, tandis qu'un brancard roulait vers le fourgon de la morgue. Même si le cadavre était dissimulé dans un sac fermé, Riker savait que Flynn avait classé l'affaire non plus en suicide mais en homicide. Il fallait bien cela pour attirer les techniciens de scène de crime. Riker regarda l'un d'eux retourner une poubelle et fouiller son contenu tandis que d'autres scrutaient le sol, s'arrêtant de temps à autre pour ramasser de petits objets et noter leur emplacement dans un calepin.

Jo était assise sur un banc, près du bac à sable, courbée en avant, ses longs cheveux sur le visage. Riker prit place à côté d'elle et l'entoura timidement d'un bras. Pour lui, cette bosse était un mystère. En serrant Johanna trop fort, il craignait de lui faire mal. Elle leva vers lui ses yeux rougis. Elle avait pleuré, mais semblait étrangement calme. C'était souvent le cas, après un choc. L'inspecteur chargé de l'enquête se dirigeait vers eux. Flynn était un excellent flic, un type réglo. Riker savait qu'il ne malmènerait pas Jo.

L'inspecteur s'assit à l'autre bout du banc et se pencha pour croiser le regard de Jo.

— Madame ? Je crois savoir que vous connaissiez bien la victime ?

— Tout le monde le connaissait, ce cinglé, intervint Riker. Il semait le bordel dans le quartier depuis…

— Laisse parler la dame, lui intima Flynn en se tournant vers son témoin. Madame, que pouvez-vous nous dire à son sujet ?

— Je sais que sa mère vit dans le Vermont, répondit Jo, mais elle ne l'a pas vu depuis des années.

Riker fut étonné de l'entendre marmonner le numéro de téléphone de la mère du sans-abri. Elle indiqua un autre numéro qu'elle connaissait par cœur, celui d'un avocat du coin susceptible de leur fournir de plus amples informations.

— Un sans-abri qui a son avocat ? fit Flynn en soulevant son stylo.

— « La ville de New York attaquée en justice par le

pied de Bunny », expliqua Jo, citant le titre paru à la une d'un journal populaire. L'article avait été épinglé au tableau d'affichage de chez Ned, en hommage à la célébrité du quartier.

— Je me souviens de cette affaire, dit le policier.

Même Riker connaissait l'histoire, lui qui ne lisait plus les journaux. Son unique ouverture sur le monde était les ragots du bureau. Selon ses collègues, un avocat de l'ACLU [1] avait défendu son droit à mourir plutôt que d'être amputé de son pied malade. Ce choix allait à l'encontre des critères de la municipalité, qui voulait hospitaliser le sans-abri afin de le protéger contre lui-même. Redoutant la réaction de la ligue, le tribunal avait décidé que Bunny avait légalement le droit à une mort lente et douloureuse dans la rue, perspective qui avait donc pris fin dans la matinée.

L'inspecteur Flynn feuilleta son calepin.

— Nous avons quelques détails à éclaircir. Nous avons quadrillé le secteur où cet homme passait le plus clair de son temps. Selon les voisins, vous correspondez à la description d'une femme qui fréquentait ce type trois soirs par semaine. Ce dingue vous agresse de façon régulière, mais vous ne traversez même pas la rue pour l'éviter. Pourriez-vous m'expliquer cela, je vous prie ?

Non, apparemment, elle ne pouvait pas le lui expliquer. Jo ferma les yeux.

Flynn s'approcha d'elle, cherchant à établir le contact.

— Quand ce salaud vous a frappée, il s'est servi de sa main gauche ou de sa main droite ?

— Il était droitier. Et il ne m'a jamais frappée.

— Je sais. Il vous a seulement menacée, reprit Flynn. Il vous a fait peur et vous lui avez remis de l'argent.

1. American Civil Liberties Union : ligue des droits de l'homme.

C'est ce qu'affirment les voisins. Et vous, vous êtes droitière ou gauchère ?

— Attends, intervint Riker. Je peux te citer au moins vingt personnes qui voulaient voir ce type dégager, et définitivement. Il suffit de frapper à toutes les portes du quartier. Il y a eu des centaines de plaintes contre lui.

— Hé ! fit Flynn en levant une main pour signifier que Jo n'était pas sérieusement soupçonnée.

Il priait implicitement Riker de la fermer pour lui permettre de poursuivre l'entretien.

— Arrête. Son avocat est celui qui a défendu le clodo, mentit-il. Maintenant que tu sais que cette dame a un avocat, l'entretien est terminé.

— C'est un témoin et non un suspect, répliqua Flynn. Je suis en droit de l'interroger toute la journée, si je veux.

— Faux. Elle est suspecte depuis que tu lui as demandé de quelle main elle tenait l'arme. Je crois que le juge partagera ce point de vue. Tu as envie de te retrouver devant le juge ? Je parie que non.

Riker fit gentiment lever Jo. Docile, elle n'opposa aucune résistance.

— À présent, si tu n'envisages pas de la boucler sans l'ombre d'une preuve, je la raccompagne chez elle.

Abasourdi, Flynn leva les yeux au ciel. Riker. Issu d'une lignée de quatre générations de flics, il avait choisi le mauvais côté. Décidément, c'était le monde à l'envers, ce matin. En se retournant, Riker vit l'inspecteur surveiller un technicien de scène de crime qui relevait des empreintes laissées sur le banc, celles de Jo.

Bien après que Riker eut quitté sa suite, Johanna Apollo s'assit dans un coin ensoleillé mais ne sentit pas la chaleur. Une araignée attira son attention vers la fenêtre. Pendant des heures, elle avait tissé sa toile, projet ambitieux désormais achevé, mais le résultat était horrible, pour une araignée. Le motif avait des défauts, il était tordu, parsemé de nœuds et de trous disgracieux. L'insecte avait abandonné tout espoir de symétrie bien avant d'en arriver à la moitié de son œuvre. Johanna songea un instant que la minuscule créature avait perdu la tête. Elle regarda son chat, enroulé sur lui-même, sur son coussin rouge, comme s'il pouvait être à l'origine des problèmes de l'araignée. Mais Mugs était d'un calme rare et l'observait les yeux mi-clos. Ce matin, c'était lui qui avait toute sa raison.

À moins que ce ne fût l'après-midi ?

Johanna en revint au problème de cette araignée qui avait tissé sa toile de façon anarchique. Selon certains, l'observateur influence ce qu'il observe.

Le téléphone se mit à sonner. Ce son pourtant ordinaire lui parut effrayant, troublant. Le répondeur s'enclencha. Elle reconnut la voix du vétérinaire l'informant que la visite de routine de Mugs était repoussée. Le chat vint se coucher à ses pieds. Étrangement, il semblait rechigner à la toucher. Sentait-il quelque chose de malsain dans l'atmosphère ? Quelque chose qui ne tournait pas rond ?

Johanna ne voulait plus regarder la toile d'araignée. Quand elle se leva enfin de son fauteuil, elle avait perdu la moitié de sa journée et avait les membres engourdis. Elle alla chercher le sac de transport du chat. Avant même qu'elle ne l'ait sorti du placard, Mugs alla se tapir dans un coin, montrant les dents en sifflant. *Non ! Pas question que tu me mettes là-dedans ! Plus jamais !*

Après un trajet en taxi vers la 60e Rue, Johanna et le chat hurlant arrivèrent à la clinique vétérinaire. La réceptionniste, presque une adolescente, se raidit, prête à vivre l'enfer. Le sac de Johanna s'agitait en tous sens. Le hurlement de la pauvre bête semblait dire : *Je vais vous tuer tous !*

CHAPITRE 4

La salle de conférences de la station de radio était dotée de deux baies vitrées offrant une vue fabuleuse sur la ville, que seule une somme d'argent obscène pouvait acheter. Il y avait bien trop de lumière. Cependant, durant la journée, Ian Zachary voyait tout à travers des verres polarisés très sombres. Assis en tête d'une table bordée de chaises destinées aux trente cadres de la station, il était seul.

Le producteur de son émission de libre antenne n'était pas arrivé. Cela dit, Needleman ne se présentait jamais aux réunions de l'équipe. Pourtant, Zachary demeurait assidu, attiré par la perspective de rencontrer enfin l'homme invisible. Outre la particularité d'être extrêmement timide, il ne trouvait aucun défaut à son producteur. C'était le meilleur de tous. Il séduisait les invités en leur promettant que leur réputation ne serait pas anéantie, promesse qui n'était jamais tenue. À ce jour, il n'avait échoué qu'avec Johanna Apollo.

L'esclave personnelle de Zachary, la dernière en date d'une longue série d'assistantes jetables, entra dans la pièce avec un plateau doté d'un couvercle. Affichant un sourire discret, elle posa le plateau devant lui. Ce n'était pas le seul signe alarmant. La jeune fille ne s'était pas coiffée, ce qui n'avait pas grand intérêt. Elle devait avoir égaré ses chaussures, car elle se promenait pieds nus sur son lieu de travail. Portait-elle les mêmes vêtements que la veille au soir ? Oui. Il lui sourit avec une affection sincère. C'était la meilleure qu'il ait dénichée depuis des mois. Dommage qu'elle ne puisse pas durer beaucoup plus longtemps. Le génie de Zachary résidait dans sa capacité à déceler les fractures d'un esprit vulnérable. Il savait qui était cette fille depuis le jour où il l'avait embauchée. Il l'avait vu dans ses yeux un peu trop grands et trop brillants. Le directeur du personnel, moins clairvoyant, avait pris son discours maniaque pour de l'enthousiasme.

Lorsqu'elle souleva le couvercle argenté pour révéler une portion généreuse de steak tartare, son sourire se fit morbide.

— M. Needleman affirme que c'est votre plat préféré.

— Mon producteur ? Tu lui as parlé ?

— Oui. Il m'a appelée, ce matin.

Elle s'attabla et baissa la tête jusqu'à ce que son nez ne se trouve qu'à quelques centimètres de la viande, puis elle observa l'assiette avec grande attention.

— Il ne m'appelle jamais, moi, le salaud.

Il se mit à fixer lui aussi son assiette.

— Tu as pissé dessus, c'est ça ?

Lorsqu'elle leva les yeux vers lui, il y lut une profonde déception.

— Désolé, dit-il en repoussant le plateau. Je t'ai gâché ton plaisir.

Elle se ressaisit avec un sourire triomphant.

— M. Needleman m'a donné les chiffres des appels pour hier soir. Il a dit que la réaction des auditeurs était géniale.

De toute évidence, le producteur lui avait également

déclaré que c'était elle qui avait suscité la plupart de ces appels. Les fans voulaient savoir si elle avait été virée, finalement, car l'émission s'était achevée un peu brutalement avec cet auditeur qui avait trouvé un juré encore vivant à Manhattan. Béni soit Randy de SoHo. Quand le taux de mortalité des jurés stagnait trop longtemps, Zachary redoutait que le jeu ne devienne lassant et que la forte audience réalisée par son émission ne s'en ressente. Parfois, il devait faire appel à ce talent qu'il avait pour torturer ses assistantes. La dernière en date remportait un grand succès en tant que souffre-douleur et elle le savait.

— Alors tu te crois blindée, maintenant, ma belle ? demanda-t-il en secouant la tête. Eh bien, tu te trompes.

Il pouvait la tuer de quelques mots quand il le voulait. Cette fille allait s'écrouler avant la fin de l'émission de ce soir. Ou peut-être pas.

Elle prit la fourchette et se mit à manger la viande rouge, sur laquelle elle n'avait, de toute évidence, pas uriné.

— Va te faire foutre, lui dit-elle.

Zachary lui trouva un nouveau petit surnom affectueux : pauvre tarée.

En entendant son nom, elle leva les yeux de l'assiette et sourit, car elle venait d'avoir une autre idée.

— La vitre de la cabine, elle est à l'épreuve des balles ?

— Elle est incassable.

Zachary avait insisté sur ce point avant de signer avec le géant des médias new-yorkais. Une vitre épaisse était une précaution nécessaire. Il l'avait appris à ses dépens lorsque son émission se déroulait depuis Chicago. Un soir mémorable, dans son ancien studio, la porte de sécurité avait résisté aux coups, mais pas la vitre de la régie. Une folle avait cassé la vitre pour parvenir jusqu'à lui. Elle avait failli se vider de son sang, cette imbécile, à cause de ses multiples coupures. Pendant toute la durée de l'accident, Zachary avait effectué un compte rendu en direct, au rythme des coups frappés à sa porte par un agent de la sécurité. Le point culminant avait été l'arrivée de l'ambulance. En installant la forcenée ensanglantée sur un brancard, direction l'hôpital psychiatrique, les ambulanciers avaient pris le temps de demander un autographe à l'animateur.

Ayant oublié toute notion de couvert, la pauvre tarée s'empiffrait avec les doigts.

— Je reprendrai peut-être l'émission quand ils t'auront viré de l'antenne, déclara-t-elle.

— Qui ça, ils ? Les types de la FCC[1] ?

Il haussa les épaules.

— Qu'ils essaient, pour voir !

En fait, ces derniers temps, il se demandait pourquoi ils ne se décarcassaient pas davantage. Les visites quotidiennes de bureaucrates furieux de n'avoir pas réussi à le faire taire lui manquaient. Peut-être avaient-ils peur d'affronter des avocats encore plus redoutables ? À moins qu'ils n'en aient assez de perdre tous les procès intentés par la ligue des droits de l'homme ?

— La station va peut-être se débarrasser de toi, fit la pauvre tarée. Tôt ou tard, quelqu'un finira bien par te poursuivre pour…

— J'ai des procès un peu partout, répondit-il en s'installant plus confortablement, les mains croisées derrière la tête, exalté par son sujet de prédilection. En général, ce sont les familles outragées des jurés assassinés en quête d'argent facile. Les comptables de la sta-

1. FCC : Federal Communications Commission : équivalent du Conseil Supérieur de l'Audiovisuel.

tion ont fait leurs calculs. Vu ce que leur rapporte actuellement la pub dans tout le pays, il leur revient moins cher de payer les familles.

— Alors c'est le faucheur qui t'aura.

— Oh, j'en doute. Sans moi et mes fans, il n'arriverait pas à débusquer les jurés. C'est sans doute mon auditeur le plus fidèle.

— Et s'il te gardait pour la fin ?

Zachary opina, comme s'il y réfléchissait. En réalité, il se demandait pourquoi le raisonnement cognitif de cette fille demeurait aussi fort. Il se promit de travailler là-dessus.

— Si tu meurs, reprit la fille, je pourrai te remplacer. Je serai meilleure que toi.

— Tu peux toujours rêver, rétorqua Zack en souriant à sa dernière candidate à la psychose.

Il admirait son courage. Elle était la seule à être restée avec lui après que son esprit fut parti ailleurs.

— Pauvre tarée.

Johanna Apollo faillit lâcher le sac de transport. Kathy Mallory la dérangeait déjà en temps normal, mais, cette fois, l'invasion était par trop grossière. Au bout de l'étroit couloir, l'intruse semblait un peu agacée par le retour de Johanna dans sa propre suite.

Riker apparut au côté de la jeune femme.

— Salut, Jo.

Johanna passa au salon et posa le sac à ses pieds.

— Comment êtes-vous entrés ?

— De la même façon qu'on est entrés là-dedans.

Riker se tenait devant sa penderie.

— C'est une experte en serrures, ajouta-t-il en désignant la grande blonde.

En gagnant la porte d'entrée, Mallory obligea Johanna à s'écarter sur son passage pour ne pas être renversée. Un pied dans le couloir, la jeune femme observa la porte vitrée qui permettait de voir l'ascenseur.

— Grouille-toi ! lança-t-elle par-dessus son épaule. On n'a que quelques minutes.

— Sors ! Tout de suite ! cria Riker.

— Je t'appellerai depuis la réception.

Mallory laissa tomber un téléphone cellulaire et le poussa d'un coup de pied à l'extrémité du couloir, puis elle ferma la porte.

Riker empocha le téléphone et se remit à fouiller le placard. Johanna fixa les étagères et les casiers vides. Sa valise rouge gisait à terre, pleine de dossiers et de papiers. Riker était en train de la dépouiller.

— Je n'ai pas eu le temps de t'attendre, Jo. J'ai une longueur d'avance sur les flics.

— Mais Mallory est flic. Et toi aussi.

— Plus maintenant. Ils m'ont mis à la retraite anticipée.

Il sortit un tiroir et jeta son contenu dans la valise.

— Quant à Mallory, elle n'a jamais mis les pieds ici. Tâche de t'en souvenir, à l'arrivée de Flynn.

Il remit le tiroir en place et le referma d'un coup sec avant de passer au suivant. Johanna était incapable de dire s'il s'agissait d'un geste de colère. Depuis qu'elle le connaissait, Riker refermait toujours portes et tiroirs brutalement, ce qui ne seyait guère à sa nature détendue. Cet homme avait en lui une colère rentrée. Il croyait sans doute qu'il la cachait bien.

— Si tu as d'autres éléments qui puissent t'incriminer, dit-il, donne-les-moi. Il faut les sortir d'ici avant…

— M'incriminer ? Tu ne crois tout de même pas…

— Jo, si j'étais encore flic, je te bouclerais, et tout de suite.

Il se pencha pour ouvrir le dernier tiroir, rempli de bouteilles de vin, toutes du même cru et du même millésime. C'était le tiroir de Timothy Kidd. Riker leva les yeux vers Johanna.

— La femme de chambre chaparde des bouteilles ? demanda-t-il.

— En quelque sorte.

C'était faux. Elle comprit tout de suite son erreur, mais il était trop tard pour ravaler ses paroles.

Les yeux de Riker se posèrent sur le casier à bouteilles situé à l'autre extrémité de la pièce. Il avait un jour fait un commentaire sur le prix coûteux de ses crus, car les étiquettes de prix y figuraient encore. Il vérifia les étiquettes des bouteilles rangées dans le tiroir. Elles étaient de bien moindre qualité que celles qui étaient exposées à la vue des employés de l'hôtel. En homme galant, Riker se garda de la traiter de menteuse. Il se contenta de refermer le tiroir, puis jeta le dossier de Timothy dans la valise.

— Les flics ont un mandat pour fouiller ta suite.

— Depuis quand une passante innocente…

— Ils t'ont promue au rang de suspecte.

Riker ferma la valise et se releva pour mieux scruter son visage, y cherchant peut-être la trace d'une culpabilité.

— C'est ce que Flynn a déclaré au juge qui a signé le mandat. À Chicago, tu as détruit des preuves avant que la police ne puisse établir un périmètre autour d'une autre scène de crime : même cause de la mort, même arme que celle trouvée ce matin sur l'aire de jeux.

Il fixa la valise.

— On dirait que tuer est devenu un passe-temps, pour toi.

Il ramassa une coupure de journal relatant l'un des meurtres de l'éventreur.

— Si Flynn voyait ça, il t'enfermerait sur-le-champ. Au fait, il est au courant que tu n'es pas en très bons termes avec l'avocat de Bunny. Mais ça, c'est mon mensonge, pas le tien. Alors parle le moins possible. Ne lui fournis pas une raison de t'arrêter.

Il se tourna vers la penderie vide.

— Donne-moi d'autres affaires à ranger là-dedans.

Elle comprit où il voulait en venir. Sa suite ne devait pas donner l'impression d'avoir été débarrassée à la hâte de pièces à conviction. Elle l'aida donc à transférer le contenu d'autres tiroirs, ceux de la cuisine et de la chambre. Quand ils eurent terminé, le placard ressemblait à une sorte de fourre-tout que nul n'était venu troubler.

— Il y a autre chose, ici, que Flynn ne doit pas trouver ?

Il la dévisagea. Savait-il qu'elle lui cachait quelque chose ? Avec Riker, c'était difficile à dire. La simple forme de ses yeux évoquait le soupçon.

— Jo, rien n'échappe à une perquisition. Le réservoir de la chasse d'eau, les installations d'éclairage, les trucs que tu aurais pu scotcher derrière les tiroirs. Les flics connaissent toutes les bonnes planques.

Johanna jeta un coup d'œil en direction du panier du chat, une cachette qui ne serait sûre que tant que l'animal s'y reposerait.

— Non, mentit-elle. Il n'y a rien d'autre.

Il posa les yeux sur le sac de transport, d'où surgissait un grognement terrible, et qui s'agitait de plus en plus.

— Laisse Mugs enfermé. Flynn risque de s'énerver et de l'abattre.

Le cellulaire se mit à sonner dans la poche de Riker.

— C'est Mallory, dit-il. Ils arrivent, Jo. Respire fort et essaie d'avoir l'air étonnée, d'accord ?

Sur ces mots, il prit la valise rouge et franchit le seuil.

Johanna tendit la main pour l'empêcher de claquer la porte.

— Riker ? Pourquoi prends-tu ces risques ? Si tu te fais pincer…

Sa voix s'éteignit tandis qu'il franchissait la porte vitrée menant à l'escalier et aux ascenseurs. Il croyait en sa bonne foi et allait à l'encontre de sa vieille religion qu'était la police.

Riker disparut dans la cage d'escalier au moment où les portes de l'ascenseur s'ouvraient. Johanna rentra vite et libéra Mugs de son sac. Puis elle se précipita vers le panier du chat et ouvrit la housse du coussin, dont elle sortit un paquet de lettres qu'elle cacha dans la poche de sa veste.

Quelqu'un se mit à tambouriner à la porte.

— Police ! Ouvrez ! cria une voix d'homme.

Mugs était prêt à les accueillir. Il se fit les griffes sur le tapis, bien décidé à faire couler le sang. Il avait passé un mauvais moment chez le vétérinaire. La prochaine personne à entrer allait en subir les conséquences. Johanna entrebâilla la porte de quelques centimètres. Les pattes du chat se glissèrent dans la fente pour griffer tout ce qui passerait à sa portée.

L'inspecteur Flynn observa l'animal en furie.

— Faites quelque chose, pour le chat, lui dit-il.

— Je dois prendre mes gants, répondit Johanna tandis que Mugs cherchait désespérément à élargir l'entrebâillement pour griffer à loisir une paire de jambes.

— À moins que… Vous ne préfériez…

— Faites vite.

Elle maintint la porte fermée d'un pied, le temps de sortir une paire de gants de sa poche. Enfin, elle souleva le chat en veillant à ne pas lui faire mal au dos.

— Vous pouvez entrer, maintenant.

Flynn ouvrit la porte en grand, provoquant un grognement de la part du félin.

— Je vais le mettre dans son sac de transport, dit-elle.

— Cela peut attendre, docteur.

Flynn entra, suivi de trois hommes en costume et d'une femme en uniforme.

L'inspecteur tendit une photo à Johanna, qui se vit à l'aire de jeux, en compagnie des policiers.

— L'assistante sociale de Bunny vous a reconnue, expliqua Flynn. D'après elle, vous êtes la psychiatre qui avait recommandé l'hospitalisation et l'opération de Bunny. C'est bizarre, vous ne m'en avez rien dit quand je vous ai interrogée.

— J'étais bouleversée. Je n'ai pas...

— L'assistante sociale affirme que vous avez utilisé le même nom d'emprunt que celui qui vous nous avez indiqué, Josephine Richards. Nous n'avons trouvé aucun psy de ce nom. Alors nous avons relevé vos empreintes digitales, sur le banc. Voilà comment nous avons retrouvé votre trace à Chicago. Nos collègues de là-bas se souviennent très bien de vous, docteur. De vous et de cet agent du FBI qui est mort. Mais eux, ils vous appellent Johanna Apollo.

En guise de final, il lui tendit une liasse de feuilles pliées, un mandat de perquisition.

Elle fixa le document, qui ne lui rappelait que trop son expérience passée avec la police de Chicago.

— Je peux enfermer le chat avant que vous ne commenciez ?

— Attendez, dit Flynn avant de faire signe à un autre homme. Vérifiez-moi ça.

L'homme souleva le sac de transport et le renversa.

— Rien à signaler, pas de double fond, conclut-il.

Mugs s'échappa des bras de Johanna, mais n'attaqua personne. Peut-être était-il troublé par l'embarras du choix. Tant de victimes potentielles dans un seul endroit... Il demeura près de sa maîtresse, à regarder les policiers se disperser dans la pièce, vider les tiroirs, soulever les coussins. Les oreilles en arrière, il siffla en montrant les dents.

— Allons, Mugs, tout va bien, dit Johanna.

La lecture du mandat la soulagea. Il n'était pas question d'une fouille au corps. Nul ne découvrirait donc les lettres qu'elle dissimulait dans sa veste.

— Mugs ? fit la femme agent de police. C'est son nom ?

— Oui, répondit Johanna en observant les chaussures noires et sobres de la femme, lacées très serré, sous son pantalon d'uniforme. C'est un diminutif de Huggermugger[1].

Elle scruta son visage juvénile, sous son képi.

L'agent s'agenouilla pour mieux regarder l'animal, sans se soucier qu'il fasse le gros dos et qu'il ait le poil hérissé. Cette femme était une amoureuse des chats. Elle soutint le regard de Mugs et imita sa façon de cligner les yeux. Le félin se mit à ronronner en marchant vers elle.

— Huggermugger, c'est un joli nom.

— Disons qu'il lui va bien. Attention, ne…

— Ne vous inquiétez pas. Les chats m'aiment bien.

Mugs se frotta contre sa cuisse, puis se retourna et lui mordit la main jusqu'au sang.

Johanna le prit dans ses bras pour l'empêcher de frapper à nouveau.

— Désolée, vraiment, désolée…

— Qu'est-ce qui ne va pas, chez lui ? demanda la jeune femme en observant les trous percés dans sa chair et où perlait le sang.

— Une vieille blessure, un problème nerveux, répondit Johanna en glissant le chat dans le sac de transport.

Il lui fallut ses gants pour maîtriser le tourbillon de poils et de griffes qui l'empêchait de fermer le sac. La tête du chat apparut derrière la grille. Il grognait aussi

1. Pêle-mêle.

fort qu'un chien. Johanna examina la blessure de l'agent de police.

— Je vais nettoyer ça, dit-elle en l'entraînant vers la salle de bains. Ce ne sera pas long.

En ouvrant le placard installé sous le lavabo, elle entendit des bruits de tiroirs, d'objets tombant à terre, parmi les grognements du chat. Elle sortit sa trousse de secours et son flacon d'antiseptique.

— Ça risque de piquer un peu.

Elle prit la main de l'agent et tamponna les orifices minuscules.

— Ce n'est pas profond. Vous n'aurez pas de cicatrice.

Quand elle eut terminé, elle sortit du fond de son placard une trousse de médecin. Elle contenait un bloc d'ordonnances à son nom.

— Je vous prescris un antibiotique topique et un autre sous forme de comprimés. Les morsures d'animaux s'infectent facilement.

Elle arracha les deux feuillets et les tendit à la jeune femme.

— Je croyais que vous étiez psychiatre, dit-elle en fixant les ordonnances d'un œil soupçonneux, se demandant peut-être si tout cela était bien légal.

— J'étais psychiatre, expliqua Johanna. Je suis donc diplômée en médecine. Je suis désolée que mon chat vous ait mordue. J'ai essayé de vous mettre en garde…

— Vous ne pouvez rien faire pour lui ? Une opération, peut-être ?

— Il a été opéré. Un chirurgien lui a ôté le nerf endommagé pour qu'il ne souffre plus. Mais Mugs avait vécu trop longtemps dans la douleur. À présent, il ne sent plus que le nerf fantôme, mais la douleur est réelle. Il n'a plus toute sa raison. Disons qu'il serait un cas idéal pour un psy pour animaux.

— Et vous le gardez quand même.

Cette amoureuse des chats était sincère dans son approbation de sa conduite.

— Oui, je le garde. Personne ne voulait de lui.

Elle se retourna pour quitter la salle de bains.

— Attendez, docteur.

L'agent de police lui tendit un second mandat stipulant une fouille au corps.

— Désolée, dit-elle en enfilant des gants de latex.

Ce serait donc une fouille approfondie. Johanna devinait même l'ordre des pénétrations : orale, d'abord, puis vaginale et anale.

— Vous allez devoir vous déshabiller entièrement.

L'agent posa la main sur le col de sa veste en jean.

— Je me souviens de cette veste, dit-elle. Et c'est bien celle que vous portiez ce matin, n'est-ce pas ?

Johanna opina en ôtant sa veste, puis son sweat-shirt. Dans le miroir de la salle de bains, sa difformité était encore plus grotesque là où les muscles noués formaient une bosse. La jeune femme se détourna. Elle n'appréciait pas ce qu'elle était en train de faire. Les yeux rivés à terre, Johanna enleva son jean. En dégrafant son soutien-gorge, elle se sentit rougir d'humiliation.

— Vous pouvez garder vos sous-vêtements.

Dans un acte de compassion, l'agent de police ôta ses gants. Pas de fouille de ses orifices.

— Merci.

La jeune femme lui adressa un signe de tête.

— Mais si on vous pose la question…

— J'ai compris. Je leur dirai que vous avez fait votre travail à fond.

— Je me demande pourquoi cet inspecteur a demandé une fouille au corps. Flynn affirme ne chercher que des documents. Des lettres, des archives.

Johanna hocha la tête. C'était le genre de preuves

qu'elle avait détruites le jour du meurtre de Timothy Kidd.

L'agent de police fouilla la poche dans laquelle se trouvaient les lettres peu de temps auparavant. Elle n'y trouva que quelques pièces de monnaie, un jeton de métro et des billets, qu'elle tendit à Johanna.

— Nous emportons vos vêtements. Vous obtiendrez un reçu pour le tout.

Elle désigna le peignoir accroché derrière la porte de la salle de bains.

— Vous ne voulez pas l'enfiler ?

Johanna s'exécuta en voyant ses bottes et ses chaussettes disparaître dans un sac en plastique. Pieds nus, elle suivit l'agent de police dans le salon, où Mugs sifflait bruyamment. Les policiers cherchaient des renflements suspects dans les coussins. Le contenu des tiroirs gisait à terre. Un homme était grimpé sur une table, abîmant la surface de ses chaussures, pour dévisser une suspension.

L'inspecteur Flynn se tenait près du secrétaire, où des documents financiers étaient empilés pour masquer les traces de l'invasion. En découvrant son portefeuille d'actions et le montant de ses revenus, situés dans la tranche supérieure d'imposition, le policier émit un long sifflement. Ils allaient lui poser des questions sur son dernier emploi en date et son intérêt malsain pour les scènes de crime. C'était une femme riche. Elle n'avait pas besoin de travailler. Et elle vivait à l'hôtel, dans une suite, tandis que leur salaire de fonctionnaires ne leur permettait que de louer de petits appartements encombrés.

Oui, elle allait devoir se justifier sur pas mal de points.

L'agent de police l'accompagna jusqu'à une chaise de la cuisine qu'ils avaient apportée au salon, dans le seul but de la priver de confort. Johanna prit place sur le siège en bois et s'enveloppa dans son peignoir. Les policiers allaient et venaient autour d'elle, sans jamais croiser son regard, comme si elle n'était qu'un lampadaire ou une table qui les dérangerait. L'inspecteur Flynn approcha une autre chaise droite, mais rembourrée. Il la retourna pour s'y installer à califourchon, les bras croisés sur son dossier. Il semblait très détendu tandis que Johanna s'agitait un peu. Elle comprenait pourquoi il avait demandé une fouille au corps. Ce traumatisme était très efficace pour détruire l'ego d'un suspect. Elle se rendait compte que cela n'avait rien de personnel.

Cet interrogatoire serait différent de celui de la police de Chicago. Cet inspecteur new-yorkais n'allait pas l'inviter à visiter son commissariat. La chambre d'hôtel était un excellent cadre. Pas d'avocat dans les parages pour les empêcher de la déshabiller au point de la laisser en peignoir, de la harceler sans cesse en violant sa vie privée, ses lettres et…

L'agent en uniforme se tenait dans le couloir étroit qui menait vers la chambre. D'un regard, il lui demanda de lui expliquer la présence de chaussures de danse d'une pointure d'enfant, en cuir verni noir, avec des clous métalliques aux talons et à la pointe. Le concept d'une bossue faisant des claquettes lui était impossible à saisir.

Johanna se contenta d'un haussement d'épaules signifiant : *un vieux rêve de jeunesse. Qui n'en a pas eu ?*

Elle avait onze ans quand sa cyphose thoracique était devenue si visible qu'on ne pouvait plus l'attribuer à une mauvaise posture. Dès lors, c'en fut terminé des cours de danse. Il était trop difficile de faire des claquettes avec une lourde minerve qui refusait de s'envoler avec elle le long de la longue salle tapissée de miroirs. Et pas moyen de réussir le *Buffalo Shuffle* avec une armure.

L'agent de police remit le couvercle sur le vieux rêve et retourna dans la chambre pour poursuivre sa fouille.

Johanna fit face à l'inspecteur Flynn. Tout chez lui, de sa posture à son regard, semblait indiquer que son pouvoir était illimité. C'était à peine s'il ne lui disait pas : *Laisse tomber, tu es fichue, tu es à moi*. Elle se tassa. Dans cette pièce, elle n'existait plus. La suite appartenait à ces policiers qui fouillaient partout. Elle n'était qu'en visite.

Un homme muni de gants en latex examinait le tiroir rempli de bouteilles de vin. Johanna retint son souffle. À travers la porte ouverte de la salle de bains, elle perçut le bruit du contenu de l'armoire à pharmacie. Ils allaient trouver tous ses antalgiques, les cachets qui l'aidaient à s'endormir et d'autres qui la maintenaient éveillée. Qu'allaient-ils penser de son stock de tranquillisants pour chats ? Ils allaient noter sa marque de dentifrice, examiner les sous-vêtements de son panier à linge, attirés par les traces de sang de ses règles, pour aller dénicher le tampon jeté dans la corbeille. Le policier serait-il ravi d'avoir trouvé cet échantillon parfait d'ADN ? Placerait-il ce trésor dans un sachet ?

Et que dirait l'étiquette ? Femme ayant ses ragnagnas ?

Elle plia les orteils en reculant ses pieds nus sous sa chaise.

— Qu'est-ce que vous voulez ?

Flynn regardait derrière elle, comme s'il s'intéressait davantage aux tableaux accrochés au mur qu'à elle.

— La plupart des gens passent leur vie sans jamais tomber sur une victime de meurtre.

Il croisa enfin son regard et parla deux fois plus fort.

— Mais vous, vous en avez découvert deux ! Un agent du FBI, à Chicago, et ce pauvre sans-abri, ce matin.

Il se pencha vers elle et la surprit, de sorte qu'elle eut un mouvement de recul.

— Ce simple fait aurait suffi à attirer mon attention. Mais en plus, ils sont tous les deux morts la gorge tranchée. Les flics de Chicago me disent que vous avez allumé un petit feu de joie dans la corbeille à papier de votre bureau avant d'appeler le 911. Vous avez détruit toutes les archives de vos patients. Et pendant ce temps-là, un homme se vidait de son sang dans votre salle d'attente.

— Il était mort quand je l'ai trouvé.

— On peut dire que vous gardez votre sang-froid, docteur.

Non. Elle était plus vulnérable, maintenant.

— Donc, docteur Apollo, si vous voulez bien arrêter de me mentir et…

— Inspecteur ?

Un homme en uniforme attendit que Flynn s'interrompe avant de reprendre.

— Il faut arrêter l'interrogatoire. Il y a un type, en bas, à la réception, qui dit…

— Attendez ! fit Flynn en levant une main, comme un agent de la circulation.

L'autre se tut. L'inspecteur se tourna vers Johanna.

— Vous avez appelé un avocat, c'est ça ? Vous saviez que nous allions venir. Qui vous a mise au courant, docteur ? C'est Riker ?

Sans attendre sa réponse, il posa la question suivante à l'homme en uniforme.

— Trouvez-moi cet enfoiré de Riker et amenez-le-moi. Tout de suite !

— Attendez, dit Johanna. À propos de cet homme, à la réception…

Elle glissa une main dans la poche de son peignoir où elle avait rangé l'argent qui se trouvait dans son jean.

— J'ai au moins cinquante dollars. Je parie qu'il n'est pas avocat. Quitte ou double, inspecteur.

Mais Flynn avait déjà la certitude que personne n'avait averti Johanna de la perquisition, car le visiteur se tenait sur le seuil de la suite, brandissant sa carte du FBI à la vue de tous.

— Salut, Johanna.

L'agent spécial Marvin Argus pivota lentement pour saluer les autres. Il daigna même les gratifier de son sourire le plus condescendant.

Après une nuit de sommeil, il avait retrouvé cette belle assurance qui agaçait tant Johanna. Pacifique dans l'âme, celle-ci avait envie de le gifler chaque fois qu'elle le croisait. Comme tout le monde. Il venait du bureau de Chicago. Toutes les personnes présentes lui étaient inconnues. Pourtant, elles affichaient un air hostile, tout en exprimant une certaine confusion. Argus était sans doute l'hétérosexuel le plus efféminé qu'ils aient jamais vu.

— Alors ? Lequel d'entre vous est Flynn ? dit-il en souriant à l'homme le plus furieux de l'assemblée, l'inspecteur assis à côté de Johanna. C'est vous ? Eh bien, l'affaire est à moi, désormais. Vérifiez auprès de votre lieutenant, si vous voulez. Je ne m'en offusquerai pas. En tout cas, cet interrogatoire est terminé. Et toutes les pièces à conviction que vous avez récoltées sont à moi.

Nul ne prêta attention à Johanna lorsqu'elle se leva pour s'approcher du sac de transport. C'était là qu'elle avait caché les lettres compromettantes en plaçant le chat à l'intérieur. Sans se soucier de la découverte éventuelle de ces preuves, elle ouvrit le sac. Mugs en surgit. Il en jaillit, plutôt, comme s'il s'envolait, comme si elle avait tout fait pour le projeter droit sur l'agent spécial Marvin Argus.

Plusieurs minutes s'écoulèrent avant qu'elle ne retrouve ses esprits et son calme. Elle ferma la porte sur les envahisseurs qui battaient en retraite, puis se tourna vers le chat, qui reniflait délicatement les sacs de documents et de vêtements abandonnés. Elle n'avait pas offert à l'agent du FBI de soigner ses blessures ensanglantées.

Étrangement, l'après-midi s'était révélé à la fois rassurant et instructif. L'inspecteur de New York aurait peut-être été un adversaire redoutable, mais il était officiellement dessaisi de l'affaire. Et la police de Chicago ne lui avait transmis que peu d'informations. Elle l'impliquait dans deux meurtres, seulement, ce qui était loin du compte.

CHAPITRE 5

Ce n'est pas de gaieté de cœur que Riker entra dans le restaurant de Greenwich Village. Il ne faisait que répondre à la convocation d'un héros de la police de New York, un capitaine à la retraite qui continuait à surveiller ses ouailles, guettant le moindre faux pas. Le bon fils, c'était Ned, le frère de Riker. Il ne suscitait que rarement ces attentions particulières. Riker était celui qui avait toujours de mauvaises notes.

Son père lui en voulait toujours à cause d'une fugue de jeunesse, anecdote également connue sous le nom de « rébellion mexicaine ». Après un été passé loin de la tyrannie paternelle, Riker était rentré à Brooklyn. Couvert de poussière, déguenillé, il arborait des cheveux longs et sa première barbe, provocation suprême qui lui garantissait les foudres paternelles. Or le vieil homme l'avait accueilli sur le pas de la porte dans un silence glacial et ne lui avait pas adressé un mot de la journée. Des années plus tard, Riker était tombé par hasard sur un tiroir ouvert du bureau de son père. Il était toujours fermé à clé, car son père y rangeait ses seules richesses : son arme de service et son insigne. Riker y avait trouvé un troisième objet, l'unique carte postale qu'il avait envoyée du Mexique, preuve qu'il avait manqué à son père, que celui-ci s'était inquiété pour lui, voire qu'il l'aimait.

Le capitaine à la retraite était attablé dans un coin de la salle. Le barman alla lui servir personnellement un whisky, préférant ne pas confier ce client spécial à une serveuse. À près de quatre-vingts ans, Riker père se tenait bien droit et avait encore tous ses cheveux, qui étaient blancs et épais. Son costume sombre et sa cravate, qui ressemblaient tant à sa tenue d'inspecteur de police, lui donnaient l'air alerte. De loin, Riker vit ses lèvres remuer. Sans doute répétait-il un discours qui se limiterait à quelques mots, et dont le sens général serait souligné par son célèbre regard réprobateur.

Riker savait qu'il ne lui pardonnerait pas l'erreur grossière de s'être fait tirer dessus. Ni de ne pas s'être battu, d'être mis sur la touche pour raisons médicales. Il existait toutefois une autre raison possible pour cette entrevue. Papa avait-il découvert que l'un de ses fils s'était rendu coupable d'actes criminels, aujourd'hui ? Le vieil homme possédait un redoutable réseau d'informateurs. Concoctant quelques mensonges pour expliquer pourquoi il avait aidé Mallory à contrecarrer cette perquisition, Riker contourna un pilier. Son père n'était pas seul. L'homme assis en face de lui était aussi en costume. Une de ses jambes de pantalon était déchirée.

Mugs ? Eh oui !

Riker possédait un jean dans le même état. Le flic, sans doute un inspecteur, avait la main bandée, preuve supplémentaire qu'il s'était rendu récemment au Chelsea. Sacrée Johanna. Il l'avait pourtant prévenue de rester profil bas avec la police. Le visage de ce flic était masqué par une plante verte, mais Riker devinait qu'il était du secteur de Flynn, Greenwich Village.

— Oui ?

Ce fut tout ce que Riker trouva à dire à son père en guise de salutation. Très avare de ses paroles, le capitaine aurait sans doute préféré un vague grommellement.

Il lui présenta son invité en citant son nom, son grade, pas un mot de plus :

— Agent spécial Marvin Argus, FBI.

C'était l'homme qui cherchait Jo, la veille, dans l'après-midi. Sur le moment, Riker ne l'avait pas pris pour un agent du FBI. Jamais il n'avait vu un fédéral arborant une frange si féminine collée au front.

Argus changea de place pour lui permettre de s'asseoir à côté de lui.

— Ainsi, vous êtes un héros. J'ai entendu dire que vous aviez quitté la police.

— Ce n'est pas définitif, intervint le père de Riker, espérant mettre un terme à ces bavardages superflus.

Il se pencha vers l'agent du FBI avec un regard qui lui intimait d'en venir au fait. Tout dans l'attitude de son père indiquait à Riker qu'il était là contraint et forcé, que cette entrevue s'annonçait très mal. L'hostilité de son père envers cet agent du FBI était palpable. Riker se demanda combien d'ascenseurs il avait dû se faire renvoyer pour obliger son propre père à servir d'appât.

— J'aimerais que vous me parliez de votre employée, Johanna Apollo, dit Argus. Oh, pardon, vous la connaissez sous le nom de Josephine Richards. Excusez-moi, je n'ai pas saisi votre prénom.

Ignorant la question et refusant la place que l'agent avait libérée pour lui, Riker s'assit à côté de son père. Les positions étaient claires, désormais. Il vit l'agent reculer mentalement et revoir sa tactique.

Son père faillit sourire. Enfin presque.

Argus, lui, afficha un sourire forcé.

— Vous pensez sans doute que je suis là à cause de

l'homicide de l'aire de jeux. Eh bien, vous vous trompez.

Il tripota ses boutons de manchettes, guettant en vain un signe d'intérêt. Le père de Riker frottait la table du bout d'un doigt. L'agent se redressa vivement en disant :

— J'enquête sur le meurtre d'un agent du FBI, Timothy Kidd. Johanna est également impliquée dans cette affaire. Mais vous le saviez.

Tu bluffes.

Riker secoua négativement la tête.

— Je ne sais rien. Cette femme est très réservée.

D'un ton plus léger, il ajouta :

— Alors, elle a tué un fédéral ?

Il se tourna vers son père pour voir s'il avait réussi à faire naître un sourire sur ses lèvres.

Tiens-toi droit ! lui ordonnèrent les yeux gris et froids, *et arrête tes remarques à la con.*

Riker se redressa par habitude, fruit de toute une enfance à entendre les mêmes cours de maintien à l'heure du dîner. Au fil des années, il avait appris à déchiffrer les regards de son père. Plus sobre, il se tourna vers l'agent du FBI.

— Qu'est-ce que vous voulez ?

— Un peu de votre temps, répondit Argus en s'adossant sur le cuir rouge de la banquette.

— Laissez-moi vous parler de cet agent qui est mort, un type vraiment sympa. Et, entre nous…

Il s'interrompit pour lui sourire, cherchant à nouveau à créer une certaine intimité.

— Timmy a toujours été un peu inquiétant. Vers la fin, il avait vraiment une case en moins. Mais je crois qu'il vous aurait plu. Un sacré bon enquêteur, le meilleur, même.

Riker apprit que feu Timothy Kidd possédait un talent remarquable pour jauger le degré de culpabilité d'un suspect, pour tirer un sens de quelques paroles, démêler des schémas du chaos et pénétrer les pensées d'autrui. Au cours des semaines ayant précédé sa mort, l'esprit acéré de ce paranoïaque était complètement sous tension, comme relié à l'univers tout entier.

— Ah, Timmy ! fit l'agent Argus. Ce pauvre cinglé. Il voyait des signes d'avertissement partout. Il était vraiment futé, ce salaud. Assez pour dissimuler ses symptômes pendant longtemps. Il a réussi à passer les tests psychologiques sans encombre. Mais vers la fin, ses rapports commençaient à être un peu délirants. Son supérieur n'a rien signalé. Il ne voulait pas perdre un bon élément à cause des psys. Eh bien, nous avons viré son chef pour incompétence. Ensuite, nous avons essayé d'aider Timmy à gérer son... problème. Si on avait pu le prendre plus tôt, il serait peut-être encore en vie.

Riker comprit que, en avouant une erreur du Bureau, il cherchait à établir un lien entre eux, de flic à flic, mais Riker était très difficile dans le choix de ses relations masculines. Et Marvin Argus ne faisait pas l'affaire.

Son père semblait sur le point de cracher au visage d'Argus. Il trouvait odieuses ses diatribes. Un flic ne pouvait se comporter de la sorte. Mieux valait laver son linge sale en famille.

— Enfin, poursuivit Argus, on a trouvé pour Tim une psy qui avait un QI supérieur au sien, pour qu'il ne puisse pas la mener en bateau. Le Dr Johanna Apollo était la psy la mieux payée de Chicago. Et elle se retrouve à nettoyer des scènes de crime.

Il marqua une pause très théâtrale.

— Ouais, je me suis dit que cela vous intéresserait. Elle a trouvé en Tim un paranoïaque doué. Naturellement, c'était après son meurtre. Nous pensons qu'elle détient des informations.

— Alors vous voulez que je l'espionne, conclut Riker.

Il attendit la proposition, sans doute une offre d'emploi en guise de carotte pour le traître.

Argus repoussa cette suggestion d'un geste.

— C'est de votre aide que j'ai besoin. Tim était brillant, mais vous étiez plutôt un bon flic, vous aussi. Je sais ce que vous avez fait à la brigade spéciale. Du bon boulot. Dommage qu'un aussi bon élément parte à la retraite. Le Bureau a besoin d'un type comme vous sur cette affaire.

Il lui adressa un regard qui se voulait viril et direct.

— Ce n'est pas comme si je vous demandais de coucher avec une bossue.

Riker crispa les poings.

Marvin Argus cessa de sourire et se tut. Sans doute avait-il remarqué un changement d'atmosphère, un avertissement lui indiquant qu'il venait de franchir les limites. Il reprit d'un ton plus sérieux :

— Je veux être très clair. Un dingue s'est livré à un jeu qui a fait une peur bleue à Timmy, et ce dingue va peut-être essayer avec vous, aussi. Vous risquez votre vie.

Riker hocha la tête. Il comprenait très bien. Argus cherchait à le faire passer pour un lâche aux yeux de son père s'il osait refuser ce boulot. Décidément, Argus n'était pas doué pour jauger les autres. Le père de Riker crispait sans cesse les mains. Cette fois, il était en phase avec son fils. Ils avaient tous les deux envie de lui mettre une bonne raclée.

— Revenons-en à la mort de ce sans-abri, reprit Argus, celui que les flics ont trouvé ce matin. Je crois savoir que Johanna avait souvent maille à partir avec lui. Pourtant, il lui suffisait de faire un détour pour l'éviter. Elle ne le faisait jamais. Ça vous a étonné, vous aussi, hein ? C'est pour cela que vous avez fait des recherches sur son passé, et que vous avez découvert un meurtre identique, celui de Timothy Kidd.

Était-il encore en train de bluffer ou ces recherches le menaient-elles à Kathy Mallory ?

Comme s'il lisait dans les pensées, l'agent Argus déclara :

— Ce matin, nos banques de données ont été interrogées deux fois, dans deux secteurs différents. Flynn a effectué la première. Vous savez, Flynn, cet inspecteur si communicatif qui travaillait sur l'homicide du clodo. Il n'a rien trouvé. Mais le faux nom de Johanna a éveillé les soupçons, au Bureau. La deuxième recherche, en revanche, ne citait pas son faux nom. Et il n'y avait pas de mot de passe, non plus. Le pirate a contourné le système de sécurité et a tout pillé. Beau travail, Riker. Je suis impressionné. Je parie que vous étiez en visite dans votre ancien commissariat, à SoHo. Il vous était facile de vous installer devant un ordinateur.

Il était maintenant certain que Marvin Argus ne pouvait rien trouver sur Kathy Mallory, qui laissait rarement des traces. Elle n'avait pas utilisé n'importe quel ordinateur de la police pour son piratage matinal. De toute évidence, Marvin Argus n'avait pas la moindre idée du nombre de fois où elle envahissait les banques de données fédérales chaque semaine.

Riker, qui était connu pour ne rien comprendre à l'informatique, haussa les épaules.

— Ouais, c'était moi le pirate. Bien joué, Argus.

Il se tourna vers son père, guettant des signes alarmants sur le visage du vieil homme, et découvrit que, en fait, il cautionnait ces actes illicites, y voyant un symptôme prometteur que son fils réfléchissait encore comme un flic.

Martelant la table de deux doigts, Argus attira à nouveau son attention vers lui.

— Alors, vous avez saisi, Riker ? Trois jours par semaine, Johanna Apollo joue le jeu avec ce clodo cinglé.

Elle esquive les coups, s'habitue à l'idée d'être agressée. Pourquoi ? Parce qu'elle ne saura jamais à quel moment le tueur de notre agent va s'en prendre à elle. Tim ne l'a pas vu venir, lui. Et Johanna a foiré, hier soir. Ce sans-abri l'a fait trébucher et elle a fait une mauvaise chute.

Si la chute de Jo avait été mentionnée dans une des dépositions de témoins, l'inspecteur Flynn aurait insisté sur ce point, lors de son bref interrogatoire, à l'aire de jeux. Riker connaissait ses méthodes : secouer le suspect sans jamais relâcher la pression. Alors comment Argus pouvait-il être au courant de ce détail ? Avait-il suivi Jo, faisant d'elle un appât vivant pour capturer un tueur en série ? Argus n'avait pas encore parlé du faucheur. C'était bizarre, ça aussi.

— Ainsi, vous soupçonnez un des patients du docteur ? fit Riker. Et vous pensez qu'il veut la tuer avant qu'elle ne révèle son nom ?

C'était un scénario plausible pour expliquer une surveillance du FBI.

Le sourire de Marvin lui suggéra qu'il ne comprenait pas, qu'il se faisait mener en bateau.

L'agent du FBI frappa doucement la table de sa paume.

— Donc, voilà ce que je vous propose. Il nous faut un homme à l'intérieur, quelqu'un en qui Johanna ait confiance. Si vous vous entendez vraiment bien avec elle, elle laissera peut-être échapper un détail, quelque chose d'utile.

Servir d'indic est plus bas que terre, lui intima son père rien qu'en levant la tête. Ses yeux se demandaient si son fils pouvait descendre aussi bas. Pouvait-il passer d'inspecteur de police de première classe à enculé en l'espace d'une journée ?

— C'est pour le bien du Dr Apollo, insista Argus. Elle a quitté le programme de protection des témoins.

— Je vais vous dire où vous vous plantez, répondit Riker. Le tueur vous espionne tandis que vous la surveillez. Il doit bien rigoler. Toutes ces heures de travail pour rien. Vous ne l'aurez jamais de cette façon.

— Johanna n'était pas sous surveillance. Avant ce piratage informatique, on ne savait pas où elle se trouvait.

— Allons, Argus ! Vous m'avez pratiquement dit que les fédéraux la surveillaient, la veille du jour où on a retrouvé le cadavre de Bunny.

Riker espérait qu'il deviendrait fou en cherchant où il avait foiré. Il se leva et adressa un signe de tête à son père. Lui dire au revoir aurait été une marque d'affection filiale insupportable pour le vieil homme. Puis il se tourna vers l'agent du FBI.

— Vous pouvez garder votre boulot. Je ne marche pas avec vous.

En quittant le bar, il se retourna et aperçut, enfin, l'esquisse d'un sourire sur les lèvres de son père.

Sur le trottoir, il vit passer une vieille voiture dont le pot d'échappement cracha bruyamment. Riker savait distinguer ce type d'explosion d'un coup de feu, mais il demeura paralysé d'angoisse. Ses jambes refusèrent soudain de le porter plus loin. Son corps tout entier se raidit. Il sentit une forte pression sur sa poitrine, une sensation d'étouffement qu'il était incapable de maîtriser. Pas plus qu'il ne pouvait appeler à l'aide les passants qui le croisaient, ni leur faire signe. Il avait les bras lourds et ballants. Les autres ne remarquaient rien d'anormal, à part un homme pétrifié, en sueur malgré le froid. Seuls ses yeux remuaient, implorant chaque piéton de le secourir. Nul ne s'arrêta pour constater que sa poitrine ne se soulevait plus, que ses poumons ne s'emplissaient plus d'air, qu'il était en train de mourir.

Peu à peu, la paralysie se dissipa. Ses poumons s'emplirent enfin d'oxygène. Ses jambes lui obéirent à nouveau. Riker s'éloigna sur le trottoir d'un pas assuré, lui qui se voyait déjà en infirme.

À la réception, Charles Butler vint saluer Riker. Il était en gilet, mais ne portait pas la veste de son costume ajusté. Telle était sa conception d'une tenue décontractée. Des mèches de cheveux châtain clair ondulaient sur sa nuque car, en dépit de sa mémoire d'éléphant, il ne semblait jamais se rappeler ses rendez-vous chez le coiffeur. Toutefois, ce n'était pas sa caractéristique la plus remarquable. Cet homme se décrivait lui-même comme étant le fils naturel de Cyrano et d'une grenouille aux yeux exorbités. Sous ses paupières lourdes, le blanc l'emportait sur les petits iris bleus, lui donnant l'air étonné en permanence, comme si la moindre parole prononcée par ses interlocuteurs était absolument fascinante. Et ce nez ! Un superbe bec de rapace. Il était assis derrière son bureau du XVIIIe siècle. Chez Butler et compagnie, la plupart des meubles étaient des antiquités, sauf le canapé, fabriqué sur mesure pour s'adapter aux longues jambes de Butler, qui culminait à plus d'un mètre quatre-vingt-dix. Il était pour l'heure avachi sur sa chaise, car il trouvait impoli de dominer de sa hauteur ses visiteurs de plus petite taille, même quand il était assis. Parmi ses autres bizarreries, un QI monstrueux et une générosité tout aussi développée.

Riker n'avait jamais cru le mensonge de son vieil ami et nouveau propriétaire qui lui louait un appartement à l'étage inférieur pour un loyer ridicule sous prétexte d'être rassuré par la présence d'un policier dans l'immeuble. Charles était assez grand et fort pour mettre à terre n'importe quel homme. Mais ce n'était pas dans sa nature. C'était le plus pacifique des géants. De plus, il y avait déjà un flic dans l'immeuble : le gardien était un agent de police à la retraite. Et il y avait Mallory, sa discrète coéquipière, une experte en systèmes de sécurité et en serrures sophistiquées. C'était sans doute l'immeuble le plus sûr de New York. Ce loyer modeste était un acte charitable dissimulé par un homme si pétri d'honnêteté qu'il était incapable de mentir sans rougir.

Mais Riker n'avait nulle part où aller, à l'époque.

Il n'était pas question pour lui de retourner dans son ancien appartement de Brooklyn. La simple perspective d'y entrer lui avait donné des cauchemars, de jour comme de nuit. Sur son lit d'hôpital, il avait tendu ses clés aux déménageurs en leur disant de dérober ce qu'ils voudraient, mais de ne pas toucher à la réserve de bourbon qu'il gardait en cas de coup dur. Le coup dur s'était produit.

— Mallory est passée ?

— Pas aujourd'hui, répondit Charles. Elle est plutôt occupée, ces derniers temps.

— Tu veux dire, avec son vrai boulot ?

— Oui. Quand elle passe, c'est en général en fin de soirée. Ce n'est pas au noir, qu'elle travaille, mais dans le noir.

La deuxième source de revenus de Kathy Mallory n'était pas légale, car les flics n'avaient pas le droit d'utiliser leurs talents d'enquêteurs dans le secteur privé, mais Riker comprenait pourquoi elle s'intéressait à cet endroit. Au bout du couloir, un bureau privé abritait tous ses jouets favoris. Il fallait le mandat d'un juge pour utiliser ou posséder la plupart d'entre eux. Heureusement, Charles Butler était un luddite invétéré incapable de reconnaître les équivalents électroniques d'une pince-monseigneur. Il croyait qu'elle utilisait cet équipement pour vérifier les antécédents de leur étrange clientèle.

Le chef de Mallory, à la brigade spéciale, se berçait tout autant d'illusions. Le lieutenant Coffey faisant toujours comme si elle lui avait obéi en rompant tout lien avec la société de Butler, alors qu'elle avait, au contraire, pris des intérêts financiers dans la petite entreprise de chasseurs de tête d'élite en devenant associée secrète. Son bureau était ainsi une véritable tanière à l'abri de tout mandat, le lieu idéal où laisser la valise de dossiers et de notes provenant de la suite de Jo. Si l'inspecteur Flynn avait découvert l'intervention de Riker, il aurait inondé la ville de mandats pour retrouver les pièces à conviction disparues et aurait commencé par l'appartement de Riker. Mais ce n'était plus un problème. Comme Mallory l'avait prévu, le FBI avait repris l'homicide de Bunny et les fédéraux étaient moins empressés que Flynn.

— Je suppose que tu veux récupérer ce qui t'appartient.

Charles se tenait devant la porte ouverte d'un placard. Il prit la valise rouge, sur l'étagère supérieure, et la lui tendit comme si elle ne pesait rien. Il aurait été naturel qu'il demande à Riker pourquoi il avait voulu la cacher là et non dans son propre appartement, mais Charles connaissait Mallory depuis trop longtemps. Il avait appris à regretter d'avoir posé certaines questions.

— Mme Ortega sera déçue de t'avoir manqué. Elle demande toujours de tes nouvelles.

C'était à la fois bizarre et touchant, car la femme de ménage de Charles aurait préféré mourir que d'admettre qu'elle appréciait Riker. Il était la cible préférée de ses remarques caustiques.

— Dis-lui que je la salue.

— Je n'y manquerai pas, répondit Charles. J'ai l'impression qu'on te voit moins, maintenant qu'on habite dans le même immeuble. Tu as assez d'eau chaude ? Le chauffage fonctionne ? Aucun problème à me signaler ?

— Non, tout marche à merveille.

Désireux de s'en aller au plus vite, Riker tendit le bras vers la valise. Il avait l'impression que son ami cherchait chez lui des impacts de balle ou d'autres signes indiquant qu'il n'était pas totalement remis. Puis il se rendit compte qu'un docteur en psychologie pouvait lui être utile.

— Tu sais, il y a un service que tu pourrais me rendre, si tu as quelques minutes à me consacrer.

— Bien sûr. J'ai tout mon temps.

Sans le vouloir, Charles sourit bêtement, par trop conscient de son fâcheux défaut. Chaque fois qu'il exprimait de la satisfaction, il rougissait violemment et affichait une expression niaise.

Riker se rassit dans son fauteuil.

— C'est à propos de la paranoïa.

Remarquant une inquiétude soudaine sur le visage de son ami, il s'empressa d'ajouter :

— Il ne s'agit pas de moi, mais d'un autre. Tu fais passer des tests aux gens pour déceler leurs capacités particulières, n'est-ce pas ? Et la paranoïa ? Je veux dire au degré le plus élevé. Peut-elle être utile, selon toi ?

Charles avait la bonté de réfléchir poliment à toutes les questions qu'on lui soumettait, même les plus ridicules.

— Eh bien, dit-il enfin, c'est le genre de chose que je ferais confirmer par une expertise psychiatrique. Il ne serait pas éthique d'encourager la paranoïa. Et il n'y a pas de marché pour les employés malades mentaux.

Il considérait ses propres clients comme simplement excentriques.

Mais Riker avait d'autres idées en tête. Les candidats à l'embauche de chez Butler avaient des capacités et une intelligence rares. Ils étaient très recherchés par les cellules de réflexion et les programmes gouvernementaux. Ils étaient souvent à la limite de la folie, ce qui expliquait la grande expérience de Charles dans le domaine de la pathologie mentale.

La tête penchée de côté, Butler réfléchissait à nouveau, à moins qu'il n'ait simplement des scrupules à décevoir un ami.

— Eh bien, il y a peut-être des applications possibles. Si cet homme travaille dans un environnement dangereux, une paranoïa extrême lui permettrait sans doute de rester en vie.

Riker s'y attendait. Tous les New-Yorkais ne souffrant d'aucune névrose étaient fichés par la police en tant que morts ou blessés. Dans cette ville, une paranoïa modérée était considérée comme un signe de santé mentale, car elle incitait à se méfier des inconnus et des rues sombres. Cependant, bien qu'étant le roi des paranos, Timothy Kidd n'avait pas réussi à rester en vie à Chicago, où le taux d'homicides était inférieur.

— D'accord, supposons que mon type soit un agent du FBI sur les traces d'un tueur en série. Sa paranoïa l'aiderait-elle à gérer les suspects ?

— C'est un peu tiré par les cheveux, admit Charles, mais c'est possible, si cela se voit dans son comportement extérieur, ce qui est le cas, en général. Ses soupçons manifestes peuvent mettre la pression sur la personne qu'il est en train d'interroger. Le suspect aura alors des réactions plus fortes, des expressions faciales involontaires, une certaine nervosité, tous les signes qui dénotent le mensonge. Un paranoïaque est à même de remarquer ces choses-là, qu'il en soit conscient ou pas. Toutefois, il y a un autre aspect à prendre en compte. Le paranoïaque a des capacités sensorielles plus développées qu'une personne normale. Il enregistre des détails et des informations que toi et moi jugerions sans importance. C'est l'autre versant de ta théorie : ils détectent souvent des schémas qui n'en sont pas.

— Alors une paranoïa sévère ne l'aiderait pas à trouver un suspect ?

— Je ne crois pas. Tout le monde lui semblerait suspect. J'imagine que sa maladie ne ferait qu'encombrer le paysage et compliquer les choses.

Alors pourquoi Marvin Argus avait-il pris tant de peine pour tisser le mensonge d'une paranoïaque douée ?

Riker se leva et prit la valise rouge de Jo. Au moins avait-il obtenu une réponse satisfaisante à la seule question qui comptait vraiment pour lui. Au contraire de l'agent Argus, Charles Butler ne voulait pas, ne pouvait pas lui mentir. Il était sûr que Mallory n'était pas entrée dans son bureau, ce jour-là, et que le contenu de la valise était demeuré intact. Et cette omission de sa part, sa façon de ne pas fouiller les papiers de Jo derrière son dos, venait de confirmer sa théorie selon laquelle Mallory lui cachait quelque chose.

CHAPITRE 6

Les moyens de sécurité exceptionnels de sa nouvelle adresse laissaient à désirer. Dès qu'il ouvrit la porte de son appartement, Riker sut qu'il y avait eu effraction. Au lieu d'être éparpillé un peu partout, son linge était proprement rangé dans un panier en osier. Autre indice : une petite femme noueuse était en traïn d'astiquer ses carreaux.

— Qu'est-ce que vous faites ?

— D'après vous ? railla Mme Ortega. Je suis en train de vous cambrioler, pardi.

Elle le foudroya de ses yeux noirs d'Espagnole, avec l'air de lui demander s'il avait d'autres questions idiotes à lui poser. Elle parvint aussi à lui faire comprendre qu'elle était en mission et que c'était lui, l'intrus.

— C'est Charles qui vous a fait entrer ? Ou Mallory ?

— J'ai demandé au gardien de m'ouvrir, expliqua-t-elle. Je lui ai dit que j'étais votre femme de ménage.

Elle baissa les yeux vers son tablier, dont les poches débordaient de bouteilles en plastique, de brosses, chiffons et autres instruments liés à sa profession.

— Pas mal, le déguisement, hein ?

Elle posa un chiffon humide sur le rebord de la fenêtre et s'approcha du panier en osier.

— Riker, j'ai une chose à vous demander. Je crois avoir compris comment vous fonctionnez, mais dites-moi si je me trompe. Vous jetez vos chaussettes dans un coin différent chaque soir pour faire un roulement de linge sale au lieu de les laver ? C'est ça ?

Elle posa les yeux sur la valise rouge.

— Et maintenant, vous vous enfuyez de chez vous.

D'un geste de la main, elle désigna tout le salon jonché d'ordures et les traces douteuses sur les murs.

— Impressionnant, non ? De quoi faire ses bagages et s'en aller.

Il posa la valise près de la porte.

— Très bien, fini le ménage pour aujourd'hui.

Il voulait lire les documents de Johanna et n'avait pas de temps à perdre avec Mme Ortega. Ou alors très peu.

— J'ai de la bière dans le frigo. Vous en voulez une ?

— C'est pas de refus.

Elle le suivit dans la cuisine où le courrier non ouvert tapissait presque tout le sol, au point qu'elle dut ôter une pile d'enveloppes d'une chaise pour s'attabler.

— Je devrais peut-être tout faire cramer et repartir de zéro, suggéra-t-elle.

Elle prit la canette qu'il lui tendait et l'observa d'un air soupçonneux, puis elle essuya le dessus avant de l'ouvrir.

— Cette pièce n'est pas si mal, commenta-t-il.

— Ah bon ?

Du bout du pied, elle poussa une boîte de pizza ouverte. La part qui restait était tellement moisie qu'elle ressemblait à une plante verte.

— Vous savez pourquoi il n'y a pas de cafards, ici, Riker ? Parce qu'elles ne sont pas stupides, ces bêtes-là. Elles savent que c'est dangereux de manger chez vous.

— Vous avez remarqué que je n'étais pas du genre à avoir une femme de ménage. Alors pourquoi faites-vous tout ça ?

— J'ai une philosophie, répondit-elle. Je vais écrire un livre. *La Sérénité et l'art d'une maison bien rangée*. Ce sera le titre. En faisant le ménage dans sa maison, on fait le ménage dans sa vie. Toutes ces choses vous pèsent, Riker. C'est comme si vous portiez tout ça sur le dos, la saleté, le désordre, la cafetière cassée qui ne fonctionne certainement pas depuis vingt ans. Mais ce n'est pas le pire.

Il suivit du regard son index, qui désignait la pièce voisine, où les moutons avaient pris leur liberté et erraient sans crainte sur le sol. Elle avait nettoyé une vitre. Toutes les autres étaient embuées d'une crasse jaune due à la nicotine. Une couche de poussière grise couvrait tout le reste.

— C'est à cela que ressemble l'intérieur de votre tête ? demanda-t-elle. Ça fait peur.

Cette sacrée petite bonne femme avait une habitude fâcheuse, une tendance marquée au sarcasme, mais elle avait touché dans le mille. Il comprit qu'elle voulait l'aider, le rendre meilleur en faisant le ménage en lui. Mais Mme Ortega n'était pas si douée. Elle ne pouvait chasser l'image d'un adolescent maigrichon et psychopathe assis sur sa poitrine ensanglantée, appuyant le canon d'une arme sur son œil avant de tirer, pour s'apercevoir qu'il avait déjà utilisé toutes ses cartouches sur le corps de Riker. Depuis, le moindre bruit violent lui coupait le souffle et il mourait encore une fois.

— C'est quoi, tout ce bordel ?

Mme Ortega se pencha pour trier le monceau de courrier, écartant publicités et factures pour examiner les lettres provenant de la municipalité et de la police de

New York. Elle en choisit une qu'elle leva à la lumière de la lampe.

— Celle-ci contient un chèque. C'est évident. C'est une enveloppe opaque, pour qu'on ne voie pas ce qu'il y a à l'intérieur.

— Vous vous trompez, dit Riker en secouant la tête. Mes salaires étaient virés sur mon compte.

Un jour, les virements avaient cessé. Et il n'avait jamais décroché son téléphone pour demander pourquoi.

Elle posa vivement un billet de cinq dollars sur la table.

— Je dis qu'il y a un chèque et je ne me trompe jamais.

Il posa à son tour un billet.

— D'accord. On va voir.

Mme Ortega déchira l'enveloppe et agita un chèque devant son visage.

— C'est un chèque d'allocation pour invalidité versé par les services sociaux de la municipalité.

Elle examina le reste du courrier éparpillé à ses pieds.

— En voici un autre, et encore un autre. Seigneur, vous êtes riche !

— C'est une erreur, affirma Riker tandis qu'elle ouvrait les enveloppes et qu'elle alignait les chèques sur la table. Les services sociaux se sont trompés. Je vais devoir les renvoyer.

— Pourquoi ?

— Parce que je ne suis pas handicapé.

— Ah non ? Vous voulez parier ?

En sortant son chariot de matériel de nettoyage sur le trottoir, Mme Ortega entendit le tintement de pièces de monnaie dans le gobelet abîmé d'un mendiant. En arrivant chez Riker, une demi-heure plus tôt, elle était déjà passée devant lui. À en juger par le bruit de ses pièces, le butin était maigre, ce qui suffit à éveiller sa curiosité. Avec les habitants du quartier, qu'elle prenait tous pour des imbéciles de libéraux, ce jeune type devrait être en train de refuser les dons.

Elle méprisait la mendicité par principe, mais elle tolérait encore moins l'incompétence. Puisque Riker l'avait renvoyée avant qu'elle ne puisse s'attaquer à son foutoir, autant mettre à profit ce moment de liberté pour le consacrer à des activités caritatives.

Un homme du quartier s'arrêta pour donner de l'argent au mendiant, mais il changea d'avis et s'éloigna. La femme de ménage sut aussitôt comment aider ce jeune aux lunettes noires et à la perruque rousse.

— Toujours là ?

Les yeux rivés sur le gobelet, elle dénombra deux pièces de cinq cents et quatre pièces d'un cent.

— Les affaires ne marchent pas très fort, hein, petit ? Eh bien, cela ne m'étonne pas !

Elle le contourna pour mieux le jauger.

— Je vais te dire ce qui ne va pas. Quand ce type a failli te donner un dollar, tu as souri. Tu as regardé le billet et tu as souri. Voilà pourquoi il s'est énervé et l'a remis dans sa poche. À l'avenir, tâche de t'en souvenir.

Mme Ortega frappa la pancarte en carton accrochée autour du cou du mendiant et qui clamait son affliction et son besoin de deniers. Elle éleva la voix, comme s'il était également dur d'oreille.

— Tu es censé être aveugle, crétin !

Il se crispa et eut un mouvement de recul, puis leva sa canne blanche, comme pour la frapper, ce qui étonna Mme Ortega. Cette conversation avait eu lieu à un niveau sonore normal pour une confrontation en pleine rue à New York. Elle ne l'avait même pas menacé. Pourtant, il tremblait comme une feuille.

Dans un rare accès de faiblesse, disons de pitié, elle lui fit un compliment.

— Cette canne blanche est un excellent accessoire. Tu peux la garder.

Elle recula pour le jauger une nouvelle fois. Il devrait vraiment se débarrasser de cette perruque rousse ridicule. Elle était trop longue pour lui, même pour un garçon un peu spécial. C'était une perruque de fille, bon sang. D'où sortait-elle donc, cette tapette ? Remontée par une grande fierté xénophobe, elle se dit qu'il ne pouvait être natif de son New York. Elle avait envie de lui conseiller de modifier la pancarte qu'il portait autour du cou pour indiquer qu'il était fou en plus de stupide. Toutefois, ayant déjà fait sa B.A. de la journée, elle s'éloigna sur le trottoir avec son chariot, sans se retourner. Elle ne le vit donc pas lever les yeux vers la fenêtre de Riker, au premier étage.

Des papiers jonchaient toute la surface de la moquette tachée, ce qui donnait l'impression d'un progrès dans le salon de Riker. Son sandwich disparaissait à mesure qu'il le grignotait distraitement tout en parcourant une page de l'écriture nette du Dr Johanna Apollo.

Parmi les notes personnelles, il y avait un journal relatant chaque rencontre avec Bunny, le sans-abri victime d'homicide, qui montrait des signes de dégradation mentale et physique. La dernière annotation était le message que Bunny lui avait transmis de la part de Timothy Kidd suivi d'un commentaire sur l'utilisation par un tueur en série d'un pauvre sans-abri comme téléphone vivant. Riker marqua ce dernier paragraphe à l'aide d'un trombone, puis il mit le journal de côté. Un jour, il servirait peut-être de pièce à conviction au tribunal.

Ensuite, il lut les transcriptions de plusieurs interrogatoires menés par la police de Chicago, tous les détails dont Jo se rappelait. L'inspecteur chargé de l'enquête l'avait harcelée, l'accusant de dissimuler des preuves. D'autres, effectués par des agents du FBI, ressemblaient davantage à des débriefings. Étrangement, ils n'évoquaient jamais le meurtre de leur propre agent, se cantonnant à ses théories à propos du tueur en série. L'agent Kidd avait pris contact avec le faucheur. Selon les termes de Jo, il avait vu ce dernier dans un magasin d'alcools. Après une interruption de la personne qui l'interrogeait, Johanna avait admit que, en effet, la paranoïa se trouvait au cœur de la théorie de Timothy.

Riker s'interrompit dans sa lecture. Jo appelait toujours l'agent assassiné Timothy. Seuls les enquêteurs du FBI parlaient de l'agent Kidd.

Il découvrit la suite de son récit :

« Timothy est entré dans le magasin d'alcools au moment où un autre client en sortait avec une bouteille de vin, un homme qu'il ne connaissait pas. Pourtant, ce client semblait étonné de le voir, lui, un inconnu. Timothy lui a accordé quelques longueurs d'avance, puis il est sorti à son tour dans la rue. Mais l'homme avait disparu. Timothy n'a pas entendu de voiture démarrer. Il avait dû courir très vite pour s'éloigner aussi rapidement. »

L'agent du FBI était revenu au magasin pour interroger l'employé. Il apprit seulement que le client en question était ravi de trouver un certain cru en rayon. Selon les termes de l'employé : « Il pensait avoir acheté la dernière bouteille existant sur terre. » Selon le souvenir que gardait Jo de sa conversation avec Kidd, « Timothy a dit que c'était un cru très rare dont on ne parle jamais dans les critiques gastronomiques, mais qui est étonnamment bon. » Jo rappelait ensuite à ceux qui l'interrogeaient qu'un juré avait été retrouvé mort dans ce secteur, le lendemain.

Riker leva les yeux du texte. Si l'agent Kidd connaissait la saveur de ce vin, il avait dû se donner bien du mal pour trouver une autre bouteille de ce cru si rare. Les notes de Jo ne fournissaient pas ce détail, mais Riker connaissait le nom de ce cru et même son millésime. Un tiroir de la penderie de Johanna en contenait dix bouteilles portant des étiquettes de prix de divers magasins. Riker piocha dans une pile de reçus de distributeurs et de magasins d'alcools situés dans des États lointains. Sur l'un d'eux, Jo semblait avoir épargné cent dollars sur le prix du détail. Elle aussi collectionnait les bouteilles de ce cru particulier, et le FBI ne possédait que sa propre version d'un inconnu de sexe masculin, dans le magasin d'alcools.

Il posa les reçus sur une pile : à brûler ou pas ?

À l'issue de son ultime interrogatoire, le FBI avait congédié Jo en la remerciant, avant de la faire bénéficier du programme fédéral de protection des témoins. Elle considérait que les fédéraux avaient négligé le fait que Timothy Kidd avait vu le faucheur. Qui pouvait croire une histoire aussi tordue ?

Riker. Il n'y avait pas plus paranoïaque qu'un flic ayant pris quatre balles dans la peau. Il étudia le plan de Chicago de Jo. Des cercles rouges indiquaient les lieux de trois homicides. L'un d'eux s'était déroulé à trois blocs du magasin d'alcools. Il leva les yeux vers le plafond et se joua le scénario de l'agent du FBI assassiné sur l'écran blanc. L'agent Timothy Kidd était entré dans la boutique et sa simple présence avait étonné un autre client, un homme qu'il n'avait jamais rencontré. La plupart des habitants de Chicago étaient inconnus de cet agent, qui venait de Washington. Pourquoi, se demande Kidd, pourquoi ce client semble-t-il le connaître de vue ? D'après l'interrogatoire de Jo, l'agent ne s'était rendu que sur une seule scène de crime à Chicago, celle de la deuxième victime du faucheur. Les psychopathes retournaient parfois sur les lieux de leurs crimes pour observer le spectacle des voitures de police, des voitures de légistes, des lumières et des appareils photo. Qui d'autre qu'un homme qui était venu hanter les scènes de crime aurait pu reconnaître en Timothy Kidd un représentant des forces de l'ordre ? Qui d'autre qu'un coupable aurait cédé à la panique pour s'enfuir en courant ?

C'était mince pour identifier un suspect numéro un, mais si c'était bien le faucheur qui se trouvait dans ce magasin d'alcools, ce soir-là, sa plus grosse erreur avait été de montrer qu'il avait reconnu un agent du FBI qui était aussi un paranoïaque de première catégorie.

Bien joué, Timothy. Un point pour le névrosé.

Riker n'avait pas la prétention de croire que le Bureau n'en était pas arrivé aux mêmes conclusions, alors pourquoi le tueur en série était-il toujours dans la nature ? Les dossiers de Jo ne comportaient pas la moindre mention d'un nom de suspect, pas même une description, ce qui n'avait rien de surprenant. C'était le genre de chose qu'un flic intelligent, même un fédéral, ne confierait jamais à un civil. Pourtant, l'agent Kidd avait indiqué à Jo le nom du vin.

Riker ne vit pas le temps passer, la nuit tomber, au point d'oublier d'allumer la lumière pour poursuivre sa lecture du moindre texte, coupure de journal ou note. Avant que son réveil ne se mette à sonner, il eut le temps de s'informer sur les meurtres du faucheur, et il était l'heure de l'émission de Ian Zachary.

Il alluma la radio, source d'indices pour le jeu.

— Pauvre tarée !

L'assistante leva les yeux de son écran d'ordinateur.

— Fais gaffe à ce que tu dis, enculé, sinon j'efface tous tes appels.

Savait-elle qu'ils étaient toujours à l'antenne ? Oui,

elle le savait. Impressionné, Ian Zachary baissa d'un ton pour s'adresser à ses auditeurs.

— Cette pauvre tarée va prendre le prochain appel après une page de publicité.

Il appuya sur le bouton du système de sécurité. En entendant le signal sonore, un livreur entra dans le studio pour lui apporter un cadeau de la part d'un fan, Randy de SoHo. Dès qu'il eut quitté la pièce, Zack reprit sa mauvaise habitude d'observer la vitre sombre de la cabine du producteur, y cherchant le signe d'une présence. Needleman était-il en train de le surveiller, ce soir ? Son producteur n'était peut-être pas timide, mais brillant, et il se livrait à un double jeu. Toutefois, la théorie la plus plausible était que le mystérieux producteur n'était qu'un espion de la commission de surveillance de l'audiovisuel. Un tribunal fédéral était toujours en train de définir la limite entre divertissement et incitation au meurtre par la voie des ondes. La situation était d'autant plus complexe que journaux et grandes chaînes de télévision suivaient l'exemple de Zachary en relayant théories fumeuses ou signalements de jurés. Selon les avocats de la défense, le faucheur possédait de multiples sources, ce qui compliquait toute notion de cause à effet.

En ouvrant l'enveloppe, Zachary découvrit que l'auditeur qui avait appelé la veille au soir avait bel et bien pris en photo un juré survivant. L'animateur consulta l'horloge et actionna une touche pour entrer en communication avec la régie son.

— Hé, pauvre tarée !

Elle tendit le majeur pour lui confirmer qu'il était à nouveau à l'antenne.

— Sachez, dit-il à ses auditeurs, que nous avons un gagnant pour notre concours de photo. Randy de SoHo, je suppose que tu nous écoutes, ce soir. Alors, pauvre tarée, tu veux bien dire à notre candidat ce qu'il a gagné ?

Zack dut appuyer sur un bouton pour faire cesser un flot d'obscénités venant de la régie.

— Cette fille perd vraiment la boule. Enfin, chers auditeurs, je vous invite à participer à un nouveau concours. Vous allez devoir trouver l'heure, à la minute près, où elle pètera les plombs. Il faudra qu'elle fasse quelque chose de vraiment spectaculaire, du genre se mettre à baver, à parler chinois, à s'arracher des touffes de cheveux, que ce soit ses cheveux ou les miens, comme vous préférez. Le temps presse. J'ai l'impression que c'est pour ce soir.

Merde ! Tu ne pouvais pas attendre une heure de plus ?

Il décida de passer une page de publicité avec cinq minutes d'avance. Dans la cage, la lumière s'était éteinte. Zachary se retrouvait face à deux vitres sombres. Son assistante suivait l'exemple de Needleman et se cachait dans le noir.

Pas pour longtemps, chérie.

Il était temps qu'elle dégage, cette conne. Son enveloppe charnelle, pas son esprit, qui était déjà perdu.

Assez rigolé.

Il intensifia la lumière du studio, même si cela ne servait pas à grand-chose. L'éclairage était étudié pour accommoder son goût de l'obscurité dans un environnement digne d'une grotte. Le peu de lumière l'empêchait de distinguer la silhouette de la jeune femme, dans la régie. Il s'approcha de son propre fantôme élancé qui se reflétait dans la vitre sombre, appréciant le spectacle de lui-même, car il semblait flotter dans les airs, ce qui était nettement mieux que le vieux coup du Christ qui marchait sur l'eau.

Ayant mis le volume à fond, la pauvre tarée cria :

— Antenne !

Transpercé d'une douleur fulgurante, Zachary ôta son casque.

— Tu es dingue ? lui hurla-t-il sans se soucier de la contradiction. Tu veux me percer les tympans ou quoi ?

Encore une question idiote. Bien sûr qu'elle voulait lui faire mal. Et ses yeux seraient la prochaine cible. Toutes les lampes de la cabine s'allumèrent d'un seul coup. La lampe de bureau et les projecteurs étaient tous braqués sur Zack, de sorte qu'il fut aveuglé. La douleur s'estompa vite, mais il voyait encore des taches blanches dues à l'éblouissement. Dans son casque, qu'il n'avait pas lâché, la voix distante et métallique de la jeune femme lui parvint à un volume normal, lui chantonnant d'aller se faire foutre.

Il leva le micro vers ses lèvres et murmura :

— Espèce de salope !

Elle lui répondit en brandissant son majeur tout près de la vitre. D'un ton doucereux, elle reprit :

— On a un auditeur qui appelle pour la première fois sur la ligne trois. Il affirme être l'un des jurés survivants.

— Bien, répondit Zack, oubliant toute douleur et toute haine.

Peu lui importait si c'était une blague. Il avait un public de demeurés inconditionnels. Il regagna vite sa place et appuya sur le troisième bouton de son pupitre.

— Papa t'aime, dit-il à l'auditeur avec sincérité, car ce type avait un potentiel dramatique évident. Je t'écoute.

— Vous n'êtes qu'un imbécile ! répliqua une voix masculine et furieuse.

— Notre auditeur semble un peu troublé, déclara Zack. Pour nos nouveaux auditeurs ou ceux qui viendraient de nous rejoindre, cet homme faisait partie du jury de crétins avides de célébrité. Il était si ébloui par les étoiles qu'il en a oublié l'évidence de la culpabilité. On parle de sang et d'empreintes digitales, les gars. D'ADN, de témoins oculaires. Parmi trois millions d'Américains, seuls les douze jurés ont pensé que l'accusé pouvait être innocent. Un verdict d'une grande stupidité. Pas étonnant que le faucheur veuille leur mort, à tous. C'est normal. Alors, chers auditeurs, notre tueur en série a-t-il raison ? Il est temps de procéder à une sélection génétique.

— Arrêtez ! cria son correspondant. Vous ne…

— Ou bien, comme le dirait le faucheur, ce juré serait-il trop stupide pour continuer à vivre ? Et maintenant, la question cruciale, la question à un million de dollars : quand va-t-il mourir, celui-là ?

Zack regarda la photo qu'il avait en main. C'était un bon portrait.

— Je n'ai pas saisi ton nom. Qui es-tu ?

— MacPhereson, et vous le savez très bien !

Bien sûr, imbécile.

Les règles fixées par ses avocats étaient délicates, mais maintenant que le juré s'était identifié à l'antenne, il devenait une cible de choix.

— MacPhereson ? Tu es toujours là ?

Oui. Il entendait son souffle. Il n'y avait plus de doute possible. C'était de l'authentique qu'il avait à l'autre bout du fil.

— Une… dernière déclaration ?

— Comment pouvez-vous me faire ça ? demanda-t-il d'une voix brisée par la colère.

De mieux en mieux.

— Vous et vos fans, dit MacPhereson, vous avez tout bonnement expliqué à ce dingue comment me trouver !

Il parlait de plus en plus fort.

— Qu'est-ce qui ne va pas, chez vous ? Je suis l'un des jurés qui vous a remis en liberté !

— Je sais, répondit Ian Zachary. Où veux-tu en venir ?

CHAPITRE 7

Collectionneur passionné d'antiquités, Charles Butler entra dans la seule pièce de l'entreprise Butler où il semblait faire froid. Dans le bureau de son associée, tout était en acier glacial du XXIe siècle. C'était un univers de lignes pures, de mécanismes, de cliquetis et de pivotements ; de longues étagères de manuels d'électronique et techniques entouraient trois ordinateurs installés sur des postes de travail. L'unique élément ayant un peu de cachet, les voûtes de fenêtres datant du XVIIIe siècle, était totalement anéanti par des stores métalliques blancs. Seul un mur procurait un peu de répit dans toute cette austérité. Tapissé de liège du sol au plafond, il servait de panneau d'affichage. Ce matin-là, il conférait une dimension humaine rare au domaine privé de Mallory. Apparemment, Riker avait sorti tous les documents que renfermait la valise de Johanna Apollo pour les épingler au mur. Les pages semblaient s'être collées d'elles-mêmes, les punaises n'ayant été ajoutées que plus tard. Chaque feuille penchée était un véritable affront au goût de l'ordre obsessionnel de Mallory.

Charles n'était pas préparé à la réaction de la jeune femme. Jamais elle ne souriait pour exprimer la moindre satisfaction. Le jeune inspecteur arpentait la pièce, le long du panneau de liège, s'arrêtant de temps à autre pour lire une note ou une coupure de journal dans son intégralité. Elle portait son uniforme habituel : jean, T-shirt, veste. Seules les couleurs et les matières variaient. Ce jour-là, c'était de la soie vaporeuse et du cachemire. Depuis longtemps, Charles y voyait le signe d'un esprit hautement efficace qui n'avait pas de temps à perdre à choisir une tenue. Elle portait son long manteau noir sur son épaule et ignorait encore si elle allait partir ou rester un moment.

Reste, je t'en prie.

Il fallait qu'ils parlent de ce qu'elle avait fait à Riker. Pendant qu'elle scrutait le mur, Charles était occupé à censurer ses propres commentaires sur le sujet, chassant les termes de scandaleux, dangereusement irresponsable et autres. Les mots lui manquaient. Il baissa les yeux et ne dit rien. En tant qu'ami et défenseur inconditionnel, il excusait toujours ses comportements les plus douteux. Grâce à des ragots et à ses propres déductions, il connaissait les détails les plus sombres de l'enfance de Mallory dans la rue, mais à quel prix. De temps à autre, cela lui coûtait son sommeil et sa tranquillité d'esprit. Avant d'avoir atteint l'âge de raison, elle avait déjà perdu tout ce qui compte aux yeux d'une petite fille. Et pourtant, ce traumatisme dévastateur avait engendré une créature remarquable. Les vers de Yeats, le poète, semblaient prémonitoires : *Tout a changé, totalement changé. Une beauté terrible est née.*

— C'est parti, déclara-t-elle.

Cela ne plaisait pas du tout à Charles, qui observait la tempête de papier affichée au mur.

— Riker a terminé il y a environ une heure. Je ne crois pas qu'il soit allé se coucher.

— Tant mieux, répondit Mallory. Il a mordu à l'hameçon.

En d'autres circonstances, Charles aurait tout donné pour avoir le plaisir de la voir sourire. Ce matin, toutefois, il espérait plutôt qu'elle s'arrête, qu'elle laisse tomber, car il n'appréciait pas ce jeu de fous. Il s'approcha d'elle pour incarner la voix de sa conscience, et déclara doucement :

— Tu sais bien que ce n'est pas raisonnable. Un psychopathe a tiré sur Riker, et toi, tu le lances sur la piste d'un tueur en série, encore un cinglé.

— C'est justement la perfection de ce plan. Encore un jury d'imbéciles.

Elle recula pour avoir une vue d'ensemble du désordre qu'avait semé Riker sur son mur.

— Ce dossier ressemble beaucoup au cheval qui l'a désarçonné.

En effet, il existait un parallèle évident entre le verdict des jurés et la violence. Si un tueur adolescent n'avait pas été reconnu innocent, malgré une accumulation de preuves à charges, Riker, le témoin vedette de l'accusation, n'aurait pas été pris en embuscade chez lui. Et voilà qu'un autre jury en était arrivé à des conclusions tout aussi démentes lors du procès de Zachary. Cette fois, le résultat était un véritable massacre.

— Cependant, dit Charles, ce meurtrier est un peu plus organisé, plus dangereux que le garçon qui a tiré sur Riker.

Il tapota la photo prise sur la scène de crime d'un agent du FBI. Encore un parallèle, car le faucheur avait également une victime dans les rangs des forces de l'ordre. Dans le cas présent, c'était un détail intéressant par rapport aux assassinats de jurés.

— Que se passera-t-il quand ce dingue reconnaîtra en Riker un protagoniste de l'affaire ? Tu y as réfléchi ?

Bien que tourné face au mur, il sentait les yeux de

Mallory posés sur lui. Peut-être songeait-elle que son unique erreur avait été de l'impliquer dans le jeu ?

Elle posa une main sur sa hanche en guise d'avertissement.

— Tu connais un meilleur moyen de soigner Riker ?

— Non.

Hélas, il n'en voyait pas. Bien que diplômé en psychologie, il ne se servait de ses connaissances que pour évaluer la stabilité de clients surdoués et déterminer quel secteur d'activités leur convenait le mieux. Il n'avait jamais considéré ses clients comme des patients et n'avait jamais songé à exercer dans ce domaine. Mallory, qui n'avait pas cette formation, tentait d'appliquer un traitement de choc sur une victime traumatisée dans un état mental très fragile. Il examina le mur et décréta que c'était horrible.

— Tu disais que tu lui fournirais les infos petit à petit.

Une cuillerée de meurtre de temps en temps, à dose homéopathique. Voilà ce qu'elle lui avait déclaré.

— Là, c'est trop.

— Je sais, admit Mallory. Mais je n'étais pas au courant de la planque du Dr Apollo avant qu'on ne fouille sa suite d'hôtel. Alors où est le mal ? Il y a quelque chose, dans ces papiers, qui soit susceptible de donner à Riker le fin mot de l'histoire ?

— Eh bien, de toute évidence, il connaît sa relation avec l'agent Kidd, mais rien ne lui indique quel rôle exact le Dr Apollo joue dans l'histoire.

— Et je n'imagine pas cette femme en train de faire des confidences.

Mallory s'assit à un poste de travail, devant un moniteur étincelant.

Charles la regarda charger les photos d'un appareil dans l'ordinateur. La série de clichés apparut à l'écran.

Parfois, il se demandait pourquoi elle prenait tant de photos de Johanna Apollo. Sur la plupart d'entre elles, sa difformité était cachée par de longues mèches de cheveux bruns et n'apparaissait que légèrement dans la courbure de son torse. La préférée de Charles était un gros plan du visage de la psychiatre. Ces yeux marron et chaleureux avaient de quoi plaire à n'importe quel homme. La photo la plus récente était un portrait en pied. Le vent avait écarté l'écran de cheveux pour révéler la bosse. Quelque chose lui disait que ce serait le dernier portrait que Mallory ferait du Dr Apollo. Elle avait enfin réussi à exposer totalement sa vulnérabilité. Soudain, Charles eut envie de protéger cette femme qu'il n'avait pas encore rencontrée.

— Tu ne l'aimes pas, n'est-ce pas, Mallory ? Je t'en prie, dis-moi qu'elle n'est pas suspecte.

— Les seuls que je ne soupçonne pas sont les morts.

— Tu ne m'as jamais raconté comment tu t'étais retrouvée impliquée dans cette affaire. Quand as-tu… ?

— Le jour où j'ai rencontré la bossue de Riker, répondit-elle. J'ai lancé une recherche sur son faux nom, mais les informations étaient trop parfaites, trop nettes. C'est souvent le signe d'un programme de protection des témoins du FBI.

L'air vague, elle se leva et s'approcha du mur tapissé de liège pour s'intéresser à l'unique échantillon de l'écriture brouillonne de Riker. Elle lut à voix haute l'annotation : Le vin de Jo. Que voulait-il dire ? Un examen plus attentif du panneau d'affichage ne lui apprit rien.

— Satané Riker. Il me cache quelque chose.

Johanna Apollo glissa son sac fourre-tout sur son épaule. À ce signal, Mugs se mit à crier. Le regard du chat exprimait un sentiment de trahison, car elle était manifestement en train de l'abandonner. Elle ne serait pas là pour le défendre quand la femme de chambre arriverait avec son pistolet à eau. Johanna ne pouvait reprocher au personnel de l'hôtel de se prémunir de griffures éventuelles. D'ailleurs, elle leur versait une prime de risque sous la forme de pourboires somptueux. De plus, Mugs préférait la guerre ouverte plutôt que de se retrouver confiné dans un sac. Rien ne le rendait plus fou que d'être enfermé dans cette boîte. Elle se pencha pour le caresser là où aucun souvenir de lésion ne l'inciterait à la griffer. Il plaça la tête dans sa paume et cria encore pour exprimer son désespoir. Il avait déjà passé une mauvaise journée et se sentirait perdu si elle le laissait seul.

En entrant dans la salle de bains, Johanna prit une boîte dans sa réserve de tranquillisants pour animaux. Elle n'aimait pas droguer Mugs, même pour lui rendre service. Si la femme de chambre le trouvait apathique et docile, elle ne serait pas obligée de l'asperger. Elle ouvrit donc une gélule dont elle versa la moitié du contenu dans l'eau du chat.

Ensuite, avant que Marvin Argus ne revienne avec son propre mandat de perquisition, elle ouvrit la penderie, récupéra son paquet de lettres qu'elle fourra dans la poche de sa veste en jean. Pour finir, elle compta ses bouteilles de vin, rituel obsessionnel digne de Timothy Kidd.

Mallory mit de l'ordre dans le fouillis créé par Riker, redressant les feuilles de papier pour qu'elles soient perpendiculaires au mur. En y regardant de plus près, Charles se dit qu'elle avait fait des progrès, car il remarqua que le bâtiment, vieux de plus de cent ans, penchait un peu. Il faisait confiance au fil à plomb interne de Mallory qui se dirigeait droit vers le centre de la terre.

— Tu as passé un peu de temps avec Riker, dit-elle. Tu as remarqué des changements, quelque chose de bizarre ?

— Non, il était comme d'habitude. Je dirais même plutôt détendu. Pas de tics nerveux, de manies. Il a tendance à claquer les portes, ce qui ne lui ressemble pas vraiment. Mais il le fait depuis…

— Il est en colère.

— Non, reprit Charles. Je l'ai trouvé plutôt affable.

— Il est en colère contre moi.

Son léger mouvement de tête indiquait qu'elle ignorait pourquoi, tout en acceptant le fait.

Il comprenait son raisonnement. Une colère sous-jacente pouvait expliquer le repli sur lui-même de Riker depuis sa sortie de l'hôpital.

— Ce n'est peut-être pas à cause de toi, dit-il. Ce n'est peut-être pas aussi personnel.

À ce stade, il eut la clairvoyance d'arrêter, car elle détestait être ainsi défiée. Les bras croisés, elle était visiblement sur la défensive. Ses yeux plissés lui disaient, à tort ou à raison, qu'elle ne se trompait jamais.

— Je devrais peut-être l'adresser à un psychiatre, suggéra Charles. Ce qu'il lui faut, c'est une thérapie.

— Se soigner en parlant ? Je n'ai pas le temps, répondit-elle, avant de corriger : Riker n'a pas le temps. Son appartement est une porcherie. Mme Ortega affirme qu'il faudrait le faire murer.

— Elle n'a jamais vu son ancien appartement, à Brooklyn. Ce ne peut pas être pire.

Encore une bourde : cette explication logique contredisait celle de la jeune femme. Il détourna les yeux de Mallory, espérant éviter un nouvel affrontement.

— Le bordel est deux fois pire, reprit-elle. Tu n'y es jamais allé ?

— Non.

Il n'avait pas été invité. Mallory était sans doute entrée chez Riker sans y être invitée non plus. Elle était très douée pour forcer les serrures, pour entrer par effraction, pour envahir les lieux. Comment évoquer le besoin d'intimité et de sécurité de Riker ? Inutile de faire appel à l'empathie de la jeune femme. Elle en était incapable.

— Je ne vois rien qui cloche dans ses réflexes, déclara-t-elle. Tu es d'accord ?

— Je ne vois aucun signe de problème physiologique.

Il énuméra tous les éléments qu'il avait relevés en examinant discrètement Riker.

— Capacités motrices, mouvement des yeux, langage, raisonnement, tout fonctionne.

Mallory était agacée qu'il n'existe aucun manuel technique qui permette de reconstruire Riker.

— Alors c'est l'expertise psychiatrique qui le rend dingue.

— Raison de plus pour lui faire commencer une thérapie. Plus vite il s'y mettra, plus…

— On n'a pas le temps, répéta-t-elle, un peu énervée, car elle détestait se répéter. L'époque est aux économies de budget et le préfet de police Beale est en train de faire le ménage. Cette petite ordure a vraiment un esprit radin. Il serait ravi de se débarrasser d'un inspecteur ayant l'ancienneté de Riker et son salaire.

Elle en revint au panneau mural, au jeu.

— Le Dr Apollo se trouvait sur deux des scènes de crime. Elle avait des infos de l'intérieur grâce à l'agent Kidd.

Charles voyait où Mallory voulait en venir.

— Faire d'elle une suspecte serait peut-être une erreur. Réfléchis bien. Tu dis que Riker l'a engagée il y a trois mois. C'est justement le moment où il a recommencé à se raser. Et c'est aussi sa première coupe de cheveux depuis sa blessure. Certes, ce n'est pas grand-chose, mais suppose qu'il tienne sincèrement à cette femme ?

Il lut dans les yeux de chat de Mallory une intense satisfaction.

— Ainsi, il éprouve vraiment des sentiments pour elle. Et tu le savais.

Bien sûr qu'elle le savait. Qu'est-ce qu'il croyait ? Elle tenait le Dr Apollo en otage.

— Voilà donc comment tu as attiré Riker dans ton jeu. Dis-moi, Mallory, comment l'as-tu pris au piège ? Tu lui as murmuré des paroles terrifiantes à l'oreille ? Que lui as-tu dit ? Non, laisse-moi deviner. Tiens, au fait, Riker, cette femme, ce rayon de soleil dans ton existence de misère, figure-toi qu'elle a de gros problèmes. Elle va peut-être mourir. C'est quelque chose dans ce goût-là, non ?

Soudain fatigué, il s'appuya contre le panneau de liège.

— Tu ne lui as pas dit que le Dr Apollo était son suspect numéro un. Il aurait été obligé de choisir son camp. Et ce n'est peut-être pas toi qu'il aurait choisie.

Agacée, elle lui tourna le dos. Elle n'appréciait pas du tout son ton.

La vache.

Au mépris de deux détails – il tenait à la vie et elle était armée – il tendit la main, la prit par les épaules et l'obligea à se retourner. Elle n'en écarquilla les yeux que davantage.

— Donc j'ai raison, déclara-t-il. Tu as semé la peur dans l'esprit de ce pauvre homme. Autant appuyer une arme sur la tempe du Dr Apollo. Et les conséquences sur Riker ? Tu y as pensé ?

Il était furieux. Il criait presque.

— De toute évidence, tu ne te rends pas compte de ce que tu fais !

Cette fois il hurlait. Tant pis, après tout !

En fait, Mallory savait ce qu'elle faisait.

Charles s'en rendait compte, à présent. Son sourire

machiavélique réapparut, obligeant Charles à admettre qu'il s'était fait prendre à son jeu, lui aussi. Ses propres craintes pour Riker, l'otage numéro un, allait le lier à Mallory jusqu'à la conclusion de l'affaire. Il lâcha ses épaules. Ses deux minutes de rébellion étaient écoulées.

Oubliant toute hostilité, comme si elle ne l'avait jamais pris au sérieux, elle se pencha pour tapoter le clavier du premier ordinateur en disant :

— Si Riker redoute l'expertise psychiatrique, il n'a qu'à jouer la comédie.

Elle fit apparaître un dossier comportant un questionnaire.

— L'examen se déroule en deux temps : une partie écrite et une partie orale.

Charles reconnut sur l'écran la première page d'un test de personnalité. Bien d'autres suivraient. Le long test allait réitérer et reformuler les questions pour déceler la moindre contradiction. Mallory ouvrit un autre document contenant les réponses recommandées.

— Tout ce qu'il a à faire, dit-elle, c'est de mémoriser ce test. La ville n'a pas les moyens d'en commander de nouveaux. Ce sera facile. Tu n'auras qu'à le préparer pour l'entretien oral et il pourra se remettre au boulot.

— Je ne lui rendrais pas service, Mallory. Ce n'est pas si simple.

L'expression de la jeune femme le traitait de déserteur.

— Lui permettre de retrouver son poste et de se remettre au travail sont deux problèmes distincts.

— Il est déjà au travail, répliqua Mallory. Il a récupéré tous ces documents de chez Apollo pour empêcher les fédéraux de nous les prendre.

— Non, il protège son amie Johanna…

Charles perdit soudain le fil de ses pensées. L'écran d'ordinateur affichait une date qui correspondait à la dernière évaluation psychiatrique de Mallory, test obligatoire pour tout policier ayant tiré sur un suspect. Il s'était toujours demandé comment elle gérait ces épreuves, comment elle évitait tous les pièges destinés à capter son esprit tordu si particulier. Cette antisèche électronique anéantissait l'image de sauvage innocente qu'il avait d'elle. Elle était parfaitement consciente de ce qu'elle était. Aux yeux de Charles, Mallory était désormais deux fois meurtrie, car elle devait réaliser qu'elle ne serait jamais tout à fait…

— Il t'arrive d'écouter la radio, Charles ?

— Si tu veux parler de l'émission de Zachary, c'est non.

Il préférait la vision plus objective que donnaient les journaux aux récits que faisaient la télévision et la radio des agissements du faucheur.

Mallory passa à un autre ordinateur et tapota le clavier. Les haut-parleurs annoncèrent l'émission de Ian Zachary.

— Je les ai tous dans mon dossier audio, expliqua-t-elle. C'est de la radio interactive, de la libre antenne.

Charles demeura seul pour écouter les archives sonores de l'émission. Bientôt, il se fit une idée des règles du jeu et de l'homme qui le menait, encore un sociopathe.

Johanna rentrait de sa dernière mission de nettoyage d'une scène de crime. Encore alangui après sa longue sieste, Mugs la suivit lentement dans la salle de bains et s'assit à ses pieds, n'ayant pas l'énergie de se frotter contre ses jambes pour avoir sa dose de douleur, d'amour et de coups, bref, un vrai bonjour.

Le sang n'avait pas touché sa peau, mais elle se lava les mains. Elle dut se retenir pour ne pas les laver encore et encore, même si le chat était l'unique témoin de ce comportement compulsif. Elle était incapable de dire quand ces crises avaient commencé. Peut-être que, en ouvrant son esprit à la paranoïa de Timothy, elle avait laissé entrer une seconde névrose. Elle se regarda dans la glace, puis regarda au-delà de son image, vers le rideau de la baignoire. Même s'il n'y avait pas l'ombre d'une présence, elle l'écarta.

Personne. Bien sûr. Et personne non plus dans les placards. Elle les vérifia tous.

Elle enfila un costume et drapa ses épaules d'un élégant châle, dont elle se couvrit la tête comme une capuche. Le tissu dissimulait assez bien sa difformité. Mugs fut lent à réagir à ce signe qu'elle allait ressortir. Grâce au tranquillisant, il ne trahissait aucune angoisse. Il la suivit vers la porte, mais ne pleura pas. Ses yeux n'exprimaient qu'une vague curiosité lorsqu'elle le quitta une fois de plus.

CHAPITRE 8

La salle du restaurant, qui mesurait tout au plus trois mètres sur quatre, ne comptait que quatre tables minuscules. Riker était le seul client à ne pas s'être enfui avec sa commande enveloppée dans du papier d'aluminium. Il cherchait même à faire traîner son repas le plus longtemps possible. L'employé du comptoir était en cuisine, en pleine discussion avec le cuisinier à propos d'un semblant de cheeseburger provenant de leur stock d'aliments strictement végétariens. Riker n'avait nulle intention de consommer cette mixture. Il n'était là que pour bénéficier d'une vue sur l'hôtel situé juste en face. Ayant abandonné tout espoir de boire un café, il ouvrit l'armoire à boissons, ignorant les jus de fruits bio au profit d'une bouteille d'eau.

Il ne perdait jamais de vue la devanture vitrée de l'hôtel Chelsea. Quand Jo était rentrée de son dernier nettoyage, deux hommes en costume la suivaient. Des fédéraux, à la vue de tous ? Ce n'était pas la conception qu'il se faisait d'une surveillance discrète. Il ne s'agissait visiblement pas de gardes du corps, car ils suivaient Jo de trop loin. Et voilà que Marvin Argus apparaissait à son tour sur le trottoir. Il semblait nerveux, le salaud. Il ne cessait de regarder dans tous les sens avec des mouvements brusques. Ses yeux finirent par se poser sur la vitrine du restaurant.

Riker leva sa bouteille d'eau en guise de salut.

L'agent Argus traversa la rue à la hâte et vint saluer Riker avec toute la méfiance que méritait une telle rencontre. Il prit la seule chaise libre de la table, ce qui l'obligea à s'asseoir dos au trottoir.

— Vous vous trouvez dans le quartier par hasard, je suppose ?

— Je savais que vous seriez là, répondit Riker.

Ce n'était pas totalement un mensonge.

— Je me doutais que vous surveilleriez l'hôtel de Jo.

Argus sourit. Il ne demandait qu'à croire que Riker était venu de son propre chef.

— Ainsi, vous avez réfléchi à ma proposition, reprit-il en tendant les mains pour montrer qu'il attendait sa décision. Alors ?

Riker n'était pas homme à se laisser bousculer. Il but son eau dans un silence pesant, en écoutant Argus marteler nerveusement, sous la table. Il posa très lentement la bouteille.

— Timothy Kidd ne vous a jamais indiqué le nom du faucheur ? Je me doute que vous ne me diriez pas de qui il s'agit. Tout ce que je veux savoir, c'est si Kidd vous a donné un suspect fiable avant de mourir. Était-il si proche du but ?

Abasourdi, Argus regarda dans tous les sens, signe qu'il se préparait à lui débiter des sornettes. Riker profita de cet instant où il n'était pas observé pour jeter un coup d'œil vers l'entrée de l'hôtel. L'agent du FBI demeura silencieux tandis que l'employé apparaissait avec un faux cheeseburger. Riker le renifla et laissa tomber :

— Trouvez-moi autre chose, mon vieux. Vous êtes très loin du compte.

L'homme remporta l'offrande ainsi rejetée. Une nouvelle discussion commença avec le cuisinier, ce qui garantissait à Riker un bon quart d'heure de tranquillité. Il tapota la table de la jointure de ses doigts pour rappeler au fédéral qu'il attendait une réponse.

— Timmy avait un suspect.

Argus fit mine de s'intéresser à l'armoire des boissons.

— Mais il a désigné le mauvais homme. Le pauvre. Il était vraiment à l'ouest. Il avait des hallucinations.

L'agent se tourna à nouveau vers Riker et le dévisagea gravement.

— Je pourrais vous fournir d'autres détails, mais d'abord, j'aimerais bien recevoir quelque chose de votre part. Juste un petit…

— Comment avez-vous écarté le suspect numéro un de Kidd ?

— Mon équipe et moi étions son alibi. Le juré suivant est mort à trois heures du matin. On surveillait le suspect de Timmy vingt-quatre heures sur vingt-quatre, en couvrant toutes les issues de son immeuble.

— Il y avait combien d'hommes sur cette surveillance ?

— Quoi ? Quatre agents. Toute la journée et toute la nuit. Je vous assure que le suspect avait un alibi solide.

Riker connaissait ces planques de douze heures, les coéquipiers répartis entre deux issues et personne pour maintenir les agents éveillés au cours de la nuit. Il se rappelait la torpeur des heures tardives, la première nuit de surveillance, quand même des litres de café…

L'agent Argus se retourna pour regarder l'entrée de l'hôtel au moment même où Jo en sortait.

— Je sais qui est le faucheur, déclara Riker.

Oubliant l'hôtel, Argus reporta toute son attention sur lui.

— Je parie que c'est bien le suspect que Kidd vous a désigné. Un de vos hommes a foiré et s'est endormi.

Riker se leva, espérant lui faire croire qu'il en avait assez de sa compagnie, ce qui était vrai.

— Vous avez toujours eu le nom et l'adresse de cette ordure.

Il laissa de quoi payer le cheeseburger qu'il ne consommerait jamais et gagna vivement la sortie, sans un regard en arrière pour guetter la réaction d'Argus.

Le groom installé à la porte l'empêcha de claquer. Sur le trottoir, Riker observa le châle gris de Jo, au loin. Ce déguisement la changeait tellement qu'il avait failli ne pas la reconnaître. Mais même sans ses lunettes, il ne pouvait ignorer cette démarche, ces longues jambes qu'il connaissait mieux que quiconque. Il avait passé tant de temps à les imaginer, sous son jean. Avec la jupe courte qu'elle portait aujourd'hui, les jambes de Jo étaient à la hauteur de ses fantasmes.

Il n'eut pas besoin de s'approcher davantage en la suivant le long de la Septième Avenue, puis dans le métro, en direction du sud. Il savait déjà où elle se rendait. D'après sa source, elle était très forte pour repérer et semer quiconque la suivait. C'était ainsi que Mallory expliquait comment elle avait plusieurs fois perdu la trace de Jo. Mais personne n'avait jamais semé Riker, pas une seule fois au cours de sa carrière dans la police.

Malgré le froid qui régnait, ce jour-là, Victor Patchock transpirait à grosses gouttes. C'était sans doute à cause de cette perruque rousse bon marché et de la pression des autres passagers du métro. Il n'avait aucune crainte de se faire prendre par ce flic à la veste en cuir marron. Riker était si concentré sur sa propre proie qu'il ne posa pas les yeux sur l'homme qui le suivait, un homme plus petit, perdu au milieu des grands.

La rame s'arrêta à la station de Franklin Street, dans le quartier de Tribeca. Victor avait perdu l'inspecteur de vue. Lorsqu'il leva les mains pour essuyer la sueur qui coulait dans ses yeux, sa canne blanche lui échappa. Il se pencha pour la ramasser, mais ses lunettes noires glissèrent à leur tour sur la peau moite de son nez et tombèrent à terre, où elles furent piétinées par les passagers en train de descendre. Victor récupéra vivement canne et lunettes et les tint fermement. À présent, il voyait trouble non pas à cause de la sueur mais à cause de ses larmes. En pleurs, il se tourna vers un passager, qui recula lentement, à la façon qu'avaient les New-Yorkais d'éviter tout geste brusque face à un déséquilibré. Pour l'heure, Victor, le faux aveugle, avait véritablement perdu la vue en se frayant un chemin vers les portes de la voiture, bousculant ceux qui montaient à bord. Ruisselant de larmes, la bouche ouverte dans des sanglots muets, il agita sa canne. La foule s'écarta comme par magie pour le laisser descendre sur le quai, qui aurait aussi bien pu être un précipice. Il se dirigea vers ce qu'il espérait être la sortie. En levant les yeux, il vit de la lumière.

Victor gravit péniblement les marches en trébuchant et surgit sur le trottoir, le souffle court, clignant les yeux comme une taupe. Il ouvrit le poing sur la monture tordue de ses lunettes de soleil, qu'il chaussa, même si elles étaient de travers. Il était invisible, désormais, et n'avait plus peur. C'est alors qu'il aperçut Riker. La terreur le saisit.

Riker parcourait les rues de Tribeca, la tête en l'air pour observer les bâtiments, sans se troubler outre mesure de jouer les touristes ébahis. Il adorait cette ville à la fois terrible et merveilleuse. À chaque coin de rue, on changeait d'état d'esprit. Riker pouvait flirter toujours avec le Mexique, il ne quitterait jamais cette garce somptueuse qu'était New York, qui le tenait par les couilles. Son environnement immédiat était dénué de la frénésie du quartier financier ou de toute autre spécificité. Des différents quartiers de New York, Tribeca était sans doute la plus changeante. Les façades n'avaient rien de fantaisiste. Son apparence ne laissait rien présager de ses intentions. Entre les lofts spacieux des yuppies et les bodegas minuscules, tout pouvait arriver.

Riker regarda par-dessus son épaule, histoire de vérifier ses arrières. Il fut vaguement troublé par la silhouette d'un manteau sombre qui disparut aussitôt, mais il se trouvait trop loin pour un homme qui se refusait à porter ses lunettes en public. Il crut voir une tache de roux et une ligne blanche sur fond noir. Était-ce un autre poursuivant ou l'un de ceux qui le filaient jour et nuit ?

Non. C'était une impression due à sa nervosité, rien de plus. C'est ce qu'il se répéta en se dirigeant vers un entrepôt rénové qui abritait quelques entreprises commerciales. Sur la vitre de la troisième porte, un panneau annonçait des cours d'autodéfense. Si les fédéraux avaient suivi Jo jusque-là, c'est certainement l'endroit où ils l'auraient soupçonnée de se rendre. Une fois dans le bâtiment, il suivit les instructions de Mallory et sortit de l'ascenseur au troisième niveau. Au bout du couloir, il y avait un panneau sur la porte coupe-feu. De grosses lettres que même lui pouvait lire indiquaient qu'on ne pouvait entrer depuis la cage d'escalier. Futée, Jo avait bien choisi le lieu. Aucune équipe de surveillance n'aurait osé prendre l'ascenseur et risqué de la croiser dans un couloir.

D'après Mallory, les bureaux qui n'annonçaient pas leur activité étaient loués en temps partagé et réglés en espèces, signe flagrant d'agissements illicites. Ni les locataires ni les propriétaires qui fraudaient le fisc ne seraient disposés à fournir des informations aux flics locaux ou aux fédéraux. La moindre question posée par une grande blonde aux yeux verts inoubliables serait vite parvenue aux oreilles de Jo et aurait éveillé ses soupçons. Mallory devait être très énervée.

Dans le couloir, Riker jeta un coup d'œil sur un cours de karaté. Des femmes se projetaient au sol, jouant tour à tour le rôle de la victime et de l'agresseur. Elles s'inclinaient très bas avec bien trop de courtoisie. Ces élèves comprenaient-elles que leur entraînement ne leur serait utile que si leur violeur acceptait d'adopter cette posture si improbable ? Ensuite, il faudrait qu'il attende que sa victime lui donne un coup de pied au bon endroit. Si le pervers était de bonne composition, il lui permettrait peut-être de frapper à nouveau, au cas où elle aurait raté les testicules la première fois.

Dans le couloir, Riker trouva un jeune homme en grande conversation avec un gardien âgé, juste devant la pièce où il se rendait.

— Vous êtes en retard, ils ont déjà commencé, annonça le vieil homme au trousseau de clés.

Il ouvrit la porte pour l'autre visiteur, ne voulant pas perturber une réunion en cours en utilisant le buzzer. Riker suivit l'autre homme et remercia le gardien d'un signe de tête, comme s'il était également invité.

Pour savoir quelle porte le mènerait aux bureaux loués par Jo, la pauvre Mallory avait sans doute été obligée de mettre illégalement sur écoute tous les locaux de l'étage. Il ne pourrait jamais lui poser la question, mais il aurait parié qu'il avait vu juste.

En entrant dans une petite pièce faisant office de réception, il entendit la voix de Jo derrière une porte close, en train d'accueillir le nouvel arrivant. Au lieu de le suivre, Riker s'installa dans un fauteuil miteux et fit mine de lire un magazine qu'il prit sur l'unique table. D'autres personnes entrèrent dans la salle d'attente. Mallory avait raison sur les membres de ce groupe très choisi, car il reconnut deux d'entre eux.

La petite fille tira sa mère par le bras. Elle voulait s'arrêter à côté de Riker.

— Je vous reconnais, dit-elle.

— Monsieur Riker ! s'exclama sa mère avec plus d'enthousiasme que sa fille.

Heureusement, elle ne parlait pas assez fort pour qu'on l'entende de la pièce voisine. La femme prit la main de Riker et la serra longuement, avec un large sourire, ravie de le voir.

— Merci. Merci beaucoup.

Elle caressa les boucles brunes de son enfant.

— Ce n'est plus la même petite fille que vous avez vue le soir… enfin…

Le soir où votre mari vous a fracassé les os du visage ? Le soir où vous avez tué ce salaud à l'aide d'un couteau de cuisine ?

Les dégâts étaient toujours visibles sur les pommettes et le nez de la mère. Riker se souvenait avec précision de ses blessures. Un collègue l'avait appelé chez cette femme alors que le sang était encore humide sur le sol de la cuisine et que des gouttelettes dégoulinaient le long des murs. Un substitut du procureur avait conclu à un acte de légitime défense et la coupable, l'épouse de la victime, n'avait pas été inculpée. La scène de crime avait été cédée aux nettoyeurs le soir même : la mère et l'enfant étaient pauvres. Elles n'avaient nulle part où aller.

Riker connaissait ce sentiment.

Jo, sa nouvelle stagiaire, l'avait aidé pour cet acte de bonté et de justice. Il se rappelait très bien cette petite fille, témoin d'une agression sur sa mère et de la mort de son père. Quel changement ! Naguère, elle lui rappelait douloureusement Mallory au même âge. Elle avait le même regard.

À l'époque où il avait encore le droit d'appeler sa coéquipière Kathy, l'ancienne gamine des rues s'accrochait à ses blessures affectives, affirmant que son histoire n'appartenait qu'à elle. Dans son enfance, elle avait tout géré seule, discrètement, sans pleurer ni se plaindre, mais sans guérir, ni se reconstruire. La fillette qui se tenait devant lui revenait à la vie, revenait à l'humanité. Elle n'avait plus ce regard d'adulte et de méfiance quand elle lui souriait. Jo avait fait du bon boulot. Dommage qu'il n'y ait pas eu un Dr Apollo tout aussi talentueux pour soigner la jeune Kathy.

Tandis qu'il admirait l'enfant en voie de guérison, la mère exprimait sa gratitude envers l'équipe de nettoyage de Ned qui avait eu la générosité de lui offrir une thérapie de groupe. Cela faisait des semaines que Mallory avait découvert à quoi servaient ces bureaux, mais les flics trouvaient une explication sordide au moindre acte de charité. Le jeune inspecteur avait condamné le médecin au crime répugnant d'expiation. Il se rappela l'humour de la dernière réflexion caustique de Mallory, disant que Johanna Apollo allait bientôt laver les pieds des lépreux… Pour expier quel péché ?

La mère et l'enfant disparurent dans la pièce voisine. Riker écouta le baume apaisant de la conversation de Jo. Il ferma les yeux pour être seul avec cette voix qui s'adressait aussi à lui.

Mallory glissa ses crochets à serrures dans la poche arrière de son jean, puis elle ouvrit la porte de l'appartement de Riker. Comme toujours, sa première impulsion fut d'ouvrir la fenêtre, mais Riker risquait de remarquer que les lieux n'empestaient plus la fumée froide et les aliments avariés. Elle ressentait aussi de la révulsion et un désir presque irrépressible de remettre de l'ordre dans ce chaos. L'intuition et la méfiance la guidèrent vers la cheminée, où elle trouva des preuves contre lui. Pas un signe de bûche consumée dans l'âtre, seulement des cendres et des vestiges de papiers.

Ce n'était pas ce qui était prévu. Ce qu'elle avait prévu. Riker jouait un autre jeu. C'était la seule explication pour ce simulacre. C'était comme tricher aux échecs, jeu que prisait Riker, du moins à une certaine époque. Dans cet appartement, il n'y avait pas d'échiquier. Elle l'avait cherché lors d'expéditions précédentes, se rappelant celui qu'il avait jeté et se demandant s'il en avait acheté un autre. De toute évidence, il ne jouait plus. Mallory se demandait parfois si ce n'était pas à cause d'elle.

Enfant placée chez Helen et Louis Markowitz, le commissaire, elle avait surtout eu des flics comme baby-sitters. Les premières expériences des Markowitz avec des civils s'étaient toutes mal terminées. Douces vieilles dames et adolescentes ne s'étaient pas révélées à la hauteur d'une délinquante de dix ans en cours de réinsertion. De tous ses gardes-chiourme, c'est Riker qui avait eu le plus de pouvoir. Il lui avait appris à rester tranquille pendant des heures, à jouer aux échecs. Si l'enfant adorait ce jeu, elle détestait perdre et avait vite trouvé des manœuvres de diversion pour tricher. Un soir, il avait eu la main plus leste et avait saisi le poing minuscule qui dissimulait un pion qui l'empêchait de prendre la reine de Riker.

— Ça t'amuse, petite ?

Telles furent les ultimes paroles qu'il lui adressa, ce soir-là. Elle l'avait regardé prendre un coupe-papier et graver un K comme Kathy sur le pion en plastique. Puis l'avait posé sur la cheminée, avant de jeter toutes les autres pièces à la poubelle, avec l'échiquier, sans jamais en reparler. Pas de punition, pas de sermon, rien que le silence. Et il n'avait jamais rien dit à ses parents adoptifs.

Les secrets ont tant de pouvoir.

Pendant une semaine, tous les soirs, la dernière pensée de la jeune Kathy avant de s'endormir fut pour le pion abîmé posé sur la cheminée de Riker. La culpabilité ne faisait pas partie de son vocabulaire. Elle était simplement mystifiée. Cette énigme poursuivit la fillette pendant des journées entières. Elle acheta un nouvel échiquier, qu'elle paya au lieu de le voler, et l'emporta à la brigade spéciale où elle attendit pendant des heures dans la salle de repos. Au bout de trois jours, Riker vint enfin jouer avec elle.

Pendant une semaine, elle perdit toutes les parties. Puis elle gagna. Ensuite, alors que Riker était encore au travail, elle entra par effraction dans son appartement et vola le pion abîmé sur la cheminée. Elle le possédait encore, au fond de son placard, caché dans sa boîte de trésors d'enfance, des objets volés et des cartes de baseball.

Durant ses années au sein de la police, ce qu'elle prenait pour la voix de sa conscience n'était que l'écho de la voix de Riker qui lui demandait : Ça t'amuse, petite ?

Oui. Oui, cela l'amusait. Elle adorait gagner et elle ne trichait pas avec les preuves qui allaient à l'encontre de ses dossiers. Elle gagnait parce qu'elle était un bon flic et parce qu'elle n'avait pas peur de l'effraction, du piratage de données et du mensonge effronté. Mais elle ne détruisait jamais de pièces à conviction.

Mallory observa les cendres gisant dans la cheminée de Riker.

Il n'était pas dans son état normal et elle en voulait au Dr Apollo. Oui, c'était de sa faute, à elle. Mallory garda cette pensée dans son esprit, rejetant celle qui lui disait qu'elle était en train de tricher pour faire de Riker un homme irréprochable et inoffensif.

Au bout d'une heure, après le départ des derniers patients, Riker entra dans la pièce voisine et prit la psychiatre sur le fait, au milieu des mouchoirs en papier humides, des cendriers et des gobelets de café. Jo était transformée. Plus tôt, il ne l'avait aperçue que de loin et de dos, avec son châle. Il s'était surtout attardé sur ses bas en nylon, sous la jupe courte, et sur ses talons aiguilles, ce qu'il préférait. Mais à présent, c'était son rouge à lèvres bordeaux qui le choquait. Jusqu'à cet instant, il avait toujours vu son visage sans maquillage.

— Salut, Jo.

Elle était en train de plier les chaises métalliques pour les appuyer contre le mur. En se retournant, elle le trouva sur le seuil. Son visage et sa posture exprimèrent aussitôt de la culpabilité. Elle baissa la tête et croisa les doigts comme pour prier, comme si elle implorait le pardon pour ses crimes. Sa coéquipière aurait adoré ce moment, mais Riker n'appréciait pas du tout le rôle qu'il jouait, ce jour-là. Il était en lutte contre lui-même. Il éprouvait ce bonheur inexplicable, comme chaque fois qu'il se trouvait dans la même pièce que Jo, mais ses soupçons le troublaient, symptômes du poison que Mallory avait propagé en lui.

Qu'as-tu donc fait ?

Il ne dit rien, attendant que Jo prenne la parole. Le rythme spécifique d'un interrogatoire lui était aussi naturel que de respirer. Il devinait déjà son offensive et prévoyait une stratégie pour la désarçonner.

— Alors tu as tout lu, dit-elle. Et maintenant, tu veux des explications.

Elle s'assit lentement sur une chaise, la tête penchée, dans la posture habituelle d'un interrogatoire de police.

Combien de fois avait-elle déjà enduré cette épreuve ?

La mine sombre, il s'approcha d'elle.

— Tu sais qui est le faucheur.

Jo secoua la tête.

— Ce n'était pas une question. L'agent Kidd te l'a révélé. Voilà ce qui t'a amenée à New York. Le faucheur est ici, n'est-ce pas ?

— Timothy ne me l'a jamais révélé.

— Alors tu as trouvé toute seule.

— Tu dois être aussi paranoïaque que Timothy pour…

— Il est là, coupa Riker. Le faucheur, c'est ce type qu'il a croisé au magasin d'alcools. J'y crois, à son histoire.

Il décela dans son regard de l'étonnement teinté d'un autre sentiment. De la culpabilité, peut-être ? Oui. Il hocha la tête pour lui signifier qu'il lisait ses pensées.

— Mais toi, tu ne l'as pas cru, hein, Jo ? reprit-il. Pas à l'époque. Pas avant qu'il ne meure à son tour.

— Et maintenant, tu connais tous mes secrets.

Elle sourit pour lui faire croire qu'elle plaisantait.

— Je n'ai pas vraiment été à la hauteur, avec lui.

— Et ce pauvre sans-abri, Bunny ? Qu'est-ce qu'il vient faire là-dedans ? Tu t'es servie de lui pour te préparer, en quelque sorte ? C'est comme cela que tout a commencé ? Un petit entraînement avant l'événement crucial ?

— Tu es injuste.

— Ouais, c'est dur, la vie.

Il se tenait bien droit devant elle, l'obligeant à lever les yeux vers lui tandis qu'il l'observait d'un air vague, comme à des kilomètres.

— Et Mugs ? À mon avis, ce chat te tient en alerte en permanence. Difficile de savoir quand il va péter un câble. C'est un bon entraînement pour les situations extrêmes. À moins que Mugs ne soit ton système d'alarme. Il ne faut pas grand-chose pour le déclencher.

— Il arrive qu'un chat soit simplement un chat. Je l'aime vraiment, tu sais.

— Alors ne prends pas de risques, Jo. Tâche de vivre le plus longtemps possible. Parce que si tu meurs, tu sais ce qui arrivera à ton chat. Si tu n'es plus là pour le protéger, il se prendra un coup de pied dans la gueule dès qu'il miaulera après un flic. Personne ne l'emmènera chez le véto pour abréger ses souffrances d'une piqûre indolore. Le premier qui le trouvera lui fera bouffer la moquette. Mugs s'en tirera peut-être avec quelques dents en moins et des côtes cassées.

Elle se leva, prit un sac en plastique et ramassa un mouchoir en papier tombé à terre, signifiant la fin de la conversation.

Pas si vite, Jo. Attends un peu.

— Je ne reviendrai pas travailler, dit-elle en évitant son regard.

Elle s'exprima de façon plus formelle, comme si elle s'adressait à un inconnu, un flic parmi tant d'autres.

— J'ai remis ma démission à Mlle Byrd.

— Oui, je suis au courant. Tu vas vouloir récupérer ta valise.

— Oui.

Elle parcourut la pièce pour ramasser les gobelets et vider les cendriers dans le sac en plastique.

— Tu veux bien la déposer à mon hôtel ? demanda-t-elle.

— Non, répondit-il d'un ton neutre, en sortant une carte de visite de Ned de son portefeuille. Tu vas devoir venir la chercher.

Il griffonna son adresse au dos de la carte et la posa sur la chaise.

— Chez moi, à sept heures. Je ferai la cuisine, tu apportes le vin.

Jo, qui se mouvait toujours avec grâce, fut trahie par

son trébuchement. Connaissant la préférence de Riker pour le bourbon bon marché et la bière, elle allait en conclure qu'il ne possédait pas de tire-bouchon. Elle devait songer aux bouteilles de vin rangées au bas de sa penderie.

Riker erra à son tour dans la pièce, prenant son temps. À l'autre extrémité, il s'arrêta et se retourna pour fixer Johanna. L'espace d'un instant, il oublia le flic pour n'être plus qu'un homme aussi facile à tuer qu'un autre. Et elle pouvait le tuer, d'un mot, d'un regard. Il voulait lui dire quelque chose, quelque chose de personnel. Penchant légèrement la tête, comme s'il redoutait qu'elle n'éclate de rire face à cette idée pourtant non exprimée, il soutint son regard avant de se tourner vers la porte. Ces derniers temps, il s'en allait toujours avec fracas. C'était moins violent qu'un coup de feu, qui l'aurait paralysé, mais il se défoulait en claquant les portes à faire trembler les murs.

CHAPITRE 9

Riker ignorait ce qui l'amenait dans le quartier huppé du centre-ville. Ses pas l'avaient conduit malgré lui dans l'escalier du métro et le long des trottoirs jusqu'à cet immeuble de Park Avenue. Un portier en uniforme l'accueillit avec une chaleur sincère. Un nouveau billet de cinq dollars passa de la poche de Riker à la sienne, même s'il n'avait rien à lui apprendre. Malgré le prestige des lieux, le prix de la trahison était abordable.

Riker recula sur le trottoir et leva la tête vers une fenêtre éclairée. Une femme pâle semblait attendre derrière. La mère du garçon qui lui avait tendu une embuscade. Elle avait les mêmes traits que son fils, mais pas son regard sauvage. Ses yeux n'exprimaient que de la peur. Elle avait peur de lui. D'aussi loin, il ne pouvait déceler ces détails, mais il savait que c'était la vérité.

Et la femme le savait aussi.

Si son enfant rentrait à la maison, Riker le tuerait.

Comme si elle lisait ses pensées, la femme recula de la fenêtre. Riker baissa la tête comme un terroriste honteux qui vient de poser une bombe devant la mauvaise porte. Quittant cette femme innocente, il marcha le long de l'avenue, telle une bombe à retardement.

La petite voiture marron de Mallory s'arrêta devant l'immeuble de Park Avenue. Les riches locataires, un homme et une femme, se réfugièrent dans le hall d'entrée, préférant communiquer avec le monde extérieur par l'intermédiaire du portier. Depuis six mois, ils redoutaient d'être importunés par les journalistes et en arrivaient à avoir peur de la police. Ils avaient le teint pâle de personnes qui ne voyaient pas assez le soleil.

En s'approchant du portier, Mallory jeta un coup d'œil vers le couple, derrière la porte vitrée. Ils l'observaient et parlaient d'elle. Quand elle croisa leur regard, ils s'enfuirent en direction des ascenseurs. Étaient-ils au courant des petits suppléments que touchait le portier et de la facilité avec laquelle il vendait leur vie privée ?

— Mallory.

Le portier la rejoignit, marchant de biais, comme un crabe, pour que personne ne le voie toucher de l'argent depuis l'intérieur de l'immeuble.

— Vous m'aviez dit que Riker ne reviendrait pas, dit-il en feignant de soupirer. Ces pauvres gens. Je crois qu'ils sont à bout.

— Je vous ai dit que j'allais m'en charger.

Elle lui tendit un billet bien plus gros que les petits pourboires de Riker, gagnant son amitié et son allégeance. Il empocha l'argent et lui adressa un sourire radieux qui suggérait : *Je m'en fous, de ces pauvres gens, qu'est-ce que je peux faire pour vous ?*

— Que voulait Riker ?

— Toujours la même chose. Il m'a demandé s'ils avaient quitté l'immeuble au cours des derniers jours et s'ils avaient reçu de nouvelles visites.

— Et vous lui avez répondu ?

— Qu'ils ne vont nulle part, ne voient personne.

Il regarda par-dessus son épaule pour s'assurer que le hall était vide de tout regard indiscret.

— La dame, elle a de la peine pour Riker, mais le monsieur est vraiment en colère.

— Mais il n'y a pas de menaces, n'est-ce pas ? Ils n'ont pas porté plainte ?

— Non, ils ne veulent plus avoir affaire aux flics. Vous savez quoi ? En vérité, ils avaient plus peur de leur propre gosse que de Riker. Le pauvre. Je leur ai dit qu'il était un peu cinglé, mais pas du genre dangereux. Pas comme cet enfoiré…

Il s'interrompit brutalement, devinant avec clairvoyance qu'il valait mieux ne pas s'aventurer sur ce terrain glissant.

Mallory n'avait aucune compassion pour les parents du jeune homme qui avait tiré sur Riker. Ces *pauvres* gens avaient dépensé un million de dollars pour que leur fils ait de bons avocats. Résultat, il était allé tendre une embuscade à un flic.

— Dites-leur que je ne veux pas entendre parler d'une plainte pour harcèlement. Il faut que ce soit bien clair.

Avait-elle paru suffisamment menaçante ? Oui, car le portier recula.

Elle voulait qu'il puisse transmettre sa peur en délivrant son message à ces millionnaires aux gènes de psychopathes et bardés de bons avocats. Ils savaient depuis toujours qu'ils avaient élevé un monstre et ne l'avaient pas enfermé. À présent, ils n'avaient pas le droit de se plaindre de l'homme meurtri qui hantait parfois Park Avenue.

En l'honneur de la visite de Johanna, Riker avait relégué son linge sale dans sa chambre, où ses chaussettes de la veille avaient rejoint toutes les paires qui jonchaient le salon. En attendant, Riker se mit à considérer son appartement du point de vue de Mme Ortega. Il regrettait d'avoir mis la femme de ménage dehors alors qu'elle n'avait eu le temps que de laisser ses empreintes digitales dans la poussière. Il y avait de quoi planquer un cadavre sous le monceau de sacs-poubelles noirs empilés près de la porte. Depuis combien de temps n'avait-il pas eu la bonne idée de sortir les poubelles ? Des semaines ? Un mois ?

Il consulta sa montre, puis chassa l'idée que Mme Ortega accepte un appel d'urgence. Il ferma la porte de la cuisine et celle de la salle de bains, résolvant ainsi deux problèmes. Puis il géra de façon rationnelle le désordre qui régnait encore dans le salon. Sa montagne d'ordures allait prendre Johanna par surprise. Elle ne sentirait pas arriver le premier coup.

Et les murs étaient épais. Si elle criait, nul ne l'entendrait.

Mallory franchit la porte donnant dans la cage d'escalier et entra dans la salle de la brigade spéciale, un vaste espace de bureaux disposés n'importe comment, dont le mur percé de hautes fenêtres sales donnait sur l'étroite SoHo Street. Ce soir-là, six hommes effectuaient des heures supplémentaires, comblant le vide laissé par le départ forcé de Riker et le congé sabbatique non autorisé de Mallory. Les inspecteurs s'affairaient parmi des dossiers, notes et gobelets, se criant des questions, hurlant leur commande chez le traiteur à un stagiaire tout en menant leurs conversations téléphoniques.

Soudain, le silence se fit.

Telles des danseuses affublées de holsters d'épaule, les flics levèrent tous la tête en même temps. Leurs yeux s'attardèrent sur la seule femme de la brigade. Elle traversa la salle vers son bureau, le seul qui soit parfaitement perpendiculaire au mur. Trois jours plus tôt, c'était encore le poste de travail le plus ordonné de la planète. Ce n'était plus le cas. Les serrures de ses tiroirs avaient été forcées, laissant des marques sur le métal. Le contenu avait été fouillé et retourné, voire vidé sur le sous-main ou par terre. Les dossiers étaient ouverts. Un tiroir plein de produits d'entretien trahissait son obsession de l'ordre.

Contre toute attente, Mallory n'implosa pas.

Tout espoir mourut dans la salle. Le spectacle était terminé et ne valait pas le déplacement. Chacun reprit ses activités parmi les conversations et bruissements de papiers.

Mallory se tourna vers l'inspecteur Janos, véritable armoire à glace capable de citer Milton. Son visage de brute plaisait à la fois aux parents et aux contrôleurs judiciaires. Il semblait capable de remettre les rejetons dans le droit chemin. C'est lui qui exprima la plus grande compassion. Or Mallory ne voulait pas de compassion.

Il se leva et se dirigea lentement vers le bureau saccagé de la jeune femme, secouant la tête pour exprimer sa commisération, d'un air de dire : « C'est pas une honte, ça ? » ou : « Dans quel monde on vit ! » D'une voix étrangement douce, il déclara :

— Je sais ce que tu dois penser, petite, mais il n'a rien pris.

Il se pencha pour ramasser un produit d'entretien pour métaux, qui avait roulé sous sa chaise.

— C'est l'œuvre de Coffey, déclara Mallory.

Le lieutenant Coffey aurait tout aussi bien pu graver son nom dans le métal, parmi toutes les autres éraflures. Nul autre que lui n'aurait osé violer son espace personnel.

Janos lança un regard vers la vitre qui longeait le bureau privé du lieutenant. Les stores étaient tirés et la porte close.

— À ta place, je n'entrerais pas tout de suite. Le

patron vient de se débarrasser de deux vautours de la police des polices. Ils ont découvert que Riker travaillait à plein temps pour son frère Ned.

— Il n'y travaille plus. Je m'en suis chargée.

— Mais il y a travaillé.

Très gentleman, Janos s'agenouilla pour ramasser les documents éparpillés à ses pieds.

— Et pendant tout le temps où il a travaillé, Riker touchait des chèques des services sociaux pour invalidité permanente.

— Il n'a jamais encaissé ces chèques, rétorqua Mallory en lui arrachant les papiers des mains avant qu'il ne les range dans le mauvais tiroir. Et Riker n'a pris ce boulot que quand la police a cessé de lui virer ses salaires.

— Oh, le lieutenant le sait, répondit Janos en rassemblant stylos et trombones dans ses grosses mains rougeaudes. Et c'est ce qu'il a expliqué aux types de l'inspection des services. Il a ajouté que Riker était en bonne voie pour la retraite et leur a montré le formulaire d'appel. Il leur a conseillé d'arrêter de harceler un flic décoré, un flic blessé en service. Le patron a montré quatre doigts et je me suis dis, non, ça fait trois de trop, mais il a crié : « Quatre blessures par balle ! Comptez bien sur mes doigts, sombres crétins ! » J'ai trouvé ça vraiment sympa. Ces deux salauds ont dégagé vite fait. Affaire classée.

Mallory observa son bureau saccagé.

— Mais cela n'a rien à voir avec le fait que Coffey ait fait sauter les serrures de mes tiroirs, non ?

— J'y viens.

Janos jeta toutes ses bricoles pêle-mêle dans le premier tiroir. Ravalant une réflexion, Mallory s'empressa de trier trombones, crayons et stylos dans les cases appropriées.

— Le procureur a envoyé un de ses larbins pour te harceler, reprit Janos. Il voulait le paquet que tu avais promis. Le procès a lieu demain et il commence à s'impatienter.

Il s'agissait de toutes les preuves qu'on lui avait demandé de rassembler pour un procès à venir. Elle n'avait mis que quelques heures à tout réunir, et le dossier était prêt depuis trois jours, mais elle n'avait encore rien remis.

— Coffey a essayé de te joindre, dit le corpulent inspecteur en se redressant, tenant le plumeau de la jeune femme délicatement entre le pouce et l'index. Mais tu ne réponds plus à ton bip.

— Je suis en congé.

Elle s'empara du plumeau et le rangea. Elle tenait à refermer ce tiroir en douceur, se refusant à donner aux autres la satisfaction de la voir s'énerver.

— Mais, Mallory, tu n'as jamais fait ta demande de congé.

Elle referma le tiroir d'un coup sec. Les têtes se tournèrent vers elle. Elle ne prit pas la peine de baisser d'un ton.

— Si je devais récupérer toutes les heures supplémentaires qu'on me doit depuis le départ de Riker…

— La ville ferait faillite, je sais. Mais le patron pensait que tu avais passé les trois derniers jours à travailler pour le bureau du procureur. Or il vient d'apprendre que tu n'y as jamais mis les pieds.

— Alors tu l'as regardé bousiller mes tiroirs.

— Qu'est-ce que je pouvais faire ? Je lui ai dit que je n'avais pas eu de tes nouvelles, cette semaine. Comment pouvais-je lui expliquer que j'avais tes preuves bien enveloppées dans le premier tiroir de mon bureau ? Alors j'ai dit à un agent en uniforme de porter ton paquet au centre-ville en un temps record, toutes sirènes hurlantes. L'assistant du procureur se trouvait encore ici quand son bureau l'a appelé pour l'informer qu'ils possédaient tout ce dont ils avaient besoin pour le procès. Ce taré a dû présenter des excuses au lieutenant Coffey. Le patron a adoré. Tu as marqué un point, sur ce coup-là.

— Mais ce n'est pas la vraie raison pour laquelle il a fracturé mes tiroirs.

— Je… Je ne crois pas.

Janos agita une main, cherchant ses mots. Puis il fronça les sourcils, la préparant au pire. C'était sa façon d'annoncer les mauvaises nouvelles, avec une lenteur et une douceur agaçantes.

— Tu vois, juste avant que ce type de chez le procureur ne se pointe, le patron a reçu un coup de fil. Tu connais un ancien flic nommé Rawlins ? Il bosse chez Highland Security. Le lieutenant croit peut-être que tu as un autre emploi en parallèle.

— Il sait bien que non, répondit Mallory.

Jack Coffey pensait que l'entreprise de Butler constituait son unique activité illicite.

— Quoi d'autre ?

— Il s'agit de ce type de la radio, Ian Zachary, fit Janos en levant les mains au ciel. C'est tout ce que je sais. Enfin, presque. Le coup de fil de ce privé, ce Rawlins, a vraiment mis le patron en rogne.

La jeune femme imagina Jack Coffey en train de s'en donner à cœur joie avec un pied-de-biche. Elle le voyait fracturer ses tiroirs, défoulant toute son animosité par cet acte de vandalisme.

— J'ai l'impression que c'est grave, reprit Janos en désignant le bureau du lieutenant. Alors montre-toi polie quand tu iras le voir. Ne dis rien qui puisse le fâcher, d'accord.

Ouais, c'est ça.

Riker écarta ses rideaux pour observer la rue. Jo arrivait de la station de métro, seule. Aucun fédéral en vue. Mallory avait raison. Jo était capable de les semer quand elle voulait. Cela expliquait également pourquoi elle prenait le métro alors qu'elle avait les moyens de se payer taxis et limousines. Dans le métro, elle était plus difficile à suivre. Il était si facile de perdre la trace de quelqu'un parmi toutes ces rames et ces stations.

L'interphone se mit à bourdonner.

Il appuya sur le bouton.

— Salut, Jo. Monte, dit-il sans attendre le son de sa voix.

Il appuya sur le second bouton pour la laisser entrer, puis entrouvrit la porte de son appartement en guettant le bruit de l'ascenseur. Il la regarda émerger sur le palier. La soirée était fraîche. Sa doudoune ressemblait à une grenade bleu foncé perchée sur ses longues jambes vêtues de jean. Dans moins d'un quart d'heure, il songerait à cet instant et y verrait un avertissement.

Il ouvrit la porte en grand et recula vers le mur. Elle entra lentement, tournant la tête d'un côté à l'autre, soupçonneuse face à cet appartement non verrouillé, mais elle ne regarda jamais derrière elle. Riker surgit alors et la frappa au bras.

— Alors, Jo, je t'ai fait mal ?

— Comment ?

Elle fit volte-face, étonnée, tandis qu'une main se refermait sur son bras, là où il l'avait frappée de son poing crispé.

— Tu sais bien que tu m'as fait mal. Pourquoi…

— Bien. Tous les civils devraient subir ça au moins une fois dans leur vie. Ensuite, ils s'attendraient toujours au premier coup, à la première douleur.

Il s'approcha d'elle. Bonne élève, Jo recula.

— Donne-moi ton blouson, dit-il. Cela fera encore plus mal sans ce rembourrage.

— Pauvre cinglé.

— Oh, toutes les femmes disent ça.

Ce qui était vrai.

— Alors, Jo, quelles sont tes limites physiques ?

— Mes quoi ?

— Si tu prenais un coup dans le dos, provoquerait-il des dégâts irréparables ?

Il brandit les poings. Elle écarquilla les yeux, mais ne recula pas, cette fois.

— Bon, Jo, tu vas te servir de tes mains pour esquiver mes coups. Reste en alerte. En voici un autre.

Il fit une feinte en direction de son visage, le frôlant de quelques centimètres.

— Tu as senti la brise ? À présent, imagine un nez ensanglanté.

— Pourquoi, Riker ?

Elle resta là, vulnérable, n'esquissant pas un geste pour se protéger. Jo l'avait neutralisé rien qu'avec ses grands yeux marron pleins d'une vérité absolue.

— Tu n'as jamais frappé une femme de ta vie, n'est-ce pas ? Ce n'est pas ton genre.

— Et toi, qui es-tu, Jo ? Une rescapée du programme de protection de témoins qui ne cesse de semer tes gardes du corps.

Il n'avait pas le cœur à continuer, et elle le savait. Il baissa les bras, sa voix perdit de sa nervosité. Il l'implorait presque, désormais.

— Je veux seulement que tu aies une chance raisonnable de rester en vie.

Qui d'autre pouvait lui apprendre à casser le nez d'un homme avec la paume de la main ? Sans aide, elle ne saurait jamais faire sauter un œil de son orbite avec un doigt. Il retrouva sa détermination. C'était le seul moyen de la faire survivre. Il leva les mains.

— Je ne le ferai pas, Riker. Pas avec toi.

— Je ne te laisse pas le choix, Jo. Mais je vais te faciliter les choses.

Il ouvrit les bras pour lui offrir son torse comme cible.

— À ton tour. Tire dans le mille.

Elle s'approcha de lui, lentement, en souriant pour lui indiquer que tout était pardonné. Et ensuite…

Le lieutenant Coffey était un homme de taille moyenne. Même ses yeux et ses cheveux étaient d'un marron banal. À trente-six ans, seulement, il était jeune pour un poste de commandement. Mais pour s'adapter à son poste, il compensait en vieillissant trop vite. Ses rides donnaient un peu de caractère à son visage par ailleurs ordinaire.

Il consulta sa montre. Il était un peu plus de sept heures et il n'avait aucun espoir de s'échapper de son bureau dans l'immédiat. Deux personnes clés manquaient à l'appel. Comment allait-il boucher les trous sans heures supplémentaires, de quoi faire exploser le budget ? Dans le tiroir de son bureau, une lettre du préfet de police lui demandait pourquoi il n'avait pas encore remplacé le sergent Riker. Combien de temps pourrait-il ignorer cette recommandation ? Et quand Riker allait-il signer le formulaire d'appel ? Highland Security garderait-il le silence sur le dernier fiasco ? Son ulcère allait-il finir de lui ronger l'estomac et cette maudite journée allait-elle se terminer ?

Jack Coffey leva les yeux au ciel, sans trouver la moindre réponse à ses questions.

La porte s'ouvrit. Elle n'avait pas de verrou, ce qui l'avait toujours agacé. Pouvait-il être de pire humeur, de toute façon ? Et voilà qu'il recevait la visite de son seul inspecteur de sexe féminin. Sans Mallory, il aurait certainement l'air bien plus jeune. S'il la renvoyait aujourd'hui, il avait des chances de ne pas perdre le peu de cheveux qu'il lui restait, et ses migraines disparaîtraient.

Elle se tenait sur le seuil, les bras croisés, à le foudroyer du regard.

— Je veux un bureau neuf, annonça-t-elle. Tout neuf.

Le lieutenant sourit malgré lui. Cette attaque indiquait que Mallory se savait en mauvaise posture. Il lui désigna une chaise.

— Lieutenant.

Elle ne bougea pas, ce qui n'étonna guère Coffey. Elle s'arrêta pour scruter les documents posés sur le bureau, lisant à l'envers, violant sans vergogne l'espace personnel de son supérieur. Se vengeait-elle de son bureau fracturé ? Elle s'assit enfin. Mallory ne possédait qu'une seule stratégie de base : l'offensive, dans tous les sens du terme.

— J'ai reçu un coup de fil intéressant, aujourd'hui.

Il tapota son bureau de son stylo, unique signe de sa colère, car sa voix était remarquablement posée.

— C'était un ancien flic qui travaille chez Highland Security, reprit-il. Un dénommé Rawlins. Tu le connais ?

— Je lui ai parlé, répondit-elle.

Il s'attendait à ce qu'elle réponde franchement à cette question. À quoi bon se faire prendre pour un petit mensonge ? Mallory croyait fermement que la vérité administrée à petites doses pouvait faire passer un gros mensonge.

Lassé de ces platitudes, Coffey lâcha son stylo.

— Rawlins voulait parler à notre inspecteur en mission secrète. Je lui ai répondu qu'il n'y en avait pas, qu'on n'avait rien d'aussi sophistiqué, à la brigade spéciale. Rawlins a dit : oh merde !

Jack Coffey se pencha en avant.

— Pourquoi ai-je pensé à toi ?

Il marqua une pause pour permettre à la jeune femme d'assimiler le sens de sa remarque.

— Je lui ai dit : vous parlez certainement de Mallory. Oui ! Le type se détend. Il se dit que le coup que tu lui as fait était peut-être légal, finalement. Alors il m'informe que la vedette de la radio a envoyé à son entreprise une énorme provision. Rawlins veut savoir ce qu'ils sont censés faire du chèque de ce type car, grâce à toi, ils ne travaillent même pas pour le gagner. Je lui ai dit que je le rappellerais.

— Je lui dirai de ne pas encaisser le chèque.

— C'est tout ?

S'il attendait d'elle une justification de ses actes, il n'obtiendrait rien. Mais elle ignorait qu'il avait gardé le meilleur pour la fin.

— Je m'inquiète vraiment pour toi, Mallory. Tu ne t'es jamais montrée aussi négligente. Tu laisses des traces vraiment énormes.

Il n'arrivait pas à susciter une réaction de sa part ? Tant pis, il poursuivit tout de même.

— Il y a deux jours, Ian Zachary a appelé Highland Security pour prendre rendez-vous. Cinq minutes plus tard, tu as téléphoné à Rawlins pour lui dire que tu prenais le relais et qu'il devait la boucler. Cinq minutes. Tu aurais dû attendre plus longtemps, Mallory. Maintenant, je vais croire que tu as intercepté l'appel de Zachary. Je n'ai pas souvenir d'avoir demandé à quelque juge que ce soit un mandat pour mettre une station de radio sur écoute. Je suppose que tu as une autre explication.

— J'ai un indic à la station de radio, déclara la jeune femme. Voilà comment j'ai su, pour l'appel téléphonique.

Rien dans son ton n'indiquait qu'elle s'attendait à être crue sur parole.

C'était un mensonge, mais il passerait, au cas où l'inspection des services reviendrait fourrer son nez à la brigade spéciale.

— Je suppose que tout cela est lié à Riker, d'une façon ou d'une autre, reprit le lieutenant, toujours inspiré.

Elle n'avait visiblement pas l'intention de développer sur ce sujet, mais il n'y avait pas d'autre explication. Elle était forte, sacrément forte, encore meilleure que Lou Markowitz à l'époque où il commandait la brigade. Cela ne ressemblait pas à Mallory de foirer à ce point. Quelque élément personnel devait affecter son jugement.

Et voilà qu'il se laissait troubler à son tour.

— Mallory, sors ton calepin. C'est un ordre. J'ai une liste à te donner et je veux que chaque élément soit très clair.

Affichant une certaine lassitude, elle sortit tout de même un bloc-notes de sa poche arrière en gage de bonne volonté.

— Je suis en récup. Cela devra attendre…

— C'est le premier article de la liste. Finis, les congés.

— J'ai au moins cinquante heures sup…

— Plus de récup.

Sentant arriver les protestations, il leva la main pour la faire taire.

— Tu as utilisé ton insigne pour doubler Highland Security. Alors tu vas effacer tes traces. Ouvre un dossier pour Ian Zachary. Je suppose qu'il veut être protégé à cause du faucheur. Ces homicides appartiennent aux fédéraux, alors remplis les papiers pour un tueur vedette. Ajoute des tuyaux anonymes et n'oublie pas d'antidater ton dossier de deux jours.

Il frappa le bureau de sa paume.

— Je veux te voir noter tout ça, Mallory.

Elle se pencha sur son calepin et son stylo se mit à bouger. Une petite victoire pour Coffey.

— Article suivant, dit-il. Si la station de radio est sur écoute, supprime-la. Et si cette affaire nous revient dans la figure, je te vire sur-le-champ. Encore un petit détail : Zachary pense qu'il bénéficie d'une protection privée, alors fais en sorte que ce salaud reste en vie. Officiellement, c'est ta nouvelle mission.

— Il me prend pour son détective privé, pas sa babysitter.

— Il vaut mieux qu'il ne meure pas sous ta surveillance. À présent, sors de mon bureau.

Depuis des mois, Riker évitait les bars des alentours de son ancienne brigade. Un barman lui adressa un sourire radieux.

— Ça faisait un bail, dit-il en servant deux verres, un bourbon allongé pour Riker et un whisky pour Jo.

Une femme qu'il avait fréquentée avait rompu avec lui dans ce même bar de SoHo. New York regorgeait d'endroits liés à des souvenirs. Après vingt ans de divorce, aucune de ses relations n'avait duré plus de quelques mois. Certaines femmes l'avaient quitté dans un restaurant, d'autres l'avaient largué au coin d'une rue. Riker commençait seulement à se demander pourquoi il avait enchaîné les histoires sans lendemain. Il avait peur que Jo ne s'en aille avant même le début de leur histoire.

— Je t'ai promis un dîner, dit-il. Il y a un petit resto sympa, au coin de la rue.

Là où une dénommée Donna l'avait largué.

— Tu aimes la cuisine italienne ?

— Non, merci. Peut-être une autre fois.

Elle consulta sa montre.

— Je dois m'en aller, annonça-t-elle.

— Il est encore tôt, mentit-il. Ne pars pas.

S'il tapotait du pied la base de son tabouret et avait les mains moites, ce n'était pas à cause du mal que cette femme lui avait infligé peu de temps auparavant.

Jo roula la manche de son sweat-shirt pour mieux voir son ecchymose. Puis elle posa les yeux sur l'entre-jambe de Riker.

— Tu as encore mal ?

— Non. Ne t'en fais pas. Je l'ai bien mérité.

— Dis plutôt que tu n'as rien vu venir. J'ai suivi le conseil de mon père : donner un coup de pied dans les parties sensibles et s'en aller en courant.

— Eh bien, je suis content que tu sois restée, Jo. C'est courageux de ta part. La plupart des femmes auraient été troublées de voir un homme hurler de la sorte.

Une heure plus tôt, elle lui avait assené un coup de pied dans les testicules. Impressionnée par sa façon de s'agripper les parties en position fœtale, elle avait partagé avec lui le contenu d'une boîte d'antalgiques puissants. De toute évidence, Jo avait l'habitude de la douleur. Elle avait raison. Il était cinglé. Mais elle était bonne joueuse. Elle avait suggéré cette sortie dans un bar de SoHo pour des raisons thérapeutiques.

— Tu as repris des couleurs, dit-elle. Tu es moins pâle. Tu es un très bon patient.

— Meilleur que Timothy Kidd ? Car tu le soignais, n'est-ce pas ?

Ce fut au tour de Jo d'être prise au dépourvu. S'il y avait réfléchi au préalable, il l'aurait agressée en paroles et se serait épargné une souffrance inutile. Un silence gêné s'installa. Regrettait-elle d'être sortie avec lui, ce soir ? Il eut le temps de se rendre compte qu'elle portait du parfum. Ils avaient souvent bu un verre, à la fin d'une journée de travail, mais il ne s'était jamais approché d'elle au point de lui frôler l'épaule. Il respira profondément et observa la trace rouge qu'elle avait laissée sur son verre. Ce rouge à lèvres le fascinait et le flattait. Il se disait qu'elle s'était donné du mal pour lui, même si elle portait un jean et un sweat-shirt, comme toujours.

— Tu as parlé à Marvin Argus, dit-elle. Il t'a dit que Timothy était mon patient ? Eh bien, il a menti. Il ment souvent, tu sais.

Elle prit sa doudoune sur le dossier de sa chaise, mettant fin à la soirée.

— Attends, Jo. C'était donc une autre forme de relation qui existait entre toi et l'agent Kidd. Vous étiez proches. Je le sais. Amants ?

— Cela te semblerait difficile à croire, Riker ?

Il secoua la tête. Sans doute réussit-il à exprimer qu'il ne serait en rien surpris qu'un homme ait envie d'elle, car lui-même avait envie d'elle, car elle eut l'air contrit.

— Désolée, dit-elle en souriant, moins impatiente de partir, tout à coup. Timothy était mon ami.

Riker se noyait parfois dans le regard de Jo et perdait bêtement le fil de ses pensées. Il voulut soudain savoir si elle portait aussi du rouge à lèvres pour l'agent du FBI assassiné.

— Comment vous êtes-vous rencontrés ? s'enquit-il.

— Il est venu à mon cabinet me demander de l'aide sur un dossier.

— Celui du faucheur ?

Elle secoua lentement la tête, plus pour exprimer son étonnement que pour nier. Peut-être pensait-elle que la police savait tout, comme beaucoup de civils, et que son ignorance manifeste la surprenait. Mais comment pouvait-il se tromper sur ce point ?

— Eh bien, c'est le faucheur qui a tué le fédéral. C'est un lien logique, non ? Et c'est comme tu as dit, Jo, Argus ment beaucoup. Alors j'ai besoin de ton aide.

Ce fédéral n'était pas l'unique menteur. Riker élaborait déjà un plan pour débusquer Mallory, pour la mettre dos au mur et savoir ce qu'elle lui avait caché d'autre. Pour l'heure, il devait improviser.

— Donc ce n'est pas à ce moment-là que tu as rencontré l'agent Kidd ? Au moment où les meurtres…

— Non. Je l'ai connu avant la mort du premier juré. Personne n'avait encore entendu parler du faucheur. Et Marvin Argus a rencontré Timothy après le deuxième meurtre.

— Ils ne travaillaient pas ensemble ?

— Non. Timothy travaillait en dehors de Chicago et n'était pas sur l'affaire du faucheur non plus. Argus n'était chargé que de réunir jurés et témoins pour les mettre sous protection. Il pensait sans doute que Timothy se trouvait en ville pour le surveiller. Le deuxième juré est mort sous la protection d'Argus.

— D'après ton avis de professionnelle, lequel de ces agents était le plus paranoïaque ?

Elle sourit.

— Timothy, sans conteste. Il cultivait sa paranoïa, persuadé qu'elle augmentait sa clairvoyance. C'était peut-être le cas. En deux minutes, il était capable de te raconter ta vie et comment elle se terminerait. Du moins c'est ce qu'il pensait. Je vais te montrer comment il faisait. N'oublie pas que ce n'est pas mon style. Dans mon boulot, il faut plus de temps.

Elle désigna de la tête un client solitaire assis entre deux tabourets vides, à l'autre extrémité du bar.

— Il est parfait pour te montrer le coup de Timothy.

Les cheveux gras du jeune homme étaient séparés par une raie au milieu et coupés maladroitement sous les oreilles. Il souriait à une blague vaseuse qu'il venait de se raconter à lui-même. D'une main boudinée, il battait le rythme d'un air qu'il était le seul à entendre. Les manches de sa chemise en synthétique étaient boutonnées et son col fermé jusqu'en haut. Riker remarqua que sa poche était bordée de stylos et de porte-mines. Sans regarder sous le bar, il sut qu'il portait un pantalon noir lustré aux genoux.

Jo compléta le portrait.

— Je l'ai vu entrer. Il porte des chaussures orthopédiques épaisses alors que ses pieds n'ont rien d'anormal. Tu peux me croire. Je l'aurais remarqué à sa démarche. Il en porte sans doute depuis son enfance. Ce détail suggère une mère étouffante. Il vit avec elle, voilà pourquoi il garde de telles chaussures. Et aucun coiffeur ne couperait ses cheveux ainsi. C'est sa mère qui les coupe, et elle a toujours choisi ses vêtements pour lui. C'est pourquoi il n'a jamais réussi à s'intégrer parmi les autres, au lycée. Toute sa vie, sa mère a détruit toute possibilité qu'un ami de son âge vienne s'interposer entre eux. Il regrette de ne pas l'avoir tuée quand il était encore petit, à neuf ou dix ans. C'est à ce moment-là que commence le fantasme matricide. Quand il en arrivera à vraiment tuer sa maman, tu le trouveras sur le lieu du crime, probablement la cuisine, un couteau à la main. Il se montrera très coopératif avec la police, et très fier de son acte.

Riker ne fut guère impressionné par ce que l'agent du FBI avait appris à Jo. Ce n'était qu'un jeu de société comparé au véritable carnage, sanglant et dément, qui était le lot quotidien de la brigade spéciale. Les trucs des profileurs n'avaient jamais résolu une seule affaire, n'avaient jamais remplacé le véritable travail de la police. Et, comme Jo l'avait souligné, ce n'était pas son style non plus.

— Je ne peux m'empêcher de me demander pourquoi tu joues le jeu de Kidd, dit-il en choisissant ses mots. C'est bien vu, cela dit. Je parie que tu t'entraînes depuis sa mort.

Elle croisa son regard puis baissa les yeux vers son verre.

— Ce n'est qu'un jeu.

— Oui, et c'est la raison pour laquelle ton ami n'aurait jamais fait l'affaire à la brigade spéciale. J'étais meilleur enquêteur que lui.

Jo releva légèrement la tête. Il décela ses pensées. Même si elle se refusait à l'admettre à voix haute, elle avait visiblement une haute opinion de l'intelligence et du talent de l'agent assassiné.

— Je n'ai pas dit que j'étais plus intelligent que lui, Jo. Mais que j'étais meilleur. Avec moi, pas de trucs, pas de blabla. J'étais un flic authentique. Je n'ai pas besoin de regarder tes cheveux ou tes vêtements pour te dire d'où tu viens et où tu vas. J'ai seulement lu tes notes sur l'agent Kidd et le magasin d'alcools.

Ces notes étaient désormais réduites à l'état de cendres dans la cheminée, avec les documents relatifs aux bouteilles de vin.

Elle fit mine de se lever, mais il posa une main sur son bras pour la retenir.

— Tu crois que tu étais assez proche de ce pauvre type pour te mettre dans sa peau. Tu achètes les bouteilles du vin favori du faucheur parce que c'est ce que Timothy Kidd aurait fait. Et c'est la raison pour laquelle tu ne voulais nettoyer que des scènes de crime. Tu te sentais plus proche de son boulot, de sa vie. Tu es en train de pourchasser le dingue qui l'a tué. Tu n'es pas une femme traquée. Cet hôtel est comme un aquarium. Tu dois les rendre fous, ces fédéraux, avec toutes ces allées et venues, ces sorties multiples. Et tu es vraiment douée pour te débarrasser de tes gardes du corps quand cela te chante. Tu t'es entraînée pour ça aussi. Tu crois que tu peux terminer le boulot de Kidd à sa place ? Je me trompe, Jo ? Je ne pense pas, parce que tu refuses de me regarder.

Ce fut la fin de leur conversation. En ayant terminé avec lui, Jo descendit de son siège et gagna la porte. Elle enfila sa veste et sortit avec grâce sur le trottoir.

Riker en eut les entrailles nouées. Avant de rencontrer Jo, il ignorait que perdre une femme pouvait être une telle souffrance physique. Ce n'était pas la conclusion qu'il avait espérée, pour la soirée. S'il avait été un peu plus fou de Jo, il lui aurait tiré une balle dans la jambe pour l'empêcher de partir.

Et je suis là, sans mon arme.

Quand la porte se fut refermée sur Johanna Apollo, le bar se transforma en un lieu de désolation. Puis il se rappela qu'elle portait du rouge à lèvres et du parfum. Cette idée le requinqua, tandis qu'il la suivait dans la rue. Ils longèrent les rues désertes, séparés de cinq ou six mètres, en direction des sphères vertes et illuminées qui indiquaient la station de métro. Au cours du trajet, il la surveilla à travers la vitre de la rame. Et même s'il la suivait de près, sur le trottoir, vers le Chelsea, elle n'avait aucune idée de sa présence. Il l'accompagna jusqu'à l'hôtel. Un agent du FBI fébrile faisait les cent pas devant l'entrée. Puis, tristement, Riker tourna les talons et s'en alla, ayant accompli sa mission. Il avait raccompagné Jo chez elle.

CHAPITRE 10

Ian Zachary était particulièrement satisfait de la jeune enquêtrice de Highland Security. Cette grande blonde était plus que cool : elle arborait des lunettes noires même le soir. Ses Armani étaient-elles une affectation ou un masque ? Ses avocats l'avaient mis en garde de ne pas franchir la limite entre liberté d'expression et apologie de crime. Les autorités ne seraient jamais bien loin, guettant le moindre manquement aux règles fixées par la commission fédérale de la communication et aux lois fédérales.

Toutefois, cette femme était loin de ces bureaucrates et n'était pas du genre à travailler secrètement pour la police. Quelques jours plus tôt, sa mauvaise attitude avait fait une excellente première impression à l'animateur. Son air blasé, le ton de sa voix, sa posture, tout en elle l'attirait et elle semblait lui dire : *Tu n'es qu'un rat. Tu le sais et moi aussi*. Mais c'était surtout ce superbe manteau en cuir noir qui l'avait emballé. Sur ce seul critère, il la plaça au sommet de sa profession. Les autres enquêteurs, qu'il avait engagés et renvoyés aussi vite, s'habillaient à bas prix. Tous. Zachary admirait également certains aspects plus pratiques de ce superbe privé.

À en juger par le renflement de la ligne impeccable de sa veste en cachemire, elle portait une arme imposante. Il fantasmait sur elle avec des menottes, mais dans les scénarios les plus réalistes, c'était lui qui les portait.

L'enquêtrice entra dans le studio tandis qu'il installait une interview enregistrée pour son public, car il ne faisait pas assez confiance à sa tarée d'assistante. Il se pencha vers un micro et déclara :

— Hé, pauvre tarée, tu peux faire une pause.

S'étant assuré un peu d'intimité, il se tourna vers la blonde de Highland Security. Sans perdre de temps à des amabilités, elle lui tendit une épaisse enveloppe marron portant le nom de l'employeur de Johanna Apollo, un ex-inspecteur de la brigade spéciale de la police criminelle.

Au cours des derniers mois, ses prédécesseurs n'avaient rien trouvé de malhonnête dans les habitudes ou le passé de Riker. En parcourant le rapport de Mallory, Zachary sourit, satisfait de ce qu'il lisait : il avait la preuve que cet homme vivait au-dessus de ses moyens. Voilà qui pouvait expliquer pourquoi la police de New York s'était débarrassée du sergent Riker.

— J'ai un autre travail à vous confier. Vous pouvez patienter quelques instants ?

Elle esquissa un hochement de tête à peine perceptible.

Il tourna une page du dossier.

— Seigneur ! C'est ce qu'il paie comme loyer ? Son appartement doit être un vrai palais ! Et qu'est-ce que c'est que cette histoire de prénom mystérieux ?

— Il n'en a pas, répondit-elle. J'ai vérifié son acte de naissance. Il n'y figure qu'une initiale, un P. Et il vous en coûtera cinq cents dollars pour m'avoir obligée à faire la queue pour obtenir ces renseignements. Vous tenez vraiment à gaspiller de l'argent là-dessus ?

— Non, ça va.

Tout ce qu'elle lui disait était teinté d'un profond mépris, ce qui lui plaisait beaucoup.

Elle observa l'écran allumé de son ordinateur portable.

— C'est ça, votre base de données ? s'enquit-elle, toujours avec dédain.

— Oui, c'est ça, répondit-il. Sans lui, je ne pourrais pas jouer le jeu. Vous vous y connaissez, en informatique ?

Sans prendre la peine de lui répondre, elle s'assit, tapota sur le clavier de l'ordinateur portable et ouvrit deux dossiers en même temps. L'animateur regarda les images passer furtivement tandis qu'elle parcourait son répertoire d'informations transmises par les auditeurs sur les douze jurés, les lieux où ils les avaient vus, qu'ils soient morts ou encore en vie.

— Tous les plus faciles ont été tués, expliqua Zachary. Ce sont les imbéciles qui ont donné des interviews à la télé. Mes fans avaient donc leur nom et leur portrait.

— Je suis sûre que vos avocats possédaient toutes les informations sur votre jury. Les adresses aussi, n'est-ce pas ? Alors pourquoi n'avez-vous pas donné à vos fans… ?

— Je ne pouvais pas.

Il se tut, se demandant s'il venait d'avouer un crime. Légalement, il n'avait pas accès à ces informations.

— Mes avocats ne me les ont pas fournies. C'est la loi.

Il vit le dossier faire place au meurtre de l'agent Timothy Kidd. Puis elle lança une recherche nationale pour un protagoniste majeur de l'affaire. L'hôtel Chelsea était l'unique adresse sélectionnée parmi la centaine qui figuraient sur l'écran.

L'enquêtrice se tourna vers Zachary.

— Ainsi, vos fans ont localisé le Dr Apollo, mais vous n'en avez jamais parlé à l'antenne.

— Elle faisait partie d'un programme de protection des victimes. Le FBI a obtenu un ordre d'un juge fédéral. Si je prononce ne serait-ce que son nom à l'antenne, je suis grillé et la station perd le droit d'émettre. Alors je filtre tous les appels sur la bossue.

— C'est pour cela que vous voulez l'interviewer ? Vous croyez que le Dr Apollo va s'exposer sur une radio nationale ?

Elle sous-entendait qu'elle le prenait pour un imbécile.

— Vous me sous-estimez, répondit-il.

Elle esquissa un rictus lui disant que c'était impossible.

— Votre prochain travail, dit-il en lui tendant une liasse de feuilles portant le nom et la dernière adresse connue d'un juré encore vivant, ainsi que des dessins de son visage. J'ai acheté ces croquis à un dessinateur assermenté par les tribunaux. Je veux que vous me trouviez des informations sur cet homme, mais ne dites à personne que c'est moi qui vous ai remis ces dessins.

— Vos avocats n'apprécieraient pas, n'est-ce pas ? Des éléments qui ramènent vers vous…

— Juste un petit écart par rapport aux règles du jeu, dit-il. Les fans sont un peu lents à développer des pistes solides. Je veux votre rapport sous la forme d'un e-mail anonyme. Pour l'amour du ciel, n'utilisez pas un ordinateur de Highland Security.

Ses avocats auraient une crise cardiaque s'ils apprenaient qu'il rassemblait ces informations au mépris de la loi.

Elle empocha les feuilles sans quitter des yeux l'écran et les signalements de jurés.

— Vos fans sont débiles ou quoi ? Vous croyez qu'ils savent ce qu'ils font ?

— Eh bien, le jeu est assez simple. Il s'agit de traquer des pauvres gens pour qu'ils se fassent trancher la gorge. Mais je doute que la réflexion de mes fans aille jusque-là. Ils appellent pour signaler qu'ils ont vu un juré et voilà que ce juré meurt. Ils n'établissent jamais le lien entre les deux événements. Ce n'est qu'un jeu, rappelez-vous. Voilà en quoi je me distingue du faucheur. Il déteste les débiles, mais pas moi. Sans tous ces crétins, je n'aurais pas d'émission. Cependant, le jeu commence à s'emballer. Il y a bien trop d'informations sur les protagonistes. Je n'arrive pas à distinguer la vérité des bobards.

— Vous n'êtes pas vraiment branché informatique, n'est-ce pas ?

Elle se tourna vers lui, mais ses lunettes étaient si sombres qu'il ne pouvait savoir si elle le regardait.

— Je suis capable d'ouvrir un e-mail, répondit-il. Que me faut-il de plus ?

— Un logiciel plus sophistiqué, répondit-elle en fermant l'ordinateur. En étudiant les rapports des fans par lieu, date et heure, je pourrais trouver une piste menant à un juré. Mais il faut que j'installe mes propres programmes.

Elle était sur le point de partir avec l'ordinateur de Zachary sous le bras.

— Attendez ! Vous pouvez les installer ici.

Elle se tourna lentement vers lui, impassible, attendant qu'il comprenne qu'ils allaient procéder à sa façon.

Elle était pieds nus, des pieds sales. D'abord, Riker avait pris la jeune inconnue pour une sans-abri un peu déséquilibrée. Les vêtements souillés, les cheveux crasseux, elle dégageait une odeur pestilentielle de vieux sous-vêtements. Pourtant, elle affirmait être l'ingénieur du son et l'assistante de la plus grande vedette de la radio des États-Unis. Tandis qu'il la suivait dans un labyrinthe de couloirs, elle lui dit :

— Tout le monde m'appelle pauvre tarée.

Cette victime de torture mentale et d'humiliations, à la renommée nationale, était la première vedette du show-business qu'il rencontrait.

— Vous êtes vraiment en colère, n'est-ce pas ? Oui, Zack m'avait prévenue que vous seriez en colère.

— Doux euphémisme, répondit-il.

La pauvre tarée se plaqua soudain contre un mur, offrant à Riker une vue sur la grande blonde à lunettes noires qui longeait l'étroit couloir. Suivant l'exemple de son guide, il s'écarta, car Kathy Mallory ne ralentissait pas. Voilà pourquoi les civils s'écartaient toujours sur son passage. Ils voulaient sauver leur peau avant qu'elle ne les piétine ou ne les transperce. Riker en avait parfois tiré profit en fendant la foule dans son sillage. Elle passa devant lui, sans un regard, comme s'ils ne se connaissaient pas.

— Elle travaille chez Highland Security, expliqua la pauvre tarée. Ils s'occupent des gens célèbres.

L'assistante poursuivit son chemin, puis s'écarta légèrement en désignant une porte ouverte.

— C'est la régie.

Elle désigna la porte voisine, dotée d'une serrure impressionnante.

— Celle-ci donne dans le studio. Zack a bientôt fini. Il actionnera le buzzer quand le livreur sera parti.

Riker pénétra le domaine de la jeune fille, un espace confiné voué à l'électronique et peuplé de voyants téléphoniques. De l'autre côté d'une vitre, Ian Zachary était assis devant un bureau couvert de manettes et de cadrans, avec un espace libre pour son plateau-repas. Un livreur portant un tablier lui servait un souper qu'un inconditionnel des steaks ne pouvait identifier. Des choses rondes et gluantes nappées d'une sauce blanche et garnies de feuilles de quelque légume exotique. De l'eau pétillante de marque, servie dans un verre à vin. Rien que pour cela, Riker aurait trouvé ce type antipathique, mais il avait d'autres préoccupations, ce soir, un message laissé sur son répondeur. La voix de Zachary qui lui disait : ça fait quoi de baiser une bossue ?

L'animateur adressa un sourire à cet invité-surprise. Le connaissait-il de vue ou s'attendait-il simplement à sa venue après son message téléphonique ? Zachary appuya sur un bouton. Après un bourdonnement, Riker entra dans le studio et claqua la porte derrière lui. L'animateur sursauta. Peut-être pensait-il que son visiteur était furieux au point de pouvoir le tuer ? Il ne pouvait savoir que Riker claquait toutes les portes.

— Approche une chaise, ma poule. Assieds-toi.

Riker préféra rester debout, espérant que ses poings crispés réprimeraient son envie de casser l'Anglais en deux.

Hélas, Zachary souriait encore, sans s'offusquer le moins du monde.

— J'ai un marché pour toi, une fortune en publicité gratuite.

— Je m'en fous, de la publicité. Allez vous faire enculer !

— Il aimerait bien, commenta la pauvre tarée. C'est son grand rêve.

Ian Zachary fixa la femme qui marchait vers lui depuis le fond de la pièce.

— Je ne t'ai pas laissée entrer. Comment tu as fait ?

— Tu te sens un peu moins en sécurité ?

Elle se pencha au-dessus du plateau-repas et prit un couteau à beurre. Après l'avoir observé, elle décréta :

— Trop banal.

Elle prit alors la fourchette et hocha la tête d'un air approbateur en la tendant à Riker.

— Essayez ça. Visez la gorge.

— Je crois que je suis amoureux, dit Riker. Vous êtes mariée ?

— On est tous persuadés qu'elle est lesbienne, intervint Zachary.

Riker haussa les épaules.

— Ce n'est pas un problème pour moi.

La jeune femme se pencha à nouveau au-dessus du plateau et cracha des glaires sur la nourriture.

Son patron accorda à peine un regard à son repas gâché, puis écarta le plateau.

— Riker, vous aurez peut-être des réserves quant à sa façon de se tenir à table. Elle n'est pas sortable.

Il regarda son assistante quitter la pièce, foulant le sol de ses pieds nus.

— Elle est complètement cinglée. Je me demande comment elle a réussi à entrer.

— Quelle importance ?

Riker l'avait vue forcer la serrure avec un cure-dent après le départ du livreur, mais il se garda d'en parler à Zachary.

— Si elle veut vous faire du mal, elle y arrivera. Il va falloir vous faire à cette idée. Mais je passe en premier.

— J'ai un accord à vous proposer, répondit l'animateur. Si la bossue ne veut pas venir…

— Elle ne viendra jamais participer à l'émission.

Apparemment, Zachary aimait les insultes. Tout sourires, il tendit une enveloppe marron portant le nom de Riker calligraphié avec soin par Mallory en lettres majuscules.

— Je sais un tas de choses sur vous.

Il jeta l'enveloppe sur le bureau et la poussa vers Riker.

— C'est votre dossier. Et pas celui d'un flic quelconque. Je crois savoir que la brigade spéciale est une brigade d'élite. Mes fans adorent les héros au corps criblé d'impacts de balles. Je crois que nous pourrions travailler ensemble. Je vous laisserai accès à tout ce que j'ai sur le faucheur, et j'en ai, vous savez, ma poule. Mes fans peuvent me donner tout ce que je veux.

— Vos fans, ce sont les écureuils, dit Riker. Vous n'avez rien du tout.

Il feuilleta le rapport rédigé par Mallory sur son passé, un tissu de mensonges.

— Et ne vous avisez plus de m'appeler ma poule.

D'après le dossier bidon de Mallory, Riker était criblé de dettes et avait un énorme crédit à rembourser sur une résidence secondaire à Shelter Island, où il n'avait en réalité jamais mis les pieds. Sur la page suivante, elle lui trouvait un loyer exorbitant que seul un flic pourri pouvait s'offrir, faisant de lui un personnage ombrageux et vénal susceptible d'être acheté. Il roula les feuilles.

— Je me demande bien pourquoi les fédéraux ne vous font pas taire.

— Ils ont essayé. En fait, la FCC m'a suspendu pendant plusieurs soirées. Ensuite, la horde des avocats de la Ligue des droits de l'homme s'est jetée sur le problème de la liberté d'expression. Ah, et ensuite, vous allez adorer, un imbécile de juge a levé ma suspension avant même qu'il y ait une audience. Je parie que le faucheur va tuer le dernier juré avant que le gouvernement ne m'emmène devant le tribunal. Qu'ils soient bénis, ces crétins. Enfin, j'en reviens à mon offre d'emploi. En plus de toute la publicité gratuite, vous serez payé grassement rien que pour…

— C'est non.

— Pas si vite, Riker. Je sais très bien comment vous gagnez votre vie, ces derniers temps. Vous nettoyez des scènes de crime. C'est pas sérieux. Et je sais que vous avez besoin d'argent. Je possède d'excellentes sources.

Il désigna le dossier d'un signe de tête.

— Moi aussi. Le verdict du jury n'était qu'une mascarade. Les flics de Chicago affirment que vous avez tué, cela ne fait aucun doute. Il y a des preuves concrètes et des témoins oculaires. Et c'était un meurtre de sang-froid.

— Eh bien, voilà ce qu'ils ne vous ont pas dit, parce qu'ils l'ignoraient.

Zachary actionna un levier de sa console.

— Écoutez. Cette bande n'a jamais été diffusée à l'antenne.

Il y eut un bruit de verre cassé et la voix d'une femme en train de hurler des obscénités.

— J'ai enregistré ça dans mon ancien studio, à Chicago. La première fois qu'elle a essayé de me tuer. Elle a cassé la vitre de la régie pour me tuer.

Riker écouta la voix enregistrée de l'animateur controversé décrivant une femme ayant perdu la raison. Elle se précipitait vers lui, un bris de verre à la main, foulant le verre brisé. Il décrivait même la plaie qu'elle laissait sur son torse en le lacérant.

Zachary éteignit l'appareil, puis déboutonna sa chemise pour exposer une cicatrice irrégulière.

— Ce n'était pas très profond, même si c'est impressionnant. Le directeur de la station a appelé un médecin. Je lui ai raconté que j'avais eu un accident. La fille n'a jamais été poursuivie. Alors on ne peut pas dire que je l'aie poussée à bout. Ils l'ont juste emmenée à l'hôpital. Dix jours plus tard, on l'a libérée du service psychiatrique. C'est alors qu'elle a commencé à me suivre partout. Cela vous est déjà arrivé, d'être harcelé par quelqu'un ?

Riker hocha la tête. Il ne se passait pas une journée

sans que quelqu'un le suive, même si ce n'était parfois qu'une impression.

— Eh bien, le jour de sa mort, elle s'en est prise à moi. J'ai couru à l'intérieur d'un bâtiment pour lui échapper, mais elle m'a rattrapé sur le toit. C'était un chantier, il y avait un tas d'ouvriers aux alentours. Je suppose que l'arme appartenait à l'un d'eux, un couteau qui avait l'air dangereux. Elle l'avait à la main quand elle m'a acculé au mur. Ensuite, elle s'est jetée sur moi, alors je l'ai poussée dans le vide. J'ai fait un pas de côté et je l'ai aidée à passer par-dessus le mur. Le couteau est tombé avec elle, mais la police ne l'a jamais retrouvé et les ouvriers ne l'ont pas vu dans sa main.

— Et rien de tout cela n'est ressorti, lors du procès ?

— Je ne voulais pas laisser mes avocats utiliser cette bande. Le procureur connaissait son passé psychiatrique, des années d'hospitalisation volontaire. Elle a toujours été instable, mais le procureur s'est bien gardé d'en informer mon équipe de défense. Cela aurait nui au dossier à charge. Voyez-vous, je ne suis pas le premier qu'elle ait essayé de tuer. Si le verdict n'était pas allé dans mon sens, j'avais largement de quoi faire appel.

— Si tout cela est vrai, déclara Riker, sceptique, pourquoi ne pas avoir plaidé la légitime défense ?

Zachary se pencha en avant en souriant.

— Dites-moi, Riker, qu'est-ce qui est le plus intrigant : une vedette de la radio qui a tué une femme pour sauver sa peau ou un homme qui s'en tire à bon compte après un meurtre de sang-froid ?

Il sourit.

— Vous saisissez ? Bien. Après mon acquittement, j'ai repris l'antenne et mes audiences ont battu tous les records de l'histoire de la radio à Chicago. Et les grandes stations ont commencé à m'appeler. New York, le rêve de tout animateur un peu provoc, la reconnaissance nationale.

— Et maintenant, vous aidez le faucheur à éliminer votre propre jury. Vous échappez une nouvelle fois aux conséquences d'un homicide.

— Seulement aux États-Unis. J'adore ce pays. Si on veut devenir célèbre, et vite, il suffit de tuer quelqu'un. C'est la méthode américaine.

— Je m'en vais, décréta Riker.

— Attendez ! Laissez-moi au moins terminer. Vous pourriez être celui qui capturera le faucheur.

— Je ne suis plus flic.

Riker lui tourna le dos et se dirigea vers la porte.

— Attendez ! Accordez-moi trois minutes, c'est tout ce que je vous demande. Et je ne parlerai pas à mes auditeurs de la bossue, le suspect numéro un du meurtre d'un agent du FBI. Trois minutes.

L'homme recula sur son siège, les mains croisées derrière la nuque, une cible facile pour quiconque voudrait le frapper. Riker revint sur ses pas. Zachary se redressa aussitôt, redoutant peut-être de prendre un coup. Mais Riker se contenta de se pencher sur la console et d'actionner le levier pour écouter la bande enregistrée à Chicago. Il entendit la suite de la tentative de meurtre de la démente, ses cris faisant place à des sanglots tandis qu'on la sanglait sur une civière avant de l'emmener. Et maintenant, elle était morte.

— Vous avez rendu cette pauvre femme folle, dit Riker en se tournant vers la régie et la jeune fille installée derrière la vitre, la victime actuelle de Zachary. Je connais votre style. Vous êtes un psychopathe.

— En fait, non. Lors de mon procès, le psy du procureur a témoigné que j'étais un sociopathe, mais que je n'étais pas légalement fou. Je suis également le plus grand spécialiste du faucheur du pays. Alors travaillez avec moi. Je vous obtiendrai toutes les informations dont vous avez besoin. Vous voulez voir une photo d'autopsie de l'une des victimes du faucheur ?

Il ouvrit un tiroir dont il sortit un cliché brillant qu'il tendit à Riker.

— C'est un fan qui travaille à la morgue de Chicago qui me l'a donnée. Voilà ce que j'avais en tête. L'un des jurés se trouve à New York.

— J'ai entendu votre émission, hier soir, dit Riker. Laissez-le tranquille, ce pauvre type.

— Il y a quelque chose que vous devez savoir à propos de ce juré, MacPhereson.

— Vos trois minutes sont écoulées. Ne vous approchez pas de Jo, que ce soit à l'antenne ou ailleurs.

Il désigna la folle, derrière la vitre.

— Si elle arrive à crocheter cette serrure, moi aussi.

Après avoir quitté le studio, il s'arrêta devant la porte ouverte de la régie son pour parler à la jeune femme. Elle avait des taches de rousseur, ce qui brisa le cœur de Riker.

— Vous devriez démissionner, lui dit-il. Vous en aller.

— Je ne peux pas.

Il décela une lueur de gratitude dans son regard, ainsi qu'un soupçon d'étonnement. De toute évidence, la gentillesse était pour elle une denrée rare. Elle ressemblait à une enfant au bord des larmes, malgré son sourire.

— Je veux devenir célèbre.

Riker hocha la tête, répondant en silence aux paroles de Zachary qui résonnaient dans sa tête. *Il suffit de tuer quelqu'un.*

CHAPITRE 11

Devant la station de radio, Riker fut accueilli par un petit groupe de fans survoltés qui lui tendirent stylos et carnets d'autographes. Quand ils comprirent enfin qu'il n'était personne, la déception se lut sur leur visage. Très vite, ils reportèrent leur attention sur la porte d'entrée, guettant quelqu'un de célèbre, quelqu'un qui vaille la peine.

La voiture marron de Mallory ne se trouvait pas parmi les véhicules garés au bord du trottoir. Riker s'intéressa à celle qui stationnait un peu plus loin. Rien ne la distinguait des autres, outre le costume et la cravate de l'homme assis au volant, qui sentaient la filature à plein nez. Après minuit, le quartier n'était plus aux costumes-cravates. Profitant d'un angle mort, Riker s'approcha du véhicule, dont il ouvrit la portière pour se glisser à côté d'un agent du FBI abasourdi.

— Je veux voir Marvin Argus, ici et tout de suite !

En attendant Argus, il bavarda de choses et d'autres avec l'agent du FBI. De son passage dans l'armée, qu'il avait quittée depuis trente ans, l'agent Hennessey avait conservé une coupe à la brosse et une silhouette athlétique. Il n'était pas du genre à boire, c'était plutôt un lève-tôt, mais les deux hommes partageaient la même haine des avocats de divorce.

Riker cultivait toujours ses relations au Bureau de New York. Ce soir-là, il n'eut aucun mal à établir le contact : les journaux avaient relaté dans le détail comment un adolescent psychopathe l'avait pris en embuscade. Très naturellement, les deux hommes en vinrent à discuter de certains aspects plus légers d'une blessure par balle pendant le service. L'agent Hennessey avait été touché, lui aussi. L'été, en maillot de bain, il attirait les groupies de flics en bikini grâce à ses cicatrices. Les deux hommes se découvrirent un autre point commun : la dépendance au tabac. Deux extrémités de cigarettes luisaient dans la pénombre de la voiture. Riker apprit que le chef de bureau de Hennessey n'était pas franchement satisfait, ces derniers temps, car l'agent spécial Marvin Argus avait débarqué en ville avec sa propre équipe. Hennessey se garda de toute remarque désobligeante sur un collègue. Cela dit, il n'avait jamais rencontré Argus.

— Tu vas t'amuser, prévint Riker. En le voyant sourire, tu auras envie de le cogner, sans savoir pourquoi. Quand je lui parle, je garde toujours les mains dans les poches.

Marvin Argus arriva enfin, à bord d'une grande voiture blanche de location, et se gara à quelques centimètres du pare-chocs de l'agent new-yorkais. Hennessey secoua lentement la tête : Argus venait de débarquer avec son éléphant blanc en plein milieu d'une surveillance qui se voulait discrète. L'agent de Chicago vint à leur rencontre, tout sourires.

— Riker t'a repéré, hein ? fit-il en se penchant à la fenêtre du conducteur. Ne t'en fais pas, Hennessey. Tu n'auras pas de problèmes.

Les lèvres pincées de ce dernier exprimaient un tas

d'obscénités non formulées. Il n'avait que faire de ce pardon magnanime de la part d'un agent venu d'une autre ville et qui n'avait, de surcroît, aucune autorité sur lui.

Riker salua son voisin d'un hochement de tête et ouvrit la portière pour descendre.

— Argus, suivez-moi.

L'agent de Chicago ne semblait pas comprendre un ordre direct, ce qui obligea Riker à hausser le ton :

— Bouge-toi ! Vite !

Tandis qu'ils s'éloignaient de la voiture, Hennessey leva un pouce. Riker venait de se faire un allié.

— Alors, fit Argus, vous avez quelque chose pour moi ?

— Moins fort, souffla Riker en observant la nuée de fans postée à l'entrée de la station de radio.

Dès qu'ils furent hors de portée des oreilles indiscrètes, il reprit :

— Vous avez menti, à propos de l'agent Kidd. Il n'a jamais été le patient de Jo.

— C'est ce qu'elle vous a dit ? Tim avait pourtant des rendez-vous réguliers avec cette dame, quatre fois par semaine, aux heures de bureau. Cela m'a tout l'air d'une relation médecin-patient.

— J'en conclus seulement que vous suiviez Kidd, que vous espionnez l'un des vôtres, voilà tout.

— Il était instable, dit Argus. Tout le monde savait…

— Vous croyez que se faire suivre par ses collègues l'a rendu encore plus fou ?

Argus se détourna, trahissant un mensonge, puis il secoua la tête et regarda Riker dans les yeux.

— Après le meurtre de Timmy Kidd, j'ai interrogé cette femme pendant des heures et des heures, en cinq ou six interrogatoires, et elle ne m'a jamais avoué ce qui se passait pendant ces rendez-vous. Elle invoquait le secret professionnel.

— Elle ne vous a jamais expliqué ce que cela voulait dire ?

— Non, mais je maintiens qu'elle soignait Tim.

Riker croyait davantage en la version de Jo. Elle l'appelait toujours Timothy, jamais Tim ou Timmy, alors que Marvin Argus connaissait à peine les hommes assassinés.

— Ces foutus psys, reprit l'agent menteur, ne vous donnent jamais une réponse directe à propos d'un patient, même un patient mort. Qu'a dit Johanna, à part cela ?

Riker secoua la tête. Il était venu glaner des informations, pas en livrer.

— Kidd était basé à Washington. Il aurait pu trouver un psy plus près de chez lui. Alors plus de mensonges, c'est compris ? Vous ne savez toujours pas ce que Kidd faisait à Chicago, n'est-ce pas ?

Argus haussa les épaules.

— Il ne me rendait pas compte directement.

Pas du tout, en fait.

— Et Jo n'a jamais été suspectée, dit Riker.

— Faux, et les flics de Chicago vous le confirmeront. Elle était le suspect numéro un pour le meurtre de Timmy. Si je ne l'avais pas mise sous protection, elle serait toujours en garde à vue. Même les flics savaient que Tim était cinglé. C'était leur théorie avant de perdre le dossier à notre profit. Seul son propre médecin, le Dr Apollo, pouvait être aussi proche de ce grand paranoïaque, assez proche pour lui trancher la gorge. D'ailleurs, un peu de parano ne vous ferait pas de mal, en ce moment. Vous ne pouviez pas faire comme je vous l'avais demandé. Il a fallu que vous jouiez les flics. Mais vous n'êtes plus dans la police, et méfiez-vous de quiconque s'approchera de vous.

Il glissa sa carte de visite dans la poche du blouson de cuir de Riker.

— Et rapportez-moi tout ce que Johanna pourra vous dire.

— Comme si cela pouvait arriver.

Une limousine noire passa à côté d'eux, puis s'arrêta devant la station de radio. Une silhouette svelte portant un sweat-shirt à capuche émergea du bâtiment. Les fans se ruèrent sur elle, qui leur signa des autographes avant de monter à l'arrière de la longue voiture noire. Le véhicule s'éloigna, aussitôt pris en filature discrète par l'agent Hennessey. Marvin Argus se précipita à son tour, espérant se joindre au cortège. Les fans se dispersèrent rapidement, laissant Riker seul sur le trottoir. Enfin, pas vraiment seul.

Sur le bitume, il vit une ombre impressionnante s'approcher de la sienne, par-derrière. Sans se retourner, il déclara :

— Mallory, tu es trop bien payée.

Lorsqu'elle arriva à sa hauteur, il brandit une liasse de feuilles froissées, le dossier falsifié qu'elle avait établi sur lui.

— J'ai trouvé quelques erreurs, là-dedans.

— Alors Zachary t'a fait une proposition ? Tu travailles pour lui ?

— Non, mais c'était bien joué. Tu aurais pu me prévenir au lieu de me prendre au dépourvu.

Il se tourna vers la rue et les voitures qui s'éloignaient.

— Le FBI déteste Ian Zachary. Comment a-t-il obtenu une protection ?

— Je m'en suis occupée, répondit Mallory. J'ai envoyé quelques menaces de mort aux fédéraux du coin pour qu'ils gardent un œil sur lui à ma place.

— Mallory, tu ne peux pas…

— Je ne peux pas être partout à la fois, coupa-t-elle. Jusqu'à présent, je me débrouille toute seule.

Cette réflexion rappela à Riker qu'il l'avait abandonnée à son triste sort chez les flics et que si elle devait se livrer à quelques arrangements avec la loi, c'était bien de sa faute à lui. Sa logique était défectueuse mais cohérente. La jeune femme demeurait irréprochable. Riker ne put s'empêcher de sourire car elle n'avait pas changé de méthode depuis ses dix ans. Il retrouvait sa Kathy d'autrefois.

— C'est ton tour, dit-elle. Attends Zachary et suis-le. Je te retrouverai au bar de Green Street.

Riker désigna la direction qu'avait prise la limousine de Zachary. Son bras demeura tendu bêtement, avant de retomber.

— Il n'est pas dans la limousine, c'est ça ?

— Exact, confirma Mallory. Tous les soirs, il fait appel à une doublure. Tu vois ? Les réflexes reviennent. Quand on est flic, c'est pour la vie.

Elle s'éloigna dans la pénombre. Elle avait presque parcouru un bloc quand Riker saisit enfin ce qui venait de se produire. Mallory avait branché les fédéraux sur Zachary puis les avait dupés en leur faisant pourchasser une doublure. Avant qu'il ne puisse lui demander pourquoi, Mallory tourna au coin de la rue et disparut.

Une camionnette arborant le logo d'un service de nettoyage s'arrêta devant la station de radio. Cinq hommes en combinaison orange en descendirent, munis de matériel et de produits de nettoyage. Riker se tapit dans l'ombre d'une entrée et attendit, le temps de fumer une cigarette. Un homme émergea d'un bâtiment situé en face et longea le trottoir avec la lenteur d'un vieillard perclus d'arthrite. Il portait une combinaison orange, comme les autres employés de nettoyage, mais était le seul à être voûté et à arborer un chapeau à large bord qui dissimulait son visage.

Riker lui emboîta le pas à distance. Bientôt, il vit sa

cible se redresser avant d'emprunter la rampe menant à un parking souterrain. Ralentissant le pas pour lui accorder une certaine avance, Riker s'engagea sur une voie en sens unique, en direction de la fenêtre éclairée d'une cabine vide. En bas, une machine actionnait une barrière pour barrer le passage aux véhicules qui arrivaient. Riker s'écarta pour laisser passer une voiture bleue roulant au pas. Arrivé en bas, le conducteur tendit le bras pour saisir le ticket que lui crachait la machine. La barrière se leva. Au-delà de l'entrée, Riker ne décelait que des taches de lumière et des places libres.

En contrebas, un coup de feu retentit, aussitôt suivi du freinage brutal de la voiture bleue et de l'écho de la détonation.

Riker perdit l'équilibre, son corps se raidit, sa poitrine se souleva. Il se sentit choir comme un mannequin. Par pur réflexe, il tendit les bras pour amortir sa chute et éviter de se fracturer le nez, mais ses bras ne répondaient plus. Il n'arrivait plus à bouger, ni à respirer. Cette fois, il eut l'impression que ses poumons allaient exploser. La panique montait encore et encore, tandis que son cœur battait à tout rompre.

Le coup de feu avait également affolé le conducteur de la voiture bleue. Elle fit une marche arrière, heurtant la rambarde dans sa hâte. Riker entendit le craquement de la barrière en bois, puis des pas accompagnés d'un tapotement régulier. Le visage contre le béton, il ne vit qu'un manteau sombre et l'extrémité d'une canne blanche. Aucun secours à espérer de ce côté-là.

Un nouveau coup de feu retentit, puis un autre.

La voiture bleue avança. Riker comprit ce qui allait se passer. Le conducteur affolé voulait prendre un peu d'élan avant d'enclencher sa vitesse et de revenir en arrière vers la barrière qui le tenait prisonnier. Sans vérifier dans son rétroviseur s'il y avait un homme à terre.

Riker était un homme mort. Le souffle court, il manquait de temps. Il entendit la voiture passer en marche arrière, le moteur vrombir, le pare-chocs défoncer la rambarde. La voiture allait lui exploser la tête comme un melon. Soudain, un corps chaud couvrit le sien et le fit rouler vers le mur, à l'abri, évitant le choc de justesse. Riker ferma les yeux. La femme qui venait de le sauver s'écarta et s'agenouilla près de lui. Il sentait les mains de Jo sur sa poitrine. Elle posa sa bouche sur la sienne pour lui insuffler de l'air. La panique et la peur firent alors place à une ivresse, une impression de flottement.

— Écoute, dit-elle, c'est un peu comme le jour où tu as failli bousiller la camionnette. Tu ne vas pas mourir. Si tu perds connaissance, tes muscles vont se détendre.

Puis elle murmura :

— N'aie pas peur.

Il n'avait pas peur.

La crise était passée. Ce qui avait commencé comme un bouche-à-bouche se transforma en baiser. Enivré par le manque d'oxygène, la partie de son cerveau qui lui servait à réfléchir plongea dans le vide. Il posa les mains sur sa nuque, enfouit les doigts dans ses cheveux. Jo était devenue le souffle de la vie et bien davantage.

Elle s'écarta.

Il voulut se lever à son tour, mais elle appuya sur son torse.

— Reste là, dit-elle, je vais chercher de l'aide.

Il avait retrouvé son souffle et ses esprits.

— Va-t'en d'ici, Jo, dit-il en repoussant sa main. Va-t'en, vite ! J'ai besoin de renforts. Va téléphoner.

Il se leva et courut le long de la rampe, vers ce qui lui faisait plus peur que tout au monde. Et il n'avait pas le choix. C'était le rôle d'un flic, que de courir en direction des coups de feu. Il dépassa la barrière défoncée et surgit dans le parking, contourna un épais pilier pour trouver deux hommes noyés dans la lumière.

Ian Zachary avait perdu le chapeau qui complétait son déguisement d'homme de ménage. Désarmé, il s'en prenait à l'homme qui tenait le pistolet en persiflant :

— Qu'est-ce qui t'arrive, MacPhereson ? Une gamine de treize ans aurait réussi ce tir.

L'autre homme, petit et chétif, leva son revolver et tira trois balles dans la poitrine de Zachary.

Cette fois, Riker resta debout, cherchant à maîtriser sa panique tandis que ses muscles se crispaient de plus belle. Il n'allait pas suffoquer et mourir. La crise allait passer. Il le savait parce qu'il croyait en Jo. Il était particulièrement conscient du moindre détail de cette scène, son cœur battant, la sueur qui perlait au-dessus de sa lèvre. Les coups de feu n'avaient produit aucun effet sur Zachary. Le tireur ne pouvait avoir raté sa cible. Il n'y avait pas de trous dans la combinaison orange, ni de ricochets sur les murs de béton.

Des balles à blanc ?

Bouche bée, Zachary fixa Riker, se demandant sans doute pourquoi il demeurait pétrifié, comme enraciné dans le sol. Cette fois, la paralysie s'estompa plus rapidement. Riker se détendit, feignant un vague intérêt pour l'homme armé. Quand il se sentit d'attaque, il se dirigea vers lui, roulant les mécaniques avec toute l'autorité que lui conférait son insigne. Il prit l'arme de la main tremblante du tireur.

— Vous êtes donc MacPhereson, dit-il très posément.

Il ouvrit le cylindre du revolver et vérifia les chambres.

— Vous êtes à court de munitions. Dommage, mon vieux.

En se tournant vers Zachary, Riker remarqua un renflement sous sa combinaison orange. Un gilet pare-balles ?

Naturellement ! C'était bien une idée de civil de croire qu'on pouvait prendre une balle avec un gilet sans le moindre dégât. Or une balle en pleine poitrine, c'était l'hôpital assuré, gilet ou pas.

— J'ai un permis de port d'arme, déclara MacPhereson d'une voix tremblante, le regard vague, comme toutes les victimes traumatisées.

Il devait prendre Riker pour un flic, car il déplia une feuille de papier et la lui tendit, comme si le document pouvait le dédouaner de cette embuscade tendue à un homme désarmé.

Riker recula la feuille pour pouvoir déchiffrer les petits caractères. Oui, c'était bien MacPhereson, l'un des trois derniers jurés encore en vie. Il avait légalement le droit de porter un pistolet pour assurer sa défense.

— Très bien, dit-il en lui rendant la feuille. J'en déduis que vous avez le droit de l'abattre.

N'y voyant aucun humour, MacPhereson parut soulagé de s'en tirer à bon compte. Riker écarta un pan de son manteau pour examiner le cylindre métallique accroché à sa ceinture. Il s'empara du chargeur et versa son contenu dans sa paume. Les cartouches étaient enduites de cire, mais ne renfermaient pas de balles.

— Encore des balles à blanc ?

Riker était l'un des rares à supporter les imbéciles. Les paumés du crime l'avaient toujours beaucoup amusé.

— Donc vous pensiez devoir recharger à la hâte… Avec des balles à blanc ?

MacPhereson hocha la tête, puis se força à sourire, car Riker lui souriait.

— Pauvre débile, commenta Ian Zachary en secouant lentement la tête, appuyé sur une vieille voiture qui seyait à son déguisement d'homme de ménage.

Il était l'incarnation du New-Yorkais blasé, alors qu'il venait d'être victime d'une tentative de meurtre.

— Vous allez l'arrêter, maintenant ? fit-il en se tournant vers Riker.

— Bien sûr que non. En quelle langue faudra-t-il que je vous le dise ?

Riker s'exprima doucement, comme s'il s'adressait à un demeuré :

— Je… Ne… Suis… Plus… Flic.

— Vous pouvez tout de même arrêter cet homme en tant que citoyen.

— Non. Je vais plutôt lui offrir une bière. Il a passé une journée difficile, le pauvre.

Sur ces mots, il posa une main sur l'épaule de MacPhereson.

— Allez, venez. Je veux savoir ce qui a bien pu se passer dans la salle de délibération du jury.

On n'entendait encore aucune sirène de police. Il fallait partir avant l'arrivée de la première voiture. Jo avait dû trouver un téléphone. Il était persuadé qu'elle n'indiquerait pas son identité au standard du 911. Riker entraîna l'affligeant tireur le long de la rampe, sans un mot, de sorte qu'il eut tout le temps de se demander qui Jo suivait, ce soir-là. Lui-même ? Jo endossait-elle la responsabilité de la mort de Bunny ? Redoutait-elle qu'un autre de ses amis ne soit la prochaine cible ? Ou bien filait-elle Ian Zachary ? Il jeta un coup d'œil au visage cireux de MacPhereson. Ce type faisait sans doute partie des hommes auxquels Johanna Apollo s'intéressait de près.

Des entrailles du parking, Ian Zachary leur cria :

— Je peux venir avec vous ? C'est ma tournée !

Riker s'installa confortablement pour savourer son bourbon favori, un bourbon gratuit, tandis que Ian Zachary tendait quelques billets à la serveuse. Se tournant vers le petit homme chétif qui les accompagnait, Riker déclara :

— Vous ne risquez rien, vous savez. C'est un bar à flics, ici.

Là encore, MacPhereson ne saisit pas la note d'humour. Il ne semblait pas comprendre que, en général, les flics arrêtaient les gens qui brandissaient une arme d'un air menaçant. La théorie du faucheur, selon lequel le juré était stupide, n'était peut-être pas totalement infondée. Puis il se dit que cet homme n'était peut-être pas dans son état normal. Il avait passé trop de temps à se cacher du cinglé qui voulait le tuer. Riker pouvait compatir à sa situation, même s'il n'avait lui-même jamais été traqué. Ce n'était pas son genre, de se cacher. Et il refusait de trembler en public.

En entrant dans son vieux repaire de SoHo, il avait, comme de coutume, scruté les clients, en quête de signes de psychose et d'armes dissimulées sur les hommes jeunes. Son regard s'arrêta sur la canne blanche d'un aveugle, posée contre un tabouret de bar. Il était drapé dans un manteau noir. Plissant les yeux, Riker se dit que ce type à la perruque grotesque était jeune, mais il ne décela rien de plus derrière ses longues boucles rousses et ses lunettes noires trop grandes. L'aveugle plongea une main dans son manteau. Riker se raidit, s'attendant à prendre une balle. En voyant l'homme sortir un portefeuille et poser de l'argent sur le bar, Riker se remit à respirer normalement. S'il était peu probable qu'il s'agisse de la canne blanche qui était passée devant lui en tapotant le sol du parking, à vingt blocs de là, il aurait aimé voir les yeux de cet aveugle.

Au bout de deux verres, il ne savait rien de plus des événements qui avaient conduit MacPhereson et les autres jurés à un verdict de non-culpabilité. Mais il s'était passé quelque chose de pas très honorable au moment des délibérations. Cela se voyait dans les yeux de MacPhereson chaque fois qu'il éludait ses questions.

— Après tout, c'est quoi, un juré ? dit Ian Zachary, très pontifiant.

Mais il s'adressait aux murs : Riker ne l'écoutait plus et MacPhereson était sur le point de défaillir.

— Un juré, dit Zachary, c'est quelqu'un qui est trop stupide pour échapper à son obligation d'être juré. Lui, c'était le scientifique de la bande. Il est prof de maths.

MacPhereson le corrigea, en affirmant d'une petite voix brisée :

— J'étais prof de maths. J'ai perdu ma place. Mais j'ai toujours une femme.

Il baissa les yeux vers ses mains noueuses, croisées sur ses genoux.

— Elle se met à pleurer chaque fois que j'appelle chez moi.

Il semblait au bord des larmes, lui aussi. Son dernier verre ne l'avait guère détendu.

— Ces jurés n'étaient pas stupides. Ces pauvres gens étaient seulement…

— Hé, j'y étais, moi aussi, intervint Zachary. Vous vous souvenez de moi ? L'accusé ! Quand le procureur a interrogé un à un les jurés, ils ont tous voté non coupable. Et vous, vous essayez de me tuer avec des balles à blanc, pauvre débile.

— Je voulais simplement vous montrer ce que vous ressentiriez à ma place.

— Vous voulez dire que vous n'avez pas eu les tripes de me tuer. Vous n'êtes qu'un lâche !

— Non, ce n'est pas un lâche, protesta Riker. Il n'est pas parti en courant, que je sache. Vous et vos fans, vous l'avez pris au piège, vous l'avez localisé à New York, dans son immeuble. Et le faucheur se trouve sans doute devant chez lui, à l'heure qu'il est. Moi, je dis que ce type a du cran.

Cependant, MacPhereson était vraiment stupide.

Riker griffonna quelques mots sur une serviette en papier, puis sortit la carte de Marvin Argus de sa poche.

— Il est temps de demander un peu de protection, mon vieux. Vous vous retrouvez à poil.

Sous la table, il glissa la carte et la serviette à MacPhereson.

— Cela n'a plus d'importance, répondit le juré. Je veux simplement que ça se termine.

Il parcourut le message et se leva en marmonnant :

— Je vais aux toilettes.

Puis il s'éloigna vers le fond de la salle.

— On dirait un lapin pris dans les phares d'une voiture, déclara Zachary. À moins que non…

Il glissa sur la banquette en cuir pour s'approcher de Riker.

— Ce serait drôle que tout cela ne soit que de la comédie, reprit-il. Et si c'était lui, le faucheur ?

— Ouais.

L'attention de Riker se partageait entre l'aveugle du bar et MacPhereson, près du téléphone public, en train de se demander s'il allait ou non appeler le FBI.

L'Anglais continua à s'écouter parler, indifférent à tout le reste.

— Non. Il n'est pas assez intelligent pour massacrer tous ces gens sans se faire prendre. Et il y a cet agent du FBI de Chicago. Vous saviez que c'était une victime du faucheur ? Les journaux n'ont jamais établi le lien. Les flics de là-bas ne voulaient pas fournir de détails. Souvenez-vous, j'ai un fan qui travaille à la morgue.

L'aveugle regarda en direction de Riker, puis se détourna vivement et compta la monnaie que venait de lui rendre le barman. Il n'était donc pas aveugle. Un escroc, un comédien, dans un bar à flics ?

Riker observa la vitrine située derrière Zachary, et but son bourbon en endurant pendant dix minutes encore les théories fumeuses de l'animateur. Il accordait ainsi un peu de temps à MacPhereson pour s'en aller.

Zachary finit par se rendre compte que leur compagnon ne revenait pas.

— Qu'est-ce qu'il fabrique ? Vous croyez qu'il est dans les toilettes en train de s'ouvrir les veines ?

— Cela fait un moment qu'il est parti, répondit Riker.

Cela ne faisait toutefois qu'une minute que la voiture blanche d'Argus s'était arrêtée devant le bar avant d'emmener le juré.

— Il a filé ? Et vous le laissez partir comme ça ?

Riker leva les yeux au ciel.

— Je ne suis plus f…

— Je sais, coupa Zachary, mais s'il meurt ce soir, ce sera de votre faute, d'accord ?

Non. MacPhereson passerait la nuit. Les fédéraux ne pouvaient plus se permettre la moindre bavure dans l'affaire du faucheur. Et Riker ne pouvait rien faire pour sauver le juré, pas même à l'aide d'une arme, car le simple bruit d'une détonation le paralysait et le réduisait à l'impuissance. Il n'avait pas besoin d'avoir une confirmation que sa vie de flic était terminée.

— C'est peut-être vous qui avez besoin de protection.

Riker ouvrit la combinaison orange, révélant un gilet pare-balles de bien meilleure qualité que ceux fournis par la police.

— Ne comptez pas uniquement sur votre gilet, reprit-il. La prochaine fois que ce pauvre type vous tirera dessus, ce sera peut-être à balles réelles. Et il pourrait viser la tête.

— C'est très improbable. Vous l'avez vu, répliqua

Zachary, sans se soucier de la fermeture à glissière de sa combinaison, qui était cassée. Il est inoffensif. Mais je reste persuadé que le faucheur est l'un des jurés. Mon candidat favori est le premier juré, la bossue.

— Johanna Apollo ?

Ce n'était pas possible. Riker ferma les yeux. Un vrai cauchemar. Si Jo avait fait partie du jury de Zachary, Mallory le lui aurait…

— Vous l'ignoriez vraiment ?

En rouvrant les yeux, Riker remarqua que Zachary s'était rapproché de lui et qu'il lui souriait.

— Ça colle, non ? C'est un suspect idéal. Réfléchissez-y, Riker. Un verdict unanime de non-culpabilité. Étaient-ils vraiment tous aussi stupides ou quelqu'un les a-t-il influencés ? Seul un psychiatre pouvait manipuler ce jury et diriger les votes à mon avantage. Voilà pourquoi je lui ai envoyé des roses pendant un mois. Je la prenais pour une groupie.

— Fermez-la, pauvre taré !

Qu'est-ce que Mallory avait pu lui cacher d'autre ? Il l'aurait volontiers étranglée. C'est alors qu'il l'aperçut, à l'extrémité du bar. Toute son attention était centrée sur le faux aveugle à la perruque rousse. Elle quitta son tabouret pour le suivre, car il s'en allait, confiant à Riker le soin de border Zachary.

CHAPITRE 12

Le faux aveugle avait l'habitude d'être suivi. Mallory s'en rendit compte en le voyant changer trois fois de métro. Mais elle ne le quittait pas d'une semelle, toujours dans le wagon suivant, même si elle perdait parfois de vue la perruque rousse parmi les autres voyageurs. Il l'emmena ainsi jusqu'à Grand Central Station, presque déserte, à cette heure tardive, où il se rendit aux toilettes pour hommes du sous-sol, ce qui était en soi très suspect. Ces commodités avaient la réputation d'être mal famées. Seuls les sans-abri s'y rendaient, or il n'en était pas un. Son manteau noir était bien trop coûteux pour un mendiant, même si sa perruque en nylon bon marché était d'un roux très artificiel. Il devait vouloir que les gens le remarquent, mais pourquoi ?

Elle surveilla la porte des toilettes, s'attendant à le voir ressortir sous une autre apparence, en tout cas sans cette perruque grotesque.

Mallory attendit, attendit encore.

Vingt minutes s'écoulèrent. Seul un homme sortit des toilettes. Pas un jeune à la peau lisse, comme le faux aveugle, mais un homme d'un certain âge, avec de vraies rides et de vraies taches brunes, et qui n'avait pas besoin d'une perruque pour se vieillir.

Mallory entra à son tour pour inspecter les lieux. Elle ne voulait pas croire qu'un amateur au déguisement ridicule avait réussi à la semer. Pas elle ! Elle ouvrit les cabines une à une, donnant un coup de pied dans la porte de celles qui étaient occupées. Elle dérangea des sans-abri à la puanteur authentique et au visage hagard. Son faux aveugle n'en faisait pas partie. Furieuse, elle vida la poubelle par terre. Pas de perruque rousse ni de canne blanche. Il n'existait pas d'autre issue. Un jeune homme était entré en ces lieux avant de disparaître.

Mallory décida de ne pas faire part de cette humiliation à Riker.

— Oui, Victor, je suis sûr qu'elle était de la police, affirma le vieux juriste en posant le manteau noir sur une chaise.

La canne blanche tomba à terre, faisant sursauter son compagnon. Victor Patchock avait les nerfs à fleur de peau. Un rien l'effrayait. Le jeune homme étant d'humeur peu loquace, le vieil homme dut faire toute la conversation.

— Oui, elle m'a suivi jusqu'à la porte des toilettes. En fait, elle suivait la perruque rousse. Excellent stratagème, mon garçon.

Il en était venu à apprécier la logique bizarre d'un fugitif qui cherchait à attirer l'attention par son apparence.

Le juriste se tenait devant l'unique fenêtre dénuée de volets et regarda vers la rue, en contrebas. Si l'Upper East Side était vraiment un bon quartier, la chambre était morne et exiguë. Victor avait refusé de s'installer dans un endroit plus confortable. Il avait même rendu la situation plus difficile en enlevant les portes du placard icielle du mal dont il souffrait, elle savait qu'il être fou pour se promener avec une telle arme.

Jo, c'est moi qui suis armé et tu veux me protéger ? bserva le pistolet.

Je l'ai pris à MacPhereson, ce soir, avoua-t-il. lui que tu suivais dans ce parking ?

Où est-il, en ce moment ?

Marvin Argus l'a emmené. C'est son boulot, non, otéger les jurés ? C'est peut-être pour cela qu'il a é ses deux hommes de ta protection. Bon, je vais r un peu.

vant qu'il ne puisse poser d'autres questions sur Phereson, Jo rouvrit une plaie béante, histoire de diversion :

Ton médecin sait-il ce qui provoque tes crises ? s des problèmes physiologiques ?

le soupçonnait une pathologie post-traumatique, les hommes rechignaient à évoquer cette possibilité.

Mes crises, répéta-t-il comme si ce mot lui était eau. Tu parles de mes attaques. Je n'ai pas de s. C'était peut-être une attaque cardiaque.

semblait préférer cette explication bien plus dange- . Naturellement. Les hommes ont des attaques car- es, les femmes des crises de nerfs.

Riker, tu sais bien que j'ai déjà assisté à ce genre ène, comme le jour où tu as perdu le contrôle de ta nnette.

ecoua la tête. Non, il n'avait pas perdu le contrôle. vait aucune faiblesse. Cela se lisait dans sa façon sper la mâchoire, puis de se détourner. Johanna 'habitude de ce spectacle étrange et vieux comme nde. Les hommes étaient décidément les créatures s vaniteuses qui soient. De toute évidence, il pen- oir réussi à dissimuler l'incident précédent.

et de la salle de bains, puis en débarrassant la chambre de toutes les installations encombrantes risquant de dissimuler l'ennemi. De là où il se trouvait, le vieil homme voyait un rasoir posé sur le bord du lavabo, souillé de cheveux, car le jeune homme s'était rasé la tête. Victor avait toujours eu une allure juvénile. Avec son crâne rasé, il avait l'air d'un bébé, si tant est qu'un bébé puisse être méprisant et devenir fou.

Le vieux juriste prit son propre manteau fauve sur une patère.

— Il est tard. J'ai besoin de repos.

Il avait adoré l'excitation nouvelle que lui avait procuré cette filature par une jolie femme, un peu comme une nuit de sexe. Cet événement avait en tout cas animé sa vieillesse et intensifié sa compassion pour ce jeune homme qui ne pouvait pas rentrer chez lui. Naturellement, il y avait des limites. À présent, dans un sursaut de résistance, comme s'il refusait un jouet à un enfant, il déclara :

— Désolé, je ne peux pas te fournir une autre arme.

En s'approchant de la porte, Mugs esquissa un rictus et montra ses dents acérées, les oreilles en arrière, le poil hérissé. Il était bien décidé à prendre par surprise ce qu'il sentait, dans le couloir, et à n'en faire qu'une bouchée. Le chat leva les yeux vers Johanna, l'implorant de l'aider dans cette entreprise, car il ne maîtrisait pas l'art d'ouvrir les portes. Soudain, il se mit en colère et siffla. Elle ouvrait le placard. Elle se trompait de porte !

Johanna glissa une main dans la poche de son blouson pour en sortir un petit pistolet argenté. À pas de loup, elle gagna le couloir et se hissa sur la pointe des pieds pour regarder dans le judas.

Personne.

Ce n'était peut-être qu'une souris, après tout, une créature trop petite pour apparaître dans son champ de vision. Elle ouvrit la porte.

Assis sur la moquette, Riker était appuyé contre le panneau de bois. Il tomba à la renverse et se retrouva nez à nez avec le chat.

— Mugs ! Salut, mon vieux !

Partagé entre dégoût et déception, le chat battit en retraite vers son panier, dont il fit trois fois le tour avant de se rouler en boule.

— Bonjour, Jo, dit Riker, toujours allongé par terre, les yeux levés vers elle.

Elle dissimula son arme dans son dos.

— Riker, je suis surveillée par deux types du FBI. Je te remercie, mais je n'ai pas besoin de protection supplémentaire, ce soir.

— Les hommes d'Argus ? demanda-t-il en se levant. Ils sont un peu négligents, on dirait. Je n'en ai vu aucun, en arrivant.

Elle lui fit signe de s'asseoir sur le canapé. Pendant qu'il avait le dos tourné, elle glissa le pistolet dans la poche de son peignoir.

— Qu'est-ce que tu fais là ?

— Je viens d'apprendre que tu faisais partie du jury de Zachary. J'avoue que ça m'en bouche un coin.

— Mais tu avais tant d'informations…

— Tes notes ? Elles ne précisaient pas que tu étais premier juré.

Il la surprit une fois de plus en évitant de poser les questions auxquelles elle s'attendait, du genre : Comment as-tu pu laisser ce salaud s'en tirer à bon compte après un homicide ?

Ils passèrent la demi-heure qui suivit à conclure une trêve. Johanna scella leur pacte à l'aide de son précieux

fromage de chèvre et d'une bonne bou
provenant de la cuisine. Ils s'installèr
pieds sur la table basse. Johanna était
ce qui était rare. Ce fut elle qui abo
Zachary.

— Je n'ai même pas cherché à me
obligations de juré, expliqua-t-elle en ve
la bouteille dans le verre de Riker. J'é
fermer mon cabinet et de confier mes pat
médecins. J'ai trouvé de bons foyers
petits. Et j'avais presque terminé. J'avais
libre. Jamais je n'aurais cru que les
Zachary accepteraient une psychiatre au
Mais ils ne m'ont pas révoquée, ils ne
aucune question. Ils n'ont pas perdu de
deux autres femmes, non plus. Au bout
j'ai compris qu'ils souhaitaient un jury
critères sociologiques des auditeurs de
l'époque, il animait une émission locale q
la région de Chicago. Tu connais le profi
Des hommes jeunes, incultes et immatur
occupent un emploi sans avenir. Sept de
pondaient à ce portrait.

— Voilà qui explique pourquoi la de
pas intéressée à toi. Il leur suffisait d'
types pour bloquer le jury. Alors, que s'
des délibérations ? Comment sont-ils par
dict unanime ?

— Je ne peux pas te le dire, Riker. J
mentir ni t'entraîner là-dedans.

Il se pencha pour ramasser le blous
avait fait tomber par terre et en sortit un
imposante que celle qu'elle avait réus
les coussins du canapé. Bien que n'a

Lors du premier jour de travail de Jo, une journée de formation, il avait failli détruire une camionnette de l'entreprise. Il avait entendu un bruit violent, celui d'une voiture en heurtant une autre, comme deux missiles entrant en collision. La camionnette n'avait pas souffert, mais avait fait un tête-à-queue pour se retrouver les deux roues avant sur le trottoir avant que Jo ne puisse actionner le frein de sécurité. Elle avait aussitôt ouvert la portière du passager et s'était précipitée pour prendre des nouvelles des deux automobilistes. Ils étaient tous deux en meilleur état que Riker. Ce fut horrible de voir Riker pétrifié derrière le pare-brise, en proie à une crise d'angoisse. Ses lèvres avaient bleui par manque d'oxygène et les veines de son cou saillaient. La crise s'était dissipée avant même qu'elle ait le temps de regagner le véhicule. Il respirait à nouveau profondément en repoussant d'un geste les attentions de Johanna, affirmant qu'il allait bien. Depuis ce jour, Riker n'avait pas conduit une camionnette et ils n'avaient jamais évoqué l'incident.

Et ils ne discuteraient plus de la soirée. Riker s'affaira à disposer les coussins du canapé devant la porte. Il envisageait de s'y allonger pour lui servir de bouclier humain.

Elle fixa le revolver qu'il avait posé sur la tablette, près de l'entrée, et qui confirmait sa théorie du traumatisme. Les chambres étaient vides. L'arme n'était pas chargée. Naturellement. Une arme chargée l'aurait paralysé. Il était venu la protéger avec cet artifice de revolver non chargé. Johanna considéra cette arme inutile avec tendresse et beaucoup de respect.

L'agent spécial Marvin Argus observa l'homme endormi sur le canapé de la chambre d'hôtel. Il avait épuisé MacPhereson avec son programme de protection des témoins. À moins que ce dernier ne fasse semblant de dormir. Le juré en cavale ne semblait guère apprécier Argus, qui se demandait bien pourquoi.

Après avoir bouclé ses maigres bagages, MacPhereson avait accepté de bonne grâce de venir dans cet hôtel, sous l'escorte du FBI, mais il refusait obstinément de quitter la ville. Argus en voulait au Dr Apollo d'avoir insufflé tant de volonté à ce petit homme fragile.

Les hommes chargés de la surveillance du médecin étaient à leur poste. Un homme dans l'escalier, entre deux étages, et l'autre perché sur l'unique ascenseur en service, ce soir-là. Ce n'était pas une procédure très réglementaire. Il aurait fallu davantage d'hommes, mais cela l'aurait obligé à répondre à beaucoup trop de questions. Il n'y aurait aucune requête auprès du bureau de New York, aucun agent local ne serait informé de la capture du juré, tant que le faucheur ne serait pas arrêté, mort ou vif.

Argus se garda d'allumer son cigare dans la chambre d'hôtel. MacPhereson se disait allergique à la fumée, ce qui était sans doute un mensonge. La petite ordure. Toutefois, pour sauvegarder son avenir, il se devait de rester en bons termes avec cet homme pendant encore un petit moment.

Il baissa le volume de la radio, puis écarta un rideau pour observer le ciel, qui commençait à s'éclaircir. Dans quelques heures, le jour se lèverait. Il mourait d'envie de fumer… et de dormir. À quand remontait sa dernière nuit de sommeil ? La veille, il s'était contenté de somnoler. Au cours de l'heure qui venait de s'écouler, il avait avalé cinq tasses de café, ce qui ne suffisait pas, mais il en attendait une autre. Ce concierge mettrait bien dix minutes à aller la lui chercher.

Un peu de nicotine et d'air frais l'empêcheraient de s'assoupir. L'agent ouvrit la fenêtre et sortit sur l'escalier d'incendie. Il s'assit sur le palier métallique et déballa son cigare. Adossé au mur, il cracha un premier nuage de fumée bleutée. Les paupières lourdes, il consulta sa montre, comme si cela pouvait faire venir plus vite son café.

Il avait été bien inspiré de choisir le Chelsea, maintenant qu'il avait la certitude que le faucheur surveillait de près le Dr Apollo. La mort du sans-abri en était la preuve.

Il tenta de se concentrer sur les informations que diffusait la radio, de l'autre côté de la fenêtre ouverte, mais il se mit vite à dodeliner de la tête. Il eut l'impression de n'avoir fermé les yeux que quelques instants, une minute tout au plus, quand la fenêtre se referma avec fracas derrière lui. Il se réveilla en sursaut, tenant toujours son cigare.

Va au diable, MacPhereson, avec ton allergie à la fumée.

Argus n'entendait plus la radio. Le double vitrage étouffait le moindre son. Il ne percevait plus que le bruit des voitures qui passaient de temps à autre dans la rue. Il sortit son portable pour s'assurer que ses hommes étaient en alerte, à leur poste. Il commença par l'agent posté dans l'escalier, puis celui de l'ascenseur, qui lui annonça deux bonnes nouvelles : Riker se trouvait à l'étage du Dr Apollo, un juré de moins à surveiller, et le café était arrivé. Il n'y aurait plus de communication, ni bruit ni mouvement, tandis qu'ils attendraient qu'un tueur de sang-froid se prenne dans leurs filets. En concluant son ultime appel, Argus observa la rue. Luttant pour garder les yeux ouverts, il remit son téléphone dans sa poche.

Épuisé.

Pour ne plus fermer les yeux, il se concentra sur le bâtiment situé juste en face, de sorte qu'il ne remarqua pas l'ombre frénétique, derrière lui, qui agitait les bras. Pas plus qu'il ne vit le sang gicler sur les rideaux. Ses yeux s'étaient fermés avant que les mains crispées d'un homme en train de mourir n'arrachent les rideaux de leur tringle, tandis que se jouait une scène d'horreur, avec du sang partout, sur les murs, les meubles et le sol.

Argus ne se réveilla que trois heures plus tard. À neuf heures, une femme de chambre de l'hôtel fut la première à découvrir le cadavre et à appeler la police.

CHAPITRE 13

Son trousseau de clés en main, Charles se tenait dans l'embrasure de la porte donnant sur le hall. C'était la troisième fois en trois jours qu'il avait la surprise de croiser son nouveau locataire, l'ancien ermite. Du moins vit-il le dos de Riker s'éloigner vers les bureaux du fond, au sein de l'entreprise Butler. Mallory, dont la présence était tout aussi incongrue à cette heure matinale, battait en retraite. Elle se hâtait vers la sortie, comme si Charles ne lui barrait pas la route.

— Un petit instant, dit-il en attirant son attention sur lui, obstacle immobile et agaçant qui refusait de s'écarter de son chemin, ce qui tombait très mal. Je suppose que Riker n'a pas vu ce que tu as ajouté sur le mur, dernièrement ?

— Non, répondit-elle en fonçant sur lui.

Voilà qui expliquait l'agitation de la jeune femme, son désir irrépressible de s'en aller. Elle ne ralentit pas, s'attendant de toute évidence à ce qu'il cède juste avant la collision. Mais il l'avait déjà vue faire trop souvent et ne faiblit pas. Il baissa les yeux vers son visage, un visage ravissant, mais résolument fâché.

— Alors Riker t'a surprise ? dit-il. Il va te poser des questions, tu le sais.

Mallory le contourna.

— Tu peux toujours me remplacer, dit-elle en fermant la porte.

D'accord.

Résigné à limiter les dégâts, Charles longea le couloir et s'arrêta sur le seuil du bureau de son associée. Riker était en train d'examiner la moitié du panneau de liège que Mallory avait tapissé de documents, un carré bien net composé de photos parfaitement alignées alternant avec du texte. L'ensemble ressemblait à un échiquier. Sur les premières rangées, des clichés volés de jurés encore en vie, avec des courriers électroniques et des lettres de fans de Zachary. En bas, les mêmes visages, les yeux fermés, cette fois, avec une dominante de rouge sang. Des portraits post-mortem de victimes allongées sur une table de la morgue. Jusqu'à présent, l'unique cadavre affiché au mur était celui de l'agent Kidd, que Riker avait trouvé dans la valise du Dr Apollo.

— Bonjour, dit Charles en essayant de faire bonne figure, malgré une journée qui s'annonçait mal.

Il remarqua aussitôt la pâleur et la colère à peine dissimulée de Riker. Voilà qui n'allait pas améliorer son état. Quelque chose clochait dans le plan de Mallory.

— Où a-t-elle obtenu toutes ces photos ?

— La plupart proviennent de l'ordinateur de Ian Zachary, répondit Charles. Mallory l'a piraté. Apparemment, les fans de Zachary n'hésitent pas à dérober les archives de la morgue pour lui faire plaisir. Et pour gagner des prix, bien sûr.

L'inspecteur se concentra sur la dernière rangée. Des portraits d'un juré encore vivant, le Dr Johanna Apollo. Elle était la seule à figurer sous tous les angles. Sur le dernier cliché, son corps difforme était clair, alors que la tête était légèrement floue et tournée vers l'appareil.

— Ce ne sont pas les fans qui lui ont envoyé ces photos de Jo, affirma Riker. C'est Mallory qui les a prises.

— Comment le sais-tu ?

— J'ai passé des années et des années à regarder des photos effectuées lors de filatures. Mallory est la pire photographe de la police.

— Tu parles de la mise au point. Il y a beaucoup d'espace autour du visage du sujet. L'ensemble n'est pas très bien composé.

Charles se tourna vers les photos de fans présentant neuf autres jurés, tous morts.

— Pour être sincère, je les trouve toutes aussi mauvaises.

— Oui, mais les clichés de Mallory sont toujours parfaitement mauvais, admit Riker en arrachant une photo du panneau, faisant voler les punaises. Si je plaçais le viseur d'un fusil sur celle-ci, la tête de Jo serait en ligne de mire.

Charles saisit la métaphore. De toute évidence, Riker s'interrogeait sur les intentions de Mallory envers cette femme. De cette confrontation, l'inspecteur obtint une sorte de confession. Tout était là, exprimé sur le visage de Charles Butler, dans son rougissement et son regard désolé qui ne parvenait pas à soutenir le sien.

Ayant arraché toutes les photos du Dr Apollo, l'homme en colère sortit en claquant la porte.

Dans son bureau, Edward Slope, médecin légiste en chef, mettait à jour ses dossiers avant d'ouvrir son premier cadavre de la journée. Sans son incontournable blouse de chirurgien ensanglantée, il ressemblait plutôt à un général grisonnant, avec son air distingué, son expression froide et son port altier en toutes circonstances, même lorsqu'il croyait que nul ne l'observait. En levant les yeux de ses dossiers, le légiste faillit trahir une surprise agréable.

Avant même d'avoir franchi le seuil, Riker subit un examen. Slope voulait-il vérifier que ses plaies par balle étaient bien refermées ?

Le regard du médecin légiste s'attarda sur son blouson, sa chemise en flanelle et son jean.

— Tu as vraiment mauvaise mine, lui dit-il en guise de bonjour. Et je ne parle pas de ta tenue. Tu dois manquer de sommeil. Tu fais des heures supplémentaires en tant que bûcheron ou quoi ?

Slope avait toujours été persuadé d'avoir de l'humour.

— Tu viens pour une consultation, c'est ça ?

Apparemment, il ignorait que Riker s'était séparé de la police de New York. L'ancien policier comptait bien en profiter.

— Ce n'est pas une visite de courtoisie, en effet, répondit-il en posant quelques photos de Johanna Apollo sur le bureau. Que sais-tu de cette femme ?

Slope y jeta à peine un coup d'œil.

— Étant donné qu'elle n'est pas encore morte, elle ne fait pas partie de mes clients. Je suppose que tu veux savoir ce qui ne va pas, chez elle. Tu as une radiographie ou un dossier médical ? Non. Je m'en doutais. Eh bien, je te répondrai ce que j'ai dit à Mallory, juste avant de l'envoyer sur les roses. Impossible d'établir un diagnostic sans avoir…

— Mallory t'a montré ces photos ?

— Oui, il y a deux ou trois mois. Au moins, elle est venue me trouver avec une théorie valable. En effectuant des recherches, elle a conclu que cette femme souffrait de la maladie de Scheuermann. Elle voulait obtenir une confirmation de ma part. Mallory semble en connaître un rayon sur les bosses. Vous devriez discuter plus souvent, tous les deux, et comparer vos notes. Vous faites toujours équipe, non ?

Courbatu après une nuit passée par terre, dans la chambre de Jo, Riker s'écroula dans un fauteuil. La colère commençait à prendre le pas sur la fatigue. Mallory lui avait encore menti. Quelle surprise ! Son enquête sur Jo ne remontait pas à la veille, mais à leur première rencontre, lors d'une visite à la société de nettoyage de Ned. Il ajouta cette nouvelle à la liste des trahisons de la jeune femme, puis se tourna d'un air las vers le Dr Slope.

— J'ai besoin d'informations sur cette femme, tout ce que tu pourras…

— Elle souffre d'une déformation sévère de la colonne vertébrale, c'est tout ce que je peux te dire à partir d'une simple photo.

— Cela ne me suffit pas, doc. Un jour, je t'ai entendu faire un sketch de vingt minutes sur l'historique d'un cadavre non identifié rien qu'avec un tatouage.

— Et un cadavre à autopsier.

Riker rassembla ses photos, prêt à prendre congé.

— Bon, merci pour ton aide.

Il se leva, puis se ravisa et jeta les clichés sur le bureau.

— Garde-les… Cela te fera un souvenir. Si tu comptes cette femme parmi tes clients dans les prochains jours, pense à notre conversation.

— Attends.

Le médecin légiste prit un cliché et le scruta avec attention.

— Je ne crois pas l'avoir vue, celle-là. Elle en dit un peu plus long sur sa pathologie.

Riker se rassit.

— Mallory avait sans doute raison, dit Slope. C'est probablement une maladie de Scheuermann. En termes plus simples, c'est une bosse. Celle-ci constitue une difformité extrême. Il faut en conclure qu'il existe d'autres facteurs, une ostéoporose ou une scoliose remontant à l'enfance, peut-être.

Il désigna le sac de marin que portait Johanna.

— Tu sais s'il est lourd, ce sac ?

— Oui, répondit Riker. C'est son sac de travail. Il contient tout son matériel pour nettoyer une scène de crime, sa combinaison, son respirateur et…

— Donc, en plus de porter de lourdes charges et un respirateur, elle se penche et s'étire souvent.

— Bien sûr. Cela fait partie du boulot. Mais elle ne travaille que trois jours par semaine.

— Alors je peux te dire qu'elle passe les quatre autres jours à récupérer. Soit cette femme est masochiste, soit elle est très déterminée. Cela fait combien de temps qu'elle exerce ce métier ?

— Environ trois mois.

— Son traitement contre la douleur doit provenir de trois pharmacies. Elle en est au stade de la dépendance. À une époque, elle devait gérer ses douleurs à l'aide d'aspirine, mais cela ne fait plus effet. Je doute qu'elle parvienne à dormir sans prendre ses cachets, alors on peut ajouter d'autres médicaments à sa liste. Des somnifères puissants, des anti-inflammatoires, des amphétamines pour tenir le coup lorsque les calmants n'ont servi à rien. Elle est sans doute sous surveillance médicale. Impossible d'obtenir ces médicaments sans ordonnance.

— Elle est médecin. Psychiatre.

Slope arqua un sourcil, ce qui, selon ses critères, était une réaction exubérante.

— Une psychiatre qui gagne sa vie en faisant le ménage ? J'imagine que tu ne comptes pas m'expliquer pourquoi…

— Non.

— Une psychiatre. Ça tombe mal. En tant que médecin, elle rédige elle-même ses ordonnances. Ces gens-là se préparent les cocktails de médicaments les plus dangereux, des trucs qu'ils ne fileraient jamais à leurs patients. Voilà pourquoi ils n'ont pas le droit de rédiger leurs propres ordonnances. Mais il est facile de contourner…

— Attends. C'est quoi cette histoire de masochisme ?

— Quoi ? Le fait de s'infliger des douleurs ? Eh bien, un tas de gens optent pour les professions liées à la santé mentale parce qu'ils ont été soignés eux-mêmes pour ce genre de troubles.

Le regard de Slope se posa à nouveau sur la photographie.

— C'est une possibilité sérieuse, je dirais. Dans sa petite enfance, elle devait avoir une apparence normale. Puis, entre dix et quinze ans, elle a commencé à changer de façon spectaculaire. Difficile d'imaginer sa vie, les regards curieux, les remarques maladroites. Les adolescents n'étant pas les compagnons les plus sains d'esprit et les plus stables, on imagine la jeunesse de cette femme, à la merci de…

— Un enfer.

Slope opina.

— Un bon millier de flèches décochées dans l'âme les bons jours.

— Son père était psy, lui aussi.

— Alors tu peux parier qu'elle a suivi une thérapie à long terme. Il a dû confier sa fille à un pédopsychiatre.

— Et tu dis que ce travail de nettoyage lui inflige de la douleur. Et si cet emploi faisait office de cilice ? suggéra Riker.

— Une pénitence ? C'est possible. Mais il existe une autre hypothèse. Vu le métier qu'elle exerce, ces temps-ci, le nettoyage de scènes de crime, elle flirte peut-être avec la mort. Elle serait suicidaire.

Riker y réfléchit tout au long de son trajet en métro vers SoHo. Cette dernière idée le tarauda tandis qu'il arpentait les rues en direction d'un endroit familier, où il avait rendez-vous avec Mallory pour le petit déjeuner. Elle avait des comptes à lui rendre. Il avait l'intention d'en faire une collation brève, peut-être le dernier repas qu'ils partageraient. Outre les crimes qu'elle avait commis contre lui, elle devait lui parler de sa filature du faux aveugle, la veille au soir. Elle avait pourtant eu l'occasion de le faire le matin même.

Charles Butler ne s'était risqué à aucun commentaire sur la réapparition fort opportune de Mallory cinq minutes après le départ fulminant de Riker. Elle n'était pour l'heure pas d'humeur à bavarder et s'affairait devant un ordinateur. Les yeux rivés sur l'écran, elle n'écoutait pas ce qu'il lui disait, jusqu'à ce qu'il débranche le câble gris de la prise. Son écran s'éteignit.

Tant mieux.

Les doigts de Mallory cessèrent de tapoter le clavier, mais elle refusa de le regarder.

— Mieux vaut que Riker sache tout, maintenant, déclara-t-elle. Et d'un seul coup.

— Voilà qui explique tout, n'est-ce pas ?

Dans l'esprit de Mallory, cela l'excusait de l'avoir laissé seul face aux soupçons de Riker.

— Il t'a dit où il allait ?

— Non, répondit Charles. Nous n'étions pas en très bons termes au moment de son départ. De toute évidence, il pense que je suis dans le coup depuis le début.

— Tu ne lui as pas dit depuis combien de temps…

— Eh bien, il est inspecteur de police, non ? Je suis

certain qu'il trouvera tout seul. Ce n'est qu'un avertissement.

Cet avertissement était plus qu'elle ne méritait.

— Je le retrouve pour le petit déjeuner. Je vais arranger ça, ça te va ?

— Non, ça ne me va pas. Toutes ces tromperies… et encore, c'est le moins grave. Il te considère comme un danger pour Johanna Apollo.

— Il te l'a dit ?

— Il n'en a pas eu besoin. C'était…

— Maintenant qu'il sait qu'elle faisait partie du jury, il va tout mettre en œuvre pour qu'elle survive.

Comme si ces propos pouvaient répondre à toutes les questions présentes et à venir, elle rebrancha son ordinateur et se remit au travail.

— C'est mieux ainsi, dit-elle.

Naturellement. Après tout, tel était son objectif en faisant mine de menacer Johanna Apollo. Et elle l'avait exprimé par l'image. C'était évident sur chaque cliché.

— Tu aurais dû être honnête avec Riker, déclara-t-il. Depuis le départ. Pourquoi ne pas le prendre entre quat' z'yeux et discuter avec lui comme avec une…

Il faillit dire une personne normale, terme qui ne s'appliquait ni à la jeune femme, ni à lui-même.

Charles Butler avait grandi dans un cocon de science. À dix ans, il intégrait Harvard. C'était un monstre. Mallory, elle, s'était retrouvée dans la rue à un âge encore plus précoce. Elle avait appris à survivre seule, privée de tout contact avec d'autres enfants. Grâce à son éducation élitiste, Charles connaissait les vers du *Paradis perdu*, mais il était incapable de réciter un petit compliment de la Saint-Valentin, de peur de nuire à leur amitié, voire d'y mettre fin. Pour sa part, Mallory connaissait tous les aspects de l'enfer terrestre, en ayant pris la mesure lors de ses années de formation. Mais elle ignorait tout du cœur de l'homme. Ainsi cohabitaient-ils côte à côte, chacun prisonnier de sa cellule, associés en affaires qui se rencontraient parfois pour déjeuner ou dîner, qui bavardaient, sans jamais se toucher vraiment.

Et voilà que Charles se sentait comme un imbécile.

Pourquoi s'étonner que Mallory ne puisse pas avoir un entretien franc avec Riker, la seule famille qu'il lui restait, pour lui expliquer qu'elle lui imposait tout ça par amour ? Il se tenait derrière la chaise de la jeune femme, décidé à prendre plus de précautions pour exprimer ses derniers soupçons.

— Riker ne sait pas tout, encore, n'est-ce pas, Mallory ?

Elle consulta sa montre, mais uniquement pour se changer les idées. Elle savait toujours quelle heure il était à la seconde près. C'était un don, chez elle, une disposition particulière de son cerveau. Peut-être faisait-elle des distinctions encore plus subtiles dans le découpage du temps. Il n'en savait rien. Charles la regarda saisir ses clés et son manteau, faisant mine d'être en retard pour quelque rendez-vous, comme si telle chose pouvait arriver à cette obsessionnelle de la ponctualité. À présent, sans un mot de protestation, il la regardait s'éloigner. Que faire de plus ? Mallory avait pris des otages.

Riker pénétra dans un brouhaha des conversations, des bruits de couverts et d'assiettes, sans la moindre hésitation, sans prendre le temps de scruter chaque visage d'un œil méfiant, ni de vérifier si un client pouvait cacher une arme sous ses vêtements. Il se trouvait dans un havre de sécurité, où la plupart des habitués étaient armés. Les autres étaient des touristes inoffensifs portant des T-shirts « I love NY » et des badges-souvenirs.

Au cours de son long congé maladie, il avait perdu l'habitude de prendre son petit déjeuner dans ce café de

SoHo. Il n'avait pas envie de croiser un visage familier de sa brigade. L'établissement lui avait manqué. Ce rituel remontait à vingt ans. Il avait commencé avec son plus vieil ami et avait continué avec l'enfant adoptive de celui-ci, sa coéquipière, enfin son ex-coéquipière, Kathy Mallory. Il était neuf heures, en plein coup de feu du matin, mais, comme par miracle, la table près de la vitrine était libre, comme si la troisième chaise était encore occupée par le regretté inspecteur Louis Markowitz.

En s'installant à sa place habituelle, Riker eut l'impression d'être de retour à la maison. Il fit un signe de tête à une femme maigre et grise, au visage de croque-mort, à quelques tables de là. Les bras chargés de plateaux, elle se livrait à un numéro de jonglerie très habile pour servir une tablée de dix touristes, distribuant les assiettes comme si elle jouait aux cartes. Les touristes étaient subjugués car elle savait parfaitement quel plat était destiné à qui, sans oublier les boissons et les accompagnements. Gurt était une véritable serveuse, et non une actrice ou une peintre obligée de gagner sa vie. Elle avait toujours exercé ce métier et connaissait tous les clients habituels, ainsi que leurs goûts. Et elle ne supportait aucune critique.

— Tu es en avance ! lui lança Gurt à travers la salle, comme si elle l'avait vu la veille et non six mois auparavant. Tu veux faire une surprise à la petite ?

Au fil des années, Kathy Mallory n'avait guère changé, dans l'esprit de la serveuse. Lors de sa première journée dans la police, Lou Markowitz avait amené sa fille adoptive au café pour présenter à Gurt la quatrième génération de flics de la famille.

— C'est la petite, avait-il dit fièrement.

Dans l'esprit de Gurt, Mallory était demeurée la petite. Et même si ce rendez-vous était prévu, la petite allait avoir une surprise. Maladivement ponctuelle,

Mallory arrivait toujours pile à l'heure, et Riker toujours en retard. Mais pas ce jour-là.

Et il réservait d'autres surprises à la jeune femme.

À peine Gurt avait-elle posé une tasse de café sur la table que Riker aperçut la jeune femme sur le pas de la porte. Cela signifiait que la grande aiguille de l'horloge venait de marquer l'heure. Il était rare de la voir sursauter. Elle traversa la salle, faisant voleter les pans de son manteau de cuir noir, et consulta la vieille montre à gousset de Lou, accrochée à son jean à l'aide d'une chaîne. Rassurée de constater que son horloge interne ne l'avait pas trahie, elle ôta son manteau et le plia sur le dossier de son père décédé, avant de prendre place sur sa chaise habituelle.

Ce café était également un refuge pour Mallory, qui détestait le changement. Lou Markowitz était parti, mais sa chaise était encore là. Et même si Gurt ne lui témoignait aucun respect, la serveuse était un élément stable de son existence. Riker avait la certitude que Mallory était venue chaque matin, durant sa longue absence, et avait déjeuné en silence, penchée sur son assiette, seule. Cette idée lui serra le cœur. D'autres flics fréquentaient les lieux. Des types avec qui elle travaillait quotidiennement. Mais ils ne se joignaient jamais à elle car elle ne faisait rien pour les y inviter. Elle ne saurait pas s'y prendre.

La culpabilité et le chagrin effacèrent tout ce qu'il avait eu l'intention de lui dire. Tous les reproches qu'il avait accumulés s'envolèrent.

Ce matin-là, Johanna prit pitié de l'agent spécial Marvin Argus et n'entrebâilla la porte que légèrement. Mugs ne put donc pas lui griffer les jambes, à moins qu'Argus ne cherche à entrer de force dans la chambre.

— Vous avez un mandat ?

— Non.

Ayant appris à respecter le chat, l'agent du FBI resta hors de portée de ses griffes. Il avait les yeux enfoncés dans leurs orbites, le visage pâle et n'affichait pas son sourire agaçant.

— J'ai besoin de votre aide, Johanna. Il y a eu un meurtre. Un homme que vous connaissez.

Les doigts de Johanna se crispèrent sur la poignée de la porte tandis qu'elle secouait la tête, en plein déni, si bien qu'elle entendit à peine ce qu'il disait. Lorsqu'elle afficha soudain un sourire incongru, les yeux de Marvin Argus s'écarquillèrent. Il venait de nommer la victime, et il ne s'agissait pas de Riker.

Le petit déjeuner leur fut servi quelques minutes après l'arrivée de Mallory. Leur serveuse ne prenait jamais la peine de leur proposer la carte car ils commandaient toujours la même chose. Les six derniers mois étaient effacés. Tout était comme avant : deux coéquipiers en train de manger des œufs au plat en buvant du café noir.

Quand ils eurent terminé, Gurt leur servit un autre café. Mallory posa une liasse de feuilles sur la table en disant :

— Signe.

Riker regarda le formulaire d'appel contre sa mise à la retraite de la police de New York.

— Tu en possèdes combien d'exemplaires ?

— Je peux t'en imprimer toute la journée, si tu veux. Je ne lâcherai pas le morceau.

Il écarta le document.

— Qu'a dit le lieutenant Coffey ?

— Il a remis ton rapport au préfet de police Beale.

— Quel rapport ?

— Je t'en ai tapé un. Il attribue à la brigade spéciale

la localisation de MacPhereson et le fait qu'il ait été placé sous la surveillance d'Argus.

— Et l'autre fédéral, celui d'ici ? Tu l'as fait passer pour un crétin parce qu'il a perdu la trace de Ian Zachary, hier soir ? Car tel était ton plan, n'est-ce pas ?

— Hennessey ? Je lui ai parlé, ce matin. Je lui ai raconté ce qui était arrivé à Zachary dans le parking, en précisant que je n'en soufflerais mot à personne.

Elle lui tendit une feuille de papier pliée en quatre.

— Lis ça.

Les yeux plissés, il parcourut le texte qu'il tenait à bout de bras. Il ne faisait pas mention d'un fédéral de New York et de sa filature ratée, ni d'une fusillade dans le parking. L'agent Hennessey était désormais redevable à Mallory. La petite futée. Si elle était incapable de se faire des amis, elle s'y entendait à merveille pour gagner des renvois d'ascenseur. À ce petit jeu, elle était encore meilleure que son père. Riker lui rendit le rapport, soulagé d'avoir mésestimé la jeune femme, mais pas totalement. Ce qu'elle avait fait pour l'agent Hennessey était susceptible d'aboutir à un chantage.

— Il a parlé de MacPhereson ?

— Non, répondit Mallory. Il a dû me demander le nom du tireur. Intéressant, non ?

— Argus ne partage pas ses infos avec le bureau de New York.

— Non, confirma-t-elle en souriant. Alors on va les laisser se débrouiller seuls.

— Tu es en train de déclencher une guerre entre le bureau de Chicago et celui de New York ?

Mallory ne pouvait pas résister à la tentation de diviser pour mieux régner. De toute évidence, elle complotait pour reprendre l'affaire.

— Que se passera-t-il quand Zachary portera plainte pour la fusillade ?

— Il n'en fera rien, assura la jeune femme. J'y ai veillé lorsqu'il m'a appelée, hier soir. Je lui ai expliqué qu'il aurait l'air d'un imbécile, en l'absence de preuves, car les seuls témoins le détestent.

— Et Jo ?

— Elle était là, elle ?

Mallory n'était donc pas restée pour assister au spectacle, mais Riker se demandait toujours si elle n'avait pas vaguement prévu le résultat. L'avait-elle pris au piège pour intercepter MacPhereson ? Non, c'était de la folie. Il lui accordait trop de crédit, repoussant les limites de sa confiance.

— Non, répondit-il. Jo n'était pas là. Tu crois que Coffey sait qu'elle a besoin d'une protection policière ?

— On ne peut pas justifier une telle mobilisation de personnel, répondit Mallory. Elle a déjà des fédéraux qui veillent sur elle vingt-quatre heures sur vingt-quatre.

Riker secoua la tête.

— Argus les a déplacés hier soir. Il les a sans doute mis sur MacPhereson.

Il allait en venir au faux aveugle que Mallory avait suivi après qu'il eut quitté le bar, la veille au soir, mais il oublia tout dès qu'il se tourna vers la vitrine, distrait par l'agitation soudaine qui régnait dans la rue. Des inspecteurs surgissaient du commissariat pour monter en voiture avant de démarrer en trombe. Seul Jack Coffey était encore à pied. Il s'approchait de l'entrée du café.

Encore des ennuis en perspective.

— Une idée ? demanda-t-il à Mallory.

Avant qu'il puisse lui répondre, le lieutenant Coffey entra en trombe.

— Salut, patron, dit Riker, oubliant un instant qu'il ne faisait plus partie de l'équipe. Qu'est-ce qui se passe ?

— Janos a besoin de renfort sur une scène de crime.

Coffey prit l'addition et régla.

— J'ai besoin de vous deux, et tout de suite !

— Mais je ne suis plus flic.

— Dans ce cas, pourquoi tu rédiges des rapports, Riker ? MacPhereson est mort et vous êtes les derniers à l'avoir vu vivant.

Coffey désigna la porte.

— Alors bouge-toi les fesses !

Mallory se hâtait déjà vers la voiture pour se joindre au cortège.

CHAPITRE 14

C'était une impasse.

La scène de crime se trouvait à l'étage inférieur à celui où logeait Johanna Apollo. La suite comprenait un salon similaire à celui de la psychiatre, à part les meubles et les rideaux maculés de sang. La tension montait à mesure que les hommes en costume et en uniforme s'affrontaient. Flanqué de deux agents de police, l'inspecteur Janos, un homme corpulent à la mine patibulaire, et trois agents du FBI de New York se regardaient en chiens de faïence. En voyant l'inspecteur consulter sa montre, Johanna devina qu'il attendait des renforts. Le cadavre allongé sur le tapis semblait presque de trop, dans cette guerre de clans, même si personne n'avait encore uriné contre le mur pour marquer son territoire. L'atmosphère déjà pesante s'alourdissait chaque fois qu'un nouvel arrivant entrait dans la pièce. Dans le couloir régnait le brouhaha des conversations des techniciens du légiste, qui n'avaient rien à faire tant que les autorités n'auraient pas réglé leur problème.

La tension redoubla quand un quatrième agent du FBI, en la personne de Marvin Argus, réapparut après une vive discussion avec un homme du département médico-légal de New York, dans le couloir. L'agent de Chicago commit l'erreur tactique de s'agenouiller près de la victime, qui n'était pas encore à lui. En arrivant sur les lieux en compagnie d'Argus, Johanna avait vu ses collègues de New York le battre froid. Ils le considéraient comme un intrus sur la scène de crime. Et il avait jeté de l'huile sur le feu en affichant un air de supériorité que ne justifiait en rien son rang. Tant et si bien que les agents locaux semblaient se rallier à la police et sur le point de cracher sur Argus.

Près de la porte, en terrain neutre, se tenait un homme imposant, aux cheveux gris et à l'air martial. Il regarda en direction de Johanna. Son costume coûteux et sa sacoche de médecin indiquaient qu'il n'avait rien d'un sous-fifre. C'était le chef légiste en personne, flanqué de ses adjoints, deux hommes portant une veste ornée d'un écusson aux initiales du bureau du légiste et qui l'appelaient docteur Slope. Bien qu'il lui fût inconnu, cet homme distingué adressa un signe de tête à Johanna. Un peu plus tôt, il affichait un visage de marbre, mais des rides de gentillesse étaient apparues. Elle ne décela pas simplement de la curiosité dans son regard. Son intuition subtile lui dit que les yeux du légiste n'exprimaient pour elle qu'une profonde tristesse, bien plus que de la pitié pour une bossue. C'était surtout de l'empathie. Pour la première fois depuis son arrivée dans la pièce, Johanna ne se sentait pas seule. Elle sourit au bon docteur, qui se gâchait avec les morts.

Une nuée d'inspecteurs brandissant leurs insignes entra en trombe et se posta derrière Janos. Mallory, la seule femme, se joignit à ses collègues pour former un rempart de policiers. Aucun ne tenait une arme, mais l'atmosphère était électrique, comme si tous les pistolets avaient tiré en même temps. Une violence terrible couvait. Riker, le dernier arrivé, se fraya un chemin dans la foule et se présenta telle une cible face à Argus. Nul n'eut le temps de le retenir, si tant est que quelqu'un en ait eu envie. Il abattit Argus d'un coup de poing au visage. L'agent demeura allongé à terre, le nez en sang, à fixer le plafond.

Le désordre qui éclata soudain révulsa Johanna, mais lui procura aussi une étrange satisfaction, sentiment partagé par tous. Elle aurait pu s'attendre à ce que les agents de New York défendent leur collègue. Or ils restèrent immobiles, les mains dans les poches, peut-être pour s'empêcher d'applaudir.

— Pauvre con ! cria Riker à Argus, toujours à terre. Je te l'avais confié, ce pauvre type ! Tu devais le protéger, cette nuit. Toute la nuit ! Tu t'es endormi, ou quoi ?

Il désigna du doigt le cadavre qui gisait près de la fenêtre, partiellement dissimulé sous les draps ensanglantés.

— Et pourquoi tu l'as amené ici ? Tu savais bien que le faucheur suivait Johanna ! Tu savais qu'il surveillait cet hôtel. Autant inviter carrément cette ordure à entrer pour tuer tranquillement MacPhereson !

Ce détail était manifestement inconnu des agents du bureau de New York. Leur responsable fit signe à l'un des policiers :

— Je peux vous parler une minute, lieutenant Coffey ?

Quand les deux hommes revinrent de leur bref entretien dans la pièce voisine, la querelle de territoires était réglée. Le cadavre revint aux plus nombreux.

Sage décision.

À moins que le lieutenant de police n'ait acheté la scène de crime en promettant de garder le silence sur ce moment d'incompétence fédérale très gênant ?

Les trois agents de New York se dirigeaient vers la sortie, puis se ravisèrent soudain et emportèrent ce qui restait d'Argus avant que son sang ne vienne se mêler à celui de MacPhereson pour brouiller les pistes éventuelles.

— Les gars, fit le lieutenant Coffey avec un signe de tête qui chassa d'autres hommes de la pièce. Attention où vous mettez les pieds, même si cela ne sert pas à grand-chose. Seigneur, les techniciens du labo ont réussi à passer du temps ici ?

— Oui, répondit Janos. Tout a été photographié et relevé avant l'arrivée des fédéraux.

Il prit un grand sac en plastique transparent des mains d'un policier en uniforme, puis le leva pour que l'inspecteur puisse examiner le vêtement sombre qu'il renfermait.

— C'est le costume et la casquette du concierge. On a trouvé ce type à moitié nu dans une poubelle, avec le costume jeté par-dessus. Il respire encore, mais n'a pas tous ses esprits. Je suppose que le faucheur l'a frappé par-derrière et a utilisé son uniforme pour protéger ses propres vêtements des éclaboussures de sang.

— On aura peut-être la chance de trouver des cheveux et des fibres, dit Coffey avant de se tourner vers Johanna. Docteur Apollo, vous qui avez vu la scène de crime de l'agent Kidd, relevez-vous des différences avec celle-ci ?

— L'inscription, sur le mur.

Elle désigna une rangée de lettres de sang séché : « Déjà moins dix, plus que deux ». Sous ces mots, la signature évoquée dans les journaux, une faux rouge.

— Le meurtrier de Timothy Kidd n'avait laissé ni dessin ni message.

Le légiste fit rouler le cadavre sur le dos.

— Vous allez certainement trouver qu'il a la trachée sectionnée. Encore une différence. Mac baignait dans son sang.

Elle se tourna vers les éclaboussures qui maculaient le mur, près de la fenêtre.

— Vous voyez ces traces de poing ? C'est de la colère, un appel à l'aide. Il ne pouvait pas crier, simplement marteler le mur, mais personne ne l'a entendu.

Coffey regarda le légiste, qui hocha la tête. Le lieutenant reporta alors son attention sur Johanna.

— Vous avez quelque chose à ajouter ?

Elle leur montra deux sections du mur, de part et d'autre de la porte d'entrée.

— On ne trouve pas de sang, dans cette partie-là. Le tueur ne l'a pas frappé tout de suite. Ils ont sans doute échangé quelques mots.

Elle fit une dizaine de pas, le long du mur mitoyen, et s'arrêta près d'une série de taches rouges sur un tableau.

— Voici la projection de sang provoquée par le couteau. Mac se tenait ici quand il a été fauché.

C'était la seule leçon qu'elle avait apprise au cours de ces mois passés à nettoyer des scènes de crime. Elle examina les autres zones souillées du sang de MacPhereson.

— La carotide a été sectionnée, cela se voit aux projections, sur le mur. Une blessure à la jugulaire aurait provoqué une fuite, comme lors du meurtre de Timothy Kidd. Mac a connu une fin plus rapide.

Elle désigna un coin dénué de taches de sang.

— C'est là que se tenait le tueur. Il a regardé mourir sa victime.

Elle pencha la tête pour scruter les gouttelettes et petites flaques de sang qui maculaient le sol.

— Mac a tourné en rond. Je m'en serais doutée. Il perdait beaucoup de sang, et très vite. Les plus grandes flaques dessinent un autre schéma. Il n'y a plus de direction précise, il se déplace çà et là, en se vidant de son sang, il meurt dans une violence et une terreur absolues.

Elle se tourna vers le lieutenant.

— Pardonnez-moi. Je ne fais que vous dire ce que vous savez déjà. Je ne voulais pas…

— Pas de problème, assura Coffey. Soyez aussi précise que vous le souhaitez.

Il s'approcha de la partie immaculée du mur, puis se retourna pour adopter le point de vue du tueur.

— Comment savez-vous que le faucheur a pris le temps de le regarder mourir ?

— Elle a raison sur ce point, intervint le légiste en tendant un sac en plastique contenant une note. La victime avait ceci dans la bouche. On l'a probablement placé après la mort, sinon il y aurait plus de sang sur le plastique.

Un technicien du labo ganté prit le sac des mains du médecin et en retira la note dactylographiée à l'aide d'une pince. Puis il lut le message à haute voix.

— « Je suis trop stupide pour continuer à vivre. » C'est tout.

— Je croyais que c'était une partie du message que le faucheur laisse toujours sur le mur, déclara Coffey.

— Non, il n'en laisse jamais, répondit Johanna. C'est ce qu'on a raconté aux journalistes. Le message dans la bouche de la victime est l'unique détail que le FBI a pu cacher aux médias et aux fans de Ian Zachary.

Mallory s'avança et posa sur Johanna un regard accusateur.

— Nous avons désormais établi que l'agent Kidd vous a fourni des détails relatifs aux scènes de crime. À moins que vous…

Riker regarda Mallory d'un air entendu. La jeune femme se tut et recula parmi les policiers.

— Timothy pensait que je pouvais me rendre utile si j'en savais davantage sur les aspects rituels, fit Johanna.

La tête baissée, elle fixa ses mains croisées.

— Docteur Apollo ? demanda le lieutenant Coffey en

posant une main sur son épaule. Voyez-vous d'autres similitudes avec la scène de crime de l'agent du FBI ?

— Il n'y avait aucun message dans la bouche de Timothy, répondit-elle. Pas plus que dans celle de Bunny. Les éléments rituels sont réservés aux jurés. Et Timothy ne s'est pas agité en tous sens, en proie à la panique, comme ici. Il n'y avait qu'une seule traînée de sang sur le mur de mon salon, une légère éclaboussure due au coup de couteau. Mais le reste du sang s'est limité à une zone peu étendue. Quand il a eu la gorge tranchée, Timothy s'est assis dans un fauteuil et est mort doucement.

Les flics échangèrent des regards sceptiques.

— L'agent du FBI ne s'est pas battu ? s'enquit le lieutenant Coffey, incrédule.

— Il n'y avait aucune blessure de défense, si c'est ce que vous voulez savoir. Il s'est assis et il est mort. Il a tenu plus longtemps. Moins on s'agite, moins on perd de sang. À part cela, la mort de Timothy ressemble davantage à celle de Bunny. C'étaient deux victimes d'un genre différent. Ils étaient plus méfiants de leur entourage. Les blessures à la jugulaire ont provoqué moins de dégâts immédiats. Et je devine bien votre question suivante : oui, ces deux-là auraient pu être sauvés si quelqu'un avait exercé une pression sur la plaie et s'ils avaient reçu des soins médicaux rapidement. Compte tenu de cette paranoïa exacerbée, le faucheur n'a pas eu le temps d'effectuer sa tâche en totalité sur aucun des deux. Bunny aurait pu crier, mais nul ne lui aurait prêté attention.

Elle entendit le bruit de la housse à cadavre qui se referme, mais garda les yeux baissés tandis que les techniciens du légiste faisaient rouler la civière dans le couloir. Les techniciens allaient prendre la relève. Au lieu de cela, elle vit les chaussures des inspecteurs revenir dans la pièce et l'entourer. Johanna respira doucement et se prépara à une nouvelle agression.

— Et l'agent Kidd ?

Les chaussures de Coffey ne se trouvaient qu'à un mètre ou deux.

— Vous dites qu'il aurait pu crier, lui aussi ? Vous suggérez donc qu'il est resté assis dans votre salon, en silence.

Il prononça ce dernier mot d'un ton chargé d'incrédulité.

— Vous attendait-il, docteur Apollo ?

Les chaussures de sport de Mallory firent un pas en avant.

— Vous vous trouviez dans la pièce voisine, n'est-ce pas, docteur Apollo ?

— Oui.

— Mais vous n'avez rien entendu.

Les énormes chaussures de Janos s'avancèrent lentement vers elle.

— Pas un cri, pas un bruit de lutte, rien.

Tous les inspecteurs fondirent sur elle, la mitraillant de questions, formant un cercle autour d'elle. L'enfer de Dante ? Non. Johanna se dit que l'enfer n'était pas un endroit, finalement, mais un événement en cours, sans fin, un spectacle d'horreur itinérant qui la suivait partout.

Elle ferma les yeux.

Sa main droite fut doucement tirée sur le côté, des doigts s'entrelacèrent avec les siens, puis ce fut le silence. Elle ouvrit les yeux pour voir Riker, debout près d'elle. Les autres policiers reculaient par respect pour cet homme en colère.

Victor Patchock posa sa perruque rousse sur la commode et observa son univers constitué d'une seule pièce et d'une salle de bains, de murs nus et d'un sol exigu. Il avait dégondé les portes du placard et de la salle de bains, et même celles du placard de la kitchenette, car elles pouvaient dissimuler l'ennemi, elles aussi. Mais il ne pouvait ôter les murs eux-mêmes pour atteindre ces plus petits envahisseurs qu'étaient les souris. Il les entendait creuser des tunnels jour et nuit, provoquant de petits éboulements de plâtre de leurs pattes roses et promptes. Leurs mouvements, au cœur des murs et des plafonds, semblaient perpétuels. Victor guettait le moindre bruit. Ils hantaient ses rêves. Il en rêvait en cet instant, les yeux ouverts, à fixer une parcelle de ciel, la seule qu'il distinguait par la minuscule fenêtre à barreaux qui servait d'aération. La fenêtre donnant sur la rue avait été condamnée récemment, au cas où il serait tenté de s'exposer au monde extérieur durant ses journées de réclusion, lorsque la vue qu'il avait de la fenêtre d'aération ne lui suffisait pas.

Son ancienne vie était si loin dans le temps et dans sa mémoire qu'elle devait appartenir à un autre. Victor voulait retourner chez lui. C'était impossible. Et il avait tant changé que nul ne le reconnaîtrait. Il passa une main sur son crâne chauve, soudain choqué, oubliant qu'il s'était mutilé en se rasant les cheveux.

Il traversa la pièce pour regarder à travers une fente laissée à la fenêtre. La rue était peu fréquentée, mais les gens allaient bientôt rentrer du travail et combleraient les vides, tout autour de lui, au-dessus et en dessous, un essaim de gens énervés, épuisés. Les souris, elles, ne le quittaient jamais.

Victor choisit une canne blanche parmi les quatre qu'il possédait dans son porte-parapluies et frappa le mur pour effrayer l'armée de rongeurs invisibles. Furieux de ne pouvoir les atteindre, il frappa plus fort, créant fissures et crevasses dans le plâtre. Sa canne se brisa. Son esprit aussi. Il regagna la bouche d'aération et fixa le carré de lumière. À mesure que le ciel s'assombrissait, les murs s'écroulaient autour de lui. C'était le seul témoignage des heures qui s'écoulaient, car il avait perdu toute notion du temps.

Un nouveau son vint s'ajouter aux autres, un mince filet de musique métallique provenant des murs.

Les souris avaient la radio.

Le lieutenant Coffey se tenait près de l'assistante que l'on appelait la pauvre tarée. C'était ainsi qu'elle s'était présentée à lui, comme si elle n'avait pas d'autre identité. L'inspecteur Janos attendait dans le couloir, car la régie était très exiguë. Jack Coffey se demandait si elle avait pris un bain ou changé de vêtements dernièrement. Ses pieds nus étaient sales et ses cheveux gras formaient des épis. Elle s'exprimait toutefois de façon rationnelle. Dans le micro de son casque, elle présenta le lieutenant de police à son patron, qui se trouvait dans le studio, derrière la vitre.

Ce n'était pas encore l'heure de passer à l'antenne, mais Ian Zachary était en train d'interviewer un invité au visage poupin, vêtu d'un jean déchiré et d'un T-shirt neuf au logo de la station de radio. S'il s'agissait du fan de SoHo, l'information de Mallory était exacte. Coffey se demanda si elle avait vraiment un indic dans la station. À moins qu'elle n'ait installé un dispositif d'écoute illégal ? Étant encore loin de l'âge de la retraite, il préféra ne pas envisager cette idée.

L'animateur tendit deux doigts pour indiquer au policier qu'il devait patienter quelques minutes.

Et puis quoi, encore ? Jack Coffey ôta délicatement le casque de la tête crasseuse de l'assistante et se mit à hurler dans le micro :

— Tout de suite !

Zachary grimaça de douleur. Le lieutenant entendit un

buzzer dans le couloir, au moment où la porte de sécurité s'ouvrait. Lorsque Coffey et Janos entrèrent dans le studio, l'animateur se leva pour leur serrer la main.

— Bonjour, messieurs. Approchez donc deux chaises.

Jack Coffey s'assit. Janos resta debout, dans un silence menaçant, jouant de sa puissance pour dominer les petits civils, tel l'homme au jean déchiré qu'on leur présenta comme étant Randy de SoHo. Il avait l'air un peu ahuri, au point que le lieutenant se demanda s'il était défoncé ou s'il était simplement débile.

Coffey consulta l'horloge murale.

— Zachary, vous êtes en avance, ce soir.

— J'enregistre l'interview de Randy. J'aurais dû vous en parler, lieutenant. Vous êtes actuellement enregistré. Vous allez pouvoir vous écouter parler à l'antenne dans trois heures.

Randy intervint dans leur conversation.

— Je croyais qu'on passait à l'antenne en ce moment.

Perplexe, Zachary désigna l'horloge :

— Tu sais lire l'heure ?

— Il est six heures, répondit Randy, sans s'offusquer. Presque six heures.

— Et à quelle heure commence mon émission ?

— Neuf heures.

— On ne peut être à l'antenne en ce moment, non ?

Randy prit le temps de réfléchir, puis il sourit en secouant la tête.

Zachary haussa les épaules en observant tour à tour les deux policiers.

— J'aimerais pouvoir vous dire que c'est un fan atypique. Alors, de quoi s'agit-il ? Je dois appeler un avocat ?

— Oh oui, répondit Jack Coffey. On avait simplement quelques questions à vous poser, mais vous devriez avoir un avocat en permanence sur vos genoux. Et ils vous l'ont dit, ces salauds, n'est-ce pas ? Ils vous ont prévenu de ne jamais rien dire aux flics sans la présence d'un avocat pour contrôler le moindre mot que vous prononcez. Ils vous traitent comme un imbécile, pas vrai ? Mais vous êtes plus en sécurité, ainsi. Toutefois, si vous voulez…

Il sortit une carte de sa poche.

— Vous pouvez renoncer à votre avocat et on règle ça rapidement. Ou alors on vous emmène au commissariat et on en a pour toute la nuit. À vous de voir.

Il jeta la carte sur la console.

— Voici la liste de vos droits constitutionnels. Je sais que vous avez déjà lu ce document. Signez.

Il se détourna de Zachary, feignant l'indifférence. Naturellement, l'animateur signa.

Affichant un sourire sincère, Coffey s'adressa à l'invité de l'émission.

— Ainsi, vous êtes le fameux Randy ? C'est vous qui avez débusqué ce pauvre MacPhereson ?

Le jeune homme hocha la tête et sourit, très content de lui, ravi d'être là, avec Ian Zachary et les flics.

— On habite dans le même immeuble. C'est un type vraiment sympa. Il a réparé mon radiateur.

Jack Coffey fut un peu découragé d'entendre le jeune homme parler au présent de la dernière victime en date du faucheur. Tant de choses dépendaient des paroles de ce crétin. Le lieutenant sortit une autre carte de sa poche.

— On appelle ça une carte Miranda. C'est la même que celle de Zachary.

Il la tendit au jeune homme.

— Vous voulez la signer, vous aussi ?

— Bien sûr.

Randy accepta le stylo que lui prêta l'inspecteur Janos et signa le document sans prendre la peine de le lire.

Ian Zachary réfléchit et baissa les yeux sur la carte qu'il venait de signer de son nom.

Trop tard.

Janos lui prit vivement le document des mains pour l'empocher, puis il récupéra celui de Randy.

L'attention de Coffey était toujours centrée sur l'invité de l'animateur.

— Randy, vous affirmez avoir été l'ami de MacPhereson. Maintenant qu'il est mort, que pensez-vous des prix du concours ?

— Eh bien, je ne pouvais pas gagner le voyage à New York… Parce que j'y suis déjà. J'habite à SoHo. Mais ils m'ont installé dans un grand hôtel, pour la nuit. J'adore le minibar.

Il se tourna vers Zachary.

— Je peux tout garder, hein ? Les bonbons et toutes ces petites bouteilles d'alcool ?

— Vous les avez gagnés, répondit le lieutenant Coffey à la place de l'animateur. Avec le minibar. Le jeu en valait la chandelle, donc ?

— Eh bien, oui, mais participer à l'émission est quand même ce qu'il y a de mieux. Je peux dire bonjour à mes potes du lavage de voitures ?

Coffey lui adressa un sourire amical.

— En dénonçant MacPhereson à la station de radio, vous rendiez-vous compte de ce qui allait se passer ?

Avant que le jeune homme ne puisse répondre, Ian Zachary secoua la tête et prit la parole :

— Ne perdez pas votre temps, lieutenant. Ces crétins ne font jamais le rapprochement.

Coffey l'ignora et se pencha en avant, pour sourire encore plus largement au fan de SoHo.

— Ce n'est pas vrai, n'est-ce pas, Randy ?

— Laissez tomber, insista Zachary.

Coffey fit pivoter son fauteuil pour faire face à l'animateur.

— Si je comprends bien, Randy est le premier gagnant à être passé à l'antenne avant le meurtre. Je me trompe ?

— C'est une légère entorse au schéma habituel, admit Zachary, qui bâillait presque. Randy ne possède rien de sophistiqué comme une adresse e-mail. Il n'a même pas le téléphone. Il ne lui restait que quelques pièces à glisser dans la cabine téléphonique.

— Vous ne pouviez pas vous permettre de couper le contact. Je comprends.

Il se demanda si les avocats de Zachary s'étaient montrés aussi compréhensifs.

— Votre producteur me dit que vous passez beaucoup de temps à la station.

— Needleman ? Vous l'avez rencontré ?

Le regard de Zachary se porta vers un point situé derrière la chaise du lieutenant.

— Nous avons eu une longue conversation au téléphone.

Coffey jeta un coup d'œil par-dessus son épaule, mais il ne vit qu'une vitre sombre semblable à celle de la régie qu'occupait la jeune fille.

— D'après Needleman, vous passez douze heures par jour ici. Il m'a dit que vous aviez fait installer un système de sécurité digne d'une prison. Vous redoutez le faucheur ?

— Pas du tout, fit Zachary en s'adressant à la vitre sombre. Le faucheur ne tue que des débiles. Pourquoi aurais-je peur de lui ?

— C'est ce que j'ai dit à votre producteur, déclara Coffey en souriant. Je lui ai dit : Needleman, ces deux monstres font équipe. Je me trompe ?

— D'une certaine façon, le faucheur est mon plus grand fan.

Zachary s'adossa sur son siège d'un air suffisant.

— Alors vous saviez qu'il entendrait Randy révéler que MacPhereson vivait dans son immeuble, intervint Janos.

— Oui, répondit Jack Coffey pour ne pas permettre à Zachary de réfléchir. C'est vraiment sympa de ne pas avoir donné l'adresse exacte. Au lieu de cela, vous avez incité Randy à indiquer le nom du restaurant voisin. C'est très malin.

En fait, c'était une grossière erreur. Même un étudiant en première année de droit n'aurait jamais approuvé cette manigance.

— Et MacPhereson s'est fait tuer. Sans vous, le faucheur n'aurait pas pu agir. J'ai bien compris, Zachary ? À moins que quelque chose ne m'ait échappé ?

— Disons que vous avez saisi l'ambiance générale.

— Ce qui veut dire oui.

Coffey se tourna vers l'inspecteur Janos.

— On a la relation de cause à effet. Un de moins.

Zachary fit mine de se lever.

— Qu'est-ce que ça veut dire, ça ?

Jack Coffey ignora l'animateur, visiblement étonné, et se pencha vers le jeune fan.

— Vous n'avez pas répondu à ma question, Randy. D'après vous, qu'allait-il se passer si vous dénonciez MacPhereson à la radio ?

— Je vous le répète, intervint Zachary. Les fans sont débiles. Ils n'ont pas la moindre idée…

— Zachary, mettez-la en veilleuse, lui intima Coffey.

Il se rappela que l'animateur était britannique et ne maîtrisait peut-être pas l'argot.

— Taisez-vous ou je vous arrête pour obstruction à la justice. C'est clair ?

Le lieutenant revint à l'ahuri.

— Randy, quand vous avez passé cet appel, avez-vous imaginé ce qui pouvait arriver à MacPhereson ?

Sans la moindre hésitation, Randy leva la main droite. Son visage n'exprimait aucune méchanceté, simplement une obéissance enjouée. Il passa un doigt sur son cou, d'une oreille à l'autre, mimant un égorgement dans une démonstration silencieuse de la mort.

— C'est assez proche, commenta Jack Coffey avant de s'adresser à Janos. Passe-lui les bracelets.

Janos se glissa derrière l'animateur.

— Vous êtes accusé du meurtre de John MacPhereson, déclara-t-il en sortant ses menottes.

— C'est de la folie ! hurla Zachary. C'est lui qui a essayé de me tuer !

— Vraiment ? L'avez-vous signalé à la police ?

Coffey prit l'air abasourdi de l'animateur pour un non.

— Dommage. On vous a vu dans un bar, en compagnie de MacPhereson, hier soir. On a des témoins.

— Il est parti avant moi.

— Vous prenez un verre avec quelqu'un qui a tenté de vous tuer, vous ? demanda Janos en lui passant les menottes. Et vous le laissez partir. Sans porter plainte. J'espère que vous avez une version plus convaincante.

— La serveuse affirme qu'un autre client a ouvert votre chemise, ce soir-là, reprit Coffey. Vous portiez un gilet pare-balles. Voilà qui suggère un autre scénario pour…

— Je porte toujours ce gilet. Je reçois des menaces. Demandez au FBI, nom de Dieu !

— C'est drôle que vous en parliez, dit Janos. Un agent du nom de Hennessey nous a appelés pour nous dire qu'il avait été chargé de vous protéger, mais que vous aviez réussi à le semer, hier soir. Vous portiez un déguisement et vous avez engagé un sosie pour l'entraîner sur la mauvaise piste.

Coffey sourit et haussa les épaules.

— Vous voyez pourquoi les fédéraux ne vont guère vous aider, dans cette affaire.

Les menottes se refermèrent sur ses poignets.

— Demandez à Riker. Il était avec moi.

Jack Coffey secoua la tête.

— Pas au moment où MacPhereson a été tué. Mais même si vous aviez un alibi en béton, il ne servirait à rien. On vous accuse de complicité de meurtre. Vous êtes le complice du faucheur et de vos fans. Celui-ci, par exemple, dit-il en désignant Randy.

— Vous ne pouvez pas me faire ça ! hurla Zachary, les yeux écarquillés, d'une voix tonitruante. J'ai des droits !

Il prit une profonde inspiration, puis reprit, plus calmement :

— Demandez à la Ligue des droits l'homme. J'ai la loi de mon côté.

— Ouais, c'était à Chicago, répondit Coffey. À New York, on aime bien inventer les règles au fur et à mesure. Vous et vos fans avez aidé et encouragé un tueur en série.

Le jeune Randy était resté silencieux, fasciné comme un téléspectateur en train de suivre l'action en direct. Il dut comprendre qu'on parlait de lui car il se leva et tendit les deux mains, attendant avec plaisir son tour d'être menotté par l'inspecteur Janos, comme Zachary.

— Non, pas vous, lui dit Coffey. Les crétins sont dispensés.

Randy hocha la tête et sourit.

— Je plaisante, reprit Coffey en saisissant sa propre paire de menottes pour s'en charger lui-même. Randy, vous vous rappelez cette carte que vous avez signée ?

Vous avez le droit d'avoir un avocat pendant l'interrogatoire. Si vous n'en avez pas les moyens… Randy, vous m'écoutez ? C'est important, ce que je vous dis.

Charles Butler possédait une salle à manger traditionnelle, mais, selon lui, c'était une perte d'espace. Les invités gravitaient toujours en direction de la cuisine, une vaste pièce chaleureuse aux murs ocre tapissés d'épices et d'ustensiles que seuls les gourmets étaient capables d'identifier. Une nappe à carreaux rouges et un concerto de Vivaldi y créaient une atmosphère intime de bistro.

Mallory épiait Riker et Johanna Apollo, au salon. Charles laissa une casserole de sauce mijoter sur la cuisinière et lui tendit un verre de vin rouge.

— Les choses ne se passent pas comme prévu ?

— Non, répondit-elle. Riker ne lui pose pas les bonnes questions.

— Tu veux dire qu'il ne la traite pas comme une criminelle ? C'est vraiment dommage.

En effet, Riker ne se comportait pas en inspecteur de police, ce soir, mais comme un homme amoureux. Charles connaissait tous les symptômes. Ce qui n'était manifestement pas le cas de Mallory.

Elle posa son verre de vin pour prendre une pile d'assiettes. Charles avait jugé bon de la charger de dresser le couvert car elle aurait rectifié le travail d'un autre, de toute façon. En la laissant disposer assiettes, serviettes et couverts, il avait la garantie que tout serait parfaitement en ordre et aligné à deux centimètres du bord de la table.

Il se remit à remuer sa sauce.

— Tu as peut-être eu tort de croire que Riker comprendrait tout seul.

Mais jamais la jeune femme ne l'admettrait, songea-t-il.

— Tu as peut-être raison, répondit-elle toutefois.

Charles lâcha sa cuillère dans la casserole.

— Il est trop proche de cette femme, reprit Mallory en redressant les quatre chaises avant de reculer pour inspecter son travail, comme s'il existait la moindre possibilité qu'une des chaises ne soit pas alignée. Riker n'ose pas poser une question qui risque d'incriminer le médecin.

— Dans quel crime ?

— Elle me cache quelque chose.

Ah, ce crime-là ! Eh bien, toutes les personnes que Mallory connaissait le commettaient de temps à autre. La situation n'était pas si grave, finalement. Ce dîner ne se solderait peut-être pas par un carnage. Ayant récupéré sa cuillère, Charles ouvrit la porte du four. Un fumet de volaille rôtie dans son jus emplit la pièce, se mêlant aux arômes du pain à l'ail et de la sauce au vin.

— Riker et le docteur semblent avoir passé une journée éreintante. On pourrait peut-être oublier cette affaire, le temps d'un repas.

— Tu ne te demandes pas comment une femme intelligente a pu suivre un verdict aussi dément du jury ?

Les mains sur les hanches, Mallory se tourna vers lui.

— Tu as lu la transcription du procès. Tu sais bien que ce verdict était injuste.

— Mais Riker ne l'a pas lue. Il croit en la bonne foi de Johanna.

— Quelle foi ? Je te parle de faits concrets. Il n'y a pas…

— Mallory, si Riker mettait le feu à un bus scolaire plein de bonnes sœurs et d'enfants, avant de le précipiter d'une falaise, je me dirais que tel était le destin de ces malheureux. C'est ça, avoir foi en quelqu'un.

Elle réfléchit un instant, mais changea de tactique.

— Des gens sont en train de mourir, dit-elle comme s'il avait besoin qu'elle le lui rappelle. Il faut que je sache si le Dr Apollo est resté en contact avec ce MacPhereson. Si oui, elle sait sans doute où se cache l'autre juré.

— Rien de plus facile.

Il prit une bouteille de vin entamée et entraîna la jeune femme au salon. Johanna Apollo était en train d'admirer une œuvre originale de Rothko, tandis que Riker la contemplait, elle.

De dos, la difformité de la psychiatre était dissimulée sous ses longs cheveux bruns. La bosse n'apparut que lorsque Johanna se tourna de profil pour que Charles remplisse son verre. Riker voyait une autre image d'elle. De son point de vue, cette femme était parfaite, son visage pourtant ordinaire n'avait pas d'égal. Charles fut étonné de ce bon goût inattendu en matière de femmes, de la part de Riker, qui appréciait son intelligence et ces grands yeux marron d'une profondeur remarquable qui semblaient lire les âmes, des yeux de guérisseuse. Le vin le rendant poète, il la compara à un bouquet de roses, même si son parfum restait discret. Sa chaleur et sa présence emplissaient la pièce comme le ferait un bouquet de fleurs.

Dès que Mallory apparut, les fleurs se refermèrent en frissonnant.

— Mes condoléances pour le décès de votre ami M. MacPhereson, dit Charles. Vous étiez donc restés en contact à l'issue du procès ?

Le Dr Apollo opina.

Charles se tourna vers Mallory, qui n'était guère impressionnée par son style d'interrogatoire. Elle but une gorgée de vin. Contrairement à ses habitudes, Riker avait à peine touché son verre. C'était étrange. Mallory, avec son obsession de tout contrôler, buvait bien plus que les trente grammes qu'elle s'octroyait en général. La soirée s'annonçait passionnante.

Le Dr Apollo s'excusa et gagna la cuisine. Naturellement, tout le monde se retrouvait toujours là-bas. Toutefois, au vu de ce qui se passait depuis une heure, la seule présence de Mallory justifiait que la psychiatre ait envie de quitter la pièce. Charles remplit le verre de Riker puis rejoignit son invitée à la cuisine. Il la trouva en train de ciseler une laitue. Elle leva les yeux vers lui et lui sourit. Le rictus un peu bizarre de Charles avait le don de mettre les gens de bonne humeur.

Ils s'affairèrent côte à côte, débitant les légumes en silence. Puis Charles reprit la cause défendue par Riker, selon laquelle Johanna n'était pas en lieu sûr au Chelsea.

— Vous êtes ici chez vous, ajouta-t-il. J'ai deux chambres d'amis et beaucoup de place, je vous assure.

— Merci, mais il vaut mieux que je retourne au Chelsea.

— C'est très calme, ici, assura-t-il. Il y a le triple vitrage, des murs très épais. On peut tirer un coup de canon sans réveiller les voisins. Alors si vous voulez vous distraire, tard dans la soirée, écouter de la musique ou regarder la télévision…

— J'ai simplement envie d'une bonne nuit de sommeil.

— On m'a dit que vous aviez un chat. Si c'est ce qui vous préoccupe, ce n'est pas un problème. Je m'entends bien avec les animaux.

— Non, répondit-elle. Mugs n'aime pas les inconnus. Il préfère son environnement familier. Nous serons bien mieux à l'hôtel, tous les deux.

— Elle a raison, intervint Mallory depuis le seuil. Tes murs sont peut-être trop épais. Si le faucheur se trouvait dans ta chambre d'amis, en train de découper le docteur en morceaux, tu n'entendrais pas ses cris. Je vais passer la nuit dans sa chambre d'hôtel, ce soir.

Ce n'était pas une proposition, mais une affirmation qui n'avait rien d'une faveur de la part de l'inspecteur. Johanna Apollo en perdit son sourire.

Mallory remit de l'ordre dans le présentoir à épices jusqu'à ce que toutes les étiquettes soient parfaitement alignées. La psychiatre l'observa avec grand intérêt. Que pouvait penser le Dr Apollo de cette démonstration d'ordre compulsif ? Charles eut soudain envie de protéger Mallory, comme si elle était toute nue, vulnérable, exposée aux yeux de tous. Le médecin avait-elle remarqué autre chose ? Était-elle proche d'une vérité dangereuse ? Si elle devinait juste, que ferait-elle de ces informations ?

Riker entra à son tour dans la cuisine, radieux, et pas à cause du vin, car son verre était encore plein.

— J'ai faim, annonça-t-il.

Le repas fut servi rapidement et sans autre cérémonie qu'une bougie posée au centre de la table. Riker ne semblait pas conscient de la tension qui régnait entre les deux femmes. Il prit place en face de Johanna, qui, à ses yeux, était seule dans la pièce. Il semblait satisfait, sentiment qui allait au-delà de sa décontraction habituelle. Pour la première fois depuis des mois, il était heureux. La raison ne pouvait en être que Johanna. Charles lui en fut infiniment reconnaissant.

Quand la chandelle fut à moitié consumée, en fin de repas, ils en vinrent à évoquer les avocats.

— C'est un dilemme fascinant pour l'ACLU, déclara Charles.

Johanna opina.

— Ils semblent toujours choisir les causes qui donnent une mauvaise image d'eux. Mais, cette fois, c'est vraiment trop bizarre. Le système judiciaire est leur raison d'être et ils sont en train d'aider Ian Zachary à le démanteler.

— On a presque de la peine pour eux, commenta Charles.

— Hé, fit Riker, ce sont des *avocats*.

Par cette réflexion laconique, il signifiait que les avocats de la Ligue des droits de l'homme l'avaient bien cherché.

En faisant flamber des bananes, Charles se demanda pourquoi Mallory était la seule à ne pas appeler la psychiatre par son prénom. En servant le dessert, il se dit non sans effroi qu'elle cherchait à mettre une distance professionnelle entre elles. Peut-être pensait-elle que Johanna ne survivrait pas ? Mais il existait une autre explication tout aussi valable : Mallory n'aimait pas partager ses amis.

Une sonnerie interrompit le fil de ses pensées. En parfait luddite, seul Charles demeura immobile. Tous les autres vérifièrent leur portable. C'était celui de Mallory. Elle se leva pour prendre l'appel en toute intimité, dans la pièce voisine.

De retour dans la cuisine, elle déclara :

— C'était Ian Zachary. Il est en liberté sous caution et il veut me voir ce soir.

Contrarié, Riker consulta sa montre.

— Ils vont le laisser reprendre l'antenne ?

— Pas ce soir, répondit Mallory. Il est suspendu jusqu'à une audience prévue pour demain. Voilà qui devrait limiter les dégâts. Même s'il obtient une piste sur le juré manquant, il n'exposera pas ce malheureux avant son retour à l'antenne. On a vingt-quatre heures pour trouver le faucheur ou sa prochaine victime.

Elle se tenait derrière la chaise de Johanna.

— Vous avez une idée de l'endroit où nous pourrions chercher ? lui demanda-t-elle en se penchant vers elle.

Johanna baissa la tête sans rien dire.

— Peu importe, docteur. Nous en reparlerons.

Mallory lui tourna le dos et se dirigea vers la porte de la cuisine en disant :

— Charles va vous raccompagner à votre hôtel.

La main sur la poignée, elle ajouta d'un ton où perçait le soupçon d'une menace :

— Je vous rejoindrai plus tard.

— Je viens avec toi, annonça Riker.

Un peu agacée, Mallory fit volte-face, s'apprêtant à lui répondre qu'il n'était pas le bienvenu. Mais ce n'était pas à elle qu'il s'était adressé : il avait les yeux rivés sur Johanna Apollo. Charles fut le seul à remarquer l'expression de la jeune femme, car elle disparut aussi vite qu'elle était venue, une expression qu'il identifia comme un sentiment d'abandon.

— Needleman utilise un pseudonyme.

Mallory examina la porte de la cabine du producteur, avec sa serrure dernier cri, prétendument incrochetable. Mais ce n'était rien par rapport à la technologie de pointe de la porte du studio.

— L'adresse que vous m'avez indiquée est bidon, de même que le numéro de Sécurité sociale.

S'attendant à la question de Ian Zachary, elle s'empressa d'ajouter :

— Le contrat de votre producteur demeure légal tant qu'il n'y a aucune tentative d'escroquerie. Vous pouvez signaler le faux numéro à l'IRS[1] pour soupçon de fraude fiscale, mais je vous garantis que les agents du Trésor ne viendront pas défoncer cette porte.

— Il faut que vous fassiez quelque chose.

— Pourquoi murmurez-vous ?

1. IRS : Internal Revenue Service, équivalent du fisc.

Zachary lui tourna le dos et fit les cent pas devant la cabine du producteur, en jetant parfois un coup d'œil vers la porte verrouillée.

Mallory poussa un soupir. La nuit promettait d'être longue.

— Needleman ne vous a jamais menacé, non ? Alors quel est le vrai problème ?

— Il me surveille. Je le sais.

La voix de Zachary avait repris un ton normal, car il n'osait plus murmurer, après la réflexion de Mallory.

— Il me fout la trouille, ce salaud.

— Needleman ? Un type que vous n'avez jamais vu ?

Elle ne pouvait être plus claire : il lui faisait perdre son temps.

— La vitre est toujours sombre, reprit Zachary, mais je sens son regard posé sur moi. Je vous le dis, cet homme est fou. Normalement, c'est ce que je recherche chez mes employés, pas chez celui qui m'emploie. Il est sous contrat avec la station.

— Mais le directeur de la station connaît Needleman, non ?

— Oui, mais ils ne se sont vus qu'une seule fois, pour l'entretien. Mon avocat m'a remis une copie du contrat de Needleman. Une clause précise qu'il ne doit jamais avoir affaire à moi personnellement.

— C'est donc cela, le problème. Il est hors de votre contrôle. Il est intelligent.

Si elle n'avait pas bu autant de vin, elle aurait peut-être ravalé son sarcasme. Non, sans doute pas.

— Vous croyez que Needleman sait que vous avez tué l'ancien producteur ? Vous parlez de ce meurtre tous les soirs, à la radio.

Zachary se plaça face à la porte de la cabine.

— Vous voyez cette serrure ? Elle est relativement récente. Ce n'est pas moi qui l'ai fait installer. Et mon contrat est censé me donner le contrôle absolu sur la sécurité. C'est Needleman qui a fait poser cette serrure sur sa porte. Et il possède l'unique clé. Ce n'est pas de la paranoïa, ça ? Il est le seul producteur de la station à verrouiller sa maudite cabine pendant qu'on est à l'antenne.

Sa nervosité s'accentua lorsque Mallory posa une main sur la poignée. Elle sourit.

— C'est peut-être un fan. C'est ce que vous pensez, n'est-ce pas ? À en juger par les appels que vous recevez, je dirais que la plupart d'entre eux sont un peu dérangés.

— Et si c'était le juré manquant ? Vous étiez censés le retrouver pour moi, il me semble. Imaginez que, après tout ce temps et cet argent dépensé, il soit là, caché dans la cabine depuis le départ.

Histoire de procurer des sensations fortes à Zachary, Mallory sortit son étui de crochets et se mit à l'œuvre sous ses yeux. Au moins, il en avait pour son argent en louant à prix d'or les services de Highland Security, même si le chèque n'était jamais encaissé.

— Il est illégal de porter des outils de cambrioleur, expliqua-t-elle. Si jamais vous me dénoncez, je serai obligée de vous faire mal. C'est compris ?

Ce petit pervers semblait apprécier cette perspective.

La serrure céda. Mallory tourna la poignée sans difficulté. Pour pimenter l'affaire, elle sortit son revolver de son holster d'épaule et ouvrit la porte… sur une cabine déserte. La lumière s'alluma sur le même espace exigu que de l'autre côté du couloir. La vitre, qui longeait tout le mur, donnait sur la plus grande partie du studio. La console était dotée d'une paire de haut-parleurs, d'un casque et pas grand-chose de plus sur le plan technique. Sur le mur du fond étaient accrochés des blocs à pinces, affichant les horaires. La corbeille ne contenait pas plus que les déchets d'un seul homme.

— Combien de personnes viennent ici dans la journée ?

— Deux producteurs d'émissions du matin. Les autres n'ont pas de personnel, mais les annonceurs passent parfois jeter un coup d'œil à leurs émissions.

Mallory passa un doigt sur la surface de la console encastrée. Pas de poussière. De toute évidence, le personnel de nettoyage n'avait aucun mal à entrer.

— Eh bien, c'est un progrès, dit Zachary. Vous pouvez chercher les empreintes digitales.

— Je ne le ferai pas. Cela ne servirait à rien.

Elle n'avait pas l'intention de perdre du temps à faire sauter les idées reçues que les civils puisaient dans les séries télévisées.

— Seuls les flics sont habilités à comparer les empreintes digitales à celles du fichier national, et il leur faut une raison valable. Trop de gens ont accès à cette cabine. Certaines empreintes sont présentes depuis la dernière fois qu'elle a été repeinte. Il y en a sans doute une centaine, voire davantage. Mais si vous mouriez, les flics relèveraient peut-être toutes ces empreintes. Sinon…

— Où est le problème ? Ce n'est pas l'argent. Il suffit de corrompre un flic et de lancer la recherche.

— Aucun flic ne peut mener une recherche sur une centaine d'empreintes sans attirer l'attention et perdre son boulot. La moitié d'entre elles ne figurent d'ailleurs pas au fichier.

Jouer les baby-sitters avec Zachary était décidément pénible. Elle mit une main sur sa hanche, indiquant que la discussion était terminée.

— Et si on procédait de la façon la plus simple ?

Elle lui fit franchir le seuil du studio. Lorsqu'ils se trouvèrent devant la vitre sombre du producteur, elle sortit un appareil photo de la taille d'un briquet.

— Demain soir, prenez ceci dans votre paume et

appuyez-le contre la vitre. Il est petit, mais le flash est puissant. L'autre ne verra rien venir. Quand vous aurez sa photo, je pourrai le suivre. D'accord ?

Elle lui remit l'appareil.

— Il sera facturé avec le reste.

L'animateur examina le petit objet et sourit face à cette solution élégante.

— Formidable. Et le Dr Apollo ? Vous avez réussi à remuer la fange ?

— Supposez que je trouve quelque chose qui l'oblige à vous accorder une interview. Elle n'entre pas dans les critères du jeu du faucheur. Elle est loin d'être trop stupide pour vivre.

— Et si c'était elle, le faucheur ? Réfléchissez. Un psy, c'est doué pour les petits jeux de l'esprit. Vous ne vous êtes jamais demandé pourquoi le Dr Apollo avait voté non coupable, comme les autres ? Elle aurait pu bloquer le verdict à elle toute seule. Et il y a autre chose. Elle est bossue, infirme. Elle peut se glisser derrière ces victimes et leur trancher la gorge ni vu ni connu.

— Mais pourquoi ?

Il tendit les mains dans un geste de frustration.

— C'est justement ce que j'attends de vous. Un mobile. Cela peut aussi être l'autre juré, mais je parie sur la psy. Si seulement je pouvais l'avoir à l'antenne rien que dix minutes…

— Vous croyez qu'elle s'exposerait… à vous.

— Oui. Je suis très bon, vous savez.

— Mais si ce n'est pas elle ?

— Eh bien, cela ne m'empêchera pas de faire une bonne émission. Et il me reste toujours un juré, si cette dame foire à l'antenne. Si tant est que vous puissiez me le retrouver.

Mallory se tourna vers la vitre sombre du producteur.

— Tu ne viens pas, dit Johanna en repoussant gentiment Riker de la voiture. Tu arrives à peine à garder les yeux ouverts. Rentre et dors un peu.

Riker ne sut que répliquer. Quoique sobre, il traînait les pieds et son esprit tournait au ralenti. Il ne put que regarder la Mercedes démarrer et s'éloigner.

Au bout de la rue, Charles Butler se retourna, un peu inquiet, vers Riker, qui n'avait pas bougé, comme s'il avait oublié comment rentrer chez lui, alors que la porte se trouvait à deux pas sur sa gauche.

— Il est crevé. J'espère qu'il ne va pas s'endormir sur le trottoir.

— C'est de ma faute, déclara Johanna. Je crois qu'il n'a pas fermé l'œil, la nuit dernière.

Elle regarda droit devant elle et sa voix s'adoucit. Ils s'exprimèrent sur le ton de conspirateurs.

— Durant tout le dîner, j'ai eu l'impression que vous vouliez me parler en privé.

— C'est à propos de Mallory, répondit Charles. Elle a tendance à être un peu… comment dire ?

— Totalement implacable ?

— Je ne dirais pas cela.

— Non, vous ne le diriez pas. Vous êtes son ami, mais telle est sa nature.

Elle appuya la tête sur le cuir du siège.

— Il y a une sorte de pureté chez Mallory.

— Et naturellement, c'est une sociopathe, dit Johanna. Mais vous le saviez.

Ils roulèrent dans un silence pesant tandis que Charles cherchait les mots justes dans son vaste répertoire.

— Ses parents adoptifs étaient très protecteurs.

— C'étaient des gens bien, d'après Riker. Il ne cesse de parler des Markowitz. Dommage qu'ils n'aient pas recueilli cette enfant plus tôt. Je crois que Mallory avait dix ou onze ans quand elle est arrivée chez eux.

Il comprenait ce qu'elle insinuait. Louis Markowitz avait manqué ces années merveilleuses durant lesquelles sa fille adoptive aurait dû se socialiser, ce qu'elle n'avait jamais fait.

— Je vais vous dire en quoi Mallory se distingue des sociopathes que j'ai été amenée à traiter. Elle ne fait aucun effort pour plaire.

— Elle ne saurait pas comment s'y prendre.

Charles ne cherchait qu'à la défendre, mais ses paroles n'eurent pas l'effet souhaité.

— Cependant, ses mensonges sont sincères, reprit la psychiatre. Et elle ment bien mieux que la plupart des gens.

— C'est un talent qui fait partie du métier.

Donnait-il l'impression d'être sur la défensive ? Gardant les yeux sur la route, il adoucit son ton :

— Vous savez… Elle ment pour la bonne cause.

C'était en effet parfois le cas.

— Encore une différence que nous n'aurez peut-être pas remarquée, reprit-il. Elle ne ment jamais pour se faire valoir aux yeux de quelqu'un. Elle se moque de l'opinion des autres.

— Mais les autres devraient se soucier de ce que pense Mallory, répondit Johanna Apollo d'un ton teinté de tristesse. Cette jeune femme vit sur la brèche en permanence, et elle est dangereuse.

— Dangereuse, répéta Charles. Oui, bien sûr. Elle est dans la police.

Et bien plus que cela.

— Mallory est également très douée, expliqua-t-il. Elle possède des capacités incroyables en mathématiques et en informatique. Mon métier est de trouver un emploi à des personnes très intelligentes aux compétences inhabituelles. Je peux vous assurer qu'elle gagnerait une fortune si elle quittait son poste au sein de la brigade spéciale.

— Mais aurait-elle une arme et autant de pouvoir ? Faire peur aux gens lui manquerait, vous ne croyez pas ?

La Mercedes s'arrêta tranquillement à un feu rouge. Charles se tourna vers sa passagère. Elle avait un regard plein de compassion qui n'atténua en rien la détermination de Charles, pour qui l'amitié était essentielle. Sa précieuse logique était parfois pervertie par les meilleures intentions.

— Mallory fait peur aux gens quand elle a une raison de le faire. Comme avec vous, par exemple. Elle pense que vous lui cachez quelque chose d'important. Elle a un instinct remarquable et se trompe très rarement. Et je n'ai jamais décelé la moindre fausse note dans son fonctionnement. C'est un flic, un excellent flic. Elle représente la loi.

— Je suis certaine qu'elle sait parfaitement ce qu'elle est.

Charles opina, comprenant le sens profond de ces paroles.

— Mais ne soyez pas trop certaine de posséder un diagnostic évident à son propos. Même si vous aviez raison, jamais je ne voudrais qu'elle cède sa place à quelqu'un de…

— Quelqu'un de normal ? De moins dangereux, peut-être ? Vous la comprenez et vous vouliez me mettre en garde contre elle. Merci. Je serais honorée d'avoir Mallory comme ennemie. Mais je crois qu'elle me considère comme une pièce défectueuse d'une machine qui refuse de collaborer à son plan.

— Si vous savez qui est le faucheur…

— Je ne le dirais jamais à Mallory. Pourquoi gâcher son jeu ? Elle est merveilleusement équipée pour le trouver toute seule. Étrangement, je l'admire. Elle ne s'excuse pas, ne prend aucun prisonnier.

— En fait, si, dit Charles en accélérant. Et ce n'est pas qu'une façon de parler. Elle prend des otages. C'était cela… mon avertissement.

Riker suivit des yeux les feux arrière de la Mercedes jusqu'à ce qu'ils aient disparu dans Houston. Puis s'assit sur les marches du perron. C'était toujours mieux que de s'écrouler. L'air frais ne lui faisait aucun bien. Jamais il ne s'était senti aussi fatigué. Jo avait raison. Ce soir, il n'aurait été bon à rien. Il n'avait pas à s'inquiéter du faucheur tant que Charles le géant serait avec elle. Cependant, Mallory aurait constitué un adversaire plus redoutable. C'était sur elle qu'il comptait pour permettre à Jo de survivre à cette nuit. Avec un peu de chance, elle dormirait au moment où la relève viendrait monter la garde à l'hôtel. Pourvu que Jo ait la présence d'esprit d'enfermer Mugs avant qu'il n'énerve Mallory et n'en meure.

C'était dans ces moments-là qu'il était le plus vulnérable, quand les souvenirs envahissaient son esprit. Il se couvrit les yeux, comme si cela pouvait chasser l'image de l'adolescent au regard dément, assis sur sa poitrine ensanglantée. Le jeune psychopathe avait été tellement déçu de constater qu'il ne lui restait pas une balle à loger dans l'œil de Riker ! Le matin, quand il n'était pas encore tout à fait réveillé, il sentait encore le métal froid posé sur son orbite et il entendait le déclic.

Il pencha la tête en arrière et fixa ce ciel où devaient se trouver les étoiles. Il n'y en avait aucune. Par un enchaînement de pensées sur le paradis, il revint au Mexique, aux nuits étoilées de Cholla Bay. Si seulement il pouvait retrouver cet été-là. Il avait enfin un moyen de tuer le cauchemar qui le hantait en le remplaçant par l'image de lui-même, plus jeune, sur la plage, sous le soleil mexicain. Ce garçon attendait que l'homme s'assagisse, qu'il revienne sur le seul lieu où il avait été vraiment heureux. Si Jo pouvait partir avec lui, il serait peut-être sauvé. On pouvait y vivre à deux sur la retraite d'un flic.

Il secoua la tête.

Mais non, pauvre imbécile. Tu rêves…

Le jeune homme à la guitare avait eu sa chance et l'avait laissé filer. Il avait tout plaqué pour rentrer à New York. L'homme adulte et grisonnant allait sûrement mourir dans cette ville. Faute de salut, ce soir, Riker se dit qu'il boirait bien un verre ou dix. Il se leva et partit en quête d'un bar.

Des heures plus tard, à l'heure de la fermeture, il était de retour chez lui, suffisamment hébété et comptant sur la demi-bouteille de bourbon qu'il avait dans sa cuisine pour terminer le travail. Ensuite, il espérait sombrer dans un sommeil dénué de rêves.

En sortant de l'ascenseur, le couloir était plongé dans un silence absolu. Devant sa porte, il chercha ses clés. Au contraire de la plupart des New-Yorkais, qui ne verrouillaient qu'une serrure sur trois, il avait dernièrement pris l'habitude de les actionner toutes. Il mit plus de temps à les déverrouiller car il était soûl. Enfin, ayant épuisé toutes les combinaisons possibles de clés et de serrures, il ouvrit et chercha à tâtons l'interrupteur, dans le vestibule.

Pas de lumière.

La porte fut claquée brutalement, mais pas par lui. Riker eut à peine le temps de déceler le bruit des pas précipités d'un intrus, dans le noir. Quatre coups de feu retentirent à la suite, telles quatre explosions en rafale. Cette fois, Riker ne se crispa pas. Il se coucha sur le plancher, se cognant les genoux mais sans avoir mal.

Agenouillé, il se retrouva face à un mur de ténèbres et ne vit jamais la lumière du couloir, quand le tireur ouvrit la porte, derrière lui. Riker la referma en tombant à la renverse, heurtant le panneau de bois. De la poussière se posa sur ses yeux ouverts.

Il ne cligna pas les paupières.

CHAPITRE 15

L'arsenal à roulettes de Mme Ortega regorgeait de liquides, de poudres à récurer et autres détergents indispensables à son activité. Bien décidée à braver ce qu'une femme de ménage considérait comme le purgatoire, elle se dirigea vers l'appartement de Riker, l'air résolu et grave, faisant grincer les roues de son chariot. Dans une poche de son tablier tintaient quatre pièces de monnaie destinées aux machines à laver installées à l'étage inférieur. Riker n'avait pas dû changer ses draps depuis des mois. À cette heure matinale, elle espérait le surprendre au saut du lit, encore à moitié endormi et incapable de l'empêcher de mener à bien sa mission. L'atout majeur de sa stratégie était la tendance à boire de Riker. Il lui suffisait de mettre l'aspirateur en marche pour déclencher chez lui les affres d'une gueule de bois et le chasser de l'appartement. Ensuite, elle pourrait travailler tranquille. Voilà comment les choses allaient se passer.

Très vite, elle changea vite d'attitude.

La porte de Riker était mal fermée. Ce détail seul suffisait à nouer les entrailles d'un New-Yorkais. Dans cette ville, s'enfermer à clé était un instinct viscéral, au point que même les chiens se barricaderaient chez eux, s'ils le pouvaient. La petite voix de la sagesse criait à Mme Ortega de ne pas entrer. Elle posa tout de même une main hésitante sur la poignée et poussa la porte. Au bout de quelques centimètres, elle sentit une résistance, un obstacle qui bloquait l'accès. En voyant un revolver, par terre, au milieu du tapis, elle comprit ce qui l'empêchait d'ouvrir la porte. De toutes ses forces, qui étaient limitées, elle poussa le lourd panneau en chêne, puis se projeta dessus, encore et encore. Le corps inerte de Riker bougea peu à peu, centimètre par centimètre. Mort ou vif, il ne résisterait pas à la volonté de Mme Ortega.

Lorsque le téléphone se mit à sonner, dans la suite de Johanna Apollo, ce fut Mallory qui décrocha. D'abord, elle entendit la voix de la femme de ménage survoltée. Puis Charles Butler prit le combiné, à peine plus calme.

— Écoute, lui dit Mallory, Mme Ortega a parfaitement raison. Ne touchez pas le corps. Ne faites rien avant mon arrivée. Je ne suis qu'à quelques minutes.

Elle raccrocha sur les protestations de Charles et alla frapper à la porte de la salle de bains, en criant pour être entendue par-dessus le bruit de l'eau.

— Docteur, il faut partir, et tout de suite !

Devant la porte du placard, Mallory tendit la main vers son manteau. Elle se retourna soudain pour découvrir le petit animal qui venait de s'échapper de la salle de bains où il avait passé la nuit. Il s'avançait subrepticement vers elle, mais avait trahi sa présence par un léger gémissement. Dès que leurs regards se croisèrent, l'animal s'arrêta. Ils se mirent vite d'accord : elle pouvait le tuer quand elle voulait.

Dans sa grande sagesse, Mugs battit en retraite vers son panier.

— Elle a dit de ne toucher à rien, déclara Mme Ortega. C'est aussi valable pour lui.

— Mallory dit beaucoup de choses.

Charles ne supportait plus de voir Riker allongé là, les yeux écarquillés et fixes. Il le souleva dans ses bras pour le coucher sur le canapé.

— Je me demande encore comment vous avez réussi à me convaincre de ne pas appeler les…

— Pas d'appels téléphoniques, dit Mme Ortega en surgissant de la chambre avec une couverture qu'elle déposa sur Riker. Faites-moi confiance. Il ne voudrait pas que quelqu'un le voie comme ça.

Elle n'exprimait une certaine émotion qu'en bordant la couverture autour du corps immobile avant de la lisser avec soin. Si elle ne pouvait pas le soigner, elle pouvait au moins le rendre plus net.

Charles consulta sa montre. Mallory devrait déjà être arrivée, au vu de sa façon de conduire. À cet instant, la jeune femme apparut sur le seuil.

— Je t'avais dit de ne pas le bouger.

Mallory jeta à peine un regard sur Riker, avant de lui tourner le dos, comme s'il s'agissait d'une pièce à conviction sur une scène de crime et non d'une victime dont la vie avait pris un tour sinistre. Elle sortit son arme, ouvrit la porte du placard, puis celle de la salle de bains, et disparut dans le couloir vers la chambre.

— J'espère que tu n'as appelé personne d'autre, dit-elle quelques instants plus tard, ayant rangé son arme.

— Non, répondit Charles, mais j'aurais dû. Il a besoin d'un médecin.

— J'en ai amené un, reprit Mallory en désignant la porte.

Johanna Apollo se tenait dans le couloir, sa trousse à la main, ses grands yeux marron rivés sur le revolver qui gisait à terre.

— Vous ne m'avez pas dit qu'il s'était fait tirer dessus.

— Il ne porte pas une marque, assura Mme Ortega en observant la trousse d'un air méfiant. Vous êtes docteur ? ajouta-t-elle d'un ton chargé de soupçon.

Johanna Apollo ne semblait pas croire la femme de ménage sur parole. Elle arracha la couverture et fit rouler le policier sur le côté, cherchant des impacts de balles. En vain. Elle le remit sur le dos.

— Il ne cligne pas beaucoup des yeux, affirma Mme Ortega, mais il n'est pas mort.

Prenant la femme de ménage par le bras, Mallory l'éloigna du canapé en disant :

— Montrez-moi où vous avez trouvé le corps.

Le corps ? songea Charles avec effroi.

— Il était juste là, répondit Mme Ortega en mimant les contours d'une silhouette allongée sur le tapis, devant la porte.

Mallory observa l'arme, à côté de laquelle se trouvait un objet métallique rond doté de chambres de la taille d'une balle. La femme de ménage savait qu'il s'agissait d'un chargeur. Elle regardait beaucoup la télévision.

Johanna Apollo se pencha sur son patient. En braquant une petite lampe dans ses yeux, elle ne trouva personne.

— Il est en état de choc profond.

Loin de s'en soucier, Mallory sortit une paire de gants.

— Ce n'est pas l'arme de Riker, constata-t-elle en la ramassant.

Elle ouvrit le cylindre et fit glisser deux balles non utilisées dans sa paume.

Si Charles n'avait pas les connaissances télévisuelles de sa femme de ménage, il eut la certitude qu'il ne s'agissait pas de balles normales. Elles ressemblaient plutôt à la partie inférieure de cartouches scellées à la cire.

— Des balles à blanc, déclara Mallory, incrédule. Quelqu'un est entré par effraction et lui a tiré dessus à l'aide de balles à blanc.

Mme Ortega et Charles soupirèrent en chœur. Voilà qui mettait fin à leur unique hypothèse, celle du suicide ayant mal tourné.

— C'était donc un cambriolage, commenta la femme de ménage, presque enjouée, car elle préférait largement ce crime moins personnel. Des balles à blanc. Vous vous rendez compte !

Elle retourna près du canapé pour ramasser la couverture.

— Ces malfaiteurs sont de plus en plus débiles. Riker ne cesse de le répéter.

Elle posa la couverture sur lui en disant au médecin :

— Il faut le réchauffer.

— Vous avez raison. Merci.

Johanna s'écarta pour laisser un peu de place à Mme Ortega, puis elle attendit que celle-ci ait terminé son rituel un peu obsessionnel de lissage de la couverture, comme si les attentions de la femme de ménage étaient plus importantes que les siennes. Charles lui fut reconnaissant pour ce geste de générosité. Johanna avait senti, à juste titre, que cette petite bonne femme à l'accent de Brooklyn avait l'habitude de se donner de la peine. Et qu'elle faisait de son mieux pour contenir une émotion qui n'aurait fait que l'humilier si elle la laissait déborder.

Elle observa Mallory, la seule à ne pas être affectée.

La jeune femme était concentrée sur l'arme qu'elle tenait dans sa main gantée.

— Ce doit être le revolver qu'il a pris à cet imbécile de juré. Riker a dit qu'il avait vidé son arme dans le parking.

Le type qui est entré ici par effraction a pris les munitions du chargeur de MacPhereson.

Mallory soupesa les balles tronquées comme si elles faisaient leur véritable poids.

— Le tireur se trouvait déjà à l'intérieur. Ici, au milieu de la pièce. Quand Riker a ouvert la porte, la lumière était éteinte. Il faisait face à la pénombre et avait la lumière du couloir dans le dos.

Elle brandit l'arme en direction de la porte.

— Et le type a tiré exactement quatre balles à blanc.

Charles ferma les yeux, n'imaginant que trop bien la scène. Il se tourna vers la silhouette allongée sur le canapé. C'était la deuxième fois qu'il était en danger sous son propre toit. Charles se pencha vers le médecin, qui fouillait sa trousse en quête de flacons.

— Johanna, sachez qu'un adolescent psychopathe lui a tiré quatre balles dans la peau, toutes dans la poitrine, donc potentiellement mortelles. C'est arrivé à Brooklyn, dans son ancien appartement.

— Il a failli mourir, précisa Mme Ortega.

— En fait, il est mort, corrigea Charles. Il a été mort cliniquement pendant trois minutes avant que les secours ne le réaniment.

Dans un sens, Riker était mort à nouveau, car ces coups de feu avaient dû lui sembler bien réels.

— Quatre blessures par balle, dit le médecin. Et maintenant, quatre balles à blanc. Il a sans doute cru que ce garçon était de retour…

— Non, intervint Mallory. Le tireur est mort.

— Tout ce qu'il y a de plus mort, renchérit Charles.

— Oh oui, dit Mme Ortega, vous ne pouvez pas imaginer à quel point.

Elle se tourna vers Mallory.

— Si je comprends bien, quand Riker est tombé, le dingue l'a laissé pour mort parce qu'il n'a pas remarqué l'absence de trous dans son corps. C'est ce qui vous permet d'affirmer que la lumière était éteinte. Ouais, c'est ça. Le pauvre, il n'a même pas eu le temps d'atteindre l'interrupteur.

Mallory ignora les remarques de la femme de ménage. C'était là sa forme la plus modérée de mépris. Selon ses critères, elle frisait même la courtoisie. Pour sa part, Charles trouvait cette logique assez juste. Il remarqua au passage que l'interrupteur était en position allumée, bien que la lampe fût éteinte. Mieux valait toutefois que les amateurs s'abstiennent de jouer les détectives.

— Si le dingue surveillait l'immeuble, dit Mallory, il devait savoir que l'unique autre locataire de l'étage était absent. Il ne risquait rien.

— Et les murs sont épais, précisa Charles. Nul ne pouvait surgir au premier coup de feu.

Mallory secoua la tête.

— Il n'avait pas l'intention de faire beaucoup de bruit. Il est venu ici avec autre chose en tête. Il a trouvé l'arme de MacPhereson dans l'appartement, mais c'était un bonus, en quelque sorte.

— Alors Riker a surpris un cambrioleur, hasarda Charles, qui n'avait pas tiré d'enseignement de l'intervention de Mme Ortega.

Eh bien, cela colle. Il fallait être un cambrioleur chevronné pour forcer les serrures de cette porte.

— Tu n'as pas senti le courant d'air ? demanda Mallory en désignant la salle de bains qu'elle avait inspectée dès son arrivée.

La porte était entrebâillée. En l'ouvrant, Charles découvrit la fenêtre brisée donnant sur l'escalier de secours.

— Ce n'est pas un pro, commenta-t-elle. Ça, c'est du travail d'amateur.

— Mais l'alarme aurait dû se déclencher. J'ai fait

installer un système de sécurité avant qu'il n'emménage. On m'a assuré que la police serait prévenue aussitôt…

— À condition que Riker paie l'abonnement mensuel, coupa Mallory.

Elle se tenait face à la porte ouverte de la cuisine, qui recelait une montagne de courrier non encore ouvert. Mallory lui avait conseillé de faire poser des barreaux à la fenêtre de la salle de bains. Elle avait même proposé de les lui payer. Mais Riker avait décliné son offre, affirmant qu'il n'y avait rien à voler.

Charles balaya des yeux la pièce encombrée d'ordures. Un voleur de bijoux ne se risquerait pas dans un endroit pareil. Son regard s'arrêta sur Johanna Apollo qui nouait un élastique autour du bras de Riker pour faire saillir une veine, de sorte qu'elle ne se rendit pas compte que Mallory s'approchait d'elle par-derrière.

— Le faucheur aime bien jouer avec les gens, n'est-ce pas, docteur ? demanda-t-elle en se penchant à son oreille.

Johanna se figea, comme si la jeune femme venait de hurler. Mais elle se ressaisit bien vite et, d'une main habile, emplit une seringue.

— Oui, répondit-elle.

Elle fit gicler un peu de liquide puis injecta le reste dans la veine de Riker.

— Je vais avoir besoin de plusieurs articles, à la pharmacie.

Quand Mme Ortega eut quitté l'appartement, munie d'une liste de courses à faire, Charles fut chargé de coucher Riker dans son lit. Johanna resta seule avec Mallory, qu'elle commençait à considérer comme une geôlière. En tout cas, il ne faisait aucun doute que c'était elle qui tenait les rênes.

— Il y en a pour combien de temps ? deman
pecteur comme si elle parlait d'un paquet de
nettoyer.

— Il est en état de choc. Il peut revenir à lu
quelques heures.

La jeune femme s'avança vers elle en secouant
ment la tête d'un air de dire : *Non, docteur, ce n'e.*
ce que je voulais dire, et vous le savez.

— Dans combien de temps sera-t-il rétabli ?

— Son état actuel n'est qu'un symptôme d'un
blème plus profond.

Johanna s'affaissa lourdement sur le canapé, à l'im.
des animaux de la jungle, pour montrer à Mallory qu'e
ne remettait pas en cause son autorité. Elle ne la consic
rait pas comme inhumaine, mais comme une créatu
plus dangereuse encore.

— La guérison peut prendre des années. Il lui fau
une thérapie à long terme.

La rage soudaine de l'inspecteur indiquait à Johanna
qu'elle n'avait aucune idée de la gravité de l'état de
Riker. Il ne pouvait lui avoir confié la totalité de ce qu'i
avait vécu, ce soir-là, dans le parking. Il ne pouvait l
avouer que le moindre coup de feu le paralysait, lui
policier, surtout pas à elle.

— Vous savez ce qu'il lui est arrivé, dit Ma
C'est simplement…

— Ce n'est pas seulement le fait d'avoir ente
coups de feu et d'avoir cru à une nouvelle embu

L'effet n'était que temporaire. Par deux
l'avait vu se dissiper rapidement.

— J'ai effectué mon internat dans un
ville. J'ai vu mon lot de traumatisés. Ici,
plus complexe qu'un événement unique.

Johanna se retrouva en train de parler a

— Vous vous trompez, affirma l'

secouant la tête. Je le veux sur pied d'ici la fin de la journée, et opérationnel. Il se trouve désormais sur le radar du faucheur. Vous ne pensiez quand même pas que les quatre balles à blanc n'étaient qu'une coïncidence ?

Johanna faisait confiance à Mallory sur le sujet du terrorisme psychologique. Timothy faisait-il allusion à cette jeune sociopathe en écrivant que seul un monstre pouvait jouer ce jeu-là ? Il ne serait jamais rien prouvé contre le faucheur et justice ne serait jamais faite pour les morts, en tout cas pas par des êtres humains normaux. En revanche, les méthodes de Mallory… Le regard de biais de la psychiatre capta son propre profil dans le miroir de la porte de la salle de bains. Elle scruta sa bosse sans détour et en conclut qu'elle était encore la moins monstrueuse de la pièce.

— Riker est l'être auquel je tiens le plus au monde, dit Johanna. J'aurais préféré mourir que de le laisser subir cette épreuve. Mais vous… C'est vous qui l'avez poussé à cette confrontation. Autant l'abattre vous-même. Vous accordez plus d'importance à ce jeu qu'à Riker.

Mallory s'assit au bord d'un fauteuil, lui donnant l'impression agaçante d'être un chat sur le point de bondir.

— Vous l'aimez à ce point ? Tant mieux. Alors guérissez-le ! répliqua-t-elle en frappant la table basse d'un violent coup de poing.

Ce geste de violence en disait long. Ce n'était pas celui d'un caractère emporté. Il était délibéré, manipulateur. L'inspecteur avait une façon assez perverse de contenir son émotion. Cette forme de contrôle était le fruit d'un long passé à chercher à paraître normale.

— Une guérison éclair ? fit Johanna.

Elle avait la certitude absolue que Mallory ne lui ferait aucun mal, donc qu'elle avait perdu tout pouvoir sur elle.

— Riker n'est pas inconscient. Je suis sûre qu'il se rend compte de ce qui se passe autour de lui.

Elle désigna de la tête le couloir qui menait à sa chambre.

— Supposons que vous alliez le prendre dans vos bras en lui disant que vous voulez qu'il vive, que c'est important pour vous. Vous pouvez aussi lui tirer une vraie balle dans la peau. Dans les deux cas, le choc peut être bénéfique.

Elle se demanda avec laquelle de ces deux solutions Mallory se sentait le plus à l'aise.

— Quoi qu'il en soit, je recommande toujours la thérapie.

— Des années de thérapie, railla l'inspecteur d'un ton chargé de sarcasme mais aussi de méchanceté.

Elle se leva pour regarder son adversaire de haut.

— On n'a pas le temps, docteur.

Mallory prit un portefeuille en velours dans sa poche arrière et en sortit un fin morceau de métal. Puis elle se posta devant un petit secrétaire pour en crocheter la serrure. Elle s'empara d'une autre arme.

— C'est celle de Riker. Il y a six mois, je l'ai nettoyée. Il est si négligent qu'il ne le ferait jamais lui-même.

Elle retourna vers le canapé et approcha le canon du nez de Johanna, pour lui montrer que toutes les chambres contenaient des balles réelles. Espérait-elle un frisson, une crispation de sa part ? Sans doute, car Johanna décela une lueur d'agacement dans ses yeux verts.

— Inspirez profondément, dit Mallory. Vous sentez cette odeur d'huile ? Cette arme a été nettoyée tous les jours depuis sa sortie de l'hôpital. Il y a un nouveau flacon d'huile sous l'évier et trois flacons vides dans la poubelle, une poubelle qu'il ne sort qu'une fois par mois.

Johanna se demanda si la jeune femme n'entrait pas

régulièrement par effraction pour surveiller Riker. Naturellement. Aucune serrure ne semblait plus résister.

La jeune femme se retourna lentement et balaya du regard le désordre qui régnait dans le salon.

— Je n'ai pas mis des années pour comprendre ce qui n'allait pas, chez lui. Regardez ce foutoir. Et ce revolver impeccable et bien huilé.

Ses doigts s'enroulèrent autour de la crosse.

— La fréquence à laquelle il nettoie son arme est maladive.

La main blanche de Mallory se glissa derrière le dossier du fauteuil qu'elle effleura d'une caresse.

— Il s'installe ici avec ses cigarettes, son bourbon et son arme. Le lendemain matin, le cendrier est plein, la bouteille est vide et l'arme parfaitement propre. Voilà comment je sais à quoi il pense, chaque soir. Il prend des habitudes, il définit sa propre scène de crime, il la met en scène. Voilà pourquoi la bouteille vide et l'huile ont tant d'importance. Ce sont des soutiens. Le soir où il décidera enfin de passer à l'acte, il ne laissera pas de lettre. Il voudra me faire croire que c'était peut-être un accident. Riker pense qu'il me sera ainsi moins difficile de le perdre.

Abasourdie, Johanna se jura de ne plus jamais sous-estimer cette jeune femme. Plus jamais elle ne céderait à la facilité de loger Mallory dans une case précise du comportement sociopathe. Cette créature unique constituait une catégorie à elle toute seule.

La jeune inspectrice se trouvait près de la fenêtre, le regard attiré vers la rue. La main qui tenait le revolver se crispa soudain. Elle posa l'arme sur le bureau en disant :

— Il est chargé, alors n'y touchez pas. Faites comme s'il s'agissait d'une bombe. Vous croyez toujours qu'il a des années devant lui ?

Sur ces mots, elle traversa la pièce et sortit en claquant la porte.

Johanna fixa le revolver, puis leva les yeux vers Charles, à l'autre extrémité du salon. Il avait dû entendre une bonne partie de leur conversation, car il semblait triste et plein de compassion.

— Riker fait la même chose, commenta Johanna. Il claque les portes.

Charles s'approcha lentement du bureau, ramassa le revolver avec un dégoût manifeste et le rangea dans le tiroir.

— Mallory ne le fait que lorsqu'elle est en colère.

— Ou pour intimider les autres.

— C'est vrai.

Il la rejoignit sur le canapé et lui adressa un sourire stupide tout en cherchant quoi faire de ses longues jambes.

Mallory descendit précipitamment les marches, touchant à peine le sol, et émergea dans la rue. L'homme qu'elle avait aperçu depuis la fenêtre prenait la direction de la station de métro. Elle le suivit de loin, se fiant à sa perruque rousse, à son manteau noir et à sa canne blanche. En se retournant, visiblement nerveux, il la vit à ses trousses. Elle ne chercha pas à se cacher. Il lâcha sa canne. Elle demeura immobile, attendant qu'il la ramasse. Il recula. Elle fit deux pas en avant. Puis il tourna les talons et s'enfuit en courant, avant de s'arrêter devant l'escalier. Il saisit la rampe et descendit d'un pas incertain. Ensuite, ils jouèrent au chat et à la souris parmi les rames, sillonnant la ville.

Johanna examina ses mains.

— Je croyais que Mallory se servait de Riker pour m'atteindre… pour jouer le jeu.

— Et maintenant, fit Charles, vous vous rendez compte que c'est le contraire. C'est Riker qui avait besoin d'aide. Elle l'a embarqué un peu brutalement dans cette histoire, mais c'était nécessaire. Personnellement, je n'y serais pas arrivé, et vous non plus.

Elle opina.

— Je me demande si Mallory ne serait pas meilleure psychiatre que moi.

— J'en doute, répondit-il. Ce qu'elle a fait était dangereux, même si nul n'aurait pu prévoir un tel résultat. Mais Riker est toujours en vie, non ? Comme vous le savez, c'est Mallory qui a eu l'idée de l'installer ici. Cela l'arrangeait, car elle n'était pas obligée de se rendre à Brooklyn pour le surveiller.

Charles balaya lentement toute la pièce du regard.

— C'est le seul filet de sécurité qu'elle a pu lui fournir. Vous aurez peut-être du mal à le croire, vu l'opinion que vous avez d'elle, mais…

— Elle a vu venir la dépression de Riker.

— Oui, et bien avant moi. Elle a toujours su à quel point il était en difficulté. Elle a un instinct incroyable, ce qui est une qualité, à vos yeux. Et elle semble avoir confiance en votre capacité à…

— Elle croit que je peux le guérir dans la journée. Or c'est impossible. Il y a bien plus qu'un choc, dans cette histoire. Je pourrais mettre des mois à dévoiler son passé avant même de commencer à traiter son problème de colère. Voilà pourquoi il claque les portes. D'une certaine façon, il est en colère en permanence.

— C'est récent, chez Riker. Je suis d'accord, il y a un problème plus complexe, mais songez que tout a commencé il y a six mois. Auparavant…

— Auparavant, il buvait trop, et depuis des années, n'est-ce pas ?

— Eh bien… Oui.

Elle observa la pièce, ces signes de la dépression étalés comme des tentacules, un malaise tangible. Le simple fait de regarder tout ce désordre la fatiguait.

— Charles, je me rappelle l'avoir entendu dire qu'il vous connaissait depuis quatre ou cinq ans. L'avez-vous vu ordonné, durant cette période ?

— Non. Mais son ancien appartement n'était vraiment pas au point de celui-ci.

Il heurta du pied un carton ouvert contenant quelque chose que l'on ne pouvait identifier comme un reste de pizza que par la forme de la moisissure.

— Et toute cette nourriture complètement pourrie, il la gardait au réfrigérateur ?

Le sourire plein d'espoir de Charles vacilla.

— Bon, je vous l'accorde, Riker a d'autres problèmes, mais il n'a jamais été déséquilibré. Rien chez lui n'indiquait un esprit instable. Et il ne claquait jamais les portes.

Johanna opina, car ces éléments confirmaient la théorie de Mallory. La colère de Riker était liée à une histoire récente.

La souris à perruque rousse de Mallory apprenait vite. Aussi la jeune femme demeura-t-elle à au moins vingt pas en arrière. À la station Wall Street, il passa un appel d'un téléphone public. Puis ils repartirent vers d'autres rames, d'autres stations, à travers la ville. Il montrait de plus en plus de signes d'agitation. Ses lunettes noires glissaient le long de son nez en sueur. Il se retourna vers elle et elle lui sourit, le faisant trébucher. Elle eut alors la certitude qu'il allait descendre à Grand Central Station.

Johanna se pencha en avant, pardonnant déjà à Charles Butler en posant une main sur son bras.

— Dites-moi ce que vous gardez en vous. Quelque chose d'extrêmement personnel ?

Elle ne se trompait pas, car il rougit, s'excusant avant même de parler.

— J'aimerais que cela reste entre nous, répondit-il, hésitant.

— Nous sommes entre docteurs.

— Je tiens cette histoire d'une tierce personne, de Louis Markowitz.

— Le père adoptif de Mallory.

— Oui. Louis était aussi le responsable de la brigade spéciale, et il s'inquiétait pour Riker.

Charles se tut. Peut-être réalisait-il qu'il venait de lui fournir une preuve supplémentaire que Riker était en difficulté bien avant le jour de la fusillade.

— Ce n'était pas vraiment une consultation. Voyez-vous, je ne traite pas de patients. Il s'agissait plutôt d'une conversation destinée à rassurer Louis. Il ne parvenait pas à gérer ce problème de façon interne. Pour lui, le psychologue de la police était un politicard incapable de discrétion. J'étais donc le seul à qui il puisse se confier. Apparemment, Riker faisait une fixation sur son ex-femme. À l'époque, ils étaient divorcés depuis une quinzaine d'années. J'ai trouvé cela un peu léger, pour une obsession.

Charles sourit en devinant les pensées de Johanna.

— Je sais, vous devez me prendre pour un fou. Mais il n'avait aucun problème de comportement apparent. Riker a pris un appartement situé à un bloc de chez son ex-femme. Il surveillait de près ses allées et venues, savait à tout moment où elle se trouvait, pour qu'ils puissent se croiser sur le trottoir d'en face. C'est ce qui a retenu l'attention de Louis Markowitz. Riker a utilisé les privilèges de la police pour se renseigner sur toutes ses contraventions pour stationnement gênant. Il y en avait des tas. Et il les réglait de façon anonyme. Son obsession allait jusque-là. Il n'abordait jamais son ex-femme, il ne voulait même pas lui parler. Et je ne crois pas qu'il l'aimait encore. Il aimait l'idée de leur vie ensemble.

— Une idéalisation romantique ?

— Oui. En dépit des apparences, je crois que c'est un homme profondément romantique. Mais si vous lui en parlez, il me tuera. Son ex-femme représentait une partie de son ancienne vie et il ne parvenait pas à tourner la page.

— Son ancienne vie, quand la vie était belle.

Elle avait vu juste, car Charles baissa les yeux et opina. Au bout d'un long silence gêné, elle reprit :

— Et ensuite ?

— Eh bien, il a fini par s'en remettre. Riker parlait de quitter le quartier, même avant d'être abattu. Son état d'esprit était déjà meilleur. Ce n'était pas un homme en déclin. Voilà pourquoi je crois en la théorie de Mallory.

Il s'excusa d'un sourire.

— Désolé. C'est troublant, n'est-ce pas ? Mais je ne pense pas qu'il faille creuser très loin dans le passé. Riker ne voudrait pas que vous appreniez l'histoire de son ex-femme… Pas vous… surtout pas.

Il soutint son regard pour être certain qu'elle avait bien saisi la raison de cette révélation. C'était aussi évident que si Charles avait gravé « Riker aime Johanna Apollo » dans un cœur, sur un tronc d'arbre.

CHAPITRE 16

L'employé des sanitaires venait d'essuyer la première cuvette de toilettes quand il se rendit compte qu'il n'était pas seul. Une pancarte interdisait pourtant l'accès des toilettes pour hommes, le temps de les nettoyer. Or un client venait d'entrer subrepticement pendant qu'il avait le dos tourné. Il vit la porte d'une cabine située au bout d'une rangée se refermer très lentement, sans un bruit. Puis il décela une odeur qui n'avait rien à voir avec les détergents, l'urine ou les excréments. Ce n'était pas non plus de l'eau de toilette, car il les connaissait toutes. Les odeurs, c'était sa vie. Du parfum ?

S'il avait affaire à un travesti, celui-ci se montrait discret. Il n'avait pas entendu le son d'une fermeture Éclair. Que pouvait bien fabriquer ce pervers ? S'injecter de la drogue, bien sûr. Il fallait s'y attendre. Ce toxico devait être un nouveau venu dans ces toilettes du bas. Aucun des habitués, des sans-abri qui faisaient leur lit dans les cabines, ne s'aventurerait à l'intérieur quand le chariot de nettoyage barrait l'accès.

Au bout de dix ans passés dans les toilettes de la Grand Central Station, l'homme de ménage de s'étonnait plus de rien. Non seulement il avait tout vu, mais il était capable d'anticiper l'avenir. Il pouvait décrire la prochaine personne à entrer rien qu'au tapotement d'une canne sur le sol, derrière la porte. Un aveugle. C'était facile à deviner. Trop facile. Cela valait à peine le coup de le vérifier d'un coup d'œil vers les urinoirs et les lavabos. La porte s'ouvrit et, ô surprise, la canne blanche précéda… une femme aveugle ? Non. L'employé n'était pas aussi facile à berner. C'était un homme qui se cachait derrière ces lunettes noires. À part ses longs cheveux roux, tout en lui était masculin. Un drag-queen aveugle habillé normalement à partir du cou !

Mais pas un rouquin.

La perruque disparut dans la poche d'un manteau noir. Ses vrais cheveux, blancs comme neige, étaient décoiffés. Se penchant vers le métal terne de ce qui passait pour un miroir antivandalisme, le vieil homme se coiffa de ses doigts pour remettre de l'ordre dans sa chevelure.

Il n'était donc pas aveugle, non plus.

Mais cela n'avait rien d'étonnant. Grand Central était le paradis des faux mendiants. Lassé par ce strip-tease, l'homme de ménage s'appuya sur son balai. Il n'avait pas d'autre spectacle à regarder. Le vieil homme avait rangé ses lunettes noires dans la poche de poitrine d'un costume de qualité qui aurait été plus à sa place dans les toilettes du haut, celles des voyageurs distingués. Il accrocha la canne à son bras, dans le pli de son manteau.

Quand le vieux fou eut refermé la porte derrière lui, l'homme de ménage se dit qu'il ne lui restait qu'un travesti en train de se défoncer. Toutefois, en se tournant vers les cabines, il demeura bouche bée. Son cœur se mit à battre à tout rompre. Une grande blonde aux yeux verts fonçait sur lui. Il s'écarta vivement pour la laisser passer tandis qu'elle se lançait à la poursuite du vieil homme. Et elle n'avait rien d'un travesti, ça non. Pas de pomme d'Adam. C'était une fille jusqu'au bout des ongles, avec un long manteau en cuir noir qui avait dû lui coûter une fortune.

Le cœur de l'homme de ménage retrouva enfin un rythme normal. Il sourit. La vie lui réservait encore des surprises.

Mallory foudroya du regard le dos du vieil homme, au cœur de la vaste gare, au milieu du va-et-vient des banlieusards. Une fois de plus, elle avait suivi un faux aveugle à la longue perruque rousse qui l'avait amenée au même endroit. Mais cette fois, elle avait doublé le jeune homme en entrant bien avant lui dans les toilettes pour hommes. Tout cela pour le voir vieillir sous ses yeux. À un moment donné, pendant tous ces changements de rames, le vieil homme avait revêtu le déguisement du jeune homme, et elle allait lui faire payer cher cette supercherie. Mallory posa une main sur son épaule et l'obligea à se retourner. Son cigare enveloppé dans de la cellophane lui tomba de la main. Il se contenta de la dévisager, les yeux écarquillés.

— Où est-il ? demanda-t-elle en lui enserrant le bras de sa poigne de fer. Où ?

— Soyez plus précise, ma chère. Je connais beaucoup de monde.

Les inflexions cultivées d'un homme instruit seyaient parfaitement à son costume sur mesure. Elle s'attendait à l'entendre balbutier, à des signes de nervosité, réaction classique des civils lorsqu'ils entrent soudainement en contact avec la police. Pourquoi cet homme lui souriait-il ?

— Le type qui vous a donné la perruque et la canne ? Le jeune. Où est-il ?

— Je suis bien incapable de vous le dire. Désolé, répondit-il d'un air suggérant qu'il mentait. Je suppose que vous allez m'arrêter, maintenant. Obstruction à la justice, ou quelque chose de ce genre ? Comme si la ville n'avait pas assez de procès sur le dos pour arrestations arbitraires.

Jubilant, il tendit les poignets pour qu'elle lui passe les menottes.

Mallory le toisa avec le même mépris que s'il s'agissait d'un cafard, car elle le soupçonnait d'être avocat. À ses pieds gisait son cigare, mais le délit de dépôt d'ordures sur la voie publique n'était passible que d'une contravention. Elle s'approcha de lui et fit mine de défaillir, les yeux fermés, de sorte qu'il la rattrapa par les bras pour l'empêcher de s'écrouler.

— Vous m'agressez ! s'exclama-t-elle alors, attirant l'attention des voyageurs. Vous venez d'agresser un flic !

Le vieil homme écarquilla les yeux, mais n'eut pas la présence d'esprit d'ôter les mains de ses épaules. Il fixait tous les visages qui s'étaient tournés vers lui. Les gens ralentissaient, puis s'arrêtaient pour observer la scène. Deux jeunes agents de police accoururent vers lui.

En ouvrant la porte, Johanna Apollo trouva Mme Ortega dans le couloir, avec un grand sac en plastique provenant d'une pharmacie. Sans un mot, la femme de ménage entra et posa le sac sur la table basse. Puis, à bout de souffle, car elle avait couru, elle gagna la chambre. Johanna lui emboîta le pas, décidée à aborder cette petite femme noueuse avec plus de prudence qu'elle n'en avait déployé pour les autres protecteurs de Riker.

Mme Ortega s'affaira autour de l'homme endormi. Elle lui remonta la couverture sous le menton, lui écarta les cheveux du front, de petits gestes simples un peu maladroits. Manifestement, des gestes de tendresse très rares chez cette New-Yorkaise au caractère bien trempé. Il émanait d'elle une certaine angoisse. Elle n'affichait plus cet air bravache pour dissimuler le fait qu'elle était sur le point de craquer.

— Il a de gros problèmes, dit-elle sans cesser de tripoter la couverture pour en ôter des bouloches. Tous les médicaments du monde ne l'aideront pas.

— Je sais, répondit Johanna d'un ton qui n'avait rien de condescendant. Mais les médicaments rassurent toujours les amis et la famille.

— Je comprends, fit Mme Ortega d'un air de conspiratrice, sans quitter Riker des yeux. J'aurais dû venir avant. J'ai déjà vu ce genre de choses.

Elle fit un geste de la main suggérant qu'elle avait été témoin de toute la misère humaine.

— Riker n'a rien ni personne. Depuis la fusillade, il se terre ici comme un ermite. Je parle de la fois où on lui a tiré dessus avec de vraies balles. Regardez-le ! J'ai déjà vu ça, mais en moins grave. Disons qu'un de mes clients perde son emploi. Eh bien, sa vie se détraque un peu, c'est sûr, mais il a encore une maison bien propre, vraiment propre.

Elle posa la main sur son cœur pour déclarer avec emphase et fierté :

— Moi, je fais les carreaux.

Puis elle se tourna à nouveau vers le lit.

— La plupart des gens qui ont des problèmes, il leur reste des amis, de la famille, un entourage normal, vous voyez ce que je veux dire ?

— Oui, répondit Johanna.

— Riker habitait à Brooklyn, reprit Mme Ortega en sortant un chiffon de la poche de son tablier.

— Il ne peut pas y retourner.

Elle se mit à frotter distraitement une partie non encombrée de la table de chevet.

— Comment a-t-il pu être de nouveau pris en embuscade, comme ça ? Je vais vous le dire, moi. Il a perdu ses amis, son boulot. Il est déconnecté de lui-même. S'il avait réussi à rafistoler une partie de sa vie un jour plus tôt, personne ne l'aurait abattu de la sorte. Pas Riker. Non, madame. Si seulement j'étais venue avant.

Elle s'assit sur le bord du lit et se plia lentement en deux, comme si elle se dégonflait, perdant de l'air et de la volonté.

— J'aurais pu le guérir, souffla-t-elle.

— Comment ?

Mme Ortega leva la tête, se demandant si elle se moquait d'elle. Elle lut au contraire de la compassion dans les yeux de Johanna, et un encouragement à continuer.

— La vie de chacun tient sur trois pattes, reprit-elle. Il y a la maison, une partie importante, et il y a le travail, puis les amis. Si un des éléments ne va pas, voire deux, on tient toujours sur une patte, non ? Mais qu'est-ce qu'il a, Riker ?

Mme Ortega avait le regard vague et chargé de culpabilité.

— Pas étonnant qu'il se soit écroulé. J'aurais dû venir avant.

— Il peut encore guérir, assura Johanna en sortant une liasse de billets de la poche arrière de son jean. J'aimerais vous louer votre chariot de matériel pour le reste de la journée.

— Non, fit-elle en écartant l'argent que la psychiatre lui tendait. C'est mon jour de repos. Voilà pourquoi je suis passée faire mon acte bénévole, ici.

La vieille attitude new-yorkaise revenait dans la voix de la femme de ménage. Son visage afficha à nouveau un certain mépris.

— Vous croyez que ce souillon paierait les services d'une femme de ménage ? Jamais. Alors je vais rester et terminer le boulot gratuitement.

— J'ai une meilleure idée, répondit Johanna. Et elle va vous plaire.

Mme Ortega apprécia en effet son plan. Elle l'adora, même. Il était plein de cette psychologie de comptoir que l'on trouve dans les ouvrages de vulgarisation et à la télévision. Pour Johanna, ce n'était qu'un début, un moyen d'entrer et de se promener dans la tête de Riker.

Le vieil avocat était entouré de policiers et d'une centaine d'autres personnes.

Toute l'attention n'était pas centrée sur lui, car les voyageurs les plus assidus, de toute évidence des provinciaux, avaient un train ou un métro à prendre, et semblaient indifférents au spectacle. Toutefois, une foule de vrais New-Yorkais commençait à former un large cercle, maintenant la distance d'un public expérimenté dans le théâtre de rue.

Très nerveux, le vieil homme attendit que les deux jeunes agents aient fini de s'entretenir avec la jolie flic blonde qui l'accusait d'agression. L'inspecteur Mallory sourit en se tournant vers lui. Il y vit un signe encourageant. Le malentendu allait se régler sous peu et en bonne intelligence.

Elle baissa les yeux vers l'une de ses chaussures de sport noires.

— Vous l'avez éraflée. Vous avez un mouchoir ?

— Heu… oui.

Ce n'était pas cher payé pour sa liberté. En s'inclinant galamment, il sortit un carré en lin brodé à son initiale de sa poche et le lui tendit. Elle croisa longuement son regard. Quand elle ouvrit le mouchoir, un billet de vingt dollars apparut dans un pli. L'homme demeura abasourdi. Comment avait-il pu…

— Un pot-de-vin ? fit la jeune femme en brandissant le mouchoir et le mystérieux billet de vingt dollars. Ce billet est une pièce à conviction, dit-elle à ses collègues en le leur remettant. Placez-le dans un sac.

— Il n'est pas à moi, ce billet ! clama l'avocat, incrédule. Je peux le prouver.

Il ouvrit son portefeuille.

— Vous voyez ? Je n'ai rien de plus petit que des coupures de cinquante.

— Maintenant vous essayez de nous acheter tous ?

Elle se tourna vers les deux agents.

— Voilà qui justifie une fouille. Voyez s'il n'est pas armé.

L'exploration de ses vêtements révéla l'étrange contenu de ses poches et ce qui était caché sous son manteau : une perruque rousse, une canne blanche, des lunettes noires, qui furent confisquées tandis que les curieux se rapprochaient. Le spectacle était de plus en plus intéressant.

L'inspecteur affichait un sourire agaçant.

— J'espère que vos explications sont valables. Qu'est-ce que vous mijotez, cher monsieur ?

Ce fut le tapotement de la canne de l'aveugle qui réveilla Riker.

Non.

Jo martelait doucement le sol de ses semelles, comme des claquettes, mais assise. Il ouvrit les yeux plus grands en voyant un long tube ponctué d'une aiguille, dans son bras, et qui menait vers un sac de liquide accroché à une colonne du lit.

— C'est une perfusion de Valium, expliqua-t-elle.

Du Valium ? Quelle humiliation. C'était pour les

vieilles dames et les chochottes. Un tas de médicaments encombraient la table de chevet, complétant le tableau d'une chambre de malade. Il baissa les yeux vers sa poitrine, cherchant quatre nouveaux impacts de balles, et vit qu'on avait changé ses vêtements. Il portait un T-shirt noir. Son pantalon était noir, lui aussi. Il faisait partie d'un costume qu'il ne mettait presque jamais, ce qui expliquait l'absence de taches et de traces de cigarette. Il avait les pieds nus et était allongé comme un cadavre.

— Dis-moi, Jo, qui a choisi ma tenue ?

— C'est moi. C'est ton linceul. Tu es mort, aujourd'hui.

Elle sourit comme si c'était une bonne chose.

— C'est un truc que j'ai appris à la fac, dit-elle. Tu te souviens de la période des examens ? Ces jours-là, on n'avait pas envie de se lever, plus jamais. Faire le mort peut parfois remonter le moral. Personne n'attend rien d'un cadavre. La vie est bien plus facile après la mort. Au fait, je t'ai dit que c'était moi qui t'avais habillé ? Maintenant que je t'ai vu tout nu, j'ai au moins le droit de connaître ton prénom.

— Je te l'ai dit le jour de notre rencontre, Jo. Je n'ai pas de prénom. Je n'en ai jamais eu.

Il fouilla sa poche, qui était vide.

— Va chercher mes papiers, tu verras bien.

— J'ai déjà regardé. Il y a une initiale, un P. P comme quoi ?

— C'est tout ce qui figure sur mon acte de naissance.

En la regardant ôter l'aiguille de son bras, il remarqua les traces d'autres injections, un véritable cocktail chimique. Il se sentait docile mais pas endormi, ni embrumé. Il n'avait pas besoin d'aide pour se lever. S'il avait su ce que Jo avait prévu, ce jour-là, il se serait retourné et rendormi aussitôt.

Le lieutenant Coffey avait une place de choix, au premier rang, dans l'ombre, mais le spectacle qui se déroulait derrière le miroir sans tain était terminé. Dans la pièce voisine, très éclairée, un détenu âgé était assis avec sa nounou, un flic impressionnant dont la mine patibulaire suggérait qu'il était capable des pires violences. L'inspecteur Janos avait reçu l'ordre de ne pas parler, car sa voix douce trahissait un être gentil adoré des chiens et des enfants. Il se contentait donc de fixer le vieil homme en grommelant une réponse de temps à autre. Le détenu souriait. Visiblement, il appréciait la compagnie de Janos et bavardait d'un ton plaisant, sans se soucier de ses réponses limitées voire gutturales.

Le lieutenant Coffey se tourna vers l'inspecteur assis près de lui, dans le noir.

— Qu'est-ce qui t'a pris d'arrêter un avocat ?

— J'en ai toujours rêvé, répondit Mallory.

Jack Coffey opina. C'était le fantasme de tous les flics.

— Qu'est-ce que tu fais ?

Riker aurait renvoyé de chez lui quiconque cherchait à l'affubler d'un tablier. Mais comme il s'agissait de Jo, il ne chercha pas à dénouer le nœud qu'il avait dans le dos.

— On va commencer par la cuisine, annonça-t-elle. C'est l'enfer.

Le terme était bien choisi. Le sol était gluant de nourriture et de bière, au point qu'il y restait parfois collé comme une mouche lorsqu'il y marchait pieds nus. Elle l'emmena dans le couloir où l'attendait un objet familier. Riker n'avait jamais vu la femme de ménage de Charles se séparer de son chariot de produits.

— Ne me dis pas ce que tu as fait du cadavre de Mme Ortega. Je ne veux pas le savoir.

Jo prit un sac-poubelle sur le chariot et le lui tendit.

— Au travail. Je te regarde.

Elle s'attabla pendant qu'il jetait prospectus et canettes de bière dans le sac. Une fois le sol déblayé, elle lui remit une bouteille en plastique. Tandis qu'elle lui expliquait que le produit allait dissoudre la crasse des carreaux, il découvrit le concept du pistolet vaporisateur.

— Alors, comment t'appelaient tes parents, quand tu étais petit ?

Riker aspergea le sol et passa la serpillière en silence. Jo tapait du pied.

— Mon père m'appelait « hé, petit ». Mon petit frère, c'était « toi aussi ».

— Tu ne leur as jamais demandé ce que signifiait ce P ? demanda-t-elle d'un ton incrédule.

— D'accord, je vais te raconter l'histoire que m'a servie mon père, concéda Riker en faisant mine de s'intéresser à la propreté soudaine du sol. Mon vieux s'appelle Phillip. D'après lui, je porte le même prénom que lui. Comme il ne voulait pas que je sois étiqueté en tant que « junior » toute ma vie, il a simplement inscrit un P sur mon acte de naissance. Il m'a dit que c'était un secret entre nous et que même ma mère l'ignorait. J'ai adoré cette histoire et je ne l'ai jamais racontée à personne. Les autres gosses étaient fous parce que je n'avais pas de prénom. C'était génial.

— Mais en grandissant, quand tu as été moins crédule, tu lui as demandé de t'avouer la vérité, n'est-ce pas ?

CHAPITRE 17

L'odeur de nourriture avariée étant nauséabonde, Johanna préféra inspecter les travaux à distance raisonnable. Riker était coincé. Pieds nus dans la lumière du réfrigérateur ouvert, dont l'ampoule était maculée de traces grasses, il avait les mains pleines de sachets de sauces récupérés dans ses plats à emporter. Ce stock de condiments avait-il une valeur ?

— Allez, sois fou ! dit Johanna. Jette-les. Chaque fois que tu balances quelque chose, ton fardeau s'allège d'autant.

La méthode Ortega fut appliquée à tous les tiroirs de la cuisine, aux montagnes de boîtes d'allumettes vides, aux piles usagées, aux pièces métalliques d'appareils qu'il ne possédait même plus. Riker eut le droit de conserver un fouet cassé, souvenir d'une beuverie mémorable. Dans la rue, Johanna le regarda remplir les bennes de sacs-poubelles et de déchets, dont des chaussettes trouées au-delà de toute possibilité de raccommodage. L'effet des médicaments commençait à s'estomper. Il n'aimait pas être pieds nus sur le trottoir froid, mais Jo lui interdisait de mettre des chaussures. Un homme mort ne portait pas de chaussures, selon elle. Toutefois, des chaussettes étaient acceptables. Il en trouva une paire presque neuve sous son lit. Johanna le regarda s'asseoir sur le tapis pour les enfiler.

— Quel âge avais-tu quand tu as compris que ton père t'avait menti à propos de ton prénom ? Quand t'a-t-il raconté la vraie version ?

Au lieu de lui répondre, il baissa la tête pour entreprendre la tâche suivante, fouiller sous le lit en quête d'araignées et de moutons de poussière. L'histoire de son prénom n'était pas la petite confidence sur laquelle elle comptait pour ouvrir son esprit au processus de guérison et en extraire ce secret toxique qui l'empoisonnait.

— Très bien, dit-elle en glissant quelques comprimés dans sa paume. Tant pis.

Le subterfuge chimique allait venir à bout de sa résistance. Jo lui tendit les cachets dans une main et un verre d'eau dans l'autre. Riker ne se fit pas prier. Il avait été dressé à suivre les instructions du médecin en toute confiance. Elle était décidée à venir à bout de ses défenses pour creuser une brèche dans son esprit avant la fin de la journée.

— Essayons quelque chose de plus facile, proposa-t-elle. Pourquoi claques-tu toujours les portes ?

Assis dans le noir, le lieutenant Coffey était irrité et incrédule. Derrière la glace sans tain, dans la salle d'interrogatoire, son inspecteur ne s'en sortait pas très bien. Dans une certaine mesure, le silence était efficace, car le suspect était très loquace. Toutefois, le vieil homme était en train de prendre le dessus, exténuant le malheureux Janos par ses bavardages incessants sur le jeu éternel du gendarme et du voleur, prouvant son ignorance des deux camps.

— Tu as son dossier ? demanda Coffey à Mallory.

Elle opina.

— Il est vieux et riche. Il devait s'ennuyer, à la retraite. Il a cru que j'allais l'arrêter pour entrave à la justice.

Perverse, Mallory l'avait interpellé pour toutes les autres raisons possibles. Jack Coffey scruta la liste des accusations qui pesaient contre lui : dépôt d'ordures sur la voie publique, agression sur un officier de police et deux tentatives de corruption. Et elle possédait non moins de douze témoins. Dieu bénisse les témoignages oculaires, même s'ils étaient sans valeur, et le pouvoir de suggestion. Le billet de vingt dollars incriminé appartenait certainement à Mallory, mais elle avait réussi à faire croire à huit de ses témoins qu'ils avaient vu le vieil homme lui tendre l'argent. En fait, le lieutenant n'avait besoin de savoir qu'une chose : le vieil avocat défendait un jeune homme qui manifestait un intérêt obsessionnel pour le sergent Riker.

— Cela suffira à le garder un bon moment, commenta Coffey. Mais il ne laissera jamais tomber son client. Et maintenant, il va intenter un procès à la ville, rien que pour s'amuser.

— Faux, répondit Mallory. Il cédera après quelques heures passées en cage. C'était un avocat spécialiste des successions. Il n'a eu que des clients riches et honnêtes et n'a jamais fait de pénal. Je parie que c'est la première fois qu'il met les pieds dans un commissariat.

— On va bientôt le savoir.

Le lieutenant appuya sur le bouton de l'interphone pour être entendu dans la pièce voisine.

— Janos ? Boucle-le-moi, et prends ton temps. On a toute la nuit pour le cuisiner.

Jack Coffey sourit. L'expression choquée de l'avocat valait largement le coup de mettre en péril sa propre retraite. Le vieil homme commençait à se rendre compte que cette arrestation allait durer un peu plus longtemps qu'il ne l'avait supposé. Peut-être avait-il envie de se retrouver enfermé en compagnie de détenus aux fantasmes sataniques et à la chevelure infestée de poux bien réels ?

C'est en descendant pour la première fois à la buanderie, au sous-sol, que Riker fit à Jo son premier aveu. En attendant la fin de l'essorage de la machine, il s'assit sur un banc, à côté de Johanna, près de la fenêtre, le visage baigné dans la lumière de cette fin d'après-midi, le regard comme focalisé au-dedans de lui-même.

— La folie fait partie du métier, dit-il. Les habitants de cette ville sont scotchés ensemble, entassés comme des rondins de bois. Je suis étonné qu'ils ne pètent pas les plombs plus souvent. Et les choses qu'ils se font les uns aux autres… C'est l'horreur tous les soirs. Et le plus effrayant, c'est que, parfois, les flics pètent les plombs, eux aussi. Je ne serai plus jamais flic.

— À cause de la fusillade, dans le parking ? Et de cette histoire de camionnette ?

— Oui. Je suis resté paralysé. Et c'est arrivé à d'autres occasions.

Elle attendit en silence qu'il ait rempli le sèche-linge. En se rasseyant, il ne la regarda pas, mais évoqua tous les détails de ce cauchemar qui le hantait. Tandis que le sèche-linge tournait, elle resta assise près de lui, lui tenant la main, à écouter l'énumération des symptômes de son traumatisme, sa paralysie à la moindre détonation, l'impression d'étouffement et la panique qui suivaient. C'était une reconstitution de la mort de Riker. Le poids d'un adolescent psychopathe assis sur sa poitrine l'empêchait de respirer. Le pire, c'était son sentiment de honte.

— C'est ce que font les flics quand ils sont au bout du rouleau, expliqua-t-il. Ils se figent en cas de fusillade.

Alors un autre flic se fait abattre parce qu'ils n'ont pas pu…

Il baissa les yeux.

— Tous les matins, je me réveille terrorisé.

— Et c'est avec ça que tu vis, répondit-elle. Chaque jour, depuis des mois.

Il ne disait pas tout. Le pire était encore bloqué dans son esprit. Cependant, c'était un bon début et elle en venait à partager le souci de Mallory qui voulait trouver une solution rapide de peur de le perdre.

Ils restèrent ainsi pendant une heure, tranquillement. Elle garda une main sur son genou, comme pour le maintenir en contact avec l'univers concret de la buanderie. Il couvrit sa main de la sienne, s'accrochant à elle, à sa santé mentale, par le contact de la force et de la volonté. Dans la machine, le linge tournait. Le soleil se couchait.

Le vieil avocat était appuyé contre le mur de la cellule.

Il avait peur de son nouveau compagnon, qui était pourtant bien plus petit que lui. Assise à une table, à quelques mètres de là, Mallory observait le spectacle que lui offrait cet exhibitionniste de Central Park que lui avait prêté un autre commissariat, un véritable pervers que l'on disait trop timide pour parler. Nu sous son manteau, il s'exposait au regard de l'avocat. D'après son casier, l'homme avait des tendances hétérosexuelles, mais, moyennant quelques dollars, il envoya un baiser humide à l'avocat.

— Vous avez vu ? Il m'a craché dessus, protesta ce dernier.

— Vous devez lui plaire, répondit Mallory.

Ce geste n'annulait en rien les charges qui pesaient contre l'exhibitionniste et elle n'était pas disposée à lui verser un dollar de plus à moins qu'il n'y ait contact de peau à peau.

Ils étaient en train de plier le linge sur la table de la cuisine quand Johanna déclara :

— Tu sembles rajeuni de dix ans. Mme Ortega me l'avait bien dit.

Riker sourit malgré lui. Il appréciait ce compliment. Les effets persistants des médicaments le rendaient malléable. Il obéit à ses ordres et se remit au travail en s'attaquant au problème sordide de la baignoire et de la douche. Il nettoya des mois de léthargie et de chagrin à l'aide d'une éponge. Un vitrier était venu remplacer le carreau cassé et Jo avait balayé elle-même le sol pour qu'il ne se coupe pas les pieds. Ensuite, elle envisageait de lui apprendre à mettre l'aspirateur en marche. Au terme de la journée, Riker serait bon pour une nuit de sommeil naturel, mais elle devait encore abattre ses dernières barricades.

Elle opta pour une touche de thérapie par le choc :

— Tes crises de paralysie sont une forme de panique.

Il la regarda d'un air suggérant qu'elle était complètement à côté de la plaque.

— Désolée, si cela ne te semble pas très viril. Ah, les hommes ! Vous êtes vraiment coincés. Quand vous entendez un coup de feu, vous attendez toujours la balle suivante et…

Il secouait la tête, refusant d'en discuter davantage.

Tant pis pour toi, Riker.

— Hier soir, tu as ouvert la porte sur une pièce sombre, tu as entendu quatre détonations et tu t'es écroulé. Tu étais mort. Une fois de plus. Voilà ce que t'a dit ton esprit. Mais ton corps s'est rebellé. Il a exigé de l'air. Tes poumons se sont remplis et tu es revenu. Cette fois, ton cerveau a mis du temps à saisir ce que ton corps savait déjà. Quel souvenir gardes-tu d'hier soir ?

Il secoua la tête de plus belle. Riker ne voulait pas se souvenir. Il ouvrit l'armoire à pharmacie et examina avec soin un tube d'aspirine périmée depuis dix ans. Fallait-il le jeter ou pas ? Il ne se rendit même pas compte qu'il était tout seul.

Johanna regagna doucement le salon et alla chercher son petit pistolet argenté dans la poche de sa veste. Elle n'avait jamais tiré un coup de feu de sa vie. Tenant l'arme à deux mains, elle se prépara à faire feu en regardant en direction de la salle de bains. Riker se détourna de l'armoire à pharmacie et l'observa par la porte ouverte. Il était bouche bée, puis fit mine de dire non. Johanna appuya sur la détente. Elle fut surprise par le bruit et le recul. Si Riker ne lui avait pas pris l'arme des mains, elle l'aurait laissée tomber à terre.

— Qu'est-ce que tu fais ?

Il poussa le lourd canapé et se mit à inspecter le plancher.

— On a de la chance. Le rembourrage a arrêté la balle.

Il observa le pistolet.

— C'est normal, avec ce joujou. Si tu avais utilisé mon arme, tu aurais descendu deux locataires sur deux étages différents.

— Riker, tu ne t'es pas figé, cette fois.

Il baissa les yeux sur le miracle de son corps en mouvement.

— Alors je suis guéri ?

— Non. Je suis forte, mais je ne fais pas de miracles. Si c'était aussi simple, je t'aurais emmené à un stand de tir. Les médicaments ont atténué ta réaction de panique. De ce point de vue, on peut remercier le faucheur. Il t'a donné ce que tu attendais depuis ta sortie de l'hôpital : il t'a enlevé la pression, cette pression qui était en train de te tuer. Même sans médicaments, tu aurais peut-être évité la paralysie, cette fois. Cela dit, quelques visites au stand de tir pourraient être…

Riker ne l'écoutait plus. Son attention était ailleurs, tandis qu'il fixait le pistolet argenté.

— Tu sais, la plupart des gens pensent qu'un pistolet de petit calibre ne sert à rien. Mais ce petit vingt-deux est très prisé dans la mafia. C'est une arme d'exécuteur. La balle explose et reste à l'intérieur du corps. Pas de trous dans le mur, sur la scène de crime. Mais si tu veux tuer un homme avec ça, Jo, il faut d'abord lui attacher les mains, puis le forcer à s'agenouiller, lui poser l'arme sur la nuque et tirer.

Il examina le trou qui perçait son canapé.

— C'est la première fois que tu tires, n'est-ce pas ? Disons que notre homme est en liberté et veut s'en prendre à toi. Si tu n'arrives pas à le toucher à la tête, ce qui est le cas, tu risques de l'énerver. Je parie que tu n'arriverais même pas à tirer une balle.

Il sortit le clip puis alla le ranger, avec l'arme, dans deux poches distinctes de la veste de la psychiatre, dans le placard.

— Et ce n'est pas le faucheur qui a tiré ces balles à blanc. Ce type est un égorgeur, pas un tireur. C'est ce taré qui m'a pris en embuscade, il y a six mois.

Il prit une pile de draps propres et s'éloigna vers sa chambre pour faire son lit.

Le jeune psychopathe était mort depuis longtemps. Inquiète, Johanna décrocha le téléphone et composa le numéro indiqué sur la carte de visite de Charles Butler.

Mallory approcha une chaise de la cellule et de ses deux occupants, le pervers et le vieil homme. Elle se gratta légèrement le dos de la main, feignant une démangeaison.

— Nom de Dieu, fit-elle en foudroyant l'exhibitionniste du regard. Je crois que tu m'as refilé tes puces.

Sensible au pouvoir de suggestion de la jeune femme, le vieil avocat s'agita et se gratta les mains et le visage. Il s'appuya contre la porte de la cage et leva les deux bras pour repousser l'autre homme, qui tendait la main pour se livrer au contact physique que Mallory lui avait demandé.

— Ne le laissez pas vous embrasser sur la bouche, prévint-elle. Vous ne savez pas où il a traîné et il n'a pas encore passé le test de dépistage de la tuberculose.

À ce signal, l'exhibitionniste se mit à tousser.

Mallory sourit en voyant l'avocat céder à la panique. Les microbes ! Elle avait trouvé son point faible et lisait désormais les pensées du vieil homme. Non, ce n'est pas possible, pas moi.

— C'est une cellule de détention, expliqua Mallory. Si vous voulez, je peux vous transférer en bas, dans une cellule plus vaste. Vous aurez plus de place, plus de personnes à qui parler, une vingtaine, à peu près, tous un peu comme lui.

Elle adressa au pervers un regard furibond. Il en faisait un peu trop.

Riker traîna l'aspirateur sur le tapis de sa chambre, couvrant la voix inquiète de Johanna, si bien qu'elle se pencha pour débrancher l'appareil.

— Si ce psychopathe était encore en vie, tu serais sous protection policière à l'heure qu'il est.

— Je le suis, répondit-il en lâchant l'aspirateur pour se tourner vers elle. Il y a toujours des flics qui me suivent partout. Où est le problème, Jo ? Cela te semble dément ? Et cet agent du FBI qui est mort ? Timothy

Kidd te semblait fou, lui aussi ? Il était paranoïaque, non ? Il se croyait suivi ?

— Quelqu'un le suivait vraiment.

— Je connais cette sensation. Le pauvre, sans cesse à regarder par-dessus son épaule. Je me demande comment le faucheur a pu approcher de si près d'un fédéral parano, suffisamment pour lui trancher la gorge ?

— Eh bien, je fais peut-être des miracles. Tu es plus flic que jamais, n'est-ce pas ? C'est ainsi que tu t'adresses aux suspects ? Tu ne cherches qu'à détourner la conversation. Ton idée selon laquelle le tireur…

— Comment l'agent Kidd a-t-il perdu son sang-froid, Jo ? Il se savait suivi, et par ses semblables, pour l'amour du ciel ! Voilà un type armé, si alerte qu'aucun bruit ne lui échappe. Comment le tueur a-t-il réussi à s'approcher ? Selon tes propres notes, il a reconnu ce salaud en le voyant. Comment une telle chose peut-elle arriver, Jo ?

— Comme cela s'est passé pour toi, par deux fois.

Le petit exhibitionniste était plus compatissant que Mallory. Il écoutait avec une attention soutenue le vieil avocat lui narrer la mort de sa femme et la longue dépression qui avait suivi les funérailles.

Mallory tapotait la table des ongles, l'implorant d'abréger et d'en venir au plus intéressant de l'histoire : l'identité du jeune homme à la perruque rousse et à la canne blanche.

Un agent en uniforme ouvrit la porte et se pencha à l'intérieur.

— Inspecteur ? Vous avez de la visite. Le médecin légiste en chef.

Mallory eut aussitôt des soupçons, car elle n'avait rien fait pour mériter un tel honneur. Le Dr Slope préférait faire venir les flics chez lui.

Assise au bord du lit, Johanna avait besoin de repos et de soutien. Elle n'avait effectué aucune tâche physique, mais cette journée l'épuisait.

Riker ne trahissait aucun signe des substances qu'elle avait utilisées pour rendre plus vulnérables son corps et son esprit. Il l'observait, les bras croisés, attendant qu'elle dise quelque chose pour sa défense. Car tel était son état d'esprit et elle ne comprenait pas son revirement.

— J'ai déjà raconté cette histoire de nombreuses fois, déclara-t-elle. Tout figure dans ma déposition auprès de la police de Chicago et…

— Alors tu peux me la raconter, maintenant.

Comment ce virage avait-il pu avoir lieu ? Au fil des minutes, Riker était de plus en plus distant. Johanna baissa les yeux.

— C'était une question de zones de confort. Il y avait un endroit où Timothy se sentait en sécurité. Ma salle d'attente était très intime, très sûre. Les patients entraient grâce à un interphone. Après chaque séance, ils sortaient par la porte du fond. Les gens ne se croisaient jamais. Timothy avait coutume d'arriver avec vingt minutes d'avance à chaque rendez-vous. Il affirmait que ma salle d'attente était comme un sas de décompression. Sa zone de sécurité. Après son arrivée, je ne laissais jamais entrer personne d'autre. Je suppose que le faucheur s'est faufilé derrière Timothy au moment où il ouvrait la porte. Il a dû lui trancher la gorge tout de suite. C'est ainsi que cela s'est passé. Dans l'unique lieu où il ne s'attendait pas à être agressé. Toi, Riker, tu ne t'attendais pas à ce que quelqu'un te tire dessus dans ton propre appartement. Ni la première ni la seconde fois.

Riker refusait de revenir là-dessus. Il s'écarta pour montrer à Johanna la petite surprise qu'il avait préparée à son intention, sur le secrétaire. C'était le paquet de lettres qu'elle avait dissimulé dans la doublure de sa veste. Il avait dû les trouver en plaçant le pistolet et le clip dans ses poches. Pendant qu'elle était au téléphone avec Charles, Riker était en train de les lire, au salon.

Il saisit le paquet et le brandit telle une accusation tangible.

— L'agent Kidd travaillait à plein temps sur l'affaire du faucheur.

— À la fin, oui. Mais pas au moment de notre rencontre. Je ne t'ai pas menti.

— Tu ne m'as pas dit toute la vérité. Il s'intéressait aux meurtres des jurés alors que le premier était du ressort de la police de Chicago.

— Je sais, c'est l'impression que cela donne.

— Et vous étiez amants, dit Riker. Tu as menti à ce propos.

— Je suppose que les flics l'auraient cru, s'ils avaient découvert ces lettres le jour où ils ont fouillé ma suite.

— Il te touchait.

— Timothy ? Jamais.

— Si, il te touchait.

— Ah, je vois…

Elle ne s'attendait pas à ce que Riker utilise ce verbe dans ce sens-là.

— Je suppose que oui, mais Bunny me touchait aussi, et il était moins doué. Ce n'était qu'un schizophrène.

— Timothy Kidd t'aimait.

Il jeta les lettres sur le lit, derrière elle.

— Et il est mort à cause de toi. Il n'avait aucune blessure de défense. C'est ce que tu as dit au lieutenant Coffey. Ce type s'est assis dans un fauteuil et s'est vidé de son sang tranquillement. Il n'a pas voulu lutter parce que tu te trouvais dans la pièce voisine. Il était en train de mourir, de saigner à mort dans ton salon pendant que toi, médecin, tu te trouvais juste derrière la porte.

— Je l'ignorais, répondit-elle. Il n'a pas fait un bruit.

— Tu dis qu'il n'a pas eu la trachée sectionnée. Il aurait pu crier à l'aide, ce qu'il n'a pas fait, et tu sais pourquoi. Si tu étais entrée dans la pièce, le faucheur t'aurait tuée, toi aussi. Voilà comment tu sais que ce monstre s'attardait pour regarder mourir ses victimes. Timothy t'aimait tant qu'il n'a pas fait un bruit. Il est mort pour toi.

— Ce n'est pas la raison pour laquelle j'ai conservé ces lettres.

Elle les rassembla sur le dessus-de-lit et les prit entre ses mains, comprenant soudain qu'elle venait de révéler pourquoi elles lui étaient si précieuses.

— Il était mon ami. C'est tout ce qui me reste de lui, sa personnalité.

Elle aurait dû les brûler depuis longtemps, car elle les connaissait toutes par cœur.

— Je n'ai pas encouragé les sentiments de Timothy à mon égard. Je le trouvais trop vulnérable et…

— Trop fou ? Il croyait que ses propres collègues le suivaient, en plus du faucheur. Et même si tout était vrai, il savait que tu ne le croyais pas. Pourquoi l'aurais-tu cru ? Ce n'était qu'un paranoïaque sévère. Mais moi, Jo ? Tu me crois ? Parce que c'est vrai que des flics me suivent partout. Et pourquoi ? Parce que le dingue qui m'a tiré dessus est toujours dans la nature, toujours en vie. Parfois, ce ne sont pas des flics. Je sais que ce garçon me surveille, Jo. Tu me crois ?

La paranoïa faisait également partie du travail de Riker, sa façon de se tenir de biais pour regarder par-dessus son épaule, le peu qu'il pouvait saisir du coin de l'œil en s'arrêtant pour guetter le moindre bruit bizarre et l'isoler du reste. Il croyait qu'un adolescent psychopathe voulait lui prendre la vie et telle était sa grande peur depuis le jour de la fusillade.

Oui, elle le croyait. Et elle se mit à pleurer.

Il s'approcha d'elle, au bord du lit. Il était différent, cette fois.

— Tu ressens tout, n'est-ce pas ? lui dit-il. La souffrance de tout le monde.

Johanna fit tomber les lettres à terre et posa une main sur son torse, sur la pire de ses cicatrices, celle qui frôlait dangereusement le cœur. Elle avait découvert toutes ces cicatrices en l'habillant. Sa survie relevait du miracle, et elle savait ce qu'il lui coûtait de vivre avec ses souvenirs et cette pression énorme à chaque instant de la journée.

Il écarta doucement la main de Johanna pour que ses cicatrices ne puissent plus lui faire mal.

Quand Mallory entra dans le bureau privé, Jack Coffey se leva et quitta la pièce. Conscient de la tension qui régnait entre les deux hommes, il préférait sans doute rester en dehors de cette conversation.

Edward Slope, le médecin légiste en chef, était assis, tournant le dos à Charles Butler, lui-même affalé contre un mur, accablé. Mallory l'interrogea du regard, curieuse de savoir ce qu'il avait avoué. Charles secoua la tête pour lui signifier qu'il n'avait fait aucun aveu. La jeune femme n'en fut pas rassurée pour autant, car son visage abattu en disait long. Charles était incapable de dissimuler ses pensées et n'essayait jamais de mentir, ce qui permettait à Edward Slope de le dépouiller toutes les semaines de son argent au poker.

Face au légiste, Mallory croisa les bras.

— Que se passe-t-il ? demanda-t-elle.

— C'est ce que j'aimerais bien savoir, répondit le

médecin. Mais Charles refuse de parler. Kathy, dis-moi, comment va Riker, en ce moment ?

— Mallory, corrigea-t-elle. Je ne l'ai pas vu, dernièrement. Qu'est-ce que tu fais là ?

— Charles veut savoir si j'ai saboté l'autopsie du garçon qui a tiré sur Riker.

— Je n'ai rien dit de tel ! protesta Charles en se tournant vers Mallory, désespéré, parce qu'il n'aimait pas tromper les gens, ce qui était la spécialité de la jeune femme.

— Je parie que c'est le Dr Apollo qui t'a mis cette idée dans la tête, déclara Mallory. Je me trompe ? C'est elle qui croit que l'autopsie était truquée ?

— C'est ça, répondit Charles. Ce n'est pas mon idée.

— Ça colle.

Elle passa derrière la chaise du médecin légiste et se pencha vers lui.

— Rien de ce que je vais dire ne doit sortir de cette pièce, d'accord ? murmura-t-elle d'un ton de conspiratrice.

— Je ne peux rien promettre. Je te connais trop bien.

— Tu m'as demandé des nouvelles de Riker, dit-elle en allant s'asseoir au bureau. Il est mal en point.

Cette vérité inattendue était désarmante. Elle soutint longuement le regard du médecin étonné.

— Si Riker passait l'expertise psychiatrique aujourd'hui, il serait rejeté. Alors ne m'aide pas. Vire-le. Fais en sorte qu'il ne récupère jamais son insigne.

Certaine d'avoir gagné l'allégeance du légiste, elle se tourna vers Charles.

— Le Dr Apollo tient cette idée de Riker, n'est-ce pas ?

— Elle n'a pas voulu me le dire. Elle m'a seulement demandé s'il y avait quelque chose d'anormal dans le rapport d'autopsie. Un détail caché.

Mallory hocha la tête.

— Chaque fois que Riker entre dans une pièce, il scrute les personnes présentes pour voir si elles cachent une arme. Cela fait un bon moment que cela dure. À mon avis, il pense que le tireur est encore vivant. Sa concentration est dissociée. Il cherche le mauvais suspect, et ça va le tuer, à la longue. Je lui ai dit que le type qui lui avait tiré dessus était mort. Je le lui ai dit il y a six mois. Mais il ne m'a sans doute pas crue.

— Je me demande pourquoi, railla Edward Slope, un peu trop sarcastique, peut-être.

— Je ne comprends pas, intervint Charles. Comment Riker peut-il croire une chose pareille ? La police a bien tiré plusieurs balles sur ce garçon, non ? Une trentaine.

— Eh bien, nous avons abattu quelqu'un, répondit-elle.

Charles ouvrit la bouche pour parler, mais les mots ne vinrent pas, car il avait soudain la bouche sèche, en cet instant.

Edward Slope recula sur son siège, puis gratifia Mallory d'un de ses rares sourires.

— Quand je pense que les gens disent que tu n'as aucun humour.

CHAPITRE 18

— Les parents ont identifié un autre corps.

Riker faisait les cent pas dans la pièce, défoulant sa colère.

— Ils savaient que ce n'était pas leur gosse. Voilà pourquoi ils n'ont jamais porté plainte contre la ville pour homicide non justifié. C'est ce qui se produit chaque fois qu'un suspect se fait descendre par la police. La famille porte plainte. Mais pas eux.

— Il y a bien eu des examens sanguins du cadavre, non ? demanda Johanna.

Riker secoua la tête.

— Pour quoi faire ? Avec trente balles dans la peau, la cause de la mort était plutôt évidente. Et la famille avait identifié le corps. Toutes les conditions étaient remplies. Alors à quoi bon effectuer des examens sanguins ? Pourquoi chercher les complications dans une affaire aussi limpide ?

Fatigué, il s'assit à côté d'elle, au bord du lit.

— Tout s'est bien goupillé pour tout le monde. La police de New York avait réussi à boucler une grosse affaire en un temps record. La ville échappait à un procès ruineux pour avoir abattu le mauvais suspect et le gosse restait en liberté. Je suis sûr que les parents étaient ravis.

— Ce n'est qu'une hypothèse. Tu n'as pas…

— Ce n'est pas tout. J'ai toutes les preuves qu'il me faut. Après la fusillade, les parents sont allés en Europe. Ils ont sans doute installé leur fils là-bas sous une fausse identité. Quatre semaines plus tard, ils sont rentrés. Je suis allé chez eux et j'ai parlé au concierge. C'est à peu près à cette époque que j'ai commencé à remarquer les filatures, des gens qui me suivaient partout où j'allais. Parfois, c'était Mallory. Elle était facile à repérer. Elle se croit capable de mener une filature, mais c'est faux. L'un de ces types n'était pas flic. C'était un petit monstre avec une perruque pourrie, ce qui n'est pas le déguisement idéal pour une filature. Il était jeune, de la même taille…

Il se tourna vers Jo.

— Tu crois toujours que je suis sain d'esprit ? Ou bien que je suis aussi dingue que Timothy Kidd ?

À son tour, Johanna eut envie de détourner la conversation. Elle lui prit la main et glissa les doigts entre les siens en disant :

— Dis-moi quel est ton prénom. Dis-le-moi ou je te fais astiquer les toilettes.

Janos trouva Mallory seule dans le bureau de Jack Coffey.

— Le vieux veut sortir.

— Il connaît les conditions, répondit Mallory. Le pervers l'a embrassé ?

— Non. Le vieux l'a acheté avec une montre en or.

Janos lui tendit une feuille de papier.

— Mais il a donné le nom et l'adresse de ton faux aveugle.

Il ne manquait plus que ça !

Agenouillé, la tête dans la cuvette des toilettes, Riker ne se livrait pas à quelque quête philosophique pour savoir ce qu'il était advenu de sa vie, dernièrement. Il frottait des taches nécessitant une certaine proximité. Et voilà que survenait le meilleur moment de ce rêve : Edward Slope, le médecin légiste en chef en personne, entra dans la salle de bains, vêtu d'un costume trois-pièces.

— Une visite à domicile ? De la part d'un déterreur de cadavres ?

Riker s'accroupit et se laissa aller contre le mur carrelé.

— Tu pourrais attendre que je sois mort.

— Je voudrais te montrer quelque chose.

Slope ouvrit une enveloppe dont il sortit un paquet de photos. L'une d'elles tomba à terre. Elle représentait un cadavre sur une table de dissection.

— C'est le jeune homme si bien élevé qui a essayé de te tuer, il y a six mois. Je l'ai autopsié moi-même. Comme tu peux le voir, il est bel et bien mort. La police n'a mis que quelques heures à le retrouver et lui a troué la peau avant même que tu ne sortes du bloc opératoire.

Un autre cliché tomba. Le cadavre était transpercé de toutes parts. Il n'avait plus de visage. C'était un des clichés favoris de Mallory. Elle le lui avait apporté dans sa chambre d'hôpital, le brandissant tel un trophée. À l'époque, il avait été surpris qu'elle ne lui amène pas carrément le cadavre, coulé dans le bronze et cloué sur une plaque murale. Il leva les yeux vers le légiste et ne sourit qu'à moitié pour lui indiquer qu'il n'était pas dupe, qu'il ne l'avait jamais été et qu'il ne le serait jamais.

Edward Slope se baissa et tapissa le sol des autres pièces à conviction.

— Ce petit monstre psychopathe est plus mort que mort. Le boulot a été fait à fond : neuf flics et exactement trente balles. On te l'a dit. Tu crois que tes collègues te mentiraient ?

Se rappelant qu'une de ces collègues était Mallory, il corrigea ses propos :

— Tes collègues de la brigade spéciale sont-ils tous des menteurs ?

— Pourtant, c'est le boulot d'un flic, répondit Riker. Tous les jours, on ment aux suspects. Oui, mes collègues me mentiraient, surtout après avoir arrosé ce pauvre type, quel qu'il soit, de trente balles dans la peau.

Il ramassa une photo et la déchira en deux.

— Ce n'est pas le gosse qui m'a tiré dessus.

Le Dr Slope sortit des papiers de la poche de son manteau.

— Voilà les résultats du labo. C'est moi qui ai effectué tous les examens, Riker. Tu me connais. Je ne laisse jamais rien au hasard. Il faut croire les empreintes digitales, le sang et l'ADN. Il y avait des résidus de poudre sur la main du gosse. Et ce n'est pas tout.

— Ah bon ? fit Riker en ôtant ses gants en caoutchouc. Voilà le meilleur, doc. La preuve. Pendant tout mon séjour à l'hôpital, il y avait des gardes postés dans ma chambre. On ne fait cela que pour protéger des victimes de suspects encore en vie. Personne d'autre n'a droit à une protection vingt-quatre heures sur vingt-quatre, jamais. Or chaque fois que j'ouvrais les yeux, il y avait un flic en train de me surveiller, et j'en entendais d'autres dans le couloir.

Riker décela un étonnement peiné dans les yeux du médecin.

Edward Slope était désormais l'homme le plus triste de New York.

— Tous ces gens n'étaient pas des flics. Les premiers

jours, les médecins n'autorisaient les visites qu'au personnel soignant.

Il ramassa quelques photos.

— Parfois, je restais en soins intensifs. C'était juste après ton opération. On ne donnait pas cher de ta vie. Alors… si ça tournait mal… Je me disais qu'il fallait que quelqu'un soit là, quelqu'un de ton entourage.

À quatre pattes, il rassembla les photos restantes puis prit le temps de les empiler avec soin, tout en évitant le regard de Riker.

— Plus tard, continua-t-il, tu étais bourré de médicaments. Pas étonnant que tu ne t'en souviennes pas. L'un de ces gardes était ton père. Le vieux a passé des heures à ton chevet, ainsi que Kathy Mallory. Ils étaient là pendant tout le temps où tu étais sous antalgiques, qui ne marchaient d'ailleurs que la moitié du temps. Les autres, des agents en uniforme, des inspecteurs, sont venus à ton chevet pendant leurs heures de repos, pour te soutenir. Quand tu as été en voie de guérison, ils ont continué à venir très nombreux. C'est de ma faute. J'ai demandé une modification des heures de visite, je voulais qu'il y ait toujours quelqu'un auprès de toi. Un peu de distraction t'empêcherait de revivre ce moment de vulnérabilité. De plus, et le Dr Apollo ne me contredira pas sur ce point, la plupart des victimes de traumatismes ont une peur irrationnelle de rester seules. Alors tous ces flics sont venus pour toi, pour que tu saches que tu n'étais pas seul, à aucun moment, que tu étais à la tête d'un défilé, de toute la police, forte de trente mille personnes. Ces flics ont cru qu'il était important que tu le saches. Mais… de toute évidence… tu n'as pas reçu le message…

Il se leva pour prendre congé et se pencha pour poser une main sur l'épaule de Riker.

— Crois-moi, je regrette. Je ne me rendais pas compte…

Il se leva péniblement, un peu engourdi et honteux, puis il tourna vivement les talons et quitta la salle de bains.

À peine Riker s'était-il remis du choc d'avoir vu Edward Slope exprimer une émotion qu'il gagna le salon pour découvrir la présence d'un autre visiteur inattendu.

Encore des problèmes.

Il aurait dû dire à Johanna de fermer la porte à clé pour empêcher les flics d'entrer.

Le responsable de la brigade spéciale n'était certainement pas venu pour des raisons sentimentales, ni pour une visite de courtoisie. Jack Coffey faisait plutôt grise mine. Il tenait une épaisse liasse de feuilles. Ce ne pouvait être que le dossier d'appel contre sa mise à la retraite. Il en eut la confirmation lorsque le lieutenant brandit le document à quelques centimètres de son visage en disant :

— Ne me fais pas chier, Riker. Signe, et c'est tout.

Alors il signa.

Jack Coffey s'en alla sans un mot de plus. Et Riker referma la porte derrière lui, sans la claquer.

— Te voilà de nouveau flic, commenta Jo, confortablement installée sur le canapé, à la faible lueur d'une unique lampe.

Elle semblait à la fois fatiguée et heureuse. Quand il prit place à côté d'elle, elle posa la tête sur son épaule. Ils savourèrent un instant ce silence complice.

La paix, une paix parfaite. Tel était le cadeau que Jo lui offrait.

Il aurait aimé avoir quelque chose à lui donner. Il était naturel de songer à des fleurs, même si elle méritait quelque chose de plus exotique que ce qu'il avait choisi.

— Mon père était dur, déclara Riker. J'ai mis des années à le faire parler, mais il a fini par cracher le morceau. Le soir où je suis né, ma mère était mourante, du moins c'est ce que croyait mon père. Elle n'avait que dix-neuf ans et lui guère plus. Ils étaient fauchés, à l'époque. Eh bien, ma mère a voulu me léguer quelque chose, un cadeau superbe, selon l'expression de mon père. Alors elle lui a fait promettre de…

Il jeta un coup d'œil vers Johanna et sourit.

— Il faut savoir qu'elle était bourrée de médicaments, ce soir-là. Complètement défoncée, elle lui a fait promettre d'inscrire le prénom de Pimprenelle sur mon acte de naissance.

— Mon Dieu ! Elle t'a donné le nom d'une fleur ?

— Oui. C'est cruel, non ? Mais cela aurait pu être pire. *The Scarlet Pimpernel* était le film préféré de ma mère. Malgré son délire, elle savait qu'elle ne pouvait pas baptiser son fils Scarlet Pimpernel. Tout le monde m'aurait appelé Scarlet. Et ça, c'est la fille de *Autant en emporte le vent*. Ce n'est pas le bon film ni le bon sexe. Alors elle a opté pour Pimprenelle. Hélas, on ne peut pas élever un petit garçon avec un nom pareil, pas à Brooklyn. Mon père a discuté avec elle pendant des heures, même s'il pensait qu'elle allait mourir. Finalement, il a cédé en la voyant pleurer. Il a suffi d'une larme pour l'infléchir, et il a juré de me prénommer Pimprenelle.

— Mais il t'a épargné en n'inscrivant que ton initiale sur l'acte de naissance.

— Oui. Parfois, j'oublie combien je lui suis redevable. Finalement, ma mère n'est morte que cinquante ans plus tard. Quand elle est rentrée de l'hôpital, elle avait retrouvé ses esprits, enfin presque. Elle est tombée d'accord avec mon père. Elle ne pouvait pas infliger ça à un enfant dans un quartier aussi difficile. Toutefois, elle ne lui a pas permis de faire modifier l'acte de naissance. Leur deuxième bébé, ils l'ont prénommé Ned, tout simplement.

— Je ne sais même pas à quoi ressemble une pimprenelle, avoua Jo.

— Moi si.

Il tenait toujours le stylo du lieutenant, mais, tout le désordre ayant disparu, il n'y avait plus un seul bout de papier à portée de main.

— Toute la maison était tapissée de papier peint avec des pimprenelles. Il y en avait même dans ma chambre. Ça, c'était vraiment de la maltraitance.

Il prit sa main droite dans la sienne.

— Il m'arrive encore de faire des cauchemars à cause de ce papier peint.

Riker dessina une petite fleur dans la paume de Jo.

— C'est une fleur minuscule. Il n'y a pas grand-chose à voir. Je préférerais t'offrir des roses.

Il adorait son sourire.

La porte s'ouvrit d'un coup de pied. La chaîne sauta avant que Victor ne puisse actionner le verrou. Lorsqu'ils entrèrent dans l'appartement, le jeune homme pleurait.

— Victor Patchock ? demanda un homme corpulent à la mine patibulaire, mais à la voix d'une douceur incongrue.

Il hocha la tête, persuadé qu'il allait mourir. Les deux hommes s'avancèrent vers lui. Il tendit la main vers le porte-parapluies et en sortit une canne blanche qu'il agita en tous sens. C'était le dernier combat d'un homme sûr de son bon droit, les yeux fermés très fort. Il n'entendait que le sifflement de la canne, qui ne heurtait rien sur son passage.

Victor osa rouvrir les yeux.

Le gros homme semblait étonné. La grande blonde

qui se tenait à ses côtés était tout aussi abasourdie. Elle tenait une arme dont le canon était pointé vers le sol. Penchant la tête de côté, elle demanda avec une curiosité sincère :

— Vous êtes vraiment stupide à ce point ?

En ouvrant sa porte d'entrée, Charles Butler avait été ravi de trouver le médecin légiste dans le couloir. C'était l'occasion rêvée de se rabibocher. Puis Edward Slope lui avait annoncé que c'était la deuxième visite à domicile de sa carrière. Quel honneur !

Charles était d'humeur plus sombre maintenant qu'il comprenait la véritable raison de la présence du médecin. Il tendit un verre à son invité puis le rejoignit à la table de sa cuisine pour poursuivre son examen des photos de scène de crime. Le cadavre ne ressemblait plus à un garçon de dix-sept ans.

— Je vois que la plupart des balles ont touché la tête.

Edward Slope opina.

— C'était suffisant pour éveiller les soupçons de Riker.

Son regard était plus vague, maintenant qu'il ressentait les effets lénifiants d'un whisky single malt de douze ans d'âge, mais l'alcool ne lui procurait pas une consolation suffisante.

— Tu as sans doute remarqué que les tirs à la poitrine semblent presque…

— Comme s'ils étaient survenus après coup ? Oui, je suis d'accord.

Apparemment, les inspecteurs de la brigade spéciale avaient jugé inconvenant d'exploser le visage du jeune homme, alors ils avaient tiré dans la poitrine dans un souci de décence.

Le Dr Slope posa son verre vide et le repoussa.

— Ils ne sont pas entraînés pour tirer dans la tête, tu sais. Les flics visent en général la partie la plus large du corps, pour réduire les risques de balles perdues. C'est pourquoi leurs cibles survivent souvent.

— Ici, il n'y avait aucune chance, commenta Charles.

Il examina un dernier cliché, puis parcourut rapidement le rapport d'autopsie.

— Mais c'était un cas de légitime défense, non ? Tous les journaux…

— C'est ce qu'ont dit les journaux, alors ce doit être vrai, coupa le légiste en posant les mains sur ses yeux las. Désolé. Je suis injuste, reprit-il. Le gosse a tiré le premier. Un coup de feu avant de se faire descendre. Je me trouvais sur les lieux quand les techniciens ont extrait sa balle du mur. C'était une riposte justifiée, aucun doute là-dessus.

Aucun doute ? Mais le visage du médecin affirmait tout autre chose. Charles sortit les radiographies de l'enveloppe contenant les documents relatifs à l'autopsie. Les images d'os dénudés en disaient bien plus long que la chair explosée du jeune homme. Avant la fin de la soirée, il devrait sans doute aller chercher une autre bouteille de whisky pour Edward Slope.

— Toutes ces balles… fit Charles en se tournant vers son ami. J'imagine qu'il t'a été impossible de déterminer laquelle l'avait tué.

— C'est ce qu'indique mon rapport, répondit le médecin en vidant la bouteille dans son verre avant de le boire d'une rasade. Aucune des balles de la police ne s'est perdue. C'est ça, l'élément vraiment étrange. Chaque fusillade est une expérience terrifiante pour les flics. La peur gêne leur visée. Sauf ici.

Ragaillardi par l'alcool, il se sentit capable de regarder à nouveau les photos avant de les ranger dans l'enveloppe.

— Quel carnage ! Toutes ces balles pour une seule cible.

Charles leva la radiographie vers la lumière, fasciné et horrifié à la fois. Parmi les énormes dégâts provoqués sur la face, on distinguait un trou remarquablement centré dans le crâne de la victime, entre les deux yeux, en plein milieu.

Symétrie rime avec Mallory.

C'était mieux qu'une signature. D'autres orifices, tous ultérieurs, au sommet et sur les côtés du crâne, racontaient la suite de l'histoire. Il imagina les autres inspecteurs mitraillant une silhouette en train de tomber, un homme déjà mort, pour dissimuler la preuve du tir froid et calculé de Mallory, jusqu'à ce que le résultat final ressemble à une exécution.

— Je suppose que c'est mieux, pour tous les inspecteurs, de ne pas savoir qui a tiré la balle fatale, dit Charles.

Le soulagement manifeste du médecin le trahit. De toute évidence, il pensait que les lacunes de son rapport étaient moins transparentes qu'il ne l'avait supposé. Edward Slope ne put s'empêcher de croire que son secret était à l'abri. Il en avait la preuve en face de lui, à la table de la cuisine. Le visage de Charles Butler ne montrait pas le moindre signe, pas le moindre rougissement révélateur. Charles avait appris à mentir.

Revigoré par sa douche, Riker enfila son plus beau costume, le moins taché. Dans le salon, il trouva Mme Ortega en train d'inspecter la nouvelle version de son appartement. Il donna un léger coup de pied dans le chariot.

— Sortez-moi ça de là, vous voulez bien ? Ça casse l'ambiance.

Ignorant cette réflexion, elle lui tourna le dos pour inspecter le tapis et passa un doigt sur les tables et chaises, en quête de poussière.

— Voilà donc à quoi vous avez passé la journée ?

— Oui. Pas mal, hein ?

— Vous êtes des amateurs, tous les deux. Je prends le relais. Ne restez pas dans mes pattes.

L'intrépide femme de ménage se dirigea vers les hautes fenêtres qui portaient les traces d'une tentative de nettoyage.

— Moi aussi, je vous aime, maugréa Riker pour qu'elle ne se sente pas obligée de l'insulter en retour. Où est Jo ?

— Elle est partie. Elle a dit qu'elle devait nourrir un chat, fit Mme Ortega en crachant ce dernier mot avec mépris.

Pour elle, un bon animal était un animal mort.

Debout devant son bureau, Riker observa le tiroir dans lequel il rangeait son revolver. Il avait été ouvert. Pourtant, la clé était encore cachée dans une fente, derrière un pied en bois.

Et l'arme avait disparu.

Il ne s'attarda pas outre mesure sur ce mystère insignifiant. Le cambrioleur qui avait brisé la fenêtre de la salle de bains devait savoir ouvrir cette excellente serrure, qui ne semblait pas avoir été forcée. Or Mallory était la seule voleuse à être entrée dans son appartement, dernièrement, et elle ne se séparait jamais de ses crochets.

Ainsi, la petite n'osait pas le laisser avec son propre pistolet.

Le règlement voulait qu'il signale la disparition de son arme de service, mais cela ne ferait que leur poser des problèmes à tous les deux. Devait-il exiger qu'elle la lui rende ou attendre que Mallory s'introduise chez lui pour remettre l'objet en place ?

Oui.

Ce serait la solution la plus polie.

Seule la tête du chat n'était pas enveloppée de tissu blanc, de sorte qu'il n'avait aucune chance de remporter cette bataille pour rester en vie. La main du vétérinaire hésitait avec son aiguille. La pitié qu'exprimait son regard s'adressait à la femme et non à l'animal.

— C'est la meilleure solution, pour lui, Johanna. Vous le savez.

Mais pas pour les mêmes raisons que vous.

— Vous n'êtes pas obligée de…

— Si.

Elle maintint son chat, un peu hésitante, en prenant soin de ne pas toucher ce nerf fantôme qui le faisait tant souffrir.

— Allez-y, s'il vous plaît.

L'aiguille pénétra l'encolure de l'animal. Il fallait plusieurs minutes pour que l'injection fasse son effet. La personnalité de Mugs était intacte lorsqu'il croisa le regard de Johanna, implorant sa pitié, lui demandant pourquoi. Elle le berça jusqu'à ce que le sédatif et ses mouvements réguliers le fassent sombrer dans une douce torpeur. Enfin, il était au-delà de toute douleur, qu'elle soit réelle ou imaginaire. Johanna voulait croire qu'il n'était pas au-delà de l'amour, qu'il savourait le contact de ses bras, maintenant qu'ils ne pouvaient plus lui faire de mal, dans son corps ou dans son âme. Elle l'embrassa puis le serra contre elle jusqu'à ce qu'il devienne mou. Le poison viendrait plus tard. Il ne s'était pas endormi, il venait de lui dire adieu.

— Il est en paix, Johanna, dit le médecin. Il ne sentira pas la seconde injection.

Celle-ci provoquerait un spasme violent, un prélude à la mort.

— C'est mieux ainsi.

— Je le sais, répondit-elle.

Pourtant, elle mit longtemps à cesser de le bercer et à ouvrir les bras pour libérer Mugs.

CHAPITRE 19

En sortant du cabinet juridique de Madison Avenue, Johanna Apollo avait fait un détour. Ses déambulations l'avaient menée jusqu'à la nuit tandis qu'elle arpentait les rues si célèbres de sa ville d'adoption.

Elle avait faim et froid, et ressentait le besoin de ses médicaments pour effacer les souffrances de la journée. L'un de ses chiens de garde l'attendait dans le hall de l'hôtel. Le jeune agent du FBI parut soulagé de la voir encore en vie. Il n'allait pas perdre son emploi. Il recula pour demeurer à une distance toute légale. Johanna se sentit coupable, même si elle n'avait jamais consenti à la présence de ces gardes du corps. Quelle que soit l'issue de cette nuit, le jeune homme et son coéquipier auraient des explications à fournir à leurs supérieurs quand viendrait le lendemain. Tant pis. Ce n'était pas de leur faute. Ils devaient se demander comment elle parvenait à leur échapper, alors qu'elle devrait être facile à suivre dans une foule de gens dénués de bosse. Durant le court trajet en ascenseur, elle consulta deux fois sa montre.

Il restait moins d'une heure.

Il y avait peu de distance à parcourir de l'ascenseur à

sa suite, mais, avec la fatigue, elle lui parut plus longue. Si elle avait un cachet contre ces effets secondaires, rien ne soignerait sa peur de ce retour à la maison, le silence qui l'attendait et l'absence de Mugs.

Elle s'efforça de penser à autre chose, à ce qu'elle devait encore faire pour préparer la nuit à venir. En entrant, elle alluma la lumière. Tout était normal. Le coussin de Mugs portait encore l'empreinte de son petit corps, et l'objet qu'il recelait demeurait bien caché. Pour la première fois depuis qu'elle s'y était installée, la suite était parfaitement silencieuse. Pourtant, elle sentait qu'elle n'était pas seule. La porte de la chambre était grande ouverte. Tout à l'heure, elle était fermée. Et les femmes de chambre ne passaient jamais le soir. Au-delà de cette porte, tout était plongé dans le noir. Johanna n'aurait pas ressenti une telle terreur si elle avait décelé l'éclat d'une lame de couteau. Elle aurait peut-être apprécié. Au lieu de cela, elle entendit le chat crier.

Le chat mort.

Mallory émergea lentement de la pénombre, tenant le corps inerte de Mugs dans les bras. Le chat leva la tête de quelques centimètres en miaulant doucement, affaibli par les sédatifs.

— Vous m'avez suivie à la clinique vétérinaire ?

— Et je vous ai vue en ressortir en pleurant, répondit Mallory. Je n'ai mis que quelques secondes à comprendre.

— Alors vous êtes intervenue avant la seconde injection.

— L'injection mortelle.

L'inspecteur entra dans le salon et s'assit dans un fauteuil. Le chat, qui n'était plus qu'un chiffon de fourrure, gisait sur ses jambes croisées. Il leva à nouveau la tête. Ses yeux mi-clos luttèrent pour se concentrer sur celle qu'il aimait, sur Johanna.

Le sourire de Mallory était troublant.

— Vous croyez qu'il sait que vous avez essayé de le tuer ?

Ses longs ongles rouges grattaient distraitement la fourrure.

— Vous êtes très forte pour semer vos gardes du corps du FBI, docteur Apollo. Il faut que cela cesse. Je crois que nous nous comprenons.

Oh, oui, Johanna comprenait le terrorisme, à petite et à grande échelle. Les jeux de l'esprit, c'était son rayon. Mallory ferait bien de ne pas l'oublier.

— Et que comprend Riker ? demanda-t-elle, reculant mentalement face à la jeune femme. Sait-il combien vous l'avez manipulé ? Combien vous avez calculé chacun de ses mouvements, au point qu'il y a presque laissé sa santé mentale ? Comprend-il le mal que vous avez fait ? Supposez qu'il soit mort, l'autre soir, au parking ?

— Vous étiez donc là.

Mallory avait une attitude inquiétante. Elle ne saisissait pas les conséquences de ce défaut qu'elle avait en elle, à moins qu'elle ne les ait tout simplement repoussées.

— Riker a toujours su ce que je faisais, mais il s'en moquait. Il a joué le jeu pour vous, pas pour moi ni pour lui-même.

Un silence chargé de crainte et de fascination s'installa. Mallory avait réussi à faire endosser à quelqu'un d'autre la responsabilité de tout ce qui s'était passé et de tout ce qui pouvait se produire avant la fin de la nuit. Sans effort, elle était parvenue à ce que Johanna ait du sang sur les mains pour des crimes passés et à venir. La psychiatre perdit pied et s'écroula sur le canapé. Elle se contenta de la regarder, incapable de faire autrement. La jeune femme, sans pitié, prit le sac de transport du chat et y déposa Mugs avant autant de précaution que s'il s'agissait d'une peluche. Johanna ne protesta pas, car Mugs n'aurait pas peur de ce sac tant qu'il était sous sédatif.

— Faire piquer le chat, dit l'inspecteur, voilà qui colle avec la dernière réunion de votre petit groupe de thérapie à Tribeca.

— Vous nous avez mis sur écoute ?

Il n'y avait pas d'autre explication, car Jo avait annoncé la nouvelle au groupe, dans la soirée.

Mallory ignora l'accusation en balayant la pièce du regard.

— Cette chambre d'hôtel, si temporaire. Un détail si facile à régler. Je connais les personnes de votre espèce, docteur Apollo. Si vous deviez vous suicider, vous seriez de ces gens bien polis qui s'ouvrent les veines dans la baignoire pour ne pas provoquer trop de désordre. Mais vous n'auriez jamais les tripes de passer à l'acte. Vous n'êtes même pas capable de tuer un chat. J'ai vu votre armoire à pharmacie. Vous avez suffisamment de médicaments pour trucider une centaine d'animaux. Pourtant, il a fallu que vous payiez quelqu'un pour faire le sale boulot à votre place. J'en déduis que vous n'envisagez pas le suicide. Vous avez simplement peur de ne pas passer la nuit.

Mallory prit le sac et se dirigea vers la porte.

— Je ne peux pas vous imposer une inculpation dans le but de vous protéger.

— Où emmenez-vous mon chat ?

Sans un mot, l'inspecteur sortit dans le couloir pour se diriger vers l'ascenseur. Johanna lui emboîta le pas.

— Vous n'allez pas apprécier Mugs quand il sera réveillé, prévint-elle d'un ton implorant.

Devant l'ascenseur, Mallory posa un ongle rouge sur le bouton d'appel. Elle tourna la tête lentement, comme un robot, en affichant à nouveau ce sourire dérangeant :

— Vous avez peur que je ne fasse du mal à votre chat ?

Dès que les portes s'ouvrirent, Johanna se précipita dans l'ascenseur. L'inspecteur entra à son tour, tandis que son chargement commençait à s'agiter en criant faiblement.

— Pourquoi me faites-vous cela ?

— Cela n'a rien de personnel, affirma Mallory. Il faut que les deux derniers jurés survivent. C'est moi qui fixe les règles du jeu, désormais. Je représente la loi.

Elle vit les chiffres changer à mesure qu'elles descendaient.

— Riker pense que les fédéraux se servent de vous comme appât. Il n'a pas encore tout compris. Il ne peut pas comprendre. Il est trop proche de vous. Ah, j'ai trouvé l'arme.

Johanna était si troublée qu'elle faillit demander quelle arme. Elle baissa les yeux vers le petit calibre 22 que Mallory tenait en main. Un pistolet de dame, idéal pour le sac à main. Cette simple description expliquait en grande partie l'air de dérision de la jeune femme.

Les portes s'ouvrirent. Les deux femmes traversèrent le hall comme si Mallory tirait Johanna au bout de fils invisibles, tant elle était attirée par le sac de transport que l'inspecteur tenait fermement. Mallory s'arrêta devant les fauteuils installés près de la fenêtre, puis elle adressa un signe de tête à l'agent du FBI, à l'autre extrémité du hall.

— Asseyez-vous ! ordonna-t-elle à Johanna d'un ton sans réplique.

La psychiatre obéit sans discuter.

— Restez ici, reprit Mallory, pour que ce fédéral puisse vous voir. Attendez que je revienne vous chercher. Ensuite, je vous donnerai le chat.

Décidément, les visiteurs-surprises ne cessaient de débarquer. Au moins, Charles Butler avait apporté un pack de six bières. Riker ignorait ce que fabriquait Mallory. Elle ne lui avait encore rien divulgué sur le soir où elle avait suivi le faux aveugle depuis le bar à flics de Green Street.

— Nom de Dieu, Mallory.

Quand on parle du loup…

Lorsqu'il ouvrit, au deuxième coup frappé à la porte, la jeune femme se tenait sur le seuil, portant le sac de transport du chat de Jo, strié de traces de griffes familières. Il distinguait la fourrure du chat, derrière la grille, mais Mugs n'était pas très en voix. Redoutant soudain que Mallory n'ait tué la pauvre bête, Riker se pencha pour ouvrir le sac.

— Hé, Mugs, salut, mon vieux.

Pas de griffures, pas de sifflements ni de menaces d'aucune sorte. C'était mauvais signe. Il sortit le petit corps inerte et chercha des traces de balles.

Riker leva les yeux vers Mallory, mais avant qu'il ne puisse lui demander ce qui n'allait pas, elle déclara :

— Ce n'est pas moi qui lui ai fait ça.

Charles Butler surgit de la cuisine avec deux bières bien fraîches.

— Ah, le fameux Mugs. Qu'est-ce qu'il a ?

Il se tourna à son tour vers Mallory.

— C'est le vétérinaire du Dr Apollo qui l'a drogué, affirma-t-elle, sur la défensive.

Riker sourit à Charles.

— Ne traîne pas dans les parages quand ce chat se réveillera. Il risque de t'arracher un bras.

Il lui caressa la tête, ravi de s'approcher de l'animal qui l'avait mutilé lors de leur première rencontre.

— Je l'aime bien, ce chat, affirma Mallory d'un ton

suggérant que ce ne pouvait être souhaitable ou même normal.

— On peut dire que j'admire son style, renchérit Riker en prenant Mugs dans ses bras.

Le chat leva la tête, vit un visage familier et referma les yeux.

— Alors, qu'est-ce qui se passe ?

— Garde-le ici un moment.

Elle balaya la pièce du regard, jaugeant la surface étincelante des meubles. Les vitres étaient si propres que le verre semblait avoir disparu. C'était la signature de la petite bonne femme de Brooklyn.

— Mets-le dans la salle de bains. Si Mme Ortega repère un poil de chat, tu ne la reverras jamais.

Mallory se dirigeait vers la porte lorsque Charles déclara :

— Je vois que tu prends toujours des otages.

Mallory le foudroya du regard, se mordillant les lèvres jusqu'à ce que la douleur de la compassion n'oblige Charles à s'écarter de son passage.

Johanna se plia en deux, comme prise d'une douleur soudaine, alors que sa souffrance s'intensifiait depuis des heures. Naturellement, l'un de ses gardes du corps accourut, en dépit des ordres qu'il avait reçus de rester à distance.

— Mes cachets, souffla Johanna. Ils sont là-haut, dans ma chambre.

— Très bien, docteur Apollo. Attendez, répondit l'agent en sortant son téléphone portable. J'appelle mon collègue. Il surveille la sortie du fond.

— Ne le dérangez pas, reprit-elle. Je peux marcher.

Elle se leva du canapé.

— Peut-être que si vous m'aidiez…

Elle prit son bras. Sans un mot, ils montèrent ensemble dans sa suite.

— Je ne dois pas prendre ces cachets l'estomac vide, expliqua-t-elle, mais je ne peux pas attendre le room service. C'est trop long. Il y a un restaurant, sur le trottoir d'en face. Si vous voulez bien patienter un peu, je vais enfiler un vêtement plus chaud.

Une minute plus tard, elle émergea de la chambre, portant un poncho noir à capuche par-dessus sa doudoune. En traversant la rue avec son garde du corps à distance réglementaire, elle changea d'avis. Elle l'entraîna vers le métro, histoire de se cacher derrière une cage d'escalier, quelques instants seulement, le temps de tendre le poncho à une vieille femme courbée par les ans, qui stationnait toujours à cet endroit. La vieille mendiante accepta le billet de vingt dollars habituel. Puis Johanna monta dans une rame. Par la vitre, elle vit l'agent du FBI repérer le poncho noir et suivre la mendiante vers le niveau inférieur, vers une autre rame partant vers le sud. Johanna put rouler sans encombre vers le nord.

— Les fédéraux la surveillent en ce moment même, déclara Mallory. Ils ne foireront pas, cette fois.

Elle porta la litière dans la salle de bains où Riker était en train d'installer un tapis de serviettes pour le chat.

Qu'avait voulu dire Charles en parlant d'otages ?

— C'est Jo qui a eu l'idée de me faire garder Mugs ici ?

— Oui.

Par ce simple mot émis comme un sifflement, Mallory cherchait à le punir d'avoir douté d'elle. Voyant qu'elle n'y arrivait pas, elle ajouta :

— Le sédatif devrait cesser de faire effet d'ici une

heure et le docteur Apollo a besoin d'une bonne nuit de sommeil.

Tacitement, elle ajouta : *Et en plus, c'est vrai*.

Il y avait une part de vérité, dans tout cela, même si Riker avait toujours l'intention d'appeler l'hôtel de Jo, mais pas tout de suite. Mallory avait autre chose en tête.

Elle se mit en position d'attaque, les mains sur les hanches. L'heure de la confrontation était venue.

— Je sais que le Dr Apollo se trouvait au parking, le soir de l'embuscade contre Zachary. Tu m'as menti.

— Mallory, tu es mal placée pour parler de mensonges.

— Tu savais que le docteur avait une arme ? Un petit 22.

Lisant son expression, elle sourit.

— Tu le savais ! Tu me l'as caché.

Elle se pencha vers lui et s'exprima d'une voix presque sarcastique.

— Et tu ne lui as jamais demandé ce qu'elle faisait, dans ce parking, ce soir-là ?

Les mains posées au sol, comme pour prendre son élan et bondir, Mallory se pencha sur le corps endormi et impuissant du chat.

— J'ai un faux aveugle en garde à vue, dit-elle en se relevant. Tu vois de qui je veux parler. Encore un petit détail que tu as oublié de mentionner.

Riker fixait le carrelage de la salle de bains, se demandant comment elle avait effectué ce revirement alors que c'était elle qui avait…

— Le moment est venu de l'interroger, dit Mallory avant de quitter la pièce.

Il entendit sa voix s'éloigner dans le couloir.

— Tu viens, Riker ? À moins que tu ne veuilles pas savoir ce qui s'est passé lors des délibérations du jury.

Johanna fut introduite dans un studio aussi sombre qu'une grotte. Ian Zachary se tenait à côté d'un paravent japonais qui dissimulait en partie une console couverte de voyants et de cadrans. Il lui fit signe de s'asseoir.

— Ravi de vous revoir, docteur. Cela faisait un bail, depuis le procès. Je suppose que je ne puis vous convaincre de patienter une heure de plus ?

— C'est maintenant ou jamais.

— Comme vous voudrez.

Il fit un signe à la jeune femme qui se trouvait dans la régie et lui parla dans le micro de son casque.

— Pauvre tarée ? Fais démarrer la bande.

Il se tourna à nouveau vers son invitée.

— Je ne vous ferai pas changer d'avis ?

— Non. J'ai des projets pour plus tard.

Elle vit le regard de l'animateur passer de sa personne à une vitre carrée, similaire à celle de la régie, mais obscure. Si elle s'était trouvée dans un commissariat de Chicago, elle aurait juré que quelqu'un les observait secrètement.

Assis devant sa console, Zachary ne voyait plus la vitre sombre, à cause du paravent, mais il distinguait encore la régie son. La jeune fille leva un doigt – son médius – pour lui signifier qu'il restait une minute.

Intéressant.

— Alors, docteur, quel nom allons-nous utiliser, ce soir ? Johanna Apollo ou votre pseudonyme ?

— Mon véritable nom.

Elle se trouva captivée par la vitre sombre, car le paravent n'obstruait pas sa vue. Il ne dissimulait que Ian Zachary de l'observateur qui se trouvait peut-être derrière. Elle s'efforça de jauger son degré de paranoïa, élément clé pour tous les protagonistes de l'affaire.

CHAPITRE 20

La salle de la brigade spéciale était silencieuse et déserte. L'action se déroulait dans les salles d'interrogatoire et les cellules. À la faible lueur des lampes posées sur des bureaux inoccupés, Riker dénombra trois inspecteurs encore au travail à cette heure tardive. Il y avait également quelqu'un dans le bureau du lieutenant Coffey. Mallory alluma la lampe de Riker, puis s'écarta pour qu'il constate combien elle avait profité de son absence : le bureau étincelait comme un sou neuf. Les taches familières de café renversé et les brûlures de cigarettes abandonnées avaient disparu. Riker se méfia également de son siège, dont il ne reconnaissait pas le rembourrage. En s'écroulant sur le coussin, toutefois, il constata avec satisfaction qu'il épousait encore la forme de son postérieur, même s'il empestait le produit de nettoyage pour cuir.

Levant les yeux vers ceux de Mallory, il reprit leur conversation là où ils l'avaient interrompue, et qui tenait davantage de la confession.

— Je croyais être suivi partout par des flics.

Il fit pivoter son siège pour regarder par la fenêtre, vers la rue plongée dans la pénombre.

— Partout où j'allais, j'aurais juré avoir un flic aux trousses. C'est dingue, non ?

— Non, répondit Mallory. C'était vrai. Certains d'entre eux étaient des privés engagés par Zachary, les autres étaient de la police des polices.

— La police des polices me suivait ?

Lentement, il se tourna à nouveau vers elle.

— Mais pourquoi diable ?

— Ils ont reçu un tuyau anonyme.

Mallory scruta ses ongles parfaitement manucurés, comme si l'un d'entre eux pouvait être cassé ou écaillé, ce qui relevait de l'impossible.

— Un honnête citoyen les a informés que tu soulevais pas mal de poids pour un flic en incapacité totale. Ils t'ont suivi pendant des mois avec des caméras. Ils voulaient des preuves sur vidéo. Personne ne leur a dit que tu n'avais jamais encaissé les chèques de ta pension d'invalidité.

— Mais tu le savais, non ?

Mme Ortega aurait pu fournir à la jeune femme cette information. Or, bien avant que la femme de ménage ne découvre tous ces chèques, Mallory savait qu'il n'ouvrait pas son courrier. Elle décida de remettre à plus tard l'aveu de ses intrusions dans la vie privée de Riker. Pour l'heure, elle avait un problème plus important à gérer.

— C'est donc un tuyau anonyme ?

Quelque chose dans le ton de la voix de Riker, son sarcasme, peut-être, trahit son incrédulité. Il surprit le regard de la jeune femme. Elle se préparait à nier en bloc. Sa propre coéquipière l'avait donné à la police des polices. Cela collait avec le fait qu'elle ait volé son arme, ce soir-là. Mallory n'était pas certaine qu'il resterait en vie, alors elle avait lâché les chiens de garde de la police des polices sur lui. Ces flics le surveilleraient pour elle, en son absence. Autre théorie : elle avait utilisé les maladresses de la police des polices pour embarrasser le chef de la police, avec une touche de chantage pour mieux faire passer l'appel de Riker. En général, il fallait quatre-vingt-dix jours pour être réintégré, après un appel. Pour lui, l'affaire était réglée en une heure. Sa coéquipière avait également joué du clavier pour lui adresser ces chèques d'incapacité bidon, car il n'avait jamais sollicité la moindre aide de la municipalité.

Il alluma une cigarette et attendit patiemment qu'elle s'en sorte par un mensonge.

Cette gamine imprévisible était perchée sur le bord du bureau de Riker, les jambes pendantes, comme l'enfant qu'elle avait été. Il y avait une horloge sur chaque mur, mais elle sortit sa montre et fit mine de s'intéresser à l'heure qu'il était. C'était la montre en or de Lou Markowitz, transmise à quatre générations de policiers. Mallory lui rappelait ainsi qu'elle était la fille de Markowitz, l'enfant unique de son plus vieil ami. C'était une tactique bien maladroite, car la jeune femme ne comprenait rien aux sentiments et à la compassion. Elle en était dénuée. L'insulte était son jeu favori. L'idée partielle qu'elle se faisait d'une défense attristait Riker. Il n'avait plus le cœur à cela. Blessé, il garda pour lui ses questions et ses accusations. Une heure s'écoulerait avant qu'il ne se rende compte que les manigances ineptes de Mallory avaient merveilleusement bien fonctionné, qu'elle avait habilement détourné son attention en jouant sur ses sentiments aveugles et en le tuant de sa compassion.

— On devrait y aller, dit-elle en quittant son perchoir pour lui tourner le dos. L'agent Hennessey attend dans la salle d'interrogatoire. Je l'ai embarqué comme fédéral de service.

— Bien joué.

En la suivant dans le couloir étroit, il commençait

seulement à comprendre l'organisation de Mallory. Son plan génial avait commencé lorsque l'agent Hennessey avait filé une doublure pendant que Ian Zachary se faisait prendre en embuscade dans le parking. La preuve suivante d'incompétence du FBI, le meurtre de MacPhereson, n'avait fait qu'abonder dans son sens. En échange de dossiers sur le faucheur et d'une carte blanche pour la police de New York, toutes les bourdes fédérales seraient omises lors des conférences de presse. Les agents de New York partageraient la gloire à la fin du jeu, d'où la présence du « fédéral de service ».

Lou Markowitz aurait approuvé le travail de sa fille adoptive. Elle manipulait le système encore mieux que lui. Durant sa grande époque, Lou avait surpassé le FBI, mais ne l'avait jamais franchement rançonné.

Ils discutèrent tout en marchant. Riker apprit que le faux aveugle était en train de subir une expertise psychiatrique à l'hôpital Bellevue, sur l'insistance d'un avocat de l'assistance judiciaire, qui ne voulait pas croire que son client pouvait, en toute connaissance de cause, renoncer à son droit à la défense. En attendant le retour de Victor Patchock, ils avaient une autre personne à interroger, un vieil avocat du nom de Horace Fairlamb, qui était toujours en cellule.

— Alors tu as serré un avocat ? demanda Riker.

C'est bien, ma fille.

Ils entrèrent dans la plus grande des deux salles d'interrogatoire, meublée d'une longue table et dotée d'une glace sans tain. Riker serra la main de l'agent Hennessey, puis endura une étreinte de Janos. L'inspecteur venait d'apprendre que Riker réintégrait son poste à la brigade et le saluait comme un prisonnier de guerre de retour au pays. Il lui présenta ensuite Horace Fairlamb, avocat à la retraite. Seul Riker vit sa coéquipière subtiliser quelques documents dans des cartons empilés en bout de table et portant le tampon du FBI. D'épais documents issus du dossier du faucheur disparurent ainsi sous la veste de Mallory.

Méfiante, la petite.

Riker était certain que Hennessey allait honorer leur accord, sans rien leur cacher, mais Mallory n'avait confiance en personne. Elle prit congé après avoir dérobé tout ce qu'elle pouvait.

Les hommes s'attablèrent, forces de l'ordre d'un côté et Horace Fairlamb de l'autre. Ils demandèrent au vieil homme de réitérer son histoire, du moins ce qu'il avait raconté jusqu'à présent. Épuisé par son rôle de nounou, l'inspecteur Janos, implora l'avocat de s'en tenir aux faits pertinents. Lorsque Fairlamb insista pour tout reprendre du début, il leva les yeux au ciel. Ils eurent tous droit au récit de la mort de sa chère épouse, avec les funérailles comme point d'orgue.

— C'était le jour où j'ai cédé mon cabinet d'avocats à mon fils.

Le vieil homme était ensuite parti à Chicago, vivre chez sa fille et ses petits-enfants.

Trois hommes au sourire morne admirèrent les photos qu'il gardait dans son portefeuille et qu'il fit circuler à la ronde.

— Mais au bout de quelques jours, expliqua Horace, j'ai compris que cela ne marcherait pas. Je passais mon temps à pleurer. J'étais prostré, un vrai fardeau pour ma famille. Un jour, j'ai quitté la maison de ma fille, j'ai pris une chambre d'hôtel et je suis monté sur le rebord de la fenêtre.

Janos leva la tête, soudain intéressé. De toute évidence, il ne connaissait pas cet épisode.

— Vous êtes du genre à vous jeter dans le vide.

— J'aurais voulu le faire, corrigea l'avocat. Il se

trouve qu'une psychiatre résidait dans cet hôtel. C'est ainsi que j'ai fait la connaissance du Dr Apollo.

Riker se pencha vers lui.

— Elle a donc toujours vécu à l'hôtel, même à Chicago ?

— Depuis que je la connais, en tout cas. Cela fait trois ans. Bref, je suis devenu son patient. Elle me soignait pour dépression. Dans le cadre de ma thérapie, je préparais l'examen d'entrée au barreau. À mon âge, vous imaginez un peu. Mais j'ai réussi. J'ai repris le travail, j'étais à nouveau utile. Un jour, ma thérapie m'a révélé que je n'avais jamais vraiment aimé mon travail.

Il soupira.

— Un demi-siècle perdu à m'ennuyer. Car il n'y a rien de plus ennuyeux que le notariat, les successions.

— C'est à ce moment-là que vous avez recueilli le petit monstre à perruque rousse ?

Riker n'avait pas la patience de Janos.

— Votre vie est devenue intéressante, c'est ça ?

Ce qui signifiait : *Magne-toi un peu ou je te flingue*.

Le vieil homme parut un peu étonné.

— Je n'ai jamais considéré Victor Patchock comme un client. C'est ce que vous pensiez ? Oh, je vous assure que non. Je lui ai fourni d'autres prestations, des services d'une nature secrète. Je l'ai fait venir de Chicago à New York, avec un autre type.

— MacPhereson ?

— Je n'ai jamais connu le vrai nom de l'autre. Il était encore plus méfiant que Victor. Je leur ai fourni de fausses identités : papiers, cartes de crédit, passeports. Je n'ai pas eu de mal à les loger à New York car j'y possède plusieurs immeubles. Ensuite, il y a eu les déguisements et les promenades nocturnes pour faire diversion. Je dois dire que c'était bien plus amusant que le notariat. Je leur ai aussi procuré des armes, ce qui n'est pas aussi facile qu'on le pense. Il ne suffit pas d'entrer dans une armurerie, vous savez. Il y a des formulaires à remplir, des numéros de série susceptibles d'être retrouvés. Pas question de procéder légalement. J'ai dû me renseigner auprès d'une dizaine de barmen avant de trouver…

— Attendez, fit Riker, qui avait un sixième sens pour déceler les magouilles des juristes, et celui-ci avait déjà avoué plusieurs délits. Janos ? Tu lui as lu ses droits ?

L'inspecteur Janos brandit la carte énumérant les droits constitutionnels, ainsi que le fait que tout ce qu'il dirait pourrait être retenu contre lui.

— M. Fairlamb assure lui-même sa défense. Il a négocié un accord avec le bureau du procureur.

— En effet, répondit Horace Fairlamb. J'ai obtenu l'immunité totale en échange de ma collaboration. Je ne serai donc pas inculpé de faux, d'entrave à la justice ou d'acquisition illégale d'armes à feu. Mais que ce soit bien clair : ce n'est pas Johanna qui a eu l'idée de procurer des armes à Victor et à son ami. Au contraire, elle était horrifiée quand je le lui ai avoué, après les faits, hélas.

Toutes les têtes se tournèrent en direction d'un tapotement agaçant provenant de derrière la glace sans tain. Riker fixa la glace.

— Qui est dans la boîte, ce soir ?

— Un substitut du procureur.

Janos fixa à son tour la glace et haussa le ton pour se faire entendre de l'homme installé derrière.

— Il me rappelle qu'il est occupé, ce petit salaud, et qu'il a des superprojets pour la soirée. Je suppose qu'il a l'impression de perdre son temps.

Riker frappa du poing sur la table. Le tapotement agaçant cessa brusquement.

Horace Fairlamb mit un cigare dans sa bouche, un

cigare cubain, bien sûr. La contrebande faisait sans doute partie de son accord avec le procureur.

Qu'ils aillent au diable, tous ces avocats.

L'agent Hennessey se pencha sur la table pour allumer le cigare du vieil homme en disant :

— Et si on en venait au plus intéressant ?

— Oui, renchérit Riker, venons-en au procès pour meurtre. Que s'est-il passé lors des délibérations du jury ? Pourquoi ont-ils tous voté non coupable ?

— Aucune idée, répondit Horace Fairlamb. Je n'en ai jamais discuté avec mes associés.

Janos releva vivement la tête, comme si le vieil homme venait de lui assener un coup de batte de base-ball entre les deux yeux.

— Dites donc, mon vieux, on a conclu un accord !

— Ah oui… l'accord.

Il cracha un nuage de fumée.

— Si je me souviens bien, j'ai accepté de vous dire tout ce que je savais sur le jury de Ian Zachary. C'est ce que je viens de faire. Et je devine votre question suivante. Eh bien non, je n'ai aucune idée de l'identité du faucheur.

Épuisé, Janos posa la tête sur la table. L'agent Hennessey s'affaissa sur son siège en marmonnant :

— On s'est tous fait avoir.

Pas tous. Pas Mallory. Riker comprenait à présent pourquoi sa coéquipière n'avait pas pris la peine d'assister à l'interrogatoire. Ce n'était qu'une petite miette sans importance qu'elle accordait au FBI.

Derrière la vitre éclairée, la pauvre tarée avait les yeux pétillants de fièvre. Elle donnait l'impression d'être un chat sur le point de bondir, tiraillée entre l'affrontement et la fuite.

Johanna Apollo fixait l'autre vitre du studio, la vitre sombre, ce qui troublait Ian Zachary. Elle sourit.

Paranoïa, mon amie.

Déceler la faiblesse de l'Anglais avait été d'une simplicité enfantine. Sur la moquette, il restait des traces à l'ancien emplacement de la console. L'animateur avait tourné son bureau pour ne pas avoir à affronter la vitre lorsqu'il manipulait boutons et manettes. Ces mesures n'avaient toutefois pas mis fin à son trouble. Il avait ensuite trouvé la solution du paravent japonais, près de son fauteuil, qui le protégeait de la vitre, et l'aidait à chasser l'idée d'un observateur dans la pénombre.

La pauvre tarée devait avoir le don de lire dans les pensées, car elle croisa le regard de la psychiatre et leva un pouce. Johanna n'était pas certaine de comprendre les mots qu'elle était en train de prononcer, mais le sens général semblait lui conseiller de « frapper aux couilles ».

Face à l'intérêt soudain de Johanna, Zachary regarda le paravent japonais, comme s'il pouvait voir à travers.

— C'est la cabine de Needleman, mon producteur. Vous avez vu quelque chose ?

— Pas encore.

Son sourire charmeur s'envola un instant, puis il se ressaisit et se tourna vers son assistante, dans la régie illuminée. Aussitôt, elle cessa d'applaudir.

— Pauvre tarée ! Tu as encore foiré avec le volume.

La jeune fille tendit un majeur, geste obscène qui en disait long sur ce qu'elle pensait de ses critiques.

Zachary actionna une manette, puis s'adossa dans son fauteuil.

— Je pourrais diriger toute l'émission depuis cette console. Mais mon assistante a une certaine valeur sur le plan du divertissement. Vous aurez peut-être remarqué qu'elle est cinglée.

— Excentrique, peut-être, corrigea Johanna.

Si l'instinct de survie de la jeune fille demeurait intact, ce qui était toujours bon signe, la pauvre tarée avait manifestement des problèmes. Le sourire de Johanna était adressé à la cabine du producteur, ce qui eut un effet immédiat sur Zachary.

Une fois de plus, il se tourna vers le paravent qui dissimulait la vitre sombre à sa vue.

— Alors, docteur Apollo ? Vous connaissez Needleman ?

Pas un son ne sortait de la régie, mais la pauvre tarée riait comme une hystérique, en hochant exagérément la tête.

— Tout le monde connaît Needleman, répondit Johanna.

Riker avait invité l'homme du FBI à assister au deuxième interrogatoire de la soirée, celui qui permettrait peut-être de boucler l'affaire. Ils entrèrent dans une petite pièce dotée d'une cellule mais dénuée de glace sans tain. Pas de témoins. Mallory était à la fois étonnée et fâchée de voir Hennessey. Elle n'appréciait pas ce changement dans le plan. Son plan.

Le faux aveugle était enfin de retour de Bellevue, et son avocat commis d'office venait de terminer la lecture de l'expertise psychiatrique. Écœuré, il jeta le document sur la table. Il ne voulait pas croire que son client était en état de renoncer à toute défense, et ne se gêna pas pour le dire. Puis, laissant cet étrange petit homme en garde à vue, il quitta la pièce avec un sourire mystérieux, content de terminer enfin cette longue journée de travail et encore plus ravi de se débarrasser de ce cinglé.

Victor Patchock était assis les bras croisés. On lui avait pris sa canne blanche, mais il s'entêtait à garder sa perruque rousse et ses lunettes noires, et refusait d'enlever son manteau.

— Au cas où je devrais m'en aller précipitamment, affirmait-il.

— Vous n'êtes pas près de partir où que ce soit avant un bon bout de temps, lança Mallory en lui arrachant ses lunettes.

Patchock leva les bras, s'attendant à recevoir un coup en plein visage. Les pans de son manteau s'ouvrirent, révélant des taches de sang sur sa chemise. Étonné, l'agent Hennessey les fixa.

Riker et Janos se tournèrent vers Mallory.

Avant qu'elle ne puisse formuler son sempiternel « c'est pas moi », le petit homme referma vivement son manteau en disant :

— Je saigne du nez quand je suis angoissé.

N'étant plus soupçonnée d'avoir brutalisé son suspect, Mallory tendit à nouveau la main vers lui, une main blanche. Cinq ongles rouges et acérés se posèrent sur la perruque rousse en synthétique. Le petit homme se crispa.

— Pourquoi ce déguisement, Victor ?

— C'était une idée du Dr Apollo. D'après elle, personne n'irait me chercher sous une enseigne au néon, si vous voyez ce que je veux dire. Avant qu'elle ne m'achète la perruque, je n'arrivais même pas à quitter ma chambre.

— Elle vous soignait ?

Il hocha la tête.

— Sortir de ma chambre était essentiel, pour ma thérapie. Vous savez, pour reprendre ma vie en main. Alors je passais mon temps à suivre d'autres protagonistes de l'affaire, MacPhereson, Johanna et…

— Et Ian Zachary.

Mallory lui toucha le bras, contact qui le fit sursauter.

— Voilà comment vous saviez qu'il se trouvait dans ce parking, l'autre soir.

— Oui. J'ai mis un moment à comprendre que le

type de la limousine n'était qu'une doublure. Ensuite, je l'ai souvent suivi jusqu'au parking.

Victor Patchock sourit à Riker, mais pas d'un sourire heureux. Il était plutôt narquois.

— Je vous ai suivi, vous aussi, les soirs où vous alliez boire avec le Dr Apollo, après le travail. Vous ne m'avez jamais remarqué, hein ? Non, vous n'aviez d'yeux que pour elle.

Il pointa un doigt vers l'inspecteur.

— Je serais capable de tuer pour cette femme, alors ne l'oubliez pas, espèce de salaud.

Son regard soupçonneux se porta ensuite sur Mallory.

— Victor ? fit Riker en frappant sur la table pour attirer son attention. Que s'est-il passé pendant les délibérations du jury ? Pourquoi avez-vous tous voté non coupable ?

— C'est Andy, répondit l'homme à la perruque rousse. C'est à cause de lui.

— Andy Sumpter ? demanda l'agent Hennessey avec stupeur. Le juré ?

— Le premier à mourir, confirma Victor Patchock.

Johanna Apollo jetait de temps à autre un coup d'œil vers la vitre sombre, ce qui déstabilisait Ian Zachary, mais jamais plus de quelques secondes. Pour l'heure, détendu, il affichait un sourire suffisant.

— Vous avez de nombreuses explications à fournir, docteur.

— Je sais. Pour que ce soit plus facile à comprendre, commençons par la sélection du jury. Vos avocats ont fait traîner le processus. Ils ont eu largement le temps de se procurer des dossiers complets sur tous les jurés potentiels.

— Composer un jury favorable n'est pas un crime, docteur. C'est une science.

— Oh, je suis d'accord avec vous, admit Johanna. Mais cela paraissait malsain, sur le moment. Vos avocats ne se sont pas embarrassés de préjugés. Les personnes de petite taille, frêles et réservées, n'ont jamais été mises en question par votre défense. Sans parler de moi, la bossue, l'invalide, si vulnérable. Andy Sumpter était l'exception. Il avait la maturité d'un enfant dans le corps d'un haltérophile. Le procureur l'a adoré. Andy est apparu comme un fanatique de l'ordre. Je suis sûre que vous l'avez entraîné pas à pas.

— Ça, ce serait un crime, fit Zachary sans s'offusquer de l'accusation. Tenons-nous-en aux faits, docteur. Nous reviendrons plus tard sur vos théories infondées.

— Andy a somnolé pendant la majeure partie du procès. Ça, c'est un fait. Mais quand nous nous sommes retirés pour délibérer, il a soudain retrouvé ses esprits. Le premier tour de scrutin penchait pour un verdict de culpabilité. Andy, lui, a voté non coupable. Or le juge ne pouvait accepter un jury sans décision unanime. Il ne cessait de nous renvoyer dans cette petite salle pour que nous réglions le problème. Chaque jour, Andy ralliait de nouvelles voix à sa cause. Les deux premiers ont facilement changé d'avis : ils voulaient rentrer chez eux au plus vite. Mais les autres campaient sur leurs positions, même lorsque Andy les fusillait un à un du regard, en se frappant la paume de son poing, encore et encore.

Victor Patchock partit aux toilettes, escorté par l'inspecteur Janos. Outre les saignements de nez, la nervosité affectait également sa vessie, disait-il.

Dès que la porte de la salle se fut refermée, l'agent Hennessey se retrouva à son tour sur la sellette. Debout près de sa chaise, Mallory avait l'avantage de le regarder de haut.

— On appelle ça influencer le jury, dit-elle. Les fédéraux menaient l'enquête avant la mort du premier juré. C'est ce qui a fait venir Timothy Kidd de Chicago, après le procès. Il ne travaillait pas sur les meurtres du faucheur.

Elle le traitait tacitement de menteur.

— Ce n'est pas possible, intervint Riker, répondant à la place de l'agent abasourdi. Timothy Kidd était profileur, il travaillait sur des meurtres.

Mallory secoua la tête.

— Kidd n'a jamais été profileur. C'était un agent de terrain tout ce qu'il y a de plus ordinaire, comme Hennessey. Et il était aussi complètement cinglé.

— Elle a à la fois tort et raison, déclara Hennessey en s'adressant uniquement à Riker, le plus chaleureux. Il y a un an, l'agent Kidd a fait une dépression nerveuse. On l'a transféré à un poste administratif, où il remuait de la paperasse et pondait des rapports sur d'obscures plaintes. C'est ainsi qu'un jour, une plainte du Dr Apollo pour manipulation de jury a atterri sur son bureau. Personne d'autre ne l'a prise au sérieux. Un jury bloqué par une seule voix aurait pu attirer l'attention, mais on ne peut pas acheter tout un jury, n'est-ce pas ? Le verdict était unanime et sa plainte non fondée.

Il leva les yeux vers Mallory.

— Vous vous trompiez, à propos de l'accusation de manipulation.

Elle détourna vivement les yeux pour ne pas croiser le regard de Riker.

— Avant la mort du premier juré, il n'y avait pas de dossier fédéral. Mais le Dr Apollo a alerté toutes les agences, que ce soit sur le plan local, national et fédéral.

Riker opina.

— Et ce dingue de Timothy Kidd a été le seul à la croire.

— C'est ça, répondit Hennessey. Alors l'agent Kidd

est allé à Chicago pour mener un interrogatoire de sa propre initiative. Il n'a jamais été chargé d'une affaire criminelle. Quelques jours plus tard, le faucheur a tué son premier juré. Il y avait un message sur le mur de la scène de crime, en lettres tracées avec le sang de la victime. « Un de moins, plus que onze. » Voilà ce qu'il disait. Le bureau de Chicago est intervenu et a placé les autres jurés sous protection. L'agent Kidd profitait d'un arrêt maladie pour faire la navette entre Washington et Chicago. Il a donc bien enquêté sur les meurtres du faucheur, mais de façon privée.

— Argus l'ignorait, dit Riker. Il croyait que Kidd était en ville pour vérifier son travail.

La porte s'ouvrit, interrompant leur conversation. L'inspecteur Janos et le jeune homme revenaient des toilettes. Victor Patchock s'assit, rajusta sa perruque et reprit son récit des délibérations du jury.

— Un soir, Andy est venu me trouver. On dînait tous au restaurant, avec l'huissier. Je suis allé aux toilettes et il m'a coincé dans un coin pour me murmurer : numéro quatre, Ellery Drive. C'est mon adresse. Enfin, c'était mon adresse.

— Mais on n'a jamais rien trouvé sur vous, dit Hennessey. Pourquoi n'avez-vous pas soutenu la plainte du Dr Apollo ?

— C'est moi qui suis allée voir le juge, expliqua Johanna. Les autres jurés n'ont pas voulu me soutenir, ni corroborer ma plainte. Le juge a cru que j'étais hystérique à cause de la pression d'un procès médiatique. Lui, il adorait tout ce cirque, au point de se maquiller durant les séances. Et il ne voulait pas d'une annulation. Alors il m'a renvoyée auprès de tous ces gens terrorisés.

— Et Andy Sumpter, ajouta Zachary. Vous aviez peur.

— Je ne suis pas à l'abri d'une intimidation, répondit-elle. Andy était furieux contre moi et me l'a fait savoir. Il m'a fusillée du regard pendant des heures, en silence, à part le bruit de son poing dans sa paume. Et chacun de ces coups m'était destiné. De toute évidence, Andy était au courant de la plainte. Grâce à vous, sans doute.

— Mais je n'avais aucun contact avec les jurés, objecta Zachary. Êtes-vous en mesure de prouver le contraire ? Non, je m'en doutais. Peut-être le juge avait-il raison ? Seriez-vous sujette à l'hystérie, docteur ?

— En fait, c'est vous qui me semblez nerveux, ce soir.

Elle se tourna vers la vitre sombre, ce qui eut aussitôt pour effet d'intensifier l'angoisse de son interlocuteur.

— Si je rends mon histoire publique, c'est parce que…

Elle s'interrompit pour emprunter une expression de Mallory.

— C'est parce que je ne suis pas certaine de passer la nuit.

Riker secoua lentement la tête.

— Bon, Victor, mettons les choses au point. Jo est allée trouver le juge pour sauver votre peau à tous et aucun d'entre vous ne l'a soutenue ?

— Non, répondit le jeune homme. Pas sur le moment. Andy était cinglé et on devait le supporter huit heures par jour.

— Que s'est-il passé, après le verdict ? s'enquit Riker. Personne d'autre ne s'est présenté pour confirmer la plainte de Jo ?

— Non. Quand Andy s'est fait tuer, je n'ai pas réfléchi. Les autres non plus. C'était plutôt moi qui étais du genre à me faire trancher la gorge. J'ignorais tout du message en lettres de sang. Personne ne nous a informés que les autres membres du jury étaient en danger. Pas à l'époque.

L'agent Hennessey leva les yeux du dossier du faucheur, qu'il était en train de parcourir.

— J'ai ici un appel passé par la police de Chicago, qui était encore sur l'affaire. Les flics possédaient une liste de gens qui souhaitaient la mort d'Andy Sumpter. Ils ont cru que le meurtre avait été mis en scène pour faire croire à un crime de psychopathe, afin de détourner l'attention de son créancier.

— Alors Andy avait besoin d'argent, dit Mallory, qui adorait par-dessus tout les mobiles financiers.

— Andy était votre fan le plus malsain et le plus fidèle, déclara Johanna. Mais je suis sûre qu'il avait d'autres motivations. Il ne voulait pas se contenter d'un jury bloqué. Lui avez-vous dit que le verdict devait être unanime ?

— Encore des accusations ? Une fois de plus, vous êtes seule, docteur Apollo. Votre théorie ne tient pas. Et ne perdons pas de vue que vous avez, vous aussi, voté non coupable. Souhaitez-vous vous expliquer sur ce vote ? Car vous avez le profil idéal pour influencer un jury. Faire basculer un jury tout entier doit être un jeu d'enfant pour une psychiatre. Et ce pauvre Andy n'était qu'une tumeur au cerveau géante.

— C'est une bonne description. Donc vous le connaissiez.

Zachary poussa un soupir.

— Je ne vois pas ce crétin en train d'influencer tout un jury…

— Il les terrorisait. Et vous lui avez expliqué comment procéder. Il n'était pas assez futé pour trouver tout seul. Il était toujours sur le point de perdre son sang-froid et de frapper ces gens.

— Mais il ne l'a pas fait. C'est grâce à vous, n'est-ce pas, docteur Apollo ? Et vous avez été la seule à porter plainte. C'est intéressant, cela aussi.

— Si les deux autres femmes n'étaient pas mortes, je crois qu'elles auraient parlé. Il était plus facile pour une femme d'avouer ce qui s'était passé dans cette pièce.

— À vous entendre, on jurerait qu'il s'agit d'un viol.

— L'agression a eu lieu dans les toilettes du jury, répondit Johanna. Mais vous le savez. Vous aviez tout prévu.

— C'était comme un viol, raconta Victor Patchock. Dès qu'on recule devant lui, on perd sa virilité. Aucun des hommes présents ne voulait admettre qu'Andy les intimidait. Les votes changeaient à chaque tour de table, un ou deux par tour, jusqu'à ce qu'il les rallie tous à sa cause.

Hennessey leva les yeux de son calepin, le stylo en l'air.

— Mais vous dites qu'Andy n'a jamais touché personne.

— En fait… Si. MacPhereson. Pauvre Mac. Il est allé aux toilettes. Comme il y avait deux cabines, personne ne s'est étonné de voir Andy le suivre. Mais Andy s'est glissé sous la porte. Terrorisé, Mac est resté sans voix, il n'a pas appelé à l'aide. Je n'ai jamais compris comment Andy savait qu'il ne crierait pas comme l'aurait fait une femme.

— L'expérience, expliqua Riker, qui entrevoyait la suite du récit. Ce n'était sans doute pas la première fois qu'il sévissait.

Victor Patchock baissa la tête.

— Andy a enfoncé son mouchoir crasseux et puant dans la bouche de Mac. Il a retourné le pauvre type et lui a écarté les jambes. Mac appuyait les deux bras contre le mur pour ne pas tomber. Et le pauvre ignorait encore ce qui l'attendait. Puis il a entendu s'ouvrir la braguette d'Andy.

Le petit homme ferma les yeux.

— Dans la salle, il n'y avait pas grand-chose à entendre. Des grognements, le rire d'Andy, et des coups réguliers, chaque fois que ses fesses heurtaient la porte des toilettes.

Victor Patchock frappa du poing sur la table, encore et encore, en scandant : « Boum, boum, boum » au rythme d'un viol.

— Andy est revenu dans la salle, un sourire sur sa tête d'abruti. MacPhereson est resté dans les toilettes encore vingt minutes. Quand il en est enfin sorti, il était incapable de regarder qui que ce soit dans les yeux. Il a gardé la tête baissée. Il tremblait de tout son corps, en train de mourir intérieurement, s'efforçant de ne pas pleurer. Finalement, il a sangloté en silence. Il y avait du sang sur le fond de son pantalon. Tout le monde savait ce qui lui était arrivé. Plus personne n'a jamais remis les pieds dans ces toilettes, sauf Andy. Et MacPhereson a changé son vote.

— Andy Sumpter n'était pas gay, déclara Ian Zachary. Il versait une pension alimentaire pour trois enfants.

— Le viol n'est pas une question de sexe, répondit Johanna.

— Ah, le couplet féministe ! Je connais le cliché. Le viol n'est pas une question de sexe, mais de domination. C'est ainsi que vous voyez les choses, docteur Apollo.

— Non, répliqua-t-elle. Je croyais que c'était peut-être une histoire d'argent. À moins que vous n'ayez promis à Andy de faire de lui une star ? Vos fans seraient capables de tout pour quelques minutes d'antenne.

— Andy était peut-être votre esclave, docteur Apollo. Vous avez toujours eu la mainmise sur le groupe. Tous les jurés étaient d'accord là-dessus lorsqu'ils s'adressaient aux médias. Ils vous obéissaient.

— J'ai fait de mon mieux pour empêcher Andy de prendre le contrôle de la situation. Il voulait toujours en venir aux mains et j'ai eu toutes les peines du monde à le retenir de frapper les autres. Avec le recul, Andy n'est peut-être pas le meilleur choix que vous auriez pu faire pour intimider ce jury. Il était toujours sur le point d'exploser. Voilà ce qui se passe quand des amateurs tels que vous se lancent dans la psychologie.

— Mais vous prétendez que ce débile a réussi à manipuler le système judiciaire. Ce taré d'Andy a influencé le jury !

— Andy était un homme des cavernes, admit Johanna. Mais vous avez raison sur un point. Tout est de ma faute. Je regrette aujourd'hui de ne pas l'avoir laissé exploser dans la salle, en présence de témoins. Il aurait peut-être blessé quelqu'un, il aurait brisé quelques os, mais vous ne seriez jamais sorti de ce procès en homme libre.

— Et sans ce verdict unanime, sans votre voix, docteur, le faucheur n'aurait eu aucune raison de tuer les jurés. Tous ces malheureux seraient encore en vie.

— Après la mort des autres jurés, le Dr Apollo nous a portés à bout de bras, MacPhereson et moi, dit Victor Patchock. Elle a tout payé. Elle nous a empêchés de craquer. Mais…

— Il s'est passé quelque chose, intervint Mallory pour le faire accélérer. Quelque chose a changé ?

— J'ai découvert qui était le faucheur. Fairlamb, ce maudit avocat, m'a dénoncé au Dr Apollo. Elle m'attendait dans ce parking, elle m'a pris mon arme, mais il était trop tard pour arrêter MacPhereson.

Il se tourna vers Riker.

— J'ai attendu dehors, dans la rue, puis j'ai suivi vos hommes dans ce bar de Green Street. Le pauvre Mac était coincé à une table, entre vous et Zachary.

— Qui est le faucheur ? demanda l'agent Hennessey.

— C'est lui, répondit Patchock en désignant Riker. Il a suivi Mac dans le parking, ce soir-là. Plus tard, quand j'ai quitté le bar, il attendait toujours que Mac revienne des toilettes. Arrêtez-le !

Riker regarda Mallory. Elle n'en voulait absolument pas au petit homme de lui faire perdre son temps. Et il savait pourquoi, du moins le croyait-il. C'est alors qu'elle l'étonna.

Mallory posa une main sur l'épaule de Victor Patchock, enfonçant les ongles dans le tissu, juste pour lui rappeler que c'était elle qui commandait. D'un ton monocorde, elle déclara :

— Je sais que vous nous cachez des informations. Grossière erreur, Victor. Ne jouez pas les imbéciles.

— Il faut que je retourne aux toilettes.

Quand la porte se fut refermée sur le petit homme et son escorte, Hennessey se tourna vers les policiers.

— Le Dr Apollo n'évoquait pas une agression, dans sa plainte.

— Bien sûr que non, intervint Riker. Qui l'aurait crue ? Pas vous. Il y avait dix personnes dans la pièce voisine et un huissier dans le couloir. Comment Andy Sumpter aurait-il été assez stupide pour prendre un tel risque ? Ce plan est si grotesque qu'il en est génial.

— Et c'est arrivé, dit Mallory. Andy avait besoin d'argent et certains sont prêts à tout pour en obtenir.

Elle se tourna vers Riker.

— Cependant, Victor a menti sur un point.

— J'ai entendu du bruit, dans les toilettes, raconta Johanna. Les autres jurés étaient devenus sourds, comme par hasard. Alors je suis allée chercher l'huissier. Le couloir était vide. J'ai réalisé que vous l'aviez acheté. C'était lui qui transmettait vos instructions à Andy Sumpter. Non seulement vous avez organisé le viol, mais vous l'avez programmé avec l'huissier. Vous teniez à ce qu'il soit absent à ce moment-là.

Johanna s'adressait à la vitre sombre.

Même la jeune fille de la régie l'écoutait avec attention. Elle se tourna comme si elle regardait à travers le mur épais qui séparait la régie de la cabine du producteur.

— Excusez-moi, docteur, dit Zachary en se levant de sa console.

Il contourna le paravent et posa un petit appareil photo contre la vitre, illuminant la cabine d'un flash.

Personne.

Il retourna vers son fauteuil, comme si ce qu'il venait de faire était parfaitement normal.

— Continuez, docteur. Vous étiez en train de m'accuser d'avoir suborné tout le jury.

Elle scruta son visage plus détendu. Il s'amusait à nouveau. Dommage. Mais elle allait y remédier.

— Vous ne vous en tirerez pas avec une subornation de jury. Et vous ne serez plus une star des médias.

— Parlons plutôt de vos crimes, docteur Apollo. Après le procès, je vous ai envoyé des roses tous les jours pendant un mois. Je suis sûr que vous savez pourquoi. Je n'ai jamais douté du fait que vous étiez responsable de ce verdict. Vous dites vous-même que vous avez empêché Andy Sumpter de frapper ces personnes. Plus que toute autre, vous avez influencé le jury. Ah, et autre chose : vous avez voté non coupable. Vous avez mérité vos roses, docteur.

— Vous ne vous en tirerez pas à si bon compte.

Il sourit et leva les mains en l'air.

— Appelez la police. Qu'il y ait un nouveau procès. Non, attendez. À quoi pensais-je donc ? Vous n'avez aucune preuve.

— Vous m'avez mal comprise, reprit-elle. Je faisais allusion à tous les gens qui souhaitaient votre mort. Ces jurés que vos fans et vous avez traqués, ils avaient un mari, une femme, des parents, des enfants. Autant de survivants meurtris. Il est là, votre nouveau procès. Il se joue ici, en ce moment. Si on me croyait, vous seriez un homme mort.

— Un instant, docteur Apollo. Si je vous comprends bien, vous réclamez ouvertement mon meurtre à la radio.

Les yeux de Johanna se portèrent vers la vitre sombre. Elle retint son souffle, surprise par l'image qu'elle voyait de l'autre côté. Quelle créativité cruelle. Jamais elle n'aurait imaginé une chose aussi sophistiquée.

— C'est fascinant.

Zachary se précipita vers le paravent japonais et l'abattit d'un coup de poing pour voir la cabine du producteur. Un drap était tendu sur la vitre, percé de deux trous, deux yeux sombres tournés vers le haut. Et même s'il n'y avait pas de troisième orifice pour figurer la bouche, Johanna garderait le souvenir d'un visage au sourire malin.

Au retour de Victor Patchock, il fut finalement établi, à sa grande satisfaction, que c'était un agent du FBI, et non Riker, qui avait vu MacPhereson en vie pour la dernière fois. Hennessey quitta la pièce pour répondre à un appel sur son portable. Sans perdre une seconde, Mallory reprit l'interrogatoire.

— Parlons du parking. Que pensiez-vous faire, tous les deux, ce soir-là ?

— MacPhereson et moi voulions faire une peur bleue à Zachary.

— Votre arme était également chargée de balles à blanc ?

— Non. Je voulais vraiment abattre ce salaud. Avec de vraies balles. Je voulais lui faire du mal, à lui et ses crétins de fans. Je le déteste encore plus que le faucheur.

— Vous vouliez vous venger, dit Mallory. C'est vrai. Mais vous nous avez raconté des mensonges, Victor. Je vous avais pourtant prévenu. Vous avez dit que le Dr Apollo avait été la dernière à modifier son vote.

Il baissa les yeux en opinant, réitérant ses propos.

— Vous mentez, insista la jeune femme. Et c'est un petit mensonge stupide.

Mallory brandit une coupure de journal.

— Voici une interview d'un des jurés. D'après cet article, le dernier à résister fut un homme. Ce n'était donc pas le Dr Apollo, et je suis certaine que ce n'était pas vous. Si vous me mentez encore une fois…

Elle ne termina pas sa phrase, histoire de l'effrayer.

— C'est Mac, avoua Victor Patchock. C'est lui le dernier à avoir modifié son vote.

— Et ce n'est pas lui qui s'est fait violer dans les toilettes, intervint Riker. C'est vous.

— Non ! Ce n'est pas moi !

— Vous mentez ! répliqua Riker. L'autre soir, dans le parking, MacPhereson voulait seulement faire peur à Zachary, le faire payer. Il voulait que Zachary sache ce que c'est que la peur. Mais vous, vous cherchiez une autre forme de vengeance. Vous avez apporté des balles réelles. Andy Sumpter était mort, tué par le faucheur. Plus moyen de se venger sur lui.

— Alors vous vous en êtes pris à Ian Zachary, poursuivit Mallory. Votre violeur par procuration. Je vous avais dit de ne plus me mentir.

Riker se pencha vers le petit homme.

— Vous aviez l'intention de lui tirer dans les couilles ? Vous vous pensiez capable de réussir un tel tir, alors que vous vous cachiez dans la pénombre ?

La tête de Victor Patchock tomba en arrière. Il fixa les lampes du plafond. Il se mit à saigner du nez. Il s'essuya d'une main, maculant son visage de sang.

— C'est moi qui ai changé mon vote le premier. Ce n'est pas parce que j'avais peur. Non. Je voulais seulement rentrer à la maison. Alors je ne sais pas pourquoi Andy m'a fait ça. Pourquoi ? J'avais déjà voté comme il voulait.

Il s'essuya la main sur la manche de son manteau.

— Je suis petit… Je le sais. Le Dr Apollo ne cessait de voter coupable. Il n'y avait qu'elle et MacPhereson. Mais quand… je suis sorti des toilettes… Andy a exigé un nouveau vote. Il était à côté de moi, une main sur mon épaule, comme si j'étais sa petite amie. Et il fixait le Dr Apollo. Tout le monde, sauf Mac, peut-être, regardait dans l'autre sens, si vous voyez ce que je veux dire.

— Ainsi, vous étiez l'otage d'Andy, dit Riker. Voilà pourquoi Jo a voté non coupable.

— Il connaissait mon adresse, reprit Victor. Supposez que j'aie porté plainte. Qui m'aurait cru ? Personne n'a soutenu le Dr Apollo. Je n'avais aucune chance. Les débiles ne comprenaient rien et les intelligents n'osaient pas résister à Andy.

— Sauf Jo et MacPhereson, déclara Riker. Vous auriez pu…

— Bon ! D'accord ! Mais ensuite ? Je suis petit. Et vous, les flics, vous ne gardez jamais les criminels en taule plus de cinq minutes. Andy aurait été libre au bout d'une heure. Vous savez bien qu'il aurait…

Qu'il vous aurait violé une nouvelle fois ?

— Ainsi, Johanna a modifié son vote pour vous ? demanda Riker.

Jo avait dû intérioriser toute la douleur et la peur de Victor Patchock, puis chercher à y mettre fin.

— Le Dr Apollo a voté non coupable, répondit Victor. Quand elle a cédé, Mac en a fait autant. Il ne pouvait rien faire sans elle. Seul, il ne pouvait rien.

Riker baissa les yeux. Il y avait de la culpabilité à revendre, autour de la table. Il avait ses propres regrets à propos de MacPhereson et acceptait sa part de responsabilité dans sa mort. Un homme bien était parti, et ce lâche, ce petit homme, comme il le disait lui-même, avait survécu. Victor Patchock était en passe de devenir célèbre. Les médias allaient bientôt faire de lui un symbole du système judiciaire américain, une preuve qu'il était encore en bonne santé. Ou peut-être pas…

La pauvre tarée ne pouvait que fixer les lampes qui clignotaient. Elle n'osait prendre aucun appel, de peur de tomber sur un fan curieux ou sur le directeur furibond de la station de radio. L'horloge digitale de sa console égrenait les secondes. Elle n'avait pas un instant de répit, à peine le temps de respirer. Elle vida son sac à main sur le bureau et fouilla son contenu, cherchant un moyen de tenir le monde entier à distance. Elle le trouva dans un sac en papier portant le logo d'une quincaillerie.

Sauvée.

Elle rit, rit jusqu'aux larmes, des larmes d'un bonheur si intense qu'il en était presque insupportable. Le micro était fermé et nul ne pouvait entendre sa voix, à l'extérieur. Elle crispa les poings et prit une profonde inspiration pour crier :

— Je vais devenir célèbre !

Hennessey n'était pas encore de retour quand Mallory décida de poursuivre l'interrogatoire dans une salle plus spacieuse, celle qui disposait d'une glace sans tain. Riker devina qu'elle voulait en faire profiter le substitut du procureur. Si cet homme attendait encore derrière la glace, il verrait Mallory conclure un bref interrogatoire par une déclaration volontaire de Victor Patchock, en l'absence de toute contrainte. Elle poussa un bloc de papier jaune en direction de Victor. Le petit homme se mit à noter tous les détails qu'on lui avait soutirés dans l'autre pièce. Son visage ne ruisselait plus de larmes et les traces de son saignement de nez avaient été effacées.

— Écrivez tout, ordonna-t-elle avant de se tourner vers la glace. C'est terminé. Allons chercher le Dr Apollo.

De l'autre côté du miroir, Jack Coffey s'exprima dans l'interphone d'une voix légèrement sardonique :

— Les gars de Chicago ont encore perdu le Dr Apollo.

— C'est pas possible !

Mallory se leva et fit face au miroir et à l'homme qui se tenait derrière.

— Ces imbéciles n'avaient pourtant qu'à…

— Ce n'est pas un problème.

Sur le seuil, l'agent Hennessey souriait en pliant son portable pour le ranger dans la poche de poitrine de sa veste.

— Mes hommes l'ont retrouvée. Elle est invitée à l'émission de Ian Zachary. On a des hommes à la station de radio, en ce moment même. Dès la fin de l'émission, on l'arrêtera pour subornation de jury.

Trahison.

Riker appuya sa tête lasse sur sa paume. En voyant Mallory se tourner vers l'agent du FBI, il décida de la laisser lui arracher la tête. Hennessey ne la connaissait pas assez bien pour se méfier, tandis qu'elle s'avançait vers lui, en pesant ses mots.

— Quand est-ce arrivé ?

— Mon chef de bureau écoute l'émission depuis vingt minutes. Il dit que cette femme a un bon dossier. Zachary va tomber pour subornation de jury et il ne fournira plus d'informations utiles au faucheur.

Hennessey tapota Victor dans le dos.

— Et maintenant que vous avez corroboré la plainte déposée par le Dr Apollo…

Il se tourna pour sourire à Mallory, comme si cela pouvait l'aider.

— Le docteur et M. Patchock sont en détention provisoire, qu'ils le veuillent ou non. Ce sont désormais des témoins à protéger.

Il se détourna de Mallory – grossière erreur – pour voir Jack Coffey entrer dans la pièce.

Riker trouva son patron étrangement calme.

— Alors merci pour votre aide, lieutenant, dit l'agent, mais nous prenons le relais.

Mallory s'approchait lentement de Hennessey, dans son dos. Riker se ravisa face à la violence qui couvait. Il saisit la jeune femme par les épaules au moment où ses ongles se dressaient telles des griffes, puis il murmura à son oreille :

— Laisse Coffey se charger de ce salaud. Fais-moi confiance.

Il se fiait à la mine du lieutenant.

Tout sourires, Jack Coffey approcha une chaise de la table.

— Hennessey, il y a un détail dont votre patron ne vous a sans doute pas parlé. C'est arrivé il y a trois minutes. Quelqu'un a appelé le 911 pour un problème de tapage à la station de radio. Six agents en patrouille ont répondu à l'appel. Les agents du FBI ont tenté de les empêcher de monter à l'étage de Ian Zachary, mais les agents en uniforme ne tiennent pas compte des ordres des fédéraux.

Le lieutenant posa les pieds sur la table. L'agent du FBI se raidit, se préparant à de mauvaises nouvelles.

— Désolé, Hennessey. Il semblerait qu'un de vos hommes soit blessé. Mais il y a une bonne nouvelle. Notre collègue ne lui a pas fracturé la mâchoire. Ce n'est qu'une plaie à la lèvre. Quelques points de suture et il n'y paraîtra plus. Quant à cet appel pour tapage, c'était une fausse alerte, conclut Coffey en haussant les épaules.

En temps normal, Riker aurait soupçonné Mallory d'avoir passé un appel bidon au 911, mais elle avait un alibi. De toute évidence, le lieutenant prenait les mêmes mauvaises habitudes qu'elle.

Jack Coffey se tourna vers l'inspecteur Janos :

— Ces agents en uniforme sont du commissariat du centre. Restez en contact avec leur sergent. Ils ont l'ordre de ne pas bouger des lieux. Veillez à ce qu'ils restent tous. Je veux que personne ne bouge avant que nous ayons procédé à une arrestation.

Enfin, et sans dissimuler sa satisfaction, il s'adressa à l'agent du FBI :

— On prend le relais.

— Vous n'êtes pas habilité à traiter une manipulation de jury, protesta l'agent Hennessey.

— Oh, mais tout a changé, répondit Coffey. Nous avons d'autres charges.

Il se tourna vers Mallory.

— Tu ne lui as encore rien dit ? Désolé, j'ai gâché ton plaisir.

Hennessey allait quitter la pièce sans ses cartons de

documents, emboîtant le pas de Coffey, mais Riker lui barra la route.

— Pas si vite, mon vieux. Tu as conclu un accord avec Mallory et tu vas le respecter.

Il baissa les yeux vers le dossier du faucheur.

— À moins que tu ne préfères laisser tout ça ici.

Durant trente minutes, la voix du Dr Apollo fut diffusée à la radio dans toute la ville, notamment dans le poste posé dans la salle d'interrogatoire.

Riker baissa le volume et fit face à la glace sans tain.

— Pourquoi le mandat d'arrestation est-il si long à venir ?

La voix de Jack Coffey retentit dans l'interphone :

— On cherche un juge qui n'a pas peur de l'ACLU. Cela ne devrait plus être long.

Le contenu du dossier du faucheur était éparpillé sur la longue table. Hennessey ne pouvait qu'assister au pillage de ses documents. Ses doigts martelaient la table, trahissant une arrogance retenue. L'homme du FBI n'était pas officiellement prisonnier, mais la masse impressionnante de l'inspecteur Janos appuyée contre la porte le suggérait fortement.

Mallory tenait Hennessey et elle ne faisait que commencer à jouer avec sa proie. Après avoir parcouru le contenu d'un dossier du FBI, elle leva les yeux.

— Le Dr Apollo a donc toujours figuré sur la liste des suspects pour les meurtres de jurés.

Elle froissa une feuille de papier. Fasciné, Hennessey l'observa tandis qu'elle la roulait entre ses paumes, formant une boule parfaite de la taille d'une bille.

— C'est de la destruction de…

— C'est du bidon, coupa-t-elle, et vous le saviez, en sortant le dossier du faucheur. Maintenant, je veux la vérité, les notes personnelles qui n'ont jamais atterri dans votre base de données. Combien d'erreurs ont été purgées de l'ordinateur ?

Hennessey hésita trop longtemps. La boulette de papier frôla son oreille droite et rebondit sur le mur, derrière lui.

— Si je dois trouver moi-même ces erreurs, dit-elle, je les ajouterai à tout le bordel que vos collègues ont semé dans cette affaire. Je donnerai peut-être une conférence de presse, sur toutes les grandes chaînes. Une publicité nationale, très mauvaise pour votre image.

Ses arguments firent des miracles.

Hennessey ramassa la boulette de papier.

— Ce n'est pas totalement bidon. Quand l'agent Kidd a été tué, le Dr Apollo était notre suspect numéro un. On pensait à un meurtre inspiré du faucheur. Elle avait un passé psychiatrique, une longue thérapie durant son enfance et son adolescence. Notre homme a peut-être dit quelque chose qu'il ne fallait pas et qui l'a fait craquer. Cela arrive. À moins que ce ne soit lui qui ait craqué et que le docteur l'ait tué en situation de légitime défense. Mais nous savons que ce n'est pas le faucheur qui a tué Timothy Kidd.

— Vous vous trompez, dit Riker. Encore une bourde des fédéraux. Mallory, tu tiens les comptes ?

L'agent Hennessey était peut-être sur la défensive, mais il ne donnait aucun signe de renoncer à sa théorie. Inflexible, il reprit :

— Le meurtre de Timothy Kidd ne présentait pas les éléments d'un meurtre du faucheur, à part le canif, détail mentionné dans les journaux. Il n'y avait pas de faux dessinée à l'aide de sang, rien d'inscrit sur le mur du salon du docteur. Il n'y avait pas de message dans sa bouche. Même la plaie de sa gorge était différente, moins profonde et moins grave.

— Mais le sans-abri a été tué à l'aide d'un canif,

objecta Mallory. La même plaie ratée que celle de Timothy Kidd.

— C'est vrai, admit l'agent. Nous pensons que le docteur a aussi tué Bunny. Argus s'est fourvoyé sur toute la ligne. Il croyait que la mort de Bunny signifiait que le faucheur surveillait le Dr Apollo.

Mallory parut sincèrement offensée, car l'agent ne faisait pas le moindre effort en proférant ses mensonges.

— Vous saviez qu'il s'agissait de deux victimes du faucheur. Argus la suivait bien avant cela. Il se servait d'elle comme appât contre le faucheur. Ensuite, il a fait de même avec MacPhereson, il l'a donné en pâture.

— Argus n'était pas chargé de l'enquête sur le faucheur, dit Hennessey. Son seul boulot, c'était de coordonner la protection des jurés et il a foiré. Personne n'avait le droit d'utiliser les jurés comme appâts. Les agents des études comportementales étaient en train de monter un dossier de…

— Les profileurs ? coupa Mallory en hochant la tête. Il n'y en a pas un qui soit crédible. Sans leur intervention, le dossier serait clos, à l'heure qu'il est. Vous ne posez jamais la bonne question, celle qui démarre toute enquête de police. À qui profite le crime ?

— Il ne s'agit pas de ce genre de crime, répliqua Hennessey.

— Bien sûr que si, reprit-elle. Vous avez foiré parce que vous tentiez tous de penser comme des psychiatres. Le Dr Apollo était la seule à réfléchir comme un flic.

La voix de Jack Coffey retentit dans l'interphone.

— On a le mandat. On y va, les gars.

Croyant peut-être qu'il était invité à se joindre à eux, Hennessey se leva.

Un agent en uniforme entra et posa un impressionnant outil électrique sur la table, devant Riker.

— Elle est assez grosse pour vous ?

— Ça ira, merci.

— C'est pour quoi faire, cette perceuse ? s'enquit Hennessey.

Riker la brancha dans une prise murale pour la tester.

— Le studio de Ian Zachary est équipé d'une porte de sécurité très sophistiquée, avec huit centimètres de métal et une serrure électronique. Impossible à forcer ou à crocheter.

Il alluma l'appareil qui provoqua autant de bruit qu'un bataillon de dentistes en enfer, puis l'éteignit.

— On va pouvoir percer la serrure.

— Procédons habilement, dit Hennessey, sincèrement persuadé d'avoir une influence sur les autres. Attendons la fin de l'émission. Si on laisse le docteur aller jusqu'au bout, on récoltera peut-être d'autres preuves, des preuves enregistrées.

— Mauvais plan, répondit Riker. Elle est enfermée dans cette pièce avec un tueur de sang-froid.

Il s'adressa au miroir sans tain.

— On est prêts, patron.

— Le faucheur ne peut être Ian Zachary, reprit Hennessey. Il a un alibi en béton pour le meurtre de Timothy Kidd. Il y avait des agents postés devant sa porte vingt-quatre heures sur vingt-quatre.

— C'est ça, railla Mallory. Parce qu'il ne pouvait pas leurrer un de vos hommes !

Les rires de Mallory étaient à la fois rares et merveilleux, quoiqu'un peu diaboliques. Riker sourit en suivant le son de ce rire dans le couloir. Hennessey voulut leur emboîter le pas, mais il se heurta à un obstacle inébranlable en la personne de l'inspecteur Janos.

La voiture marron de Mallory prit un virage qui coupa le souffle à Riker. Elle resta en équilibre sur deux roues pendant exactement quatre de ses battements de cœur. Ce soir-là, à contrecœur, elle utilisait la sirène et le gyrophare. Les automobilistes civils étaient prévenus lorsqu'elle fonçait droit sur eux, les faisant mourir de peur.

— C'était un excellent plan, déclara-t-elle. Presque parfait.

Riker soupesa la perceuse.

— Tu sais qu'il sera dans la rue une heure après avoir été bouclé.

Il regarda le paysage urbain défiler par la fenêtre du bolide.

— Je te promets qu'on aura Zachary, dit-elle. Mais c'était un bon plan. Les fédéraux cherchaient un cinglé, un fanatique de la justice et de l'ordre caché dans une pièce obscure. Et il était là, au grand jour.

— Et on n'aura jamais de dossier contre lui. Il ne fera jamais de prison pour meurtre.

— On l'aura, je te dis.

— Tu veux le prendre en flagrant délit, avec Jo comme appât ?

— Telle était l'intention du docteur, répondit Mallory.

Riker augmenta le volume de la radio. La voix de Jo disait :

— Ai-je fait ce qu'il fallait ? Non. Et je regrette chaque jour mes erreurs. Tous ces…

Mallory baissa le volume.

— Qu'est-ce qu'elle fait, d'après toi ? Elle le provoque. Il est suffisamment nerveux pour s'en prendre à elle tout de suite, mais il ne le fera pas. D'abord, il veut se forger un alibi. Il va peut-être essayer de se servir des fédéraux pour…

La voiture s'arrêta au bord du trottoir. Riker fut projeté en avant. Sa coéquipière ouvrit sa veste sur le holster d'épaule vide.

— Pourquoi n'as-tu pas ton arme ? demanda-t-elle

en enfonçant les ongles dans son bras. Ton arme, Riker ! Où est-elle ?

Il comprit alors que Mallory, en dépit de tous ses crimes, n'était pas la voleuse qui lui avait dérobé son arme par inquiétude.

— Ce n'est pas toi qui as crocheté la serrure du tiroir de mon bureau ?

— Si, mais je n'ai pas pris ton revolver.

Il ferma les yeux, se rappelant sa leçon sur les effets dissuasifs d'une arme de plus petit calibre que la sienne.

— Jo ! Ce ne peut être qu'elle. C'est elle qui a mon arme !

Il tendit la perceuse à Mallory.

— Elle a l'intention de descendre ce salaud, et elle tient à faire du bon travail. Vas-y ! Moi, je reste ici et je surveille l'entrée.

Mallory ne s'attendait pas à cela, pas de la part de Riker. Sa main se figea sur la poignée de la portière et elle plissa les yeux, soudain prise de soupçons, incapable de trouver un scénario logique voulant que Riker reste en retrait, qu'il soit armé ou pas. Même si elle ne lui faisait plus confiance, elle ouvrit la portière. Elle n'avait pas le choix. Il fallait qu'elle le laisse là. Dans ce bâtiment, il y avait une arme en jeu, et elle était le seul flic à le savoir. Le temps pressait. Les balles fusaient rapidement. Elle interrompit ce dialogue de regards et gagna vivement la porte.

Dès qu'elle eut disparu à l'intérieur de la station de radio, Riker se glissa derrière le volant. En démarrant, il augmenta le volume de la radio pour confirmer ses soupçons. Les mots tronqués à la fin d'une partie de l'interview se répétaient dans la suivante : un amateur était aux commandes de l'émission. Il regarda la station de radio s'éloigner dans son rétroviseur.

Au mieux, il pouvait compter sur une avance de dix

minutes. Mallory ne mettrait pas longtemps à comprendre qu'elle s'était fait avoir. Il mit le cap sur l'hôtel Chelsea, puis consulta l'horloge du tableau de bord en écoutant la voix enregistrée de Jo. Elle provoquait le tueur en série, cherchait l'affrontement. Il ne pouvait en être autrement de ses intentions.

Pas question pour lui d'appeler des renforts. Ni les fédéraux ni les flics locaux n'approuveraient ce qu'envisageait Riker pour leur témoin Johanna Apollo. Il avait l'intention de récupérer cette femme, de lui prendre son revolver des mains, puis de partir avec elle pour le Mexique. Sans bagages. Sa vie suffisait. Il ne voulait rien de plus. Mais d'abord, il devait récupérer son arme pour que personne ne parvienne avant lui à Jo. Pas même Mallory.

CHAPITRE 21

Moins nombreux, les agents du FBI étaient confinés à l'étage inférieur. Posté devant la porte du studio de Ian Zachary, le lieutenant Coffey n'affichait plus son sourire satisfait. D'après Mallory, une arme se trouvait à l'intérieur. Il avait fallu changer radicalement de stratégie. L'étroit couloir était encombré de policiers, mais on n'entendait que le martèlement nerveux du pied de Mallory.

La brigade spéciale n'ayant jamais utilisé ses subalternes comme chair à canon, il fallut attendre qu'un agent en uniforme aille chercher des gilets pare-balles, un pour le lieutenant et un autre pour l'inspecteur. Jack Coffey fit signe aux agents en uniforme d'avancer dans le couloir. Si la porte blindée du studio était assez résistante pour protéger Zachary d'une balle de calibre 45, ce n'était peut-être pas le cas du mur qui l'entourait. Mallory avait prévu que cette arrestation ne se déroulerait pas sans encombre. Elle avait apporté sa propre perceuse qu'elle tenait comme une arme. De l'autre main, elle brandissait un schéma de la serrure électronique.

Coffey observa l'outil.

— Tu ne vas pas t'électrocuter, avec cet engin, au moins ?

— Pas de problème, expliqua-t-elle, un peu nerveuse. La serrure possède son propre disjoncteur.

De toute évidence, procéder selon les règles tout en répondant à des questions stupides l'agaçait.

— Le gilet pare-balles devrait être arrivé.

— Il ne faudrait peut-être pas percer la serrure du studio.

La porte de Zachary ne s'ouvrait que grâce à un panneau de contrôle intérieur. Les portes des cabines étaient dotées de serrures fonctionnant à l'aide d'une clé, mais elles avaient toutes deux été scellées à l'aide d'une colle qui, une fois durcie, était dure comme de l'acier. Mallory préférait frapper d'abord la porte du studio. Le lieutenant demeurait sceptique.

— Zachary n'entendra peut-être pas la perceuse si on transperce une de ces portes latérales. Derrière, il y a une vitre qui donne sur le studio.

— Le verre est épais de dix centimètres. Il est incassable.

Mallory leva les yeux de sa lecture pour observer la serrure de l'une des portes latérales.

— Vous savez pourquoi ces serrures sont collées, reprit-elle. L'un d'entre eux ne veut pas de témoins, sans doute le Dr Apollo. On ne peut plus attendre le gilet pare-balles.

— Lieutenant ?

Un agent en uniforme écoutait l'émission de Zachary sur un petit poste de radio. Il s'approcha d'eux en ôtant son oreillette et augmenta le volume. Ils entendirent un grand fracas.

— On dirait qu'il est en train de tout saccager.

Sans attendre l'ordre de son supérieur, Mallory introduisit la mèche dans la serrure, sachant que le bruit allait alerter ceux qui se trouvaient à l'intérieur. Jack Coffey l'empêcha de trahir leur présence en actionnant la machine.

— Couvre-moi, dit-il. Je vais faire sauter la serrure.

— C'est ma perceuse ! répliqua-t-elle, refusant de lâcher son outil.

Le lieutenant se contenta de la fixer. Le moment était mal choisi pour ces enfantillages. Toutefois, il s'agissait effectivement de sa perceuse, de son enquête. Depuis le départ, c'était elle qui menait la danse. Jack Coffey ôta donc les mains de l'outil. Reculant d'un pas, il sortit son arme et se posta derrière Mallory. Puis il fit signe aux agents en uniforme de s'éloigner dans le couloir.

— C'est bon, Mallory. Vas-y !

Il n'imaginait pas un tel vacarme. Le puissant grincement du métal creusant du métal lui mettait les nerfs à fleur de peau. Zachary et le Dr Apollo les attendaient, mais lequel des deux tiendrait le pistolet ? Il pointa son arme vers la porte, prêt à abattre quiconque menacerait Mallory. Elle était à mi-chemin, à quelques secondes d'une mort, peut-être.

L'inspecteur leva les yeux de son travail en disant :

— Je n'aurai jamais un dossier solide si vous tuez mon témoin clé.

— Mallory, rappelle-moi de te virer, plus tard.

En entendant des pas précipités dans le couloir, il se retourna. Deux agents en uniforme arrivaient en courant. Au lieu des gilets pare-balles demandés, ils portaient deux grands boucliers à l'épreuve des balles.

Johanna Apollo était étonnée d'entendre sa propre voix à la radio. Elle ne s'attendait pas à ce que Zachary diffuse la bande de son interview. Comment avait-elle pu se tromper ? S'il se croyait à l'abri d'une enquête, il ne viendrait peut-être pas, ce soir.

À moins qu'il ne soit déjà arrivé…

Elle éteignit la radio et retint son souffle, immobile, dans le silence absolu du salon. Avait-elle perçu un bruit, dans le couloir ? Ou bien avait-elle l'intuition d'une présence, comme Mugs ou Timothy Kidd ? Ce soir, pas d'agents du FBI dans le hall de l'hôtel. Les fédéraux la cherchaient ailleurs.

Pas d'interruptions, ni de témoins.

Arme à la main, Johanna s'installa dans un fauteuil, les coudes sur les accoudoirs. Avec l'arme de Riker, le recul serait plus puissant que celui du petit pistolet de Victor. Il ne fallait pas qu'il lui tombe des mains si elle tremblait. Car une balle ne suffirait peut-être pas. Johanna éteignit la lampe posée sur la table, la seule à illuminer la pièce. Elle ne voyait plus que l'ombre de deux chaussures dans un rai de lumière jaune qui filtrait sous la porte. Les murs de l'étroit vestibule semblaient être un prolongement du canon de l'arme.

Quelqu'un frappa, geste à la fois poli et inattendu.

— Ce n'est pas fermé à clé ! lança-t-elle.

La porte s'ouvrit lentement. Il fallait s'en douter. Elle comprenait à présent son erreur. Ian Zachary avait le sens du spectacle. Sa silhouette sombre emplissait l'embrasure, en ombre chinoise, à cause de l'éclairage du couloir.

Elle avait maintes fois envisagé ce moment. Elle s'attendait à une violence immédiate, un corps entrant en trombe pour la déstabiliser par la terreur. C'était ainsi que Timothy Kidd s'imaginait les meurtres de jurés. Or il n'en était pas ainsi, pas ici, pas maintenant. Combien de fois allait-elle encore se tromper avant la fin de cette nuit ?

La pièce fut soudain inondée par la lumière du plafonnier. Ses yeux s'y accoutumaient à peine lorsqu'elle vit une main, sur l'interrupteur.

— Je ferais mieux d'entrer, dit-il d'une voix charmeuse, une surprise supplémentaire. Si vous m'abattez dans le couloir, la police ne gobera peut-être pas la légitime défense.

Durant sa formation pour le nettoyage de scènes de crime, Riker lui avait expliqué que la plupart des victimes d'homicide étaient mortes à cause d'une hésitation. Toujours prête à apprendre, Johanna brandit son arme. Il fallait qu'elle tue Ian Zachary tout de suite.

Il referma la porte derrière lui et actionna le verrou.

Le pistolet était si lourd.

— Voilà, c'est mieux, déclara-t-il. Maintenant, nous sommes bien tranquilles pour notre petit meurtre. Ce sera mieux pour la police.

Zachary avança vers elle d'un pas nonchalant, en souriant, riant presque face à l'arme qu'elle tenait à deux mains. Lui accordant à peine un regard, il s'arrêta à quelques pas du fauteuil, puis leva les bras pour lui montrer ses mains vides.

— Je ne suis pas armé, mais j'ai une idée : vous devriez peut-être déposer une arme sur mon cadavre.

Il baissa les bras.

— Vous aurez peut-être le temps de faire un saut dans un magasin, une bodega ouverte la nuit, dont l'employé ne se souviendra pas d'une bossue en détresse ayant acheté un canif.

Le canon du pistolet vacilla. Son doigt effleura la détente. En s'approchant, il devenait une cible plus facile. Elle imagina Timothy, en train de crier au rythme d'un cœur battant : Tue-le ! Tue-le ! Tue-le !

Le scénario qu'elle avait prévu avait déjà volé en éclats. Aussi ne s'étonna-t-elle pas lorsque Zachary se pencha pour lui prendre le pistolet des mains, des mains qui tremblaient.

— Ce n'est pas ce que vous aviez prévu, n'est-ce pas ? Seriez-vous trop civilisée pour un meurtre de sang-froid ? Vous ne savez pas ce que vous manquez, docteur Apollo.

Il posa le canon de l'arme sur le front de Jo, deux centimètres au-dessus de ses yeux.

— Quel pied ! C'est mieux que le sexe.

Elle baissa les yeux vers ses mains inutiles et attendit le coup de feu.

Riker brûla un autre feu rouge, évitant l'accident par miracle, car il gardait les yeux sur le rétroviseur. Mallory pouvait y apparaître à tout moment. Elle avait dû se rendre compte que l'interview de Johanna était enregistrée et ne mettrait que quelques secondes à voler une voiture.

Un camion de pompiers le précéda à un carrefour et vint lui barrer la route. Riker freina brutalement, mais ne put éviter le choc, endommageant au passage une aile de la voiture de Mallory. Il recula aussitôt de quelques mètres tandis qu'un pompier furieux descendait du camion pour venir vers lui. D'autres hommes se déversèrent dans la rue, tels des parachutistes prêts à se lancer dans la bataille. Ils avançaient deux par deux. Leur stratégie était claire : encercler Riker et se défouler un peu sur lui, une torture lente sous forme de constats et de documents à remplir en triple exemplaire. Il ne servirait à rien de leur montrer son insigne. De toute façon, Riker n'avait pas le temps.

S'inspirant de la méthode de conduite de Mallory, Riker fonça droit dans le mur de pompiers en marche. Téméraires, ils attendirent le dernier moment pour s'écarter. La voiture marron monta sur le trottoir pour dépasser le long camion rouge, à la stupeur des passants qui se précipitaient dans la rue. Il fallait que ça passe ou que ça casse.

Mallory aurait été fière de lui.

— Si j'avais voulu vous tuer, j'aurais pu le faire il y a des mois, déclara Ian Zachary. Vous étiez la plus facile à repérer.

Il passa le canon de l'arme le long de sa colonne vertébrale déformée.

— Vous avez un profil si particulier. Écoutez, je vous propose un marché. Votre vie contre celle de Victor Patchock.

Il tendit la main vers une petite table, décrocha le téléphone et l'apporta vers le fauteuil de Johanna.

— Appelez-le et dites-lui de venir.

— Vous nous tuerez tous les deux.

— Mais non !

Affichant un sourire condescendant, Zachary s'agenouilla devant elle.

— Le dernier juré vivant portera le chapeau. Je pensais que vous l'aviez compris, docteur. Voilà pourquoi les gens de votre entourage meurent tour à tour. D'abord, Timothy Kidd, puis ce pauvre Bunny. Quand les flics trouveront Victor en train de saigner sur votre tapis, ils auront de quoi clore le dossier.

— Et aucun témoin pour soutenir l'accusation de subornation de jury, fit Johanna en hochant la tête, comprenant que l'un des deux derniers jurés devait mourir ce soir. Mais si je suis supposée être le faucheur et si je meurs, vous n'aurez plus d'émission.

— Je vois que vous avez compris, répondit-il en la gratifiant d'un large sourire, avant de lui tapoter la main. C'est bien. Oui, dans l'idéal, il y aurait un nouveau procès, le vôtre. Un long procès. Vous êtes riche, docteur Apollo. Vous avez les moyens d'engager les meilleurs avocats du pays. Je vous assure que vous ne ferez pas une seule journée de prison pour tous ces meurtres. Vous achèterez votre liberté grâce à la compétence de vos avocats. C'est comme ça, aux États-Unis.

— Et tout recommence ?

— Oui. Avec un autre jury. Et, la prochaine fois, ils mourront tous les douze.

— Et il y aura encore un procès ? Vous trouvez tous vos plans dans les bandes dessinées ?

Ah, elle le décevait. Ce n'était pas la réaction qu'il escomptait. Mais elle savait qu'il ne la tuerait pas. Pas encore. D'abord, il devait la rallier à sa cause, faire d'elle une fan. Elle représentait son seul public. Il voulait des applaudissements.

Il posa le téléphone sur ses genoux.

— Vous voyez, j'ai intérêt à vous garder en vie. Vous savez que je tiendrai parole. Appelez Victor Patchock, insista-t-il en lui plaçant le combiné dans les mains.

— Votre visage est connu, répondit-elle. Combien de personnes vous ont repéré, en bas, dans le hall ? Combien vous ont vu monter dans l'ascenseur ?

— Oh, je n'ai pas besoin d'alibi, ce soir. Cette fois, je serai celui qui découvrira la prochaine victime du faucheur.

Il brandit une carte de visite et la retourna pour lui montrer une annotation personnelle.

— Vous reconnaissez votre propre écriture ? Je l'ai prise sur le cadavre de l'agent Kidd. L'expression est ambitieuse, pas de nom, ni de date, simplement un rappel que le rendez-vous a été reculé de dix à onze heures. Je dirai que vous m'avez invité, que vous m'avez attiré ici avec la promesse d'une interview de Victor. À ma grande stupeur, vous l'avez tué sous mes yeux.

Il consulta sa montre.

— Il est bientôt onze heures.

— J'ignore où se trouve Victor.

Elle ne mentait pas. Elle n'avait pas réussi à le joindre de la soirée.

— Dommage.

Il sortit un petit canif argenté de sa poche et le déplia. La lame aiguisée scintillait.

— Elle est très tranchante, dit-il. Un vrai rasoir.

Zachary sourit et fit mine d'être chagriné.

— Eh oui, j'ai menti en affirmant que je n'étais pas armé.

Ôtant le téléphone des genoux de Jo, il le posa à terre.

— D'accord, n'appelez pas Victor. Je devrai me contenter de vous.

Il se leva et recula.

— Ce sera plus amusant ainsi. Obligez-moi à vous pourchasser un peu. Debout !

D'un geste de son canif, il lui intima de se lever.

— Ça court vite, une bossue ?

Assise devant la console de Zachary, la pauvre tarée était penchée sur un micro.

— Ils arrivent, mesdames et messieurs.

Elle avait coupé l'interview enregistrée pour offrir aux fans un compte rendu en direct de l'invasion d'un inconnu en train de percer la serrure.

— S'agit-il des flics ? Du faucheur ? Restez à l'écoute !

Elle rit trop fort, créant une réaction parasite qui noya le bruit de la perceuse. Son hystérie fit vite place à de simples gloussements.

— Ouais, comme si vous alliez éteindre la radio avant que cette porte ne s'ouvre. Attention, ils arrivent !

Il y eut un moment de suspense involontaire dans le silence qui suivit. Dès que la porte s'ouvrit, la pauvre tarée perdit sa langue, incapable de décrire la scène qui se déroulait sous ses yeux : Mallory surgit dans la pièce, brandissant une imposante perceuse et un bouclier digne d'un chevalier du Moyen Age. La grande blonde avançait, la mine grave et l'air déterminé.

La pauvre tarée se dit que cette femme était vraiment très énervée.

Elle ne pouvait être plus énervée.

Ian Zachary n'était pas prêt à se séparer de son public. C'est ce que se dit Johanna en voyant la petite lame se lever et se baisser pour ponctuer ses paroles.

— Vous n'avez d'alibi pour aucun des meurtres de jurés, expliqua-t-il. J'y ai veillé avec soin. Telle est la malédiction des monstres. Pauvre chérie, vous avez passé toutes vos soirées dans la solitude. Et il y a eu Timothy Kidd, tué dans votre salon. Pour Bunny, c'était vraiment un coup de chance. Je comptais sur les voisins pour mener la police jusqu'à vous. Je ne m'attendais pas à ce que vous soyez là quand le corps serait retrouvé.

Zachary se détourna d'elle, faisant peu de cas de sa capacité à riposter. Il secoua les coussins et s'installa, les jambes étendues sur la table basse.

— Être jugée pour meurtre n'est pas ce qui pourrait vous arriver de…

On frappa à la porte, puis la voix de Riker retentit :

— Jo, c'est moi ! Ouvre-moi ! Je sais que tu as mon arme !

Vaguement amusé, Zachary sortit le revolver de sa poche.

— Il est à lui ? Vous avez volé l'arme d'un flic ?

L'animateur pencha la tête en signe d'admiration.

— Vous êtes une femme intéressante, docteur Apollo.

Il désigna la porte.

— Allez lui ouvrir.

Johanna sourit, ce qui ne lui plut pas du tout.

— Vous avez peur de Riker, dit-elle. C'est vous qui êtes armé, mais vous n'osez pas ouvrir la porte vous-même. Vous n'osez pas vous approcher de lui.

Les coups frappés à la porte redoublèrent.

— Vous espériez qu'il se lasserait et s'en irait ?

Zachary plia un doigt autour de la base d'une lampe en céramique.

— Je crois que cela attirera son attention.

La lampe tomba par terre et se brisa. Riker martela la porte de plus belle en criant :

— Jo !

Zachary visa le panneau de bois.

— Je peux l'abattre d'ici, si vous voulez. Faites-le entrer ou je le tue sur-le-champ.

— C'est un gros revolver, dit Johanna. Très puissant.

Elle se leva et se plaça entre le canapé et la porte, l'empêchant de viser. Derrière elle, elle entendait les coups sur le panneau de bois, mais la serrure à pêne dormant tenait bon.

— Vous pouvez nous avoir tous les deux d'une seule balle, avec un peu de chance. Mais vous ne prendrez pas le risque de tirer à travers une porte close, pas un obsessionnel de l'organisation comme vous. Et si vous manquiez Riker ? Qu'adviendrait-il de ce plan si élaboré ? L'improvisation n'est pas votre fort.

— C'est à voir, docteur. Regardez ce qu'il est en train de faire de cette porte.

En se retournant, elle vit le bois se craqueler d'un côté de la serrure. Le panneau était en train de céder. Elle avait à peine le temps d'ouvrir le tiroir inférieur de l'armoire avant que Riker ne défonce la porte pour surgir dans la pièce. Il eut le temps de voir l'arme, dans la main de l'autre homme, puis Johanna lui fracassa une bouteille de vin sur la tête d'un geste puissant.

Riker s'écroula comme une masse.

Durant l'entracte imposé par la police, la pauvre tarée diffusa une page de publicité. Elle avait les yeux rivés sur Mallory qui, de toute évidence, n'était pas une privée engagée par Zachary.

Un agent en uniforme porta la perceuse dans le couloir et s'agenouilla devant la serrure du producteur. Dans le studio, les deux policiers en civil se tenaient devant la vitre de la cabine, admirant le drap troué. Loin de faire l'effet d'un fantôme de dessin animé, les orifices figurant les yeux étaient macabres. Le verre épais était rayé mais intact et les restes d'une chaise brisée gisaient à terre.

Implacable, l'inspecteur Mallory s'approcha de la console. Elle voulait des explications, et tout de suite.

— C'est Zack qui a fait ça, déclara la pauvre tarée, sentant déjà la trace de pas de Mallory sur son visage. Il est parti avant le début de l'émission.

Elle fronça ostensiblement les sourcils en se tournant vers la cabine du producteur.

— Du moins je crois que Zack est parti.

En faisait-elle un peu trop ? Sans doute, car la blonde avait une main sur la hanche. Dans l'autre, la perceuse se balançait lentement comme un pendule.

— J'ai diffusé des bandes enregistrées. Il ne faut pas qu'il y ait de blancs à l'antenne. Je risquerais de perdre mon emploi. Alors, l'émission vous plaît, jusqu'à présent ?

La perceuse heurta le sol. La blonde posa les deux mains sur la console et se pencha en avant pour bien faire comprendre à la pauvre tarée qu'elle ferait mieux de ne pas mettre sa patience à rude épreuve une minute de plus.

— Hé, petite, qu'est-ce qui s'est passé ici ? intervint le lieutenant Coffey.

— Je parie que Zack a essayé de tuer Needleman.

— Le producteur ? fit Coffey en se tournant vers la vitre couverte d'un drap. Il s'y trouve en ce moment ?

— Qui sait ? La porte de Needleman est toujours fermée à clé, répondit la pauvre tarée. Alors Zack a essayé de briser la vitre à l'épreuve des balles. C'était vraiment de la folie. Il savait que le verre était incassable, mais il frappait comme un malade à l'aide de la chaise, le visage tout rouge. Ensuite, il a sorti quelques interviews enregistrées et est parti précipitamment. Mais j'ai vraiment aimé la bande qu'il a faite ce soir. Alors, après son départ, j'ai changé…

— La ferme ! ordonna Mallory.

Le lieutenant se montra à peine plus courtois.

— Quand Zachary est parti, avait-il une arme ?

— Pas à ma connaissance, mais, à votre place, je ne prendrais pas de risques. Quand on voit ce qu'il a fait de cette chaise…

Elle fixa le drap.

— Zack est peut-être là-dedans. Si vous le tuez, je pourrai quand même terminer l'émission ?

Ian Zachary se tenait au-dessus du corps inerte de Riker.

— Voilà qui résout un problème immédiat, déclara-t-il. Il est mort ?

— Je suis médecin, dit Johanna.

Elle s'agenouilla pour chercher chez Riker des signes de vie et en trouva de solides.

— Je sais où frapper, reprit-elle.

Le cuir chevelu était entaillé. Elle avait la main droite maculée de sang.

— J'adore cette ville, dit Zachary en regardant dans le couloir. Tous ces gens, derrière leurs portes closes, qui ne veulent pas se mouiller. Ah, les New-Yorkais !

— Ils n'ont sans doute rien entendu. Les murs sont très épais, comme chez Riker. Je sais ce que vous lui avez fait, et c'était une erreur. Il ignorait que vous étiez le faucheur.

— Ah, les balles à blanc ? Oui, je suppose que cela ne servait à rien, mais je me suis beaucoup amusé. Il s'est carrément évanoui.

Johanna secoua la tête.

— Il vous a fait peur, n'est-ce pas ? Riker vous a pris par surprise, ce soir-là, mais vous ne l'auriez jamais attaqué au couteau. Alors vous avez pris la première arme qui vous est tombée sous la main, le pistolet de Mac, avec les balles de Mac. Non, tout cela n'était pas planifié, Zachary. Ce n'était qu'une erreur de plus.

Elle leva les yeux vers lui, un regard furtif pour jauger sa perte d'assurance, puis elle fixa sa main maculée du sang de Riker.

— Il est encore temps d'arrêter, reprit-elle. Ce sont mes empreintes qui sont sur la bouteille.

— Il m'a vu pointer une arme sur lui.

— Ce n'est pas un problème. Il suffira d'invoquer les effets secondaires du choc reçu à la tête, qui peut effacer dix ou vingt minutes de mémoire. Riker ne vous a vu que l'espace d'une seconde. Et même s'il se souvenait, il sait que c'est moi qui ai pris son arme. Vous pourrez dire que vous me l'avez arrachée, le sauvant ainsi des griffes du faucheur, c'est-à-dire de moi. Vous ne saisissez pas ? Vous n'avez plus besoin d'un cadavre de plus pour mener à bien votre plan. Il vous suffit de décrocher le téléphone et de composer le 911. Ce sera plus crédible si c'est vous qui appelez.

— Vous êtes forte, docteur. Et vous avez raison. Votre stratagème pourrait fonctionner. Mais il ne résout pas le problème posé par Victor Patchock.

— Victor ne fera pas un témoin crédible au tribunal.

Zachary ne l'écoutait plus. Son regard pétillait d'une nouvelle inspiration.

— Le choix est bien plus intéressant, maintenant, dit-il en désignant Riker du pistolet. Soit je le tue, soit vous faites venir Victor Patchock. À vous de décider.

Il agita le pistolet d'un côté à l'autre.

— Qui va vivre ? Qui va mourir ? À vous de voir.

— Je vais réfléchir, répondit Johanna, comme si la vie de Riker n'avait guère d'importance, à ses yeux.

Elle se leva, la bouteille à la main.

— D'abord, je vais me nettoyer un peu. Ensuite, je vais me servir un verre.

Elle se tourna vers la salle de bains, se forçant à ne pas regarder Riker pour voir dans quelle direction l'arme était pointée.

— Docteur Apollo ? Attendez ! C'est moi qui vous dis où vous pouvez aller et quand.

— Alors abattez-moi, répliqua-t-elle en faisant volte-face. Mais vous ne pouvez pas, n'est-ce pas ? Un pistolet… Ce n'est pas dans le style du faucheur.

Elle fit un pas vers lui et brandit la bouteille pour lui rappeler qu'elle venait d'assommer un homme plus grand et plus corpulent que lui.

— Quelles sont vos chances, avec ce canif minuscule ? Je vous l'ai dit, Zachary, vous êtes incapable d'improviser. Et votre plan a un autre défaut. Cette carte de visite, avec mon invitation personnelle ? C'est l'écriture de ma secrétaire, mentit-elle. Je ne l'ai pas revue depuis la mort de Timothy. Vous voulez que la police trouve cette carte dans votre poche ? Non. Je m'en doutais. Pendant que vous brûlez cette pièce à conviction, je vais faire un brin de toilette.

La bouteille dans la main droite, elle le laissa planté là et referma la porte de la salle de bains derrière elle.

— Non, j'ai dit que Zack était *peut-être* à l'intérieur, déclara la pauvre tarée en fixant la porte ouverte de la cabine du producteur. Il voulait vraiment entrer là-dedans.

— Mais c'est vous qui avez mis de la colle sur les serrures, insista Mallory.

— Oui, au cas où il se serait trouvé à l'intérieur. C'est un dingue !

— Et vous ne vouliez pas que l'on sache que c'était vous qui dirigiez l'émission, ce soir.

Mallory inspecta l'intérieur, puis désigna le drap tendu sur la vitre.

— Ça aussi, c'est vous ?

— Comment aurais-je fait ? La porte est toujours fermée à clé.

— Mais vous aviez la clé, non ?

La pauvre tarée esquissa un sourire tremblant en reculant vers la porte du studio.

— La page de pub est terminée. Il faut que je continue mon émission. C'est mon émission, maintenant.

— Une petite minute, dit Jack Coffey en arrivant derrière elle pour l'empêcher de s'enfuir à reculons. Où peut-on trouver ce Needleman ?

— Chez lui, sans doute. Au lit. Il y a école, demain.

Mallory s'approcha de la jeune fille, lui intimant de s'expliquer par un regard qui promettait une violence indicible en cas de désobéissance.

La pauvre tarée s'empressa d'ajouter que Needleman était le neveu du directeur de la station.

— Il n'a que quatorze ans.

— Un emploi fictif, commenta Mallory. Alors c'est le directeur de la station qui empoche l'argent.

— Je ne vous ai rien dit, d'accord ?

— Comment l'avez-vous su ? s'enquit Coffey.

— Eh bien, le directeur rentre chez lui à six heures. Je

devais donc déverrouiller la cabine du producteur après le départ de Zack, le soir. Il y a de vrais producteurs qui s'en servent, pour les émissions du matin. Ils ont prétendu que c'était une blague, un moyen de contrarier ce salaud et de le faire tourner en bourrique. Ça ne me dérangeait pas, mais je n'y croyais pas. Si c'était vrai, les autres producteurs auraient leur propre clé.

L'air satisfait, le lieutenant Coffey se tourna vers Mallory.

— Bien raisonné. Je vais peut-être embaucher cette petite à ta place.

La pauvre tarée décela une note de vengeance dans le ton de sa voix tandis qu'il posait une main sur son épaule.

— Continue, petite. Dis-nous comment tu as découvert cette arnaque à l'emploi.

— J'ai couché avec le comptable, un type d'au moins cent ans. Il touche une commission sur le salaire du producteur. Il me l'a dit.

Mallory ne vit pas la déception du lieutenant. Elle avait la tête tournée vers une femme policier qui chuchotait à son oreille. Elle se précipita dans le couloir.

— Qu'est-ce que vous lui avez dit ? s'enquit le lieutenant.

— Je lui ai transmis un message de l'inspecteur Janos, répondit-elle. Elle s'est fait voler sa voiture. Les pompiers ont relevé son numéro après une collision avec leur camion. Ils ont vu le voleur filer vers le sud.

Devant le lavabo, Johanna regarda la pimprenelle que Riker avait dessinée sur sa paume. Elle l'effaça en lavant le sang de sa main.

En sortant de la salle de bains, elle se rendit dans la cuisine et prit un verre à vin sur l'égouttoir, avant de fouiller un tiroir. Le bruit attira Zachary. Lorsqu'elle trouva le tire-bouchon, il était à son côté.

Malgré le canon du revolver appuyé sur sa nuque, elle s'exprima d'une voix parfaitement calme.

— Désolée, dit-elle. Il fait peur, non ?

Elle examina avec soin la spirale métallique.

— Et il est pointu.

Elle passa devant Zachary en faisant comme si le revolver n'existait pas. S'asseyant dans un fauteuil, elle enfonça l'extrémité du tire-bouchon dans le liège.

— Votre plan est en train de foirer.

Elle fit un tour complet pour enfoncer plus profondément le tire-bouchon.

— Vous vous demandez combien d'autres erreurs vous avez commises ?

Elle remarqua alors sa sacoche ouverte, près du canapé.

Zachary enfila un gant jetable puis prit un chiffon et se mit à nettoyer le revolver de Riker.

— Que pensez-vous de mon nouveau plan, de mon improvisation. D'abord, je vous tire une balle dans la tête. Vous voyez, je peux me montrer flexible. Puis je vous place l'arme dans la main et je tue le pauvre Riker d'une balle dans le cœur.

Il leva sa main gantée.

— En arrivant, la police ne trouvera que vos empreintes sur l'arme. Un cas évident de meurtre suivi de suicide. Cela colle si bien avec votre culpabilité dans les meurtres des autres jurés.

— Vous compliquez les choses, répondit-elle sans cesser de tourner son tire-bouchon. Encore des erreurs.

Elle déboucha enfin la bouteille.

— J'ai nettoyé le sang de Riker, sur la bouteille. J'espère que vous ne m'en voudrez pas d'avoir falsifié vos preuves.

Il lui arracha la bouteille des mains.

— Pas de problème. Il reste une tache de sang sur l'étiquette. Elle suffira à fournir une piste à la police. Ces gens-là sont parfois si stupides. Au fait, vous avez très bon goût, en matière de vin. La dernière fois que j'ai vu une bouteille de ce cru…

— C'était le soir où Timothy vous a croisé chez le marchand d'alcools. Vous avez cru qu'il avait reconnu en vous le faucheur. Et c'est la raison pour laquelle vous l'avez tué.

Elle esquissa un sourire.

— Ne prétendez pas qu'il ne s'agit que d'un détail sans importance de votre plan. Vous l'avez tué sous le coup de la panique. Un meurtre de plus serait risqué. Vous avez foiré si souvent.

Il pointa l'arme vers son visage.

— Vous êtes certaine de vouloir m'énerver ?

— Telle n'est pas mon intention. Ce n'est qu'un symptôme de ce qu'on appelle le syndrome de Stockholm.

Il hocha la tête.

— Quand les otages se mettent du côté des ravisseurs. Je ne vois pas le…

— C'est plus que cela. Les otages se mettent à agir au côté des ravisseurs. Voyez-vous, la victime a tout intérêt à aider les ravisseurs à obtenir gain de cause si elle veut survivre. Voilà pourquoi je vais vous aider à réparer vos erreurs. Comme celle de la carte de visite.

— Non. Vous cherchez seulement à gagner du temps. Vous attendez des renforts ? Vous pensez vraiment que Riker avouerait à un autre flic qu'une femme lui a piqué son arme ? C'est absurde. Personne ne viendra à la rescousse. Le moment est venu de prendre votre décision, docteur Apollo.

Il alla chercher un second verre à la cuisine. En retournant vers le canapé, il prit le temps de taper du pied le corps inerte de Riker, puis il versa du vin dans les deux verres.

— Vous êtes certain de vouloir le boire ?

— Vous êtes folle ? répondit-il en levant la bouteille. Ce cru est introuvable.

C'était peut-être vrai. Elle avait, malgré elle, épuisé le marché en les achetant toutes.

— Et si ce vin était empoisonné ?

Le verre s'immobilisa et le visage de Zachary se figea.

— Vous n'êtes plus si sûr, n'est-ce pas ? Vous avez perdu de votre belle assurance.

Elle but une gorgée de vin en s'efforçant d'afficher un sourire digne de Mallory.

De façon perverse, il trouva ce geste rassurant et but à son tour une longue rasade de vin.

— Vous pensez encore pouvoir vous en sortir en m'embobinant ?

Elle opina et but encore. Il en fit autant.

— Il est aussi délicieux que dans mon souvenir. Dommage, reprit-il en regardant Riker. Je l'aimais bien, ce type.

— Il n'est pas encore mort.

— Il le sera bientôt, docteur. Tout est de votre faute. Tous ces meurtres. Si vous aviez bloqué le verdict du jury quand vous en aviez l'occasion ! Il suffisait d'un vote, le vôtre. Si vous aviez voté coupable, mon plan serait mort au tribunal. Vous le comprenez, à présent ? Et voilà que ce pauvre Riker va mourir.

— Vous compliquez trop les choses. C'est ce qui vous perdra.

— Vous ne le saurez jamais, docteur. Vous serez morte. À moins que… Un coup de fil à Victor Patchock et vous survivez.

Il scruta l'étiquette de la bouteille.

— C'est donc Timothy Kidd qui vous a fait découvrir

ce vin ? Ce soir-là, chez le marchand d'alcools… Il me suivait ?

Elle but à petites gorgées.

— C'est une question qui vous taraude, hein ? Comment Timothy a-t-il su que c'était vous ? Quelle erreur avez-vous commise ?

— Il m'a trouvé à proximité d'un cadavre tout chaud.

— Ce n'est pas cela. Le cadavre n'avait pas encore été retrouvé. Non, le problème, c'est que c'est vous qui l'avez reconnu. Avec le recul, c'est si simple. Vous hantiez vos scènes de crime. Cela fait partie du plaisir, n'est-ce pas ? La police, l'animation, la frénésie médiatique. Voilà comment vous avez su que Timothy était du FBI. Mais je m'égare. Bien sûr qu'il vous a reconnu. Votre visage apparaissait au journal télévisé tous les soirs. Il a dû se demander pourquoi vous étiez étonné de le voir, alors que vous ne l'aviez jamais rencontré. Et vous avez disparu si vite. Ce sont des détails qui marquent un paranoïaque. Ce soir-là, il a simplement eu des soupçons. Mais quand on a retrouvé un autre juré assassiné, le lendemain, il a…

— Vous cherchez encore à gagner du temps ? Vous pensez vraiment que la cavalerie va débarquer pour vous sauver ? C'est bizarre, car c'est vous qui avez le complexe du sauveur.

Il bâilla.

— Alors finissons-en, voulez-vous ? dit-il en pointant l'arme sur son visage.

— En fait, j'étais sur le point de vous faire un compliment.

Comme elle s'y attendait, l'animateur baissa son arme.

— L'idée était géniale, reprit-elle. Et vous avez presque réussi. Vous avez failli démanteler le système judiciaire.

— Avec l'aide de l'ACLU.

— Oui, une petite touche supplémentaire.

Elle vit la poitrine de Riker se soulever en rythme, ce qui la réconforta.

— Je ne suis pas obligé de le tuer, docteur. À vous de choisir. Riker ou Victor.

La main qui tenait l'arme lutta un moment avec celle qui tenait le verre. Il finit par poser le revolver sur un coussin du canapé. Puis il vida son verre et le remplit à nouveau.

— Je ne devrais peut-être pas vous presser. Vous êtes une victime bien plus intéressante que les autres.

— Plus que mon ami Timothy ?

— Il était vraiment barbant, celui-là. Cela dit, il ne doit pas être évident d'être de bonne compagnie quand on vient de se faire trancher la gorge et qu'on se vide de son sang.

Zachary leva à nouveau son verre, puis l'observa avec étonnement, incapable de l'empêcher de basculer vers l'avant. Ses doigts n'arrivaient plus à se refermer autour du pied en cristal. Le vin se renversa sur le canapé, formant une grande tache rouge.

Johanna songea à Timothy Kidd, qui s'était vidé de son sang dans un fauteuil.

— Je suis bourré, bredouilla Zachary avec un sourire niais.

Elle secoua négativement la tête.

— Pas du tout, dit-elle en regardant son propre verre. Un vin si mauvais. C'est la seule chose que vous aviez en commun avec Timothy. Vous n'avez pas le palais fin. En fait, mes médicaments le rendent meilleur.

Zachary avait du mal à garder les yeux ouverts. Les joues empourprées et le regard vague d'un demeuré, il commençait à comprendre ce qu'elle avait fait. Pris de panique, il voulut se lever maladroitement du canapé.

— Vous m'avez drogué.

Ses doigts se posèrent sur la crosse du revolver, mais il ne parvint pas à le soulever.

— Vous m'avez endormi.

— J'y ai songé, répondit-elle. Il se trouve que je tolère très bien ces médicaments, mais vous avez une masse corporelle plus importante. Comment être certaine de tenir plus longtemps que vous ? Vous auriez peut-être été le premier à vous réveiller. Non, je ne vous ai pas endormi… Je vous ai tué. Une seringue dans le bouchon. Ce sont les plans les plus simples qui fonctionnent le mieux.

— Mais vous avez bu…

— Je nous ai tués tous les deux. Il n'y avait pas d'autre solution.

Johanna était sereine. Elle avait enfin digéré les derniers moments de Timothy Kidd et les partageait. Elle irradiait de vie, du moins ce qu'il lui en restait.

Plus Zachary lutterait, plus vite il mourrait. La tache de vin rouge se répandait sur le canapé, tout comme les taches de sang de Timothy sur le fauteuil. Elle n'avait pas prévu une reconstitution aussi fidèle de la scène. Elle n'avait pas osé penser aussi loin, de peur d'hésiter au moment d'enfoncer la seringue pour empoisonner le vin.

La tête de Zachary roula sur le côté. Abasourdi, il la fixa. Un spasme musculaire, un aperçu de la mort de Johanna, figea le corps de l'animateur, qui fut ensuite secoué de violents tremblements, puis plus rien. Il n'existait plus.

Elle se retrouvait seule.

Nulle euphorie ne vint atténuer sa panique au moment de quitter la terre. Johanna Apollo, suicidée récalcitrante, pleura sur sa vie perdue tout en s'en éloignant doucement. Elle vivait le moment qui suit le grand plongeon, la chute vertigineuse, la certitude de ne pouvoir revenir en arrière, une expérience intense. Il y avait tant de cruauté dans cette longue descente, tant de temps pour les regrets.

Vint l'ultime spasme. Le verre lui tomba de la main. Dans le brouillard de son cerveau mourant privé d'oxygène et de sang, ne subsista que le regret, un sentiment tenace.

Riker saignait de la tête, ce qui était bon signe. Son pouls était puissant. Mallory tenait encore son poignet en parlant au standard du 911, prononçant des paroles qui lui assureraient le meilleur des services :

— Officier de police blessé.

La main molle de Riker tomba à terre. Mallory se leva pour examiner d'autres éléments de la scène de crime : le sang de Riker sur la bouteille de vin, son revolver volé dans la main ouverte et gantée de Zachary. Le docteur s'était donc fait subtiliser le revolver avant de pouvoir tirer une balle. Cela n'avait rien d'étonnant. La signature du faucheur, un canif tranchant, gisait aux pieds de Zachary. Un dossier de bouclé. Quoi d'autre ? Du vin renversé sur le canapé, un verre brisé sur le sol, près de la chaise du psychiatre. En l'absence de blessures apparentes, le poison était la solution probable, un meurtre suivi de suicide.

Non, ce n'était pas aussi simple. Il y avait quelques détails troublants.

La scène était trop éloquente. L'esprit de la jeune femme trébucha, se heurtant à sa propre erreur : elle avait sous-estimé les sentiments du docteur pour Riker.

Celui-ci gémit. Elle se retourna pour guetter d'autres signes de réveil, des mouvements subtils de son visage et de ses membres. Avant que l'horreur ne s'abatte sur lui, elle éteignit la lumière pour qu'il n'ouvre pas les yeux sur le visage livide et mort de Johanna Apollo.

L'inspecteur traîna Riker dans le couloir et retourna

modifier la scène de crime. Pour un flic comme elle, c'était une hérésie.

Elle ne pouvait supprimer l'arme de Riker de la scène de crime. Jack Coffey savait qui l'avait prise et s'attendrait à la trouver dans l'inventaire de la scène de crime. Elle décida de la cacher dans un tiroir de l'armoire. Il était désormais moins clair que le suicide avait été la seconde option du Dr Apollo. Ensuite, d'une main, Mallory essuya le visage mouillé du cadavre, celui d'une femme qui avait aimé la vie et qui l'avait prouvé en laissant derrière elle la preuve irréfutable de ses larmes.

Elles avaient disparu. Son visage était désormais sec.

Riker ne saurait jamais, il ne se le reprocherait pas.

À l'arrivée de l'ambulance, Mallory était à genoux, berçant Riker dans ses bras. Elle lui mentait en affirmant que tout allait bien. Très bien.

ÉPILOGUE

— Une veillée funèbre pour un chat !

Le père de Riker secoua la tête, affligé d'avoir été invité sous un prétexte aussi débile. Le vieil homme était le premier arrivé. Les vrais amis de Mugs passeraient plus tard se recueillir sur ses restes, voire cracher dessus pour s'assurer qu'ils étaient bel et bien débarrassés de cette créature infernale. Sceptique de nature, Mme Ortega demanderait à voir le cadavre, mais elle devrait se contenter de ses cendres.

Riker leva sa canette de bière pour porter un toast :

— À un grand bagarreur !

Au fil des mois ayant suivi la mort de Johanna, le chat avait décliné à vue d'œil. Il avait fini par mourir de vieillesse et de chagrin, mais non sans avoir livré un dernier combat, et un bon, d'après Riker. Si Mugs reposait désormais dans une urne, sur la cheminée, Riker portait toujours de longues traces de griffures. Il l'avait bien cherché. Il avait voulu bercer l'animal mourant dans ses bras, même s'il se gardait bien de le préciser lorsqu'il relatait le dernier combat du chat.

Ce n'était pas pour cela qu'il avait invité son père. Il voulait éclaircir un dernier détail, obtenir une réponse à une question qui le taraudait depuis le jour où Johanna était partie. Sans être sollicité, le vieil homme avait pris en charge les funérailles, et Riker lui en était très reconnaissant. S'il avait dû s'en occuper lui-même, le résultat aurait été pathétique. Il n'aurait pas rempli une seule rangée d'une petite église. Son père avait fait venir tous ceux qui lui devaient un service, emplissant une cathédrale entière de flics, pour une cérémonie somptueuse qui avait fait la une du *New York Times*. Le vieil homme avait vraiment le bras long. Tous les officiers supérieurs étaient présents, en uniforme d'apparat, pour rendre hommage à Johanna, qui leur était inconnue.

Le père et le fils se parlaient rarement. Riker n'osait lui demander comment il avait su combien cette femme avait compté pour lui. Personne n'avait pu lui en parler. Riker ne l'avait même jamais avoué à Jo. Il devait donc poser la question à son père.

Comme il s'y attendait, la réponse du vieil homme fut brève :

— J'ai lu ta déposition et le rapport de police.

Il foudroya son fils du regard, car c'était évident. Pourquoi lui demander de gaspiller des paroles ? Ce n'était pas dans ses habitudes, et son fils devait le savoir. Tout cela se lisait dans les yeux du vieil homme sans qu'il ait à prononcer un mot de plus.

— Cela ne me suffit pas, papa.

Riker finit sa bière, puis broya la canette de son poing pour indiquer à son père qu'il ne plaisantait pas.

— Pourquoi t'es-tu donné tant de mal pour une femme que tu ne connaissais pas ?

— Je te l'ai dit. Tout était dans le rapport et les empreintes digitales de cette femme. En te frappant à l'aide de cette bouteille… Eh bien… Ce qu'elle a fait…

C'était pour lui une épreuve d'énoncer tant de mots d'une seule traite. Il s'interrompit pour déchiffrer l'expression de son fils. Avec une détermination sereine, Riker soutenait qu'il devait y avoir autre chose. Ses lèvres sèches formèrent un rictus de résignation pour lui faire savoir qu'il parlait sous la contrainte.

— Ce soir-là, tu es allé là-bas sans ton arme. Tu l'aimais, cette femme.

Il inclina la tête pour demander à son fils si le rapport était assez clair. Ou alors il n'était pas vraiment flic.

— Elle est morte pour toi, reprit le vieil homme.

Il devait beaucoup à Johanna Apollo, car son fils lui était précieux. Il baissa les yeux de peur d'exprimer d'autres bêtises.

Le vieil homme se leva et posa une main noueuse sur l'épaule de son fils, un léger tapotement qui valait un baiser. Puis il prit congé de cette réception ridicule en l'honneur d'un chat mort. Ce sentiment transparut dans sa façon de secouer la tête en se dirigeant vers la porte. La main sur la poignée, il reprit la parole sans se retourner, pour prononcer l'un de ses plus longs discours :

— Le jour des funérailles, tu m'as demandé ce qui était prévu pour la pierre tombale de Johanna. Eh bien, elle est en place. J'y suis allé ce matin pour vérifier que le boulot avait été bien fait. Ils ont suivi les instructions qu'elle avait données à son avocat le jour de sa mort.

Il partit bien vite pour s'épargner l'émotion d'un simple remerciement de la part de son fils.

Le jour de l'enterrement, une croix en bois avait été installée à titre provisoire, la pierre tombale n'étant pas encore gravée. Elle était en commande, conformément à un codicille récent au testament de Johanna. Cela ne faisait que prouver qu'elle avait prévu son suicide bien avant que le faucheur ne vienne frapper à sa porte.

Riker renonça à ce dernier espoir.

Grâce au coup qu'il avait pris sur la tête, son souvenir de cette soirée s'arrêtait devant la porte de Jo. Il ne se rappelait pas l'avoir défoncée. Il savait maintenant que son père n'était au courant que de ce qui figurait dans les documents officiels.

Riker ne pouvait s'empêcher de réfléchir comme un flic, même ses jours de congé. Pourquoi son père, si laconique, avait-il jugé bon d'évoquer cette histoire de pierre tombale ? Et pourquoi le vieil homme préférait-il son mensonge à la vérité ? Le père et le fils avaient tous deux étudié les pièces à conviction.

Mais seul le père avait pris connaissance des instructions destinées au marbrier.

Jo avait-elle souhaité un couplet sentimental sur sa pierre tombale, un message que le vieil homme avait cru destiné à Riker, mais qui s'adressait en fait à un autre homme ? Quand il n'allait pas bien, Riker croyait que Jo était morte par amour pour Timothy Kidd, qu'elle avait toujours eu l'intention de se suicider pour mettre fin à son chagrin et rendre justice à Timothy.

Les bons jours, il ne lui restait que sa douleur.

Mallory s'affala derrière le volant de sa voiture, attendant que Riker émerge de l'immeuble. Elle savait qu'il ne serait pas long. Il avait été trop impatient de mettre fin à la veillée funèbre du chat, l'unique fête qu'il ait jamais organisée.

Elle s'attarda un moment sur la montre que lui avait léguée son père adoptif. Sur le couvercle était gravé un champ sous un ciel nuageux. Une silhouette penchée marchait face au vent. Naguère, elle lui rappelait sa maison et les gens qui l'avaient aimée. Ce n'était plus le cas. C'était désormais à Johanna Apollo qu'elle songeait en regardant sa montre.

Tout avait changé.

En levant les yeux, elle vit Riker héler un taxi. Elle démarra et le suivit à distance. À un carrefour, elle vit le bras de Riker surgir de la fenêtre ouverte pour acheter un bouquet de fleurs à un fleuriste, sur le trottoir. Ces roses rouges ne pouvaient être destinées qu'à une femme.

En suivant le taxi sur le pont de Brooklyn, elle comprit où il se rendait, car ils prenaient la direction du cimetière. Vingt minutes plus tard, le taxi déposa son client devant la grille. Mallory prit le temps de se garer un peu à l'écart. Elle ne risquait pas de le perdre parmi les allées qui serpentaient entre les sépultures.

Elle le trouva devant une pierre tombale qu'elle ne voyait pas. Cachée derrière un monument imposant, elle remarqua toutefois que la pierre était installée depuis peu. Les ouvriers avaient laissé des traces dans la neige du matin.

Le chapeau en feutre de Riker fut emporté par une bourrasque glaciale. Lorsqu'il déposa son bouquet, le vent emporta également les fleurs. Il les traîna sur le sol froid, leur arracha les pétales, les détruisit. Quel mal le Dr Apollo avait-elle fait à Riker ? Avait-elle laissé un petit message explosif gravé sur la pierre ? Il était plié en deux, comme si la psychiatre avait sorti un bras du sol gelé pour l'éventrer.

Mallory n'avait rien dit pour contredire la théorie de Riker, celle d'un meurtre-suicide planifié à l'avance. Elle ne l'avait pas empêché de s'attribuer le rôle de l'intrus. D'après elle, Riker ne pouvait pleurer Johanna Apollo puisqu'elle n'avait jamais été sienne. À présent, son plan partait à vau-l'eau. Sa frustration était de plus en plus intense, car il n'y avait aucun moyen de régler ses comptes avec les morts.

Elle n'avait pas à se soucier que Riker la surprenne en train de l'épier. Quand il se retourna enfin, il avait les yeux embués de larmes qui ruisselaient sur son visage. Quand il eut disparu, au loin, sur le chemin de gravier,

Mallory s'approcha enfin de la pierre tombale. Furieuse, elle voulait voir ce que la défunte lui avait infligé. Or il n'y avait rien, sur cette pierre, qui puisse briser un homme, pas le moindre mot à part le nom du médecin, l'année de sa naissance et celle de sa mort.

La vérité lui tomba dessus d'un seul coup.

Riker était venu dans ce cimetière en quête d'amour, et il en était reparti bredouille. Johanna Apollo était morte pour lui, et, l'espace d'un instant, Riker avait possédé quelque chose de très rare. Jusqu'à ce que Mallory ne détruise l'unique preuve.

Avec la violence qui la caractérisait, sa propre version des remords, elle frappa du poing la pierre tombale, cherchant la douleur, cherchant à ressentir quelque chose. Mallory se tourna vers le chemin pour rattraper Riker avant qu'il n'atteigne la grille. Elle avait voulu lui faire mal en lui prouvant que Johanna Apollo l'aimait plus que sa propre vie. Elle lui offrirait cette nouvelle souffrance comme un cadeau, tous les détails de la scène de crime qu'elle avait modifiée.

Mais elle demeura pétrifiée.

C'était comme si un mur venait de se dresser devant elle, l'encerclant d'invisibles briques d'ironie. Riker ne la croirait jamais, pas elle, une menteuse, une manipulatrice hors pair. Il opinerait, lui sourirait, la remercierait pour sa peine. Ensuite, il se servirait un bourbon, rejetant son cadeau comme étant une manigance de plus pour le guérir une dernière fois.

Riker avait tout perdu.

Une famille de quatre personnes s'approchait dans l'allée, faisant crisser les graviers sous leurs pas. Ils venaient fleurir une tombe. Croyant que la jeune femme vivait un deuil récent et cruel, ils la contournèrent de loin. Puis ils s'en allèrent. La nuit tomba. Mallory resta seule en compagnie de la pierre froide.

L'inscription était gravée dans le granit rouge, avec un unique ornement très discret, une fleur dans un cœur. Ce n'était pas une rose. C'était une fleur qu'elle ne connaissait pas, une petite fleur modeste, une simple pimprenelle.

Impression réalisée sur Presse Offset par

BRODARD & TAUPIN

GROUPE CPI

34515 – La Flèche (Sarthe), le 29-03-2006
Dépôt légal : avril 2006

POCKET – 12, avenue d'Italie - 75627 Paris cedex 13

Imprimé en France